채운국이야기

채운국 이야기

차례

鄭悠舜 정유순

재상으로서 왕을 보필하는 실력자. 홍가의 천재 군사(軍師) '봉린' 의 당대.

縹瑠花 표류화

강력한 이능의 힘을 지닌 표가의 대무녀. 동생인 리앵에게밖에 관심이 없었지만….

旺季 왕계

문하성 장관. 귀족파의 중진. 류휘에 대해 뭔가 속셈이 있는 듯한데….

리앵

선동령군(장관). 아버지 리앵의 피를 이은 표가일족이지만 이능은 지니지 못함.

凌晏樹 능안수

문하성 차관(부관). 어사대 장관인 규황의와 어릴 적 친구. 수려에게 관심이 있음.

羽羽 우우

성동령윤(차관). 몽실몽실한 수염과 작은 몸집이 특징. 고령이지만 뛰어난 주술사.

孫陵王 손능왕

병부상서. 백전백승의 명장이며 왕계의 맹우.

司馬迅 사마신

사형수 출신으로 한쪽 눈을 잃었다. 추영의 누이인 십삼희의 옛 약혼자.

李絳攸 이강유

전 이부시랑. 수려의 숙부인 여심의 양자. 수재지만 방향치.

藍楸瑛 남추영

전 우림군 장군. 현재는 정란의 부하. 주취를 짝사랑함.

珠翠 주취

전 후궁 최고궁녀. 표가의 혈통으로 이능을 드러냈음.

채운국 이야기

| 자암의 옥좌 | 上

지난 줄거리

◆ 채운국 최초의 여성 관리로서 관리의 부정부패를 척결하는 어사대에서 활약 중인 홍수려는 경제봉쇄를 단행한 홍가 당주를 설득하기 위해 칙령을 받아 홍주로 향하던 중, 행방불명되었다. 그런데 실은 그녀는, 몸 상태가 나빠져 이능을 가진 표가 일족의 궁에 머물고 있었던 것이다.

◆ 홍주에서 맹위를 떨치며, 조만간 채운국 전역을 휩쓸 기세인 '황해(蝗害)'를 진압하기 위해, 수려는 표류화의 힘을 빌리려고 한다.

◆ 한편, 왕도(王都) 귀양에서는 '황해' 대책을 위해 왕계가 나섰다. 홍주로 향하는 왕계에게 병마권을 전권 위임한 자류휘의 입장은 위태로워지는데….

紫劉輝 자류휘

채운국의 국왕. 수려를 짝사랑함. 현군이 되기 위해 노력 중이나 아직도 고민은 많다.

紅秀麗 홍수려

명문 홍가의 여식(가난함). 여성 최초의 감찰어사로서 어사대에서 수행 중. 야무진 성격

茈静蘭 자정란
홍가를 섬기는 가인(家人). 실은 류휘의 이복형인 청원 왕자.

浪燕青 랑연청
정란의 옛 친구. 현재는 수려의 보좌관 비슷한 존재.

榛蘇芳 진소방
지방을 순회하는 감찰어사. 수려와 손발이 잘 맞는다.

劉志美 류지미
홍주 주목. 가끔씩 여자 말투가 튀어나오는 중년.

霄太師 소태사
조정의 중진. 실은 전설 속의 채팔선 중 한 명인 자선(紫仙).

채운국 이야기

彩雲國物語

자암의 옥좌 · 상 | 21 |

글 · SAI YUKINO 일러스트 · KAIRI YURA 번역 · 이나경

새하얀 꽃보라가 시야 가득 흩날린다.

끝없이 쏟아져 내리는 벚꽃은 모든 것을 하얗게 물들이고 있었다. 올려다봐야 할 정도로 거대한 벚꽃나무.

그 신비로운 색채도, 꽃잎의 모양도 이제는 없다. 아득해질 정도로 먼 고대의 꽃보라.

그 꽃 아래에 남자가 한 명, 느긋하게 기대어 있었다.

――나의 승리로군.

그래, 남자는 차갑게 입술 끝을 치켜 올리면서 자소를 보았다. 조각과 같은 얼굴이지만 부드러운 섬세함은 티끌만큼도 없고, 눈길을 받은 자는 누구나 무릎을 꿇게 한다. 넋을 잃고 바라볼 정도로 오만하고 아름다운 얼음의 미소.

『허나 그리 길지는 않을 것이다. 이 문은 언젠가는 열릴 테니. 아무리 누이가 엄중하게 봉인을 했더라도 언젠가 평범한 인간이 모든 신기를 부수고 이 문을 열 터이니. 고작해야 몇 천 년 정도 견디겠지. 그때까지다. 언젠가 자멸할 그날까지 술이라도 마시며 바라보고 있거라.』

폭풍처럼 꽃보라가 마구 흩날린다. 씨익, 하고 아름답고도 흉포한 미소가 그 입술에 떠올랐다.

『…그러나 인간에게 너무 가까이 가진 말라. 황혼의 왕처럼 될 터이니.』

황혼의 문의 주인. 삶과 죽음의 협곡의 군주――창요희를 위해 자신들을 배신한 '신선'.

남자――창현의 오만한 웃음소리만이 마구 흩날리는 꽃보라 속에서 메아리치다가 사라져갔다.

딸랑, 하고 방울을 흔드는 듯한 소리가 났다.

소 태사는 흠칫, 눈을 번쩍 떴다.

자신이 어디에 있는지 얼마간 생각이 나질 않았다. 새벽녘의 어둠 속에 떠오른 선동궁(仙洞宮)을 보고서야 제정신을 차렸다.

흠뻑 땀으로 젖은 이마에 손을 올렸다. 어느 새인가 젊은 몸이 되어 있다는 것을 알아차리고, 소 태사는 어금니를 악물었다. 의식적으로 숨을 깊게 들이켰다. 형형하게 눈이 노여움으로 빛나고 있었다.

"…그만두게, 남선. 이 나를 상대로 하찮은 수작 부리지 말라고…!!"

새벽녘의 어둠 속에서 남룡연의 모습을 한 남선이 의외라는 표정으로 **스르르** 나타났다.

"난 아무것도 하지 않았소. 끌려들어간 모양이구려. **저것**에게."

턱으로 가리킨 그 끝에는 아름다운 조각이 새겨져 있는 선동궁의 문이 있다. 열리지 않는 문. 그 문이 누군가 어둠 저편에서 보이지 않는 손으로 밀어 연 것처럼 작은 틈새가 벌어져 있었다. 바람도 없는데 끼익, 하고 불길한 소리가 들렸다. 끼익… 끼익….

열리지 않는 선동궁이라 불리지만 소 태사는 2년 전의 봄, 홍수려를 던져 넣기 위해서 열었다.

채팔선을 비롯하여 조건이 갖춰지면 문은 열린다. 그러나 그것은 **또 하나의 문**을 숨기기 위한 위장에 가깝다. '열어서는 안 되는' 진짜 문. 지금까지 표가와 선동성이 필사적으로 봉인해 왔던 안쪽의 문.

그 문에 지금 작은 틈새가 벌어지고 있었다. 바로 눈앞에서. 틈새 사이로 보이는 것은 농밀한 몇 천 년 동안의 어둠. 꿀처럼 달콤하고 찐득한 어둠이 흘러내리고 있었다. 그리운 어둠의 바람이 손짓을 하고 있는 것처럼.

남선은 기분 좋다는 듯이 눈을 가늘게 뜨고, 흘러나오는 그 바람의 감촉을 즐기고 있었다.

"…오랜만이군. '틈새'가 생긴 것은. 저것 덕분에 내 힘과 그쪽이 반응을 일으켜 끌려들어간 모양이군. 흠, 뭘 '꿈꾸고' 있었던 건가? 자소… 꽃향기가 나는데."

"…시끄럽다."

"좀처럼 없는 일인걸. 이 정도로 '틈새'가 벌어진 것도, 동시대에 모든 신선이 인간의 육체를 가지게 된 것도. 특히 흑선이 홰나무의 문에서 내려오다니 정말 드문 일인데."

"흑선이라고? 잘도 그 놈의 이름을 아무렇지 않게 입에 담는군."

비아냥거리는 얼굴로 내뱉는 자소를 보며 남선은 나른하게 웃었다. 남선이 마음속 생각을 입 밖으로 냈다면 아마 자소는 격노했겠지. 자소와 흑선은 창현왕의 시대부터 한 번도 '잠들지 않고' 인간의 세상에 머물러 온 단 두 명의 신선인 것이다. 서로 이유는 정반대라고 생각하고 있는 듯했지만, 남선에게는 그리 큰 차이는 없어 보였다.

"…뭐가 어찌 되었든, 신기를 부순 건 인간일세. 문을 연 것도 말이지. 흑선이 아니라고. '서약'을 한 우리들은 그저 지켜볼 수밖에 없지. 뭐에 그리 조바심을 내고 있는지는 모르겠지만 전부 흑선 탓으로 돌리지는 말게. 게다가 '문'이 열리는 것은 우리들에게 좋은 일이 아닌가."

자소는 씁쓸한 표정으로 얼굴을 돌렸다.

"훗, 보게. 우우가 애쓰고 있는걸."

끼익…하고 조금 벌어져 있던 문이 조금씩 닫혀간다. 마치 밖에서 보이지 않는 손이 문을 밀고 있는 것처럼. 태고의 어둠이 문 저편으로 다시 밀려들어간다. 남선은 미소를 지었다.

"—대단해. 이제 얼마 남지도 않은 주제에 다시 밀어냈군. 저 정도로 강하고 고귀한 영혼을 가진 주술사는 앞으로 두 번 다시 나오지는 않겠지… 류화와 우우에게 자식이 있었다면 창요희에게 견줄 수 있었을지도."

창요희. 그 이름에 자소는 순간적으로 고대의 꽃보라가 흩날리는 풍경을 본 듯했다.

남선이 슥, 하고 팔을 앞으로 내밀자 솨아, 하고 강한 바람이 불어 왔다. 그 바람을 타고 어딘가에서 아름다운 거문고 선율이 들려온다. 봉인의 힘에서는 표가의 이호(二胡) 다음가는 왕가의 칠현금.

문뜩 올려보자 소용돌이치듯이 벚꽃 잎이 흩날리고 있었다.

이제는 존재하지 않는 고대의 벚꽃. 시간을 관장하는 남선의 '기억' 속에 새겨진 꿈의 조각들.

"—어떤가, 자소. 잠시 동안 덧없는 세상의 꿈을 바라보지 않으련가. 대지에 내려선 모든 신선이 이 그리운 바람을 느끼고 있다네… 후후, 자소, 왜 그런 이상한 표정을 짓지? 그대가 전화왕을 선택한 것도 그 파멸의 왕이라면 모조리 다 멸망시켜줄 것이라고 생각했기 때문이지 않은가?"

자소는 무기질 같은 눈으로 남선을 보았다. 남선은 알고 있다. 자소가 무표정일 때야말로, 단 한 명의 부하도 거느리지 않고서 모든 신선 중 최강이라는 이름을 그 손에 거머쥔 그가, 가장 감정적인 때라는 것을.

"그대가 손을 빌려줘서 류화는 정쟁에서 졌고, 바라던 대로 전화는 창현의 혈족을 모조리 처단했지."

남선은 눈을 감았다. 바람에 실려 들려오는 칠현금 소리. 그의 마음을 뒤흔드는 태고의 그리운 선율.

"그러나 어찌된 일인지 단 한 명을 남겨두었네. 그것도 창가의 피가 짙게 흐르고 있는 정통한 왕의 별. 이 그립고도 끔찍한… 하지만 사랑스러운 창주의 칠현금 선율을 계승한 인물. 어째서인가, 자소. 전화가 그 남자만을 남겨둔 것은. 죽였다면 지금쯤 '문'이 열려서 모든 것이 끝났으련만. 어째서인가, 자소. 그토록 싫어하던 전화의 아들이 이걸로 끝이 나는데, 왜 그런 얼굴을 하고 있는 건가? 그대가 인간의 멸망을 바라고 있는지 아닌지 가끔은 종잡을 수가 없네."

"——닥쳐."

조용한 기백이 바람의 칼날이 되어 흩날리는 고대의 꽃잎을 하나도 남김없이 베어버린다. '룡연'의 머리카락이 한 움큼 잘려 떨어졌지만 남선에게는 상처 하나 **남기지 않았다**. 남선은 잘려나간 머리끝을 집었다.

"…그대는 나를 죽이지 않고, 나도 그대를 죽이지 못하는 것을. '까마귀 부리' 처럼."

까마귀는 동족의 눈알만은 쪼지 않는다. 너무나도 예리하고 강한 부리로 다투다가는 눈 깜짝할 사이에 멸종해버리기 때문이다. 그러나 어린 까마귀들을 새장 안에 가둬놓으면 피투성이가 되어 죽고 죽인다.

예전의 채팔선도 아무리 사이가 좋지 않더라도 죽고 죽이는 일은 하지 않았다. 각자 거느리는 부하들도 마찬가지다. 이성이야말로 강자의 증표. 그러나 무력한 인간은 어린 까마귀와 마찬가지로 죽고 죽이며 싸운다. 그것이야말로 살아가는 생물들의 이치이자 약함의 증표라는 것을 알아차리지도 못 한 채. 수천 년의 세월이 흘렀지만 조금도 변하지 않았다.

"여전히 인간은 까마귀보다도 약하고 지혜도 모자라는 존재. 그대의 주인은 실망하지 않았더냐? 흑선의 사자(使者)여."

올려다보는 남선의 시선 끝에 커다란 까마귀 한 마리가 날고 있었다. 황금빛 눈동자. 신조(神鳥)임을 나타내는 세 개의 발.

최고위 신선들에게 경의를 표하는 듯 까마귀는 크게 선회하더니 어딘가로 날아갔다.

"후후, 여전히 흑선의 사자는 다선의 은랑과 마찬가지로 예의가 바르군."

흑선이 인간을 도와줄 때는 반드시 세상의 저울이 기울어진다. 이를 바라보는 것을 남선은 좋아했다.

몇 천 개나 되는 유성우처럼 수많은 인간의 운명이 선명한 궤적을 그리며 차례차례 떨어진다. 그 모습을 그는 좋아했다. 마지막 순간 한층 더 밝은 빛을 뿜으며 사라져가는 혜성을 사랑하는 것처럼, 흩날리며 떨어지는 벚꽃을 사랑하는 것처럼, 방관자의 제멋대로인 사랑이었지만 그때만은 인간의 영혼이 아름답다고 생각할 수 있다.

그 순간만은.

"붉은 요성(妖星)이 오랫동안 하늘에 머물러 있지만 이윽고 떨어질 걸세. 그와 함께 몇 개인가 별들도 떨어져서 천체도가 뒤바뀌겠지. 재앙을 부르는 요왕자, 전화의 시대의 종언이다. 요성 대신 동쪽에서 아름다운 왕의 별이 반짝이기 시작했네. 그 공명한 혈통으로 인해 대업연간(大業年間)에 역대의 어리석은 왕에게 내몰려 성씨를 바꾸고 자문가로 강등. 온갖 숙청과 굴욕을 견디고 살아난 운명의 왕자. 정통한 창가의 후예——왕계."

자소는 알고 있을 터였다. 왕계에게는 태어날 때부터 왕의 별이 있지만 자류휘에게는 아무것도 없다.

그런데도 자소는 류휘를 추대하고, 조정에 남아 아무 말 없이 보고 있다. 그 의미는.

"자소, 인간 세상은 우리들에게 덧없는 꿈에 불과하네. 이 세상에 기적은 일어나지 않아. 언젠가 누군가가 저지른 과업의 대가가 돌아올 뿐이지. 류화는 죽을 것이고, 우우도, 홍수려도 죽을 걸세. 딱히 정해진 운명은 아니야. 바꿀 수도 있는 것을, 인간은 스스로 죽음을 선택하지. 목숨보다 중요한 무언가와 맞바꾸기 위해."

모든 것을 알고 있으면서도 홍수려가 스스로 표가에서 나오는 길을 선택했던 것처럼. 남선은 눈을 감았다.

태어날 리 없었던 기적의 소녀. 가늘디가는 한 줄기 길을 혜성처럼 망설임 없이 달려간다. 류화가 내민 기회를 거부하고 끝까지 인간으로 살다가 죽는 길을 선택했다.

운명을 비트는 것이 아니라 운명 속에서 모든 것을 내걸고 달려간다. 홍수려인 채로.

홍선이 인간인 채로 잠깐이나마 유예를 주었던 것에 과연 의미가 있었던 것일까.

지금은 남선도 보고 싶었다. 그 소녀의 운명이 어떻게 끝날지.

——아름다운 유성우가 쏟아지는 밤이 온다.

"…홍선이 남긴 꿈의 소녀에게도 끝은 오는 법. 그 소녀도, 왕계도, 언제나 모든 것을 걸었지. 그러나 그 젊은 왕이 나라와 백성을 위해 모든 것을 내걸었던 적은 한 번도 없었네. 신하들은 그걸 보고 있고. 그저 그뿐인 일… 어떤가, 그 젊은 왕은 알아차릴 것 같나, 자소?"

자소는 대답하지 않았다.

| 서장 |

쏟아지는 벚꽃 잎이 끝없이 흩날리고 있었다.

그 사람을 떠올릴 때면 언제나 쏟아지는 벚꽃과 함께였다. 비처럼 쏟아지는 벚꽃 아래에서 그가 있는 것도 알아차리지 못하고 언제나 전혀 다른 일들을 생각하고 있었다. 그것이 그는 마음에 들지 않았다. 언제나.

한참 기다리고 있으면 이윽고 인기척을 느낀 것처럼 안수, 하고 그 사람이 이름을 불렀다.

안수는 아주 언짢은 얼굴을 하고 있었다. 누군가의 마음을 끌기 위해 일부러 그런 표정을 지은 적은 있어도, 감정을 이렇게 드러낸 적은 없다. 어떤 상대라도 바로 '최고'의 친구이자 부하가 되어 왔는데.

아무리 기다려도 그 사람은 '평등'하고 '공평'할 뿐이었다. 한마디 차갑게 쏘아 붙여줬다.

『벚꽃은 싫어합니다.』

그러한가, 하고 그 사람은 웃었다. 그게 묘하게 열이 받아서 또 쓸데없는 말을 해버렸다.

『당신도 싫어합니다.』

조금 침묵이 흐른 뒤, 또 그 사람은 그러한가, 하고 말했다. 난처하다는 듯이 살짝 고개를 갸우뚱하며 코끝을 긁었다. 그뿐이었다. 그것에 몹시 화가 치밀었다.

안수가 그에게 접근한 것은 '일' 을 하기 위해서였다. 환심을 사고, 가문과 재산을 남김없이 손에 넣은 후 문중 자체를 완전히 파멸시킨다. 언제나처럼 그것이 그의 일이었다. 이미 상대는 문중이라고 부를 만한 가족도 없었고, 자식이라고는 딸뿐이었다. 간단하게 끝낼 수 있는 상대였는데.

그런데 아무리 시간이 흘러도 자신은 이 사람을 파멸시키지도 않고, 그저 곁에 있었다.

봄의 벚꽃, 여름의 등나무, 흩날리는 황금빛 은행잎을 보면 엄지동자의 부채구나, 하고 중얼거리고 차가운 눈 아래에서는 이제 곧 봄이 온다며 흐린 하늘을 올려보았다. 안수가 파멸시키지 않더라도 이렇게 멍청하고 무사태평하고 지위만 높은 가난한 귀족 따윈 얼마 못 가 누군가에게 속아넘어가 몰락할 게 틀림없다. 그렇게 생각했다. 그러나 그 사람은 피가 묻은 검을 한 손에 들고 있을 때조차도 같은 눈빛으로 같은 말을 입에 담았던 것이다.

『보아라, 안수. 목련 꽃이 피었구나. 봄의 신이 깃들어 있는 꽃이다… 아아, 이제 봄이로구나.』

너무나도 희어서 푸른빛이 도는 것처럼 보이는 눈 빛깔의 꽃. 설국에 봄을 알리는 목련. 사람을 죽이고 그 피가 묻은 새빨간 검을 한 손에 들고서, 얼굴을 들어 봄의 꽃을 바라보던 사람.

——이 사람은 얼마나 '어른' 인 것일까.

태어나 처음으로 안수의 마음이, 대나무 잎이 바람에 스치듯 사각사각 소리를 냈다. 뭔가를 알고 싶어서—그것이 무엇인지는 지금도 모르겠다—정말이지 싫어하는 이 사람 곁에 그는 오늘도 머무른다.

『…안수, 알고 있느냐? 이 벚꽃은 자손을 남기지 못한다.』

손바닥을 들어 우아하게 꽃잎을 받아든다.

『이건 사람이 접을 붙여 만든 벚꽃이다. 더 아름다운 벚꽃을 만들려고 말이지. 그 대가로 이 나무는 꽃을 피워도 씨앗을 만들지 못해. 후대에게 아무것도 남겨주지 못하는 것이지. 사람 손으로 꺾꽂이를 하지 않는 한, 살아남지 못한다. 이 벚꽃이 마치 태어나기 전부터 정해져 있었다는 듯이 일제히 각지에서 꽃을 피우고 일제히 지는 건 모두 꺾꽂이를 한 **복제품**이기 때문인 게다. 전부 똑같지. 그것도 사람이 손수 번식을 시켜주지 않으면 백 년도 되지 않아 이 품종의 벚꽃은 지상에서 사라진다. 광기 어린 아름다움이지. 이를 모르면서 사람들은 그 아름다움을 칭송하고 사랑하고, 봄이 지나면 잊어버린다. 인간다운 제멋대로인 사랑이 아니냐.』

안수는 그때 자신이 어떤 표정을 하고 있었는지 기억하지 못한다.

『…그래서 말이다, 안수. 실은 나도 이 벚꽃을 싫어한다. 마음이 맞는구나.』

그렇게 말하고 그 사람은 공범자를 보는 것처럼 눈을 가늘게 뜨고 웃었다.

『정말이지 제각각 자기주장을 하면서 떨어져 내리니까 풍류가 없어. 하지만 확실히… 아름답지. 인간이 제멋대로 한 세대로 끝나버리는 벚꽃을 만들어버렸다. 요란하게 나 좀 봐, 나 좀 봐, 이러면서 화려하게 피었다가 지는 것도 어쩔 수 없는 일. 그것이 이 꽃이 태어난 유일한 이유이니 말이다. 못마땅하게 생각하면서도 뭐, 매년 봐주자고 생각했다. 내가 살아있는 동안만큼을 친구를 해줄 생각이다.』

더 아름다운 꽃을 만들기 위해 자손을 남길 수 없게 변형되어버린 벚꽃. 광기어린 아름다움. 누군가가 소중히 돌봐주지 않으면 살아남을 수 없다. 아름다움과 맞바꿔 덧없고 미련 없는 죽음을 숙명으로 지니게 되었다. 흩날리는 꽃보라.

이 세상 것이 아닌 것 같은 아름다움. 아아――하고 안수는 그 사람을 올려다보았다. 웃으려고 했지만 미소가 잘 지어지지 않았다. 그런 일은 태어나서 처음이었다. 기본 표정이 웃는 얼굴이 된 것은 기억도 안 날 정도로 먼 옛날 일이다. 생각보다도 먼저 말이 입 밖으로 흘러나왔다. 씁쓸한 한숨과 어색한 웃음과 함께.

『…하지만 당신은 마치 이 벚꽃 같은 사람이십니다. 왕계 님.』

그때 왕계가 뭐라고 대답을 했는지는 기억에 없다.

…스르르, 안수는 나른하게 눈을 떴다.

동틀 녘이 가까워오는 어슴푸레한 어둠과 휑뎅그렁한 적막만이 방안에 쏟아져 내린다.

긴 의자에서 뒤척거리던 안수는 손을 뻗어 과일접시의 포도를 끌어당겼다. 두 알 정도 먹고는 다시 던져버렸다. 눈을 감으면 왕계를 태우고 홍주(紅州)로 달려가는 말발굽소리가 들리는 것 같았다. 언제나 왕계가 있던 이 방도 주인이 없으니 왠지 텅 빈 껍데기처럼 느껴졌다. 포도의 맛조차도.

안수는 구불거리는 긴 머리카락을 귀찮다는 듯 흐트러트렸다. 벚꽃 아래의 왕계를 떠올렸다.

"저기, 황의, 유순. 옛날에 약속했잖아? 무슨 수를 써서라도 우리들의 바람을 이루어내자고."

그 세 명이 멀고 먼 옛날에 바라던 일이 있었다. 때는 이제 눈앞까지 다가와 있었다.

"이제 얼마 안 남았는데. 쓸 수 없는 게 한 마리 있어서 곤란한 걸. 기껏 주워주었더니."

팔랑, 하며 검은 나비가 희미한 어둠 속에서 코끝을 스치며 날아갔다. 안수의 눈이 나른하게 가라앉았다.

―'서약'을 한 상태이기 때문에 그 움직이는 시체가 '돌아'오면 안수는 감각으로 알 수가 있다.

"…류화 암살은 실패한 건가… 그 녀석이 정말이지 쓸모가 없는 건지, 아니면 아가씨가 예상 외로 성장을 한 건지. 후후, 꽤 쓸 만하잖아? 아가씨, 내 취향이 되어가는걸."

안수는 오히려 기쁘다는 듯이 쿡쿡, 하고 목 안쪽을 울려가며 웃었다. 인생을 재미있게 만드는 것들을 그는 사랑한다.

"그럼, 다음은 어떻게 한다―― 그 녀석의 얼굴도 드러났고… 아, 그렇군. 전처럼 여우가면 같은 걸 쓸까―― 왕계 님을 위해서 힘내야 하는데. 뭐, 농담이고."

왕계를 보고 있는 것은 즐거웠다. 왕계는 결코 아름다운 사람은 아니었다. 적갈색 검을 손에 들고 새하얀 꽃을 찾아낸다. 정당화는 하지 않지만 망설이지도 않는다. 검은 깃털을 한 장 올리면 저울이 기울어질 자들 가운데에서 흔들흔들 균형을 유지하고 있다. 위험한 길을 의지 하나로 계속 걸어간다. 그것이 허울 좋은 말이나 타락해버린 인간들보다 마음을 끌었다. 아무리 검은 깃털이 쏟아져 내려도 결코 마지막까지 타락하지 않는다.

모든 것을 자신 이외의 누군가에게 할애하며 살아가는 진정한 왕. 안수와는 정반대다.

그렇기에 안수는 왕계가 정말 싫었다.

"당신 때문이 아니야. 유순도 황의도 각자 바람이 있어. 나도 나의 바람을 이루겠어."

안수는 살아가는 것이 좋았다. 어떤 순간에라도 자신을 위해 살아왔다. 왕계의 바람을 이루어주면 자신의 바람도 이루어질 것이라고 생각하고 있었다. 오래 전 왕계 곁에서라면 알게 되리라고 생각했던 '무언가'.

그것이 무엇인지는 지금도 알 수 없다. 대나무 잎이 사락거리는 것처럼 가슴이 술렁거리는 이 감각 아래에 가라앉아 있는 것. 아직은 보이지 않는 자신의 진정한 '바람'. 자신을 위해서 안수는 왕계 곁에 있었다. 왕계를 위해서 살아가는 것은 아니다. 그렇기에 언젠가 자신을 위해 왕계를 배신하는 일도 쉽게 할 수 있으리라고 생각한다.

대나무 잎이 사락거리는 소리가 들린다. 사락사락 기분 좋게, 조금은 오싹, 하고 등줄기가 술렁거린다. 왕계의 목에 손을 대었을 때 언제나 이런 소리가 들렸다. 무언가를 손으로 으스러뜨릴 때의 쾌감. 조금만 더.

"하지만 아직 괜찮아. 왕좌에 오를 때까지는 확실한 아군으로 있을 테니까요. 방해물은 모조리 없애버리고, 당신의 바람을 들어드리겠어요. 제 나름의 방법으로."

하지만 **그것 말고는 안 된다**. 쭈뼛, 솜털이 곤두서는 느낌이 알려주고 있었다. **그것 이외에는 안 된다**. 그러니까.

"저기 유순, 내가 이겨도, 네가 이겨도 왕계 님의 승리. 하지만… 내가 이길 거야."

씨익, 하고 처연한 웃음을 만들어낸 그 입술로 안수는 포도를 한 알 깨물었다.

"…하루라도 빠른 귀환을 기다리고 있겠습니다. 왕계 님."

어디에선가 검은 까마귀가 푸드득, 하고 날아올랐다.

소방은 아무도 없는 용관실에서 누군가를 기다리고 있었다. 서한을 읽으며 찻잔에 손을 뻗었을 때 발바닥에 진동을 느꼈다. 조금 크다. 지진은 이내 잠잠해졌지만 문 저편에서 누군가가 '책상, 책상――!' 하고 소리를 지르며 정신없이 용관실로 달려 들어왔다. 소방은 내키지 않는 얼굴로 턱을 괸 채 손을 흔들었다.

"어이――, 숙아. 오랜만."

봉숙아는 흔들림이 잠잠해져서 한숨 놓았다는 듯이 소방 맞은편의 의자를 끌어당겨 앉았다.

"어이――, 하고 있을 때냐. 뭐야, 요즘 이 지진. 너무 잦아. 있을 수 없는 일이라고… 하여간 돌아왔으면 왔다고 연락 정도 해도 되는 거 아니야? 소방, 너무해."

"미안, 미안. 사과할게. 연청에게 보내는 편지, 중계해줘서 진심으로 고마워하고 있다고."

동료 용관이기 이전에 친구인 두 사람의 대화는 허물이 없지만 가볍지는 않다. 연청 앞으로 쓴 편지를 돌려볼 정도로 신뢰하고 있었고, 실제로 가벼워 보이는 외양과는 달리 숙아의 입이 무거운 것은 정평이 나 있다.

"…그건 그렇고, 소방. 수려 님이 행방불명이라던가 하는 웃기지도 않는 얘기, 그거 뭐야? 뭔가 위험한 상황이었다는 거, 다들 어렴풋이 감 잡고 화내고 있다고. 제대로 설명해봐."

숙아는 히죽거리는 얼굴로 예리한 질문을 던졌다. 숙아의 가장 진심어린 분노에 가까운 목소리다.

"…알고 있어. 행방불명이 아니야. 이러저러 한 일들이 있어서 도중에 헤어져서 다른 곳에 신세를 지고 있는 것뿐이야… 극비사항이었는데 어딘가에서 이상한 모양새로 누출된 건 어째 내막이 있는 것 같지만."

문뜩, 숙아의 표정이 바뀌었다. 소방과 마찬가지로 하급귀족으로 용관 출신인 이들은 중상위급 귀족이나 관리들에게 이용당하고 버려지는 것이 다반사였다. 사무칠 정도로 잘 알고 있다.

"…'윗선'의 정보조작?"

"사실, 너희들 엄청 화났잖아. 우리가 임금님 편은 아니지만 아가씨 편이라는 건 알고 있다고, **저쪽**도. 그래서 아가씨가 임금님을 위해서 애쓰는 걸 보면 딱히 임금님을 좋아하진 않더라도 편 좀 들어줘도 괜찮다고 생각할 정도로 가벼운 인간들의 집합이라는 것도. 우린 바보인 데다 단순하니까 말이야. 반대로 아가씨를 방패삼아 후궁에 집어넣는다던가, 결혼 전에 도망을

갔다는 등의 이야기를 유포하면 순식간에 임금님에게서 멀어지는 거지."

숙아는 턱을 괴고 차가운 눈으로 가볍게 '그야 사실이지' 하고 웃었다.

"아가씨는 돌아올 거야. 상대는 그 여자라고. 돌아오지 말라고 해도 돌아와. 반드시."

숙아는 턱에서 손을 떼더니 의자 등받이에 기대어 흔들흔들 의자를 흔들었다. 어두운 표정으로 중얼거린다.

"…안 돌아오는 게 좋을 것 같지만 말이지. 이런 상황인걸. 이젠 그냥 포기해버려도 된다고 생각해. 임금님이 임금님이 아니게 되면 수려 님도 모르는 척 관리를 계속할 수 있을 것도 같고. 끌어내릴 이유가 없어지잖아. 수려 님의 가장 큰 방해꾼은 임금님이라고. 거슬려."

"나도 그렇게 생각해. 하지만 돌아올 거야. 그렇지 않았으면 나나 너나, 다른 용관들도 지난 초여름에 조정에서 사라졌을걸. 바보들을 못 본 척 앞으로 나아가는 여자가 아니니까."

숙아는 쓴웃음을 지었다. 정말 쓴웃음밖에는 지을 수가 없었다. 그 점이 숙아 일행이 좋아하는 부분이고, 변하지 않기를 바라고 있었지만, 언제나 그 사랑스러운 성격이 그녀 자신의 목을 옥죈다.

"그래서? 넌 어쩔 생각인 거야, 소방."

"…아가씨에게는 빚이 있으니까."

"빌린 돈도 한 푼도 안 갚았지."

"응. 그래서 말인데—임금님을 위해서는 아니지만—아가씨를 위해서 왕에게 붙을 거야, 난."

숙아는 턱을 괴면서 소방의 얼굴을 보고 씨익 웃었다. 어딘가 기쁜 듯이.

"오, 알았어. 그럼 모두에게 말해둘게."

"야, 숙아. 난 괜찮지만——."

"괜찮아. 우리들은 바보고 단순하니까. 그 정도 이유면 충분해. 수려 님이 편을 들어주는 사람이라면 우리 동료야. 못 본 척 해버린다면 우리를 단칼에 잘라버렸던 윗선들과 같은 거지. 도와줘도 괜찮잖아. 수려 님은 믿고 있을 거야. 실패만 되풀이하고 있지만, 믿어주고 도와준다면 분명히 좋은 임금님이 될 거라고. 지난 봄에 우리 모두를 포기하지 않고 곁에 있어줬던 것처럼."

"…정말로 괜찮겠어, 숙아?"

"수려 님을 위해서라면 괜찮아. 임금님이 어떤 인간인지는 모르지만 수려 님은 믿고 있으니까. 수려 님이 없으니 대신 우리들이 힘내보는 것도 괜찮잖아. 돌아올 때까지."

파벌이 생겼다는 걸 소방은 깨달았다. 낙오자와 하급 귀족들로 이루어진 하찮은 파벌이지만. 이용만 당하고 언제나 흔들거리며 어디에도 소속되지 못하는 부초와도 같던 자신들이 드디어 뭉치려 하고 있다. 홍수려라는 존재에 의해서.

"모두들 바보고 관위도 낮고, 뭐, 별 힘은 되지 못하겠지만. 중상위 귀족보다는 얽매는 것들도 없고. 죽어도 같은 편 해주겠다고는 장담 못 하지만… 장담해야 하는 거야…?"

"아니, 아가씨도 거기까지 바라고 있지는 않을 거야. 나 역시 죽어서까지 임금님 편을 할 생각은 없는걸. 내가 죽으면 누가 아버지 보석금을 내냐고. 난 도망치는 것 하나는 잘하니까 위험하다 싶으면 바로 튈 거야. 하지만 아슬아슬한 순간까지는 조정에 머물러야지. 내 목을 옥죄이지 않는 선에서 솜씨 좋게 정보 수집."

"그걸로 되겠어? 늘 하던 일이잖아. 하지만 목 안 달아나려고 거만하고 열 받는 귀족 놈들에게 아양을 떠는 것보다는 뭔가 보람이 있어!! 수려 님을 위해서라는 게 말이지."

흔들, 하고 또 지진이 발바닥 밑에서 울렸다. 이번에는 크지는 않았지만 길었다. 숙아의 표정이 어두워졌다.

"…하지만 소방, 사실은 알고 있는 거지? 이거 위험해, 정말. 옛날과 분위기가 비슷해."

"…그래."

소방도 숙아도 왕자의 난 당시 조정에 있었다. 아주 말단이기는 했지만.

"그때는 왕자들끼리 중상모략 대결이었지만 이번에는 일방적이야. 완전 뭇매질이야. 귀족파의 우두머리인 왕계가 홍주로 떠난 후로는 정말 심해. 임금님이 아무 말도 하지 않으니까 더 해. 임금님만 나쁘고 무능하다는 구도가 되고 있어. 재상회의 같은 데에는 참석은 하지만 침묵만 지키고 있다는 소문이 돌고 있고."

"…보통 재상회의 내용이 너희들에게까지 전해지는 일은 없을 텐데. 누군가 위에서 흘리고 있는 건가."

"그래. 게다가 시기도 나빠. 황해(蝗害)에 벽주(碧州)의 지진 피해. 지진 같은 건 일어난 적도 없었넌 귀양(貴陽)에서 산발적으로 지진이 일어나고 있고. 날이 갈수록 그때와 비슷한 공기가 느껴져. 예를 들어 지금 누군가가 죽거나 하면──."

모든 게 끝나버릴 것 같았다.

숙아는 입 밖으로 내지는 않았다. 말을 해버리면 현실이 되어버릴 것 같았기 때문일 것이다. 소방은 그저 끄덕였다. 흔들흔들, 잠잠해지려던 지진이 다시 닥쳤다. 누군가의 비명소리가 멀리서 들려왔다.

뭔가가 시시각각으로 다가오는 발소리가 들렸다. 소방이 옆에 쌓아놓았던 서책들이 무너지면서 바닥으로 떨어졌다.

…그날 저녁, 강유는 파랗게 질린 얼굴로 유순의 집무실에서 나왔다. 그 손에는 작은 보라색 주머니가 하나. 강유는 그 주머니를 잠시 바라보더니, 품안에 난폭하게 쑤셔 넣었다. 자신의 눈에서 숨기려는 듯이.

강유는 빠른 발걸음으로 걷기 시작했다. 어디론가. 목적지가 딱히 있는 것은 아니었고, 아무튼간에 상서령 집무실에서 멀어지고 싶어하는 것 같은 거친 발걸음이었다. 이는 자신의 그림자에서 멀어지려고 하는 것과도 같았다. 아무리 달려봤자 끈질기게 따라온다. 검고 긴 그림자를 드리운 채.

정신을 차리고 보니 강유는 부고 앞에 와 있었다. 발걸음을 멈추자 문뜩 부고 안쪽에서 불빛이 흘러나오고 있는 것이 보였다. 강유는 무슨 이유였는지 그곳에 있는 것이 류휘인 것 같다는 생각이 들었다.

그렇게 생각한 순간, 유순과의 대화가 되살아나면서 품안의 자색 비단주머니가 묵직하게 느껴졌다.

그 무게를 무시하며 부고 안으로 들어가보니 예상대로 덩그마니 눈에 익은 등이 보였다. 작은 촛대 아래에서 서책과 두루마리를 쌓아놓고 읽고 있었다. 하지만 그 옆얼굴은 집중하고 있다기보다는 어딘가 멍해 보였다. 마음이 다른 곳에 가 있는 것인지, 흩어져버릴 것만 같은 마음을 붙잡고 있을 뿐인지 짐작할 수 없는 멍한 눈. 최근 류휘는 계속 이런 눈을 하고 있었다.

강유는 어떻게 말을 걸어야 할지 알 수 없어 그저 조용히 의자를 끌어당겨 옆에 앉았다.

류휘의 앞머리가 희미하게 흔들리는 것이 시야 끝에 비쳤다. 그것이 바람 때문인지, 그 외의 원인 때문인지는 강유로서는 알 수 없었다. 높은 쪽에 열어둔 창문 너머로 밤하늘에 떠오른 불길한 붉은 별이 보였다. 최근에 갑자기 하늘에 나타나기 시작한 별이었다.

강유는 그 별의 점괘를 알고 있었지만 무시했다. 품안의 보라색 주머니와 마찬가지로.

류휘가 쌓아놓은 서책들을 몇 권인가 훑어본 강유는 의아하게 생각했다.

"…귀족록?"

"진소방이… 가져다 주었다."

처음으로 류휘가 입을 열었다. 마치 한숨에조차 묻혀버릴 것 같은 희미한 목소리였다. 헤매면 헤맬수록 점점 더 늪에 빠져들어서, 빠져나갈 출구를 찾지 못한 채 더 이상 아무것도 생각할 수 없는 상태로 그저 멍하니 발을 끌면서 걷고 있을 뿐인 사람의 목소리. 하지만 강유는 화내지 않았다.

지금의 류휘는 얼마 전의 강유와 같았다. 여심을 잃은 강유처럼, 이 3년 동안 류휘를 지탱해주던 버팀목을 왕게 일파는 차례

차례로 빼내어버렸던 것이다. 와르르, 발밑이 무너져서 혼자서는 제대로 서지 못하는 자신이라는 존재를 류휘 자신에게, 그리고 조정 전체에 드러낼 때까지. 용서 없이.

류휘는 멍한 얼굴로 강유의 얼굴을 보지 않은 채 불쑥 말을 이었다.

"수려가 초기에 수집해서 조사하다가 도중에 중단했던 모양이다. 마침 짐도 조사하고 싶던 차였다."

"어째서 귀족록 같은 걸—."

산처럼 계보가 펼쳐져 있는 모습을 힐끗 보다가 강유는 알아차렸다. 자문일족의 것이다.

"…왕계 님의 계보인가요."

왕(旺)가가 자문일족이라는 것은 알고 있었지만, 그 이상으로는 강유는 신경을 쓴 적도 없었다.

규황의의 규가와 육청아의 육가도 자문일족의 혈통이었던 모양이지만, 선왕에게 숙청당하면서 자격을 박탈당했다. 워낙 구성 가문에 변화가 많은 자문가이기는 하지만, 현재 자문가에는 왕가밖에 남아 있지 않을 터였다.

'…그리고 보면 왕계 님은 왕자 시절의 전화왕과 마지막까지 대적했었지… 분명?'

전화왕은 어린 시절 왕도를 탈출하였고, 성장한 후에 지방에서 병사를 일으켜 파죽지세로 조정까지 쳐들어 왔다. 마지막 귀양 완전포위전은 유명하지만 당시 조정 측 총대장을 맡아 마지막까지 전화에게 항복하지 않고 격전을 펼쳤던 것이 왕계와 손능왕이었다고 알고 있다. 혈족까지 철저하게 처단했던 그 전화왕이 왕계를 숙청하기는커녕 목숨을 살려주고, 자문가에 마지막까지 남겨놓았다는 사실에, 강유는 처음으로 의문을 품었다. 넋이 나간 것만 같은 왕의 눈이 신경이 쓰여 강유는 재빨리 류휘가 보고 있던 계보를 자기 쪽으로 끌어 모았다. 파지직, 하고 등불이 기분 나쁜 소리를 내면서 흔들렸다.

강유는 재빨리 훑어보았다. 암흑의 대업연간 중에 발생한 이런저런 일들로 인해 각 귀족들의 계보는 엉망진창인 게 대부분이었다. 검은색으로 지워놓았거나, 다른 곳으로 옮겨져 있거나 했지만 그래도 어떻게 이어가며, 신빙성 있는 100년 이상 전까지 연결해 갔다. 그곳에 적힌 성씨를 본 강유는 말을 잃었다.

'이, 성씨——는.'

강심장인 강유조차도 손가락이 떨려서 두루마리에 주름이 잡혔다. 마치 균열이 생긴 것처럼.

류휘가 바라보고 있던 것은 이 성씨였던 것이 틀림없다. 이 외에 펼쳐져 있던 두루마리를 감안하더라도, 류휘는 왕계의 계보와 함께 아버지인 전화의 계보도 살펴본 흔적이 남아 있었다.

"전하… 이것은."

"…아아. 언젠가 조정에도 알려지겠지."

여자, 어린아이까지도 모든 혈족을 처단하고 옥좌에 앉았던 부왕 전화. 그러나 계승자는 몇 명 남아 있다고, 분명히 우우가 류휘에게 말한 바 있다. 그 중에.

왕계도 포함되어 있었다. 원래의 이름을 박탈당하고, 자문가로 강등되어 있었지만.

왕계의 원래 이름은.

"…창계(蒼稽)…."

팔가가 팔색의 성씨로 바뀐 후에도 유일하게 존재가 허용되었던 특별한 가계(家系).
——창씨.
이는 아버지 전화보다도, 그리고 류휘보다도 훨씬 더 짙은 왕의 혈통을 나타내고 있었다.

• • ✣ ✣ • •

——그날 밤, 옥좌에 앉아 있던 류화는 리앵이 몰래 들어온 것을 느끼고 얼굴을 들었다. 좀처럼 없는 일이다. 리앵은 지금까지 유령처럼 공허하게 시간을 보내고 있었다. 하물며 자기 쪽에서 류화에게 다가온 일은 한 번도 없었다. 하지만 얼마 전의 그 사건 후부터는 마치 그랬던 자신을 잊어버렸다는 듯이 분주하게 일을 하고 있다. 요즘의 리앵을 보고 있자면 그의 모친이 떠오른다. 입 밖으로 내지는 않았지만.
입을 다문 채 고개를 숙인 조카를 보면서 류화는 흥, 하고 콧소리를 냈다. 예상은 하고 있었다.
"조부인 왕계의 태생을 겨우 밝혀내기라도 했느냐? 그 창가의 유일한 생존자라고?"
리앵은 흠칫 놀란 듯 숨을 들이마셨다. 정곡을 찔린 듯 했다. 류화의 입술이 조금 일그러졌다.
"자전화가 어째서 왕위계승자를 모조리 죽였다고 생각하느냐? 그렇게 하지 않으면 왕위에 오를 수 없었기 때문이다. 혈통적인 정통성이 희박하고, 계승순위는 밑에서 세는 쪽이 차라리 더 빠르지. 그렇기에 그 자는 자기 이외의 계승자를 모두 살육한 것이야. 여자건 어린아이건 용서 없이. 마지막 남은 한 사람이 된다면 나도 묵인할 수밖에 없다는 걸 알고 있었던 게지."
'자전화'가 살아남을 수 있는 유일한 길이었다는 것도.
류화와 전화의 싸움은 치열하기 짝이 없었다. 실제로 전화의 왕위를 인정하느니 나이어린 주군이건 여왕이건 지명하여 섭정을 할 생각이었다. 그러나 전화에게 선수를 빼앗겼다. 그는 차례차례 전쟁을 벌이며, 류화의 계획을 내다보기라도 한 것처럼 혈통이 가까운 왕족은 여자건 어린아이건 할 것 없이 죽였다. 류화가 인정하지 않았다면 인정할 때까지 계속 죽였을 것이다.
그럴 사내였고, 그럴 수 있는 사내이기도 했다. 혈통의 존속을 우선시했던 류화의 패배였다.
"…왕비연과 동생의 혼인을 인정한 것은 창가의 피를 확실하게 남기기 위해서이기도 했다—— 말해두겠노라, 리앵. 그대의 피는 자류휘 따위보다도 훨씬 진하다. 표가가 정해놓은 혈통에 따른 왕위계승권에서는 왕계에 이어 제2위다."
리앵은 헐떡거렸다. 류휘의 얼굴이 눈꺼풀 안쪽을 스쳐지나갔다. 그 왕보다도.
"…내 쪽이, 진하다…?"
"그렇다."
류화는 차갑게 조카를 내려다보았다. 혈통의 힘 때문인지, '밖'에 나갔다 온 뒤로는 리앵의 언동도, 사고방식도 왕계와 많이 **닮아가고 있었다**. 그러나 똑같지는 않다. 표가에서 아무것도 하지 않고 지내온 리앵과는 달리, 조부인 왕계의 소년시절은 가혹함의 극치였다. 비슷하기는 해도 결코 리앵과 똑같지는 않다.

"그대는 그 혈통으로 인해 **왕계의 비장의 패**가 될 수도 있다. 현왕은 무능한 데다가 혈통도 멀고, 후사도 없지. 그렇다면 이 상황에서 자류휘의 편에 설 자가 몇 명이나 되겠느냐."

리앵은 목이 바싹 말라붙은 것을 느꼈다. 침을 삼키고 메마른 목소리로 말했다.

"소 태사, 가…."

"소 태사? 훗… 과연 소 태사가 자류휘의 편일지 어떨지는 상당히 의심스럽구나."

류화는 바보 취급을 하듯이 코웃음을 쳤다.

소 태사는 자류휘에게 처음에 손을 내밀었을 뿐, 그 뒤로는 그저 조용히 일의 추이를 지켜보고 있다. 그러고 보면 흑선도 마찬가지다. 흑선과 자선은 아마 다른 상대에게 손을 내밀어 주었을 것이다. 그들은 주사위를 굴리지만 어떤 눈이 나올지는 주사위에 달려 있다. 세상의 양끝에서 각각 결과가 나오는 것을 기다리고 있다. 서로 어떤 눈이 나올지 예상해서 주사위를 던지기는 하지만, 나온 눈을 그 자신이 직접 바꾸는 일은 없다.

솔직히 류화는 전화가 죽었을 때, 소 태사가 조정을 떠날 것이라고 생각했다. **뭘 보고 싶은지**는 모르겠지만 더 이상 소 태사가 직접 패를 뒤집는 일은 없으리라고 예상했었다.

"선동관도 마찬가지다. 우우가 진정시키고는 있지만 왕에게 상당한 불신을 품고 있지. 왕계 쪽도 슬슬 패를 언제 내보일지 궁리 중일 게다. 지금까지 왕계가 자신의 혈통을 주장한 적은 없었다. 그걸 적당한 때에 공표한다면 효과는 엄청나게 높겠지. 리앵, 그대가 귀양에 돌아가면 자류휘를 퇴위시키기 위한 장기말로 이용될 게다. 그대가 어떻게 생각하건 간에 왕계에게 이용될 것이야. 각오하거라."
리앵의 턱이 떨렸다. 그, 뜻은——.
"…왕계… 님이, 찬탈을… 계획하고 있다는 겁니까?"
류화는 아름답고 냉랭한 미소를 띠었다. 그 조소가 리앵을 향한 것인지, 왕을 향한 것인지는 모르겠지만.
"먼저 찬탈한 것은 전화다. 정통한 혈통으로 돌아가는 것이 옳은 일이다. 자류휘는 주어진 옥좌에 안주하며 전화와 소요선이 남겨준 유예기간을 모두 갉아먹어버렸다. 어리석은 측근과 함께 말이지. 이 몇 년 동안 다르게 행동했다면 결과는 달랐겠지만, 이제는 되돌릴 수 없을 것이야."
구채강에서 류화는 똑같은 말을 왕에게 했다. 그러나 이제 와서 보면 그때 이상으로 그 말의 진정한 의미가 천천히 그들의 가슴에 통렬하게 와 박히고 있었다.
"그러나 리앵, 이런 때에 그대가 표가로 돌아온 것은 요행이다. 왕계의 손에 패가 있지만 그대의 손에도 선택할 수 있는 길은 조금이긴 해도 남아있구나. 언제 조정으로 돌아갈 것인지—그 패는 그대 자신이 꺼내도록 하라."
리앵은 흠칫 놀라 류화를 보았다. 지금까지 리앵은 류화의 말에 따라왔다.
마지못해서든 뭐든 류화의 명령의 따랐다는 것은 '변명'으로 삼을 수 있었다. 그러나 류화는 이때 처음으로 리앵에게 결정권을 건네주었다. 멍하니, 쉰 목소리로 되물었다.
"제… 제가, 말입니까?"
"스스로 길을 정하겠다고 잘난 척하며 지껄이지 않았더냐. 눈앞에 있는 선택, 그 결과와 책임을 각오하고 선택하거라. 왕계는 그대의 육친이다. 조부를 도울 것인지, 죽일 것인지 그대가 정하라."

죽인다. 그 말에 리앵의 얼굴이 파랗게 질리며 경직되었다.

"왕계는 최후의 대귀족. 당연히 그럴 각오일 게다. 옥좌가 아니면 죽음. 길은 둘 중 하나다. 그대가 류휘의 편에 선다 해도 눈썹하나 꿈쩍할 리 없지. 대신 봐주지도 않을 것이야. 적으로 돌린다면 그 손으로 조부를 죽일 각오를 해야 한다. 그렇지 않으면 왕계의 상대는 될 수 없다― 그러나 과연 자류휘에게 그 정도의 가치가 있는지 잘 생각해야 할 것이야. 그대는… 표가의 남자라는 걸 명심하도록."

리앵은 마지막에 잠깐 말을 멈추었다가 덧붙인 한 마디에 뭔가를 느끼고 불쑥 고개를 들었다. '표가의 남자'?

표가의 여자라면 여러 가지 의미를 가지고 사용되지만 그런 말은 들어본 적이 없었다. 문자 그대로의 의미로 말한 것은 아닌 것 같았지만 류화는 설명할 생각은 없는 듯했다.

"우우 때문에 돌아간다는 변명 따위도 용납되지 않는다. 돌아간다면 그대의 의지에 의해서다… 우우는… 그대의 태생도 조정의 정세도 모두 알면서 그대를 초빙하고 싶다고 내게 부탁했다."

"예…? 절… 지명한 것이 우우였던 겁니까? 고모님이 아니라?"

"……."

류화는 눈길을 피했다. 그때. 정말 몇 십 년 만에 우우의 '목소리'가 들려왔다.

딱 두 사람, 류화에게 직접 '목소리'를 보내도 된다고 허락한 상대.

몇 십 년이나 두절되어 있던 황혼빛 '목소리'가 모든 침묵을 깨고 들려온 것은 올해 봄.

리앵을 부디 선동령군으로 조정에——라고.

그러나 그뿐이었다. 부드럽지만 확실하게. 뭔가 말하려는 듯한 침묵만을 남기고.

류화는 한 마디의 '목소리'도 들려주지 않았다. 그 대신 리앵을 불렀다.

표가의 문을 다음 세대에게 열어주고 '밖'으로. 우우의 무언의 바람에 응하는 것은 아니라고, 그때는 생각했다. 류화에게는 류화 나름의 계획이 있고, 이를 위해서 리앵을 보내는 것이라고.

그러나 말뿐일 거라고 생각했던 류화와는 달리, 우우는 참을성 있게 리앵을 바꾸어 갔다. 짧은 시간에 인형 같았던 리앵을 표가의 남자로 바꾸었다.

필요한 만큼만의 말을, 생각을, 이정표를 리앵에게 건네주었다.

우우의 마지막 일. 그것이 모두 끝나고 있음을 류화는 리앵을 보고 깨달았다.

"…우우에게는 우우가 해야 할 일이 있지. 더 이상 널 챙겨줄 여유는 없다. 돌아가야 갈 시기도, 옳다고 생각하는 길도, 모두 자신이 결정해야 한다. 누군가를 핑계로 삼지 말고. 네 아버지인 *리앵*도 그것만은 해 왔다. 그것을 하지 못하는 한, 입만 살아 있는 어린애라는 걸 알아야 할 것이야."

리앵은 고개를 숙이고, 아무 말 없이 발걸음을 돌렸다.

열리고 있던 '문' 이 조금씩 닫히는 것을 느낀 우우는 흥건히 밴 진땀을 작은 손으로 닦아냈다. 몸의 중심에서 푸른 불꽃이 타오르고 있는 느낌이 들었다. 방심하면 폭발할 것만 같은 푸른 힘을 우우는 조심스럽게, 전력으로 억제하고 있었다. 닫기는 했지만 얼마 가지 못해 다시 '틈새' 가 벌어지라는 것은 알고 있었다. 그래도 지금은 얼마간 유예가 있다. 계속 이런 상황이 되풀이되고 있었다.

눈앞이 아득해질 것만 같은 공방전.

신기라는 '열쇠' 가 몇 개나 부서진 지금, 류화와 우우와 주취가 밀어내는 수밖에 없다.

팔각형 방진에서 얼굴을 들면, 저 위쪽은 별을 읽을 수 있도록 지붕이 뚫려 있는 구조다.

낮에도 선동성에서는 별의 궤도를 예측하고 계산할 수 있도록 되어 있었지만, 세상은 밤이었다.

하늘 한쪽에 지금까지는 없었던 붉은 별이 나타나 있었다. 긴 꼬리를 가진 혜성. 불길한 눈처럼 세상을 내려다보며 붉은 요성이 빛나고 있다. 출현한 위치는 천시원(天市垣) 북쪽의 천기(天紀), 떨어질 위치는 직녀.

'요성이 천기에 나타나 직녀에 이른다… 요성이 출현한 지금은 태어나면서부터 요성의 별을 가진 그분의 '시간' … 최고의 힘을 발휘할 수 있는 때가 온 것인가….'

직녀는 여변(女變), 천기는 지진을 나타낸다. 선동성은 아마도 여변은 표류화의 힘의 실추, 지진은 얼마 전 벽주에서 발생한 대지진이라고 해석할 것이다. 그러나 지진은 귀양에서도 빈발하고 있다.

"우우 님… 죄송합니다, 실례하겠습니다."

젊은 선동관이 한 명, 매일 이어지는 격무로 인해 피로가 쌓인 얼굴로 발을 끌면서 들어왔다.

홍주의 황해, 벽주의 지진, 남주의 수해에 대한 대응과 원조, 그리고 각 신역(神域)의 이변 때문에 모든 선동관들은 자지도 못하고 쉬지도 못한 채 계속 일을 하고 있었다. 더욱이 우우가 술식에 집중할 수 있도록, 조정의 대응까지도 모두 선동관들 차지였다. 그 중 한 명인 그는 들어온 뒤에도 밑을 내려다본 채 침묵하고 있었다.

잠시 후 어두운 목소리로 선동관은 입을 열었다.

"귀양에서 빈발하는 지진과 저 붉은 요성의 출현과의 관계에 대해 점문(占文)을 요구하는 목소리가 조정, 백성 할 것 없이 빗발치고 있습니다. 우우 님께서는 선동성의 공식점문은 공표하지 말라고 하셨지만…."

우우는 드디어 온 것인가, 하고 생각했지만 얼굴에는 드러내지 않고 대답했다.

"그렇소이다. 요성이 불규칙한 운행과 맞물려 천문을 읽어내기도 매우 까다로운 상황이오. 점괘를 잘못 읽을 가능성이 높소. 선불리 확실하지 않은 말을 해서 불안을 조장해서는 안 되오."

"하지만! 우우 님은 알고 계시지 않습니까?! 보통 혜성과는 다릅니다. 저 붉은 객성은 앞으로 천천히 다가와서 점점 더 커지겠지요. 밝게 빛나며 밤에도— 낮에도 계속 보이게 될 것입니다."

대업연간에는 비정상적일 정도로 많은 혜성이 떨어졌지만, 특히 대업 초기에 80일도 넘게 하늘에 머물렀던 붉은 별의 기록이 남아있다. 암흑시대의 개막이라고 불렸던 붉은 별의 도래.

별의 종말. 불타서 산산이 흩어질 때까지 하늘에서 불길하게 빛난다.

"그런데도 계속 입을 다물고 있으라고 하시는 겁니까. 오히려 더 불안을 조장하는 일입니다. 요성이 나타난 의미 따윈 어린아이도 알고 있는 점문입니다. 많은 **치세의 혼란**, 군주의 흉조. 그리고."

옥좌의 교체.

이 말만은 선동관도 목구멍 안으로 밀어 넣었지만 그래도 빠른 말투로 몰아붙였다.

"최근 각지의 상황도 그렇지만 별이나 길흉, 어떤 점을 보더라도 좋지 않은 괘가 나오고 있습니다. 객성이 도래했다는 것은 하늘도 전하를 포기했다는 것이—."

"불안은 이해하오. 그러나 앞으로 결코 그런 말을 입에 담아서는 안 될 것이오. 다른 관리는 물론, 선동관들끼리라 해도 안 되는 일이오. 백성과 전하를 위해서도—."

갑자기 그 젊은 선동관의 눈이 초조함과 분노로 어둡게 가라앉았다.

"어째서 그렇게까지 전하를 감싸시는 겁니까? 즉위식 때부터 류휘 전하는 우우 님의 수많은 조언을 무엇 하나 받아들이지 않으시고 선동성을 가벼이 여기셨습니다. 그 자신이 하고 싶은 일만 하셨습니다. 황해를 막지 못한 것도 왕 때문입니다. 그렇지 않습니까?"

우우가 계속 억눌러 왔던 선동관들의 불만이 요성의 출현에 의해 점차 표면으로 드러나기 시작하고 있었다. 자신들은 옳다고, 하늘도 허락했다고.

"애당초 현왕폐하는 선왕폐하와는 달리 감정에 휩쓸리는 별자리를 많이 가지고 계시고, 왕의 별도…."

우우는 더 이상 듣고 싶지 않다는 강한 어조로 단호하게 그의 말을 막았다.

"신사(神事)가 정사(政事)를 좌우하는 일만은 있어서는 안 되오. 만약 잘못되었다고 생각한다면 목숨을 걸고 바로잡는 것이 그대의 일이오. 왕의 자질을 평가하고 갈아치우는 것이 아니라."

젊은 선동관은 우우의 조용한 기백에 눌린 모양새로, 분하다는 듯 입술을 깨물었다.

"—그래도 저는 저 왕만 없었다면 이 지경까지는 되지 않았을 거라고 생각합니다."

선동관은 내뱉듯이 외치고는 방에서 나갔다. 그 말에는 왕만이 아니라 왕을 감싸고 있는 우우에 대한 명확한 분노와 이반(離反)에 가까운 반발이 내포되어 있었다.

스륵, 또다시 '문'이 열리기 시작했다. 심호흡을 한 후 밀어냈다… 아직은 괜찮다.

모든 사원의 정보가 시시각각 선동성으로 보내지고 있다. 물론 홍주의 정보도.

'홍주는… 아마도, 비와 이슬이 필요… 남주… 것을 쓰면, 아

마도….'
현실의 대응으로 돌아가려 했지만, 그래도 방금 전의 젊은 선동관이 내비쳤던 응집된 분노가 떠올랐다.
붉은 요성의 눈을 우우는 올려다보았다. 요성은 흉조. 그러나 또 하나의 의미가 있다.
——부정한 것들을 쓸어내는 별.
낡은 것을 없애고, 새로움을 널리 편다. 그때가 다가오고 있음을 알리는 별이다.
시대가 변하는 경계에 나타나서, 전란과 연결되는 일이 많은 것은 그 때문이라고 일컬어지고 있다.
우우는 먼 옛날, 어린 시절에 읽었던 요성의 이야기를 떠올렸다.
'요성이 출현하여 재난을 걱정한 왕이 선동관을 불러들였다….'
선동관은 '재난은 재상에게 옮기면 됩니다' 라고 조언했다. '재상은 짐의 심장, 있을 수 없는 일' 이라고 왕이 거부하자 이번에는 '백성에게 옮기면 됩니다' 라고 말했다. '짐은 백성이 있기에 존재하는 군주다. 아니 된다' 라고 왕은 두 번 거부했다. '그러면 그 해에게 옮기면 괜찮으시겠지요' 라고 세 번째로 선동관이 말했다. 그 해만 흉년이 들게 하면 된다는 것이다. 왕은 조용히 미소를 지으며 말했다. '한 해가 흉작이면 백성들이 고통스럽지 않느냐. 안 된다. 내게 옮기도록 하라'.
선동관은 세 번째 거절에 빙긋 웃었다. '…좋은 왕다우신 말씀, 하늘의 별들도 잘 들었을 것입니다. 조만간 요성도 위치를 바꿀 테지요'. 하늘을 보았더니 정말 이동해 있었더라는 옛 이야기다.

원래 그런 궤도였던 것이라고 현재의 표가 학자들은 추측하고 있지만 우우의 마음에는 오래도록 잔영을 남겼다.

그 왕의 이름은 창주. 창현의 뒤를 이어 왕위에 오른 왕이었다.

조언을 한 선동관은 현재의 선동령군에 해당하는 최고위 주술사이자 재상이었다고 한다.

'재난은 재상에게 옮기면 된다'는 말은 자신이 받겠다는 의미였다는 것을 알고, 우우는 이 두 사람이 만들었던 시대를 동경하게 되었던 것이다.

'…나는… 재상은 되지 못했지만….'

우우는 눈을 감았다. 아주 오래 전, 표가는 선동관뿐 아니라, 그 풍부한 학식으로 뛰어난 명재상과 명관리들을 수없이 배출했던 바 있다. 언제부터인가 배척당하게 되어, 이제는… 아무도 없다.

"그렇다. 별은 그저 시대의 도래를 알릴 뿐이다…."

불현듯 느릿느릿한 낮은 목소리가 들렸다. 우우는 흠칫 놀라 뒤를 돌아보았다.

구석에 놓인 물병에 태양의 황금색 눈을 가진 커다란 까마귀가 내려앉아 있었다. 다리는 세 개── 신조.

"…객성은 낡은 것을 없애고 새로움을 널리 펴기 위해 찾아왔다가 사라지는 별. 대업연간이 이제 끝나는가…."

검은 까마귀가 장난으로 신탁을 내리는 것처럼 어딘지 재미있어하는 울림을 가지고 고했다. 황금빛 바람이 어둠 속을 스쳐 지나가는 것 같았다.

그 찰나, 우우의 눈에는 모든 것이 검게 물든 암흑색 왕이 큭큭, 하고 웃는 모습이 비친 듯했다.

"더러움을 쓸어내고 정화하는 혜성. 직녀의 여변이 표가와 류화를 나타내고 '낡음'을 의미한다면, 혜성이 고하는 것은 대업연간의 종언… 긴 겨울의 새벽과 동시에, 동쪽 하늘에 왕의 별이 떠오른다. 별은 아직도 정해지지 않았다. 다음 문을 여는 자, 새로움을 널리 펼 자. 새벽의 왕에 어울리는 자는 누구인가."

…그 시간이 길었는지 짧았는지, 우우는 알 수 없었다.

눈을 깜빡이자 황금색 눈을 가진 까마귀는 어디에도 없었고, 온몸이 흥건히 식은땀으로 젖어 있었다.

새벽의 왕.

왕계와 자류휘 중 **어느 쪽**일까, 장난치듯 한 마디를 던지고 사라진 황혼의 왕.

류휘와 리앵의 얼굴이 눈앞으로 스쳤다. 폐를 찌르는 통증에 가슴을 움켜쥐었다.

——낡은 것을 없애고 새로움을 널리 펼 왕은 어느 쪽이 될 것인가.

왕계가 홍주로 파견할 제1진으로 선발한 것은 대부분 십육위(十六衛) 소속의 무관들이었다. 하지만 우림군(羽林軍)에서도 소수이기는 하지만 선발되었고, 그 중 한 명인 고한승도 연일 준비로 분주했다.

이른 아침 그 자리에 나타난 왕계의 모습에, 거의 출발 준비를 끝내고 있던 부대가 웅성웅성 술렁거렸다.

말을 손질하고 있던 고한승은 그 손을 멈추고 돌아보았다가 떡 하고 입을 벌렸다.

이제까지 본 적 없는 아름다운 옅은 보라색 군장.

무관들 사이를 누비며 다가온 장군이 누구인지 순간적으로 알아차리지 못했다가 이내 기절할 듯 놀랐다.

"우와, 정말로 왕계 장군이네. 처음 봤어. 군장 차림의 왕계 님이라니…."

본직인 무관과 비교하면 경군장이기는 했지만 명백한 전투 갑주였고, 투구부터 검까지 제대로 갖춘 그 모습은 지금까지와는 인상이 완전히 달라 보였다. 허리에 찬 한 자루 검은 이름 있는 검은 아닌 것처럼 보였지만, 손질이 잘 되어 있어 칼집 안에서 물결치고 있는 푸르른 무늬까지 보일 것만 같았다. 무엇보다도 온몸을 감싸고 있는 아름다운 열은 보라색 군장이 특히 눈길을 끌었다.

자문일족은 군장에도 금지색인 보라색 사용이 허용된다고 알고 있었지만, 그 중에서도 세상에 딱 한 점밖에 남지 않았다고 하는 '자색 군장' 을 직접 보기는 고한승도 처음이었다.

'게다가 저거… 경군장이긴 하지만, 예복이 아니라… 완전 실전용이잖아….'

아름답고 우아한 형태와 문양 때문에 깜빡 속아넘어갈 수도 있겠지만, 문관이 마지못해 장식장에서 꺼내온 것 같은 허접한 물건이 아니다. 철저하게 무관 사양으로 가볍고 움직이기 편하면서도 세세한 부분까지 계산된, 무서울 정도의 실전용 군장이었다. 보기만 해도 등골이 오싹했다.

왕계는 고한승에게 문뜩 눈길을 주더니, 무슨 일인지 똑바로 걸어왔다. 고한승은 뛰어오를 듯 놀라서 스스로도 한심할 정도로 안절부절못했다. 무슨 일이지?!

"…미안하군. 내 말이다. 자네가 손질을 해주고 있었군."

"넷?! 아, 그, 그, 그랬습니까? 제멋대로 행동해서 죄송합니다!"

자기 말 손질을 끝낸 뒤, 별 생각이 없이 '구석에 덩그마니 말이 서 있네' 하면서 다가가보니 상당히 좋은 말이었기에 무심코 멋대로 손질을 하고 있었던 것이다. 갈아탈 말이라고 철석같이 믿고 있었는데, 설마 이런 곳에 덩그마니 지휘관의 말이 방치되어 있을 줄이야.

"자네, 고한승이라 했나? 내가 내린 지시도 혹시 해주었는가?"

일면식도 없는 자신의 이름을 왕계가 알고 있다는 것에 고한승은 또 한 번 놀랐다. 게다가 갑주를 걸치고 있는데도 아무런 어색함 없이 관복 때와 마찬가지로 성큼성큼 우아하게 움직인다. 오래 전, 정말로 매일같이 그 군장을 하고 있었던 거다. 그런 생각이 들어 가슴이 벅찼다.

귀양 완전포위전을 모르는 무관은 없다. 전화왕은 물론 존경하고 있지만, 그와 마지막까지 막상막하로 대적했다고 하는 왕계와 손능왕은 무관으로서도 특별한 존재였다. 고한승 역시 그랬다.

"아, 네. 끝났습니다. 말에게도 저에게도… 어, 뭔가 주술 같은 겁니까?"

"글쎄. 효과가 있다면 좋을 텐데. 뭐, 말에게는 마음의 위안 정도일 뿐이지만. 원래 말은 겁이 많은 동물이어서 말이지… 또 뭔가 말하고 싶은 얼굴이군. 괜찮다, 말하게."

"…그, 그러면. 짐마차와 그 짐 말입니다만… 왕계 님, 그 짐마차, 공부(工部)가 특별 제작했다고 하던데… 제 눈에는 아무런 특징 없는 평범한 목제 마차로밖에 보이지 않습니다. 풀무치는 나무까지 먹어치운다던데 눈 깜짝할 사이에 덮쳐서 전멸당하는 건 아닙니까? 최소한 철제라든가."

성질이 변한 검은 풀무치는 나무껍질까지 먹어치운다고 설명까지 해놓고서, 완성되었다는 '특제' 짐마차는 목제. 고한승은 그것을 처음 보았을 때 머리에 문제가 있는 거 아니야? 하고 진심으로 의심했던 것이다.

"철제는 무겁고 속도가 나질 않는다. 말의 부담도 크지. 저 짐마차는—."

말을 쓰다듬으며 상태를 확인하던 왕계가 갑자기 말을 끊고 고한승의 뒤쪽으로 눈길을 주었다.

그 시선을 좇아 고한승도 뒤를 돌아보고는 어라, 하고 얼빠진 목소리를 냈다.

"자 무관! 어째서 여기에? 홍주 파견부대에는 배속되지 않았을 텐데?"

정란은 소속인 우우림군의 군복차림으로 군마도 한 마리 끌고서 있었다. 그러나 고한승의 기억으로, 정란은 홍주 파견부대에는 뽑히지 않았을 터였다.

정란은 왕계가 걸친 자색 군장을 흘낏 보았다. 찰나, 그 차가운 눈에 불온한 기색이 스친 듯했다. 다음 순간에는 여느 때와 다름없는 평온한 얼굴로 돌아와 있었지만 고한승은 묘한 불안감으로 가슴이 두근거렸다.

정란은 왕계에게 약식경례를 하고, 고개를 숙였다.

"…무슨 일이 있어도 이번에는 저도 종군 허가를 부탁드리고 싶어 멋대로 이렇게 찾아왔습니다."

왕계는 눈을 가늘게 떴다—— 오래 전, 모친과 함께 포박하여 다주로 유배를 보냈던 제2왕자.

"…독단인가?"

"…독단입니다."

왕계는 눈을 크게 떴다. 그 제2왕자가 순순히 독단이라고 대답하리라고는 생각지 못했다. 지난 십여 년 동안, 전과는 확실히 뭔가 달라진 것이겠지. 그러나 변함없는 부분도 있다.

왕계는 딱히 고민하지 않았다. 정란이 무슨 속셈으로 이곳에 왔는지 어렴풋이 짐작을 하면서도.

"알았다. 허락하겠다. 오고 싶다면 마음대로 하도록. 고한승의 부대에 배속한다."

이번에는 정란이 놀랄 차례였다… 이렇게 어이없게 허락을 해줄 것이라고는 생각지 못했었다.

"뭔가, 또 질문할 게 있는가? 자 무관."

정란은 눈을 가늘게 뜨고 왕계의 몸을 감싼 아름다운 군장을 바라보았다.

"…그러면 한 가지만. 그 '자색 군장', 멋지고 우아하군요. 경 군장인 듯합니다만…."

왕계의 눈썹이 신경질적으로 치켜 올라갔다. 갑자기 왕계는 언짢은 표정으로 말에 안장을 올리기 시작했다. 갑자기.

"이야기는 끝났다."

"이제 막 시작했습니다. 그 외의 것들은 어떻게 하셨지요? 정식복장 말입니다. 그 엄청 호화롭고 아름다운."

다음 말이 이어질 때까지 정란은 왕계의 바로 뒤에 딱 붙어있었다. 마치 배후령 같다고, 고한승은 생각했다. 잠시 후, 지긋지긋하다는 얼굴로 왕계는 불쑥 중얼거렸다.

"…………팔았다."

"…………팔…았다……?!"

정란은 마치 이 세상이 끝나기라도 한 것처럼 얼빠진 얼굴로 비틀거렸다. 이내 무시무시한 표정으로 왕계를 몰아붙였다. 애써 작은 목소리로 화를 냈지만 함께 있던 고한승에게는 그대로 다 들렸다.

"역시!! 십여 년 전에 전당포에서 먼지를 뒤집어쓰고 늘어서 있는 것을 봤단 말입니다!! 가짜치고는 너무 잘 만들었다고 생각했는데… 역시 진짜였다니?! 믿을 수 없어!! 왕자조차도 착용이 금지되었던 최고위의 '자색 군장'을 마을 전당포에 그런 가격으로 팔아치우다니!!"

"한낱 군장일 뿐이다. 그때는… 목돈이 필요했다. 이러쿵저러쿵 하지 말라."

왕계도 기억을 떠올렸다. 유순이 국시를 봤던 해로, 비용을 내야 하는데 다른 일들로 돈을 써버려서 당장 현금이 없었다. 그래서 어쩔 수 없이 '자색 군장'을 전당포에 맡긴 것이었다. 국시 비용은 말도 안 되게 비싸다. 지금도 비싸지만 당시에는 훨씬 더 비쌌다. 황의와 안수가 자음(資陰)으로 조정에 들어온 것은 가난해서 국시 비용을 마련하지 못한 탓도 있었다. 전당포 주인이 전혀 진짜라고 믿어주질 않은 탓에 완전 헐값에 넘겨주고 말았다. 돈이 급하다는 약점을 간파당해 사기를 당한 거라 생각하고 싶진 않으니까 지금도 그렇게 믿고 있다. 하지만 자정란은 그렇게 생각하지 않는 모양이다. 그러고 보면 당시, 황의도 안수도 유순도 모두 같은 얼굴을 했었지.

"아무리 그래도 그렇게까지 헐값에 넘기는 사람이 있습니까?! 성 서너 채는 너끈히 살 수 있을 물건을 고작 금화 100냥에 교환하다니 있을 수 없는 일입니다. 처세술이 그렇게까지 없는 것도 재능이군요!!"

진짜 시끄러운 남자다. 그때 세 명은 아무 말 하지 않았지만 자정란은 봐주지 않았다. 왕계에게는 그저 오래 입어온 군장일 뿐이었지만 왕년의 왕자 입장에서 보면 여러 가지로 애착이 있는 모양이다.

"필요없다고 생각해서 팔았다. 쓸 일도 없을 테니. 그게 뭐가 어떻다는 것이냐."

"…하지만 경군장은 남겨 두셨군요."

정란의 목소리가 갑자기 낮아졌다. 한눈에 알 수 있었다. 어디 하나 녹슨 곳 없는 아름다운 군장은 한 번도 손질을 게을리 하지 않았다는 증거다. 마치 언제라도 그 군장을 걸치려고 생각하고 있었던 것처럼.

"언젠가, 다시 '자색 군장' 이 필요해지는 날이 올 것이라고 생각하셨던 겁니까?"

왕계는 안장을 다 올리고 나서 바보 취급하는 듯한 눈으로 정란을 돌아보았다.

보고 있던 고한승의 등줄기에 차가운 무언가가 닿은 듯했다. 아무튼 끼어들어야겠다고 생각한 그때였다.

뭔가를 끼얹은 물소리가 났다.

순간 독특한, 자극적인 냄새가 퍼졌다. 불쾌한 냄새라기보다는 약초 냄새였다. 현장을 목격한 고한승은 얼어붙었다. 왕계가 정란을 향해 뭔가 액체를 끼얹은 것이다. 정란은 도망치지도 않고 다 뒤집어썼다. 목부터 아래쪽 군장이 주로 젖었지만 얼굴에도 튀었다. 애간장이 타는 건지, 간이 오그라든 건지, 고한승은 알 수가 없었다.

"아, 저기, 아이고, 와, 왕 장군님… 저기… 너무 심하신 건."

"이런 바보 놈에게는 이게 딱이다. 시간도 없다. 가겠다."

다음 순간 왕계는 벌써 안장 위에 올라타 있었다. 고한승은 어안이 벙벙했다. 정말로 무관 빰치는 날렵한 몸놀림이었다. 이런 사람이 문관, 게다가 벌써 쉰도 넘었다니 믿을 수가 없다.

왕계가 말에 올라탄 것을 보자 순식간에 주위가 소란스러워지더니 다들 말을 타고 달려오기 시작했다.

안장 위에서 왕계는 물방울이 뚝뚝 떨어지고 있는 자정란을 내려다보았다. 피하지도, 닦으려고도 하지 않던 정란을 보고, 왕계는 입술을 치켜 올리듯이 웃었다.

"…꽤좋구나. 그럼 아까 질문에 대답을 해줄까, 자정란——'맞다'."

또다시 군장을 몸에 걸칠 날이 올 것이라 생각하고 있었다는 것——.

정란의 눈이 불온하게 일그러졌다. 딱 한 번 시선이 얽힌 후, 왕계는 선두에 서서 달려나갔다.

"아, 괘, 괜찮으십니까? 자 무관."

"…네, 별일 아닙니다."

정란은 아무 말 없이 달려가는 왕계의 등을 바라보면서 훽, 하고 거칠게 얼굴을 닦았다. 혀끝으로 액체를 핥고는 의아하다는 표정을 지었다. 다행히 독은 아닌 것 같았지만 약도 아닌 것 같다.

"…씻어낼 시간은 없겠군요."

"씻어내면 안 됩니다. 군장 구석구석에 바르라고 하셨습니다."

"…네? 뭡니까, 이 이상한 액체는. 절 괴롭히려고 뿌린 것 아닙니까?"

"뭐, 그런 식으로 뿌렸으니 괴롭히려고 한 것인지도 모르겠습니다만. 저도 무슨 액체인지는 잘 모르지만 주술일 겁니다. 출

전 전에 발라두라는 통지가 있었습니다. 자 무관께서는 모르셨을 테니, 그런 방법으로 한 번에 처리하신 게 아닐까요? 여기, 제 수건 사용하십시오. 닦아내지 말고 넓게 바르십시오. 자, 그럼 저희도 풀무치 퇴치하러 가볼까요—."

정란은 어색하게 웃었다. 그 바람에 품안에서 바스락, 하고 소리가 났다. 정란의 얼굴이 순간 딱딱하게 굳었다. 수려가 보내온 서한. 봉투도 뜯지도 않고 넣어둔 그 서한을 정란은 옷 위에서 살짝 누르며 모르는 척했다.

"그렇죠… 나쁜 벌레는… 퇴치해야겠지요."

힐끗 행군을 지휘하고 있는 왕계를 보는 그의 눈에 한없이 차가운 빛이 스친 듯했다. 아무래도 오늘 자 무관은 좀 이상하다. 아니, 얼마 전부터 상태가 이상했다. 문뜩 보면 웃음기 없는 얼굴로 무언가를 골똘히 생각하는 일이 많아졌다. 홍 관리가 행방불명된 것 하며, 요즘 계속 홍가에 문제가 일어나고 있다. 가인으로서 홍 관리를 모시고 있으니, 여러 가지로 걱정거리도 많겠구나, 하고 걱정은 하고 있지만 아무래도 그것만은 아닌 것 같다는 생각이 들었다.

자 무관은 뭔가 결심을 했기 때문에, 이렇듯 당돌하게까지 보이는 홍주파견 수행을 자청한 게 아닐까 싶었다.

'무엇을?'

…불길한 예감이, 들었다.

그날 왕계는 군을 인솔하여 홍주로 떠났다.

성문 위에서 왕계와 정란의 모습을 보고 있던 유순은 희미한 미소를 짓고는 발걸음을 돌렸다.

"수려 님, 정보가 들어왔습니다. 역시 왕도에서 큰 움직임이 몇 개나 있었군요."

'정적의 방' 에서 글을 쓰고 있던 수려는 바로 고개를 들었다.

주취가 모든 '통로' 를 연 뒤로, 차단되어 있던 '밖' 의 정보가 밀물처럼 밀려들어왔다. 리앵은 황해와 구제안건 관련하여 모든 사원의 통괄을 맡고 있었기 때문에, 필연적으로 추영이 정보를 파악하고 수려의 보좌 같은 일을 하고 있었다.

"어떤가요?"

"역시 남주도 장마로 수해와 염해가 심하다는 게 사실이었습니다. 아직도 비가 그치질 않고 있습니다. 주목(州牧)이신 강문중 님께서 어떻게든 중앙에 구원요청을 하지 않고 처리하기 위해서 동분서주하고 계시지만… 이대로 가면 아주 힘들 겁니다. 남주의 식량도 수해로 절반은 괴멸 상태입니다."

"그렇다면… 역시 다른 주로 보낼 만한 여분은 남주에도 없다는 것이군요."

"…네. 그리고 벽주. 지진과 황해로 가장 피해가 큽니다. 리앵과 주취 님은 벽주에 대해서는 지원하기로 결정하고 모든 사원이 지원하도록 통지를 내렸습니다. 이쪽은 왕도에서도 움직이고 있습니다. 벽주에 대해서는 공부시랑인 구양옥이 생사불명인 벽주 주목 혜가 님 대신 임시 주목으로 임명되었습니다."

"구양 시랑이요?!"

"네. 그 선발대로 좌우림군의 대장군 흑요세가 파견된 모양입니다. 고립된 채 혼란 상태인 벽주군을, 가는 길에 통괄해서 이재민 지원에 나설 모양입니다. 흑요세 대장군이라면 걱정 없습니다."

해고된 지금도 역시 추영에게 상관은 흑요세밖에 없는 듯했다.

수려는 근위대장군 중 한 명이 류휘 곁을 떠나 있게 된다는 것에 생각이 미쳤지만 입에는 담지 않았다. 피해지역에 가시적인 강력한 지원이 된다는 점은 확실했다.

"그리고 홍주. 황해대책을 위해 홍주에 파견될 장군이 결정되었습니다… 추측이 맞았습니다. 왕계 님입니다."

수려는 입술을 굳게 다물었다. 간다면 왕계나 규황의 둘 중 하나라고 생각은 하고 있었지만——.

"…직접 나서신 건가요."

"네. 정예군을 이끌고 곧 왕도를 출발해서 홍주로 향할 겁니다. 아니, 벌써 향하고 있을지도 모르겠군요. 이 표가에 있다 보면 가끔 시간감각이 이상해져서 곤란하다니까요."

조금이기는 하지만 시간이 '밖'과 어긋난다고 한다. 그리고 신기하게도 이 영지에 있으면 몇 번 아침을 맞았는지, 언제부터인가 헤아리지 않게 되는 것이었다. 이 땅에 익숙해지면 그런 일도 없어진다고 하지만 수려나 추영은 아직 모호함 속에서 시간을 보내다가 핫, 하고 깨닫곤 했다.

"왕계 님이 잠시 조정을 비우시게 된다는 것이군요…."

"이로써 주상도 조금은 숨을 쉴 수 있게 되면 좋겠습니다만."

"…네."

입으로는 그렇게 말하면서도 수려는 불길하게 가슴이 뛰는 걸 느꼈다… 정말로 그런 걸까. 오히려 그건 또 다른— 위험한 뚜껑을 여는 일이라는 생각이 들었다.

"수려 님은? 다 쓰셨습니까?"

"아, 네. 날인만 하면 끝납니다."

수려는 서한의 마지막 부분에 꾹, 자신의 도장에 인주를 찍어서 두 번 눌렀다. 어사의 도장과 경제봉인 해제를 위해 받아온 칙사 도장. 수려는 두 번째 도장을 뚫어져라 응시했다.

"…설마 칙사 도장이 이런 곳에서 도움이 되리라고는 생각도 못 했어요."

표가에 정식으로 구제조치 요청을 하고 싶어도, 감찰어사만으로는 약했다. 그러나 칙사라면 엄연한 왕의 대리. 이는 엄청난 차이였다. 수려에게도 추영에게도. 특히 왕에게는.

추영한 안도했다는 듯이 그 도장과 서한을 보며 미소를 지었다.

"좋아, 이걸로 표가와 류화 아가씨를 움직인 건 왕의 수훈이 되겠지요. 다행입니다…."

"황해 문제는 이제 리앵과 표가의 준비만 남았어요. 홍주로 향할 날도 표가의 움직임에 달린 거죠."

"수려 님은 그 '노옹'이 통괄하는 녹명산 대사원에 '통로'을 열어달라고 부탁하셨다면서요?"

"네. 처음 황해 진압과 관련해서 도울 일이 있을지 물어보려… 했는데요."

수려는 뭔가를 생각한 듯이 탁, 하고 붓을 놓았다. 홍주에 가는 것은 처음부터 정해놓은 일이었다.

황해 문제도 그렇지만, 실은 그 외에도 **간과할 수 없는** 안건이 몇 건인가 홍주에는 남아있다.

'…경제봉쇄의 혼란 속에서 사라진 대량의 홍주산 철탄과 기술자들의 행방….'

애초에 칙사를 맡았을 때 홍가를 설득해서 문제를 해결하고 나면 주부(州府)에 잠입해서 연청과 조사를 할 계획이었다. 황해가 발생하리라고는 생각지 못했지만, 바쁘다고 그냥 넘겨버릴 수는 없다.

누가, 어디로, 어떻게 수송했는가. 그리고 **어디에** 쓴 것인가.

――단기간에 엄청난 양의 철을 생산할 수 있게 되는 기술과 철탄을 훔친 숨겨진 목적.

"…또… 뭔가 생각하고 계시군요…? 수려 님…."

"네, 황해 문제는 아니지만요… 아, 맞다, 남 장군님께도 하나 여쭤볼 일이――."

그때 문이 열리면서 주취가 쟁반을 들고 조용히 들어왔다. 쟁반에는 탕약 그릇이 하나 놓여 있다. 수려는 후궁 시절이 떠올라 그리움을 느꼈다. 그때가, 이젠 100년 전처럼 느껴진다.

"실례하겠습니다, 수려 님. 오늘 드실 탕약입니다."

'님' 은 붙이지 않아도 된다고 아무리 얘기해도 주취는 완고하게 거부하고 있다. 그것도 참 이상한 일이다.

"주취, 매일 챙기지 않아도 괜찮은데. 바쁘잖아? 알려주면 내가 달이면 되는데."

"아닙니다. 이것만은 제가 달일 겁니다. 수려 님 몸과 관련된 중요한 일인걸요. 조금 있다가 약포도 가지고 오겠습니다. 그리고 홍주로 떠나시기 전에 한 번 더 저와 류화 님이 몸 상태를 볼 겁니다."
"그래, 그래."
"가볍게 생각하지 마세요. 이틀은 완전히 푹 잠들어 계셔야 합니다. 죄송하지만."
"에에엑?! 그, 그렇게나 오래 걸리는 거야? 조금 짧게—."
어떤 말도 듣지 않겠다는 듯이 노려보는 주취의 눈빛에 수려는 푹, 고개를 끄덕였다. 주취에게는 이길 수 없다.
"으——… 아, 그래, 마침 잘됐다. 주취, 남 장군님께도 같이 물어보고 싶은 게 있어."
"네, 무슨 일이시죠?"
"난 결국 못 봤지만, 두 사람은 본 거지?"
"뭘요?"
황해와 철탄, 그리고 또 하나. 연이어 쏟아지는 문제들에 깔려 버릴 정도였지만, 수려는 최근 며칠 동안 간신히 정리를 끝낸 항목들 중 마지막 한 건을 잊지 않도록 선반에서 끄집어냈다.
"주취와 류화 아가씨를 죽으려고 했던 흉수 말이야. 얘기해 줘."
추영은 예상치 못한 말에 어안이 벙벙했다. 한참 전에 끝난 일이라고 생각하고 있었다.
"흉수라니… 신과 함께 막아냈던 그 녀석 말이죠?"
"네, 남 장군님. 그 남자, 이마에 천을 감고 있다거나, 사형수의 문신 같은 것이 있었나요?"
"아닐 겁니다. 아무것도 없었습니다. 단지… 어딘지 상태가 이상하기는 했습니다. 자기 의지로 움직이는 건지, 아닌지 구분이 안 간다고 할까… 아, 어쩌면 예전의 주취 님처럼 조종당했다던

가?"

"…아니에요. 그건 세뇌는 아니었어요. 그 남자는… 수려 님, 왜 그런 걸 물으시나요?"

주취는 뭔가를 알고 있는 듯 말을 얼버무리다가 먼저 수려에게 되물었다.

수려는 꿀꺽 탕약을 들이키면서 어딘지 도전적으로 생긋 웃었다.

"그 흉수의 배후에 있는 '사람' 이 내가 쫓는 사람이니까. 얼렁뚱땅 넘어갈 수는 없어."

이미 그 상대는 짐작하고 있다는 듯한 말투에 추영의 눈이 험악해졌다.

"…수려 님, 그 상대라는 게—."

"말 못 해요. 어사니까요. 하지만 놓친 흉수 건은 아직 끝나지 않았어요…."

수려의 시선에 주취는 움츠러들었다. 그것은 예전에 추영이 느꼈던 것처럼, 마음속에 숨기고 있던 것들을 남김없이 들추어내려는 눈이었다. 그러나 수려가 질문을 던진 상대는 추영이었다.

"남 장군님, 류화 아가씨는 '그 남자를 죽이면 문제의 반은 해결이 된다' 고 말했죠?"

"아, 네."

"절반. 그렇다는 것은 역시 표가와 관련해서는 거의 그 남자의 소행이라고 봐도 될 거라고 생각해요."

나머지 절반은 물론 류화에게서 이름을 들은, 배후 인물임에 틀림없다.

"신기(神器)라던가, 그런 것이었다면 난 거의 도움이 되지 못해. 하지만 류화 아가씨의 언동을 보더라도, 그 흉수를 붙잡을 수 있다면 배후인물이 표가에 위해를 가하기는 상당히 어려워지지 않을까? 주취와 류화 아가씨를 죽이려고 왔던 흉수는 실패했지. 하지만 이쪽도 놓쳐버렸어. 이대로 표가를 내버려둘지 확률은 반반이라고 주취도 생각하고 있는 거지? 각지로 파견을 보냈다는 표가의 무녀나 주술사들이 전혀 돌아오지 않고 있는 걸. 아직 경계를 풀지 않고 쫓고 있는 거 아니야?"

"————."

그 말대로였다. 아무리 표가의 젊은 주술사가 협력하고 있다 해도, 신기나 류화나 '시간의 감옥'에 갇힌 주취까지 알아내서 찾아오는 건 불가능하다. 그러나 그 배후인물은 그게 가능한 변칙적인 '장기말'——**그 남자**를 수중에 두고 있기에 이렇게까지 엉망진창으로 헤집어 놓을 수 있었다.

그리고 마지막으로 신이 놓쳤고, 그 남자를 잡지 못했기 때문에 안심하지도 못하고 있었던 것이다. 그런 모든 정황을 수려는 얼마 안 되는 실마리를 가지고 정확하게 꿰뚫어보고 있었다.

추영는 그때, 방금 '사형수 문신이 있었냐'는 질문을 받았던 것을 기억해냈다.

"…수려 님, 혹시 그 흉수도 '감옥의 유령' 중 하나라고 생각하십니까?"

'감옥의 유령'. 수려가 한 번은 꼬리를 잡았던 수수께끼의 흉수집단.

"네, 한참 동안 나타나지 않았던 건 아마도 표가의 '암살인형'을 쓸 수 있었기 때문이라고 생각해요. 꼬리가 잡히지 않는 것보다 더 좋은 일은 없을 테니까요. 전부 표가와 류화 아가씨의 소행이라고 뒤집어씌울 수 있고… 하지만 더 이상 표가의 협력을 받을 수 없게 되었죠. 그렇다면 '감옥의 유령'이 나오면 되는 거죠. 그 중 한 사람이 지난번 흉수일 가능성은 높아요. 손에 든 장기말은 줄었고, 앞으로 표가 이외에도 투입해야 할 상대가 생길지도 모르고."

가늘고 가는 한 줄기 실을 조심조심 풀어가고 있다. 결코 끊어뜨리지도, 손을 놓지도 않으면서. 추영은 어째서 규황의가 지난 반년 동안 수려를 해고하지 않고 계속 밑에 두었는지, 그 이유를 보고 있는 것 같았다.

"주취, 표가와 관련해서 말할 수 없는 일들이 엄청나게 많을 거라는 건 나도 대충은 짐작하고 있어. 그런 상태여도 괜찮으니까 협력해줬으면 좋겠어. 그 남자를 포박할 수 있도록. 어때?"

주취가 이마를 짚자, 옅게 땀이 배어 있었다. 눈을 내리깔고 깊은 한숨을 쉬었다… 난처하네.

지금 처음으로 수려가 홍소가의—'흑랑'—의 딸이라는 것을 실감한 것 같았다. 이 명석함.

"…사실은 '어머님'과 둘만의 비밀이었지만… 협력할 수 없다고 하더라도 수려 님은 분명 혼자서 움직이시겠지요?"

"응. 내가 할 일인걸."

"그렇다면 할 수 없겠군요. 가능한 한 정확한 정보를 드려서 수려 님께 해가 가지 않도록 하는 쪽이 좋겠군요. 저희로서도 잡아주신다면 정말 도움이 되는 게 사실입니다."

수려는 핫, 하고 고개를 들었다.

"그렇다면."

"…네, 수려 님. 수려 님의 추측은 거의 정확합니다. 실은 '어머님' 은 사마신과 남 장군이 끼어들지 않았다면 '암살인형' 에게 그 남자를 처단하도록 조처를 해놓으신 듯했습니다."
추영은 식은땀을 흘렸다. 전에도 류화에게 처단하라는 명령을 받았지만 주취를 구출하느라 내팽개친 채였다.
"어?! 그럼 또 우리가 방해를 한 거야?!"
"…그렇다기보다는 사마신이 그 남자의 보험이었던 것 같습니다. 즉, 암살에 실패한 그 남자의 목이 날아갈 상황이 되면 사마신이 도망치게 해줄 것이라는 것. 공범은 아니지만, 동료이기는 한 것 같으니까요. 그러니까 어차피 그 남자를 잡기란 어려웠다고 생각합니다. 다만, 마지막에는 자신이 미끼가 되어서라도 '어머님' 은 그 남자를 처단하려고 하셨습니다. 무슨 일이 있어도. 그래요, 그 남자가 없으면 표가의 문제는 거의 해결이 되니까요. 걱정거리도 단숨에 줄어들지요."
주취는 어디에서 어디까지 말을 할지, 신중하게 생각하는 표정을 지었다.
"아까도 말씀드렸지만 세뇌된 것은 아닙니다. 간단하게 말하자면 그건 움직이는 시체입니다. 분명, 수려 님께서는 돌림병 퇴치를 하시면서 비슷한 강시를 보셨다고 리앵 님에게 들은 적이 있습니다."
수려는 핫, 하고 놀랐다. 두영월을 키워준 양아버지이자, 수경도사(水鏡道寺)의 주지인 화진. 리앵이 '연' 이라 부르던 그는 누군가에게 조종되고 있었다. 나중에 조사해보니 이미 숨이 끊어진 시체여서 한바탕 소동이 일어났었다.
"그것과 같다는 거야? 그 남자는… 당주님과 마찬가지로 그,

강시라는 거야?"
"완전히 똑같은 것은 아니지만 비슷합니다. 화진 님은 완전히 시체였지만 그 남자는 살아 있는지 죽어 있는지 아직 정해지지 않은 상태이지요. 그러니까… 혼백이 날아간 '빈 껍질' 이라고 생각하시면 될 거예요. 보통은 혼백이 날아가면 숨이 끊어지지만, 어떤 주술로 빈껍데기만 남은 상태에서 조종이 되고 있는 것 같습니다. 네, 배후의 '누군가' 에게."
주취의 말투를 볼 때 이미 '어떤 방법' 이 사용되고 있는지는 눈치를 챈 듯했지만 이를 수려에게 말해주지는 않았고, 수려도 묻지 않았다. 들어도 잘 모를 일이었다.
이 '빈껍데기' 는 죽은 자와 산 자의 어중간한 경계에 있고, 요괴 종류도 아니기 때문에 표가의 대무녀가 쳐놓은 결계에도, '시간의 감옥' 에도, 신역의 속임수에도 걸리지 않고 류화와 주취 앞에 모습을 드러냈다.
"원래는 류화 님이 '포획' 하셔서, 표가에서 움직이지 못하도록 보존해놓으셨던 모양이지만…."
"…흐음. 누군가가 통째로 훔쳐갔다는 거구나?"
"…네. 아무래도 입향이 안내를 한 모양입니다. 류화 님이나 주술사들이 다른 일들로 경황이 없는 틈에."
리앵은 아버지로부터 '류화가 누군가에게 빌려주었다' 라고 들었던 모양이지만, 주취가 류화에게 확인해보니 불같이 화를 냈다.
『누가 그런 요성 딸린 놈에게 빌려준단 말이냐!! 이용당하지 않도록 회수해서, 엄중하게 봉인해 놓았던 것이다. 그렇게 입향을 속인 것이로구나. 나의 봉인을 깨고 가져갔어.』

주취는 솔직히 놀랐다. 류화의 봉인을 깼다고? 그런 일이 가능한 인간은 없을 터였다.

『그 놈을 회수했을 때에는 이미 나보다 먼저 '서약'을 한 상태였다. 내 명령보다도 그 자의 명령이 우선시되는 것이지… 나중에 깨달은 일이다. 나의 실책이었다.』

즉, 세뇌의 우선순위 같은 것이 있어서, 류화가 시체를 회수했을 때에는 이미 다른 누군가가 최우선권을 확보한 상태였던 것이다. 그러나 류화라면 그런 순위 따위는 간단히 바꿔버릴 수 있었을 테고, 실제로도 그렇게 했을 것이다. 그러나 바뀌지 않았던 모양이다.

그 대단한 류화의 주술이 듣지 않았다. 그래서 봉인할 수밖에 없었던 것이다.

그럴 수 있는 조건은 극히 한정적이다. 그리고 류화도 주취도 그것이 무엇인지 어렴풋이 짐작하고 있었다.

"하지만 그렇게 편리한 '빈껍데기'는 이 세상에 그 남자의 몸 하나뿐입니다."

"그렇다면 우리가 잡게 되면 정말로 영향이 크겠네… 배후인물이 가진 패도 하나 없앨 수 있는 거고."

하지만 강시도 범죄사건의 증인이나 증거로 채택이 될 수 있을까. 수려는 고개를 갸우뚱했다. 강시가 증인으로 채택된다면 유령의 증언도 채택될지도 모른다.

"주취, 그 '빈껍데기'라는 거, 우리들 같은 보통 사람도 잡을 수 있어?"

"네, 요괴나 괴물 부류는 아니라서요. 주술이나 괴력을 사용해야 하는 건 아닙니다. 원래 가지고 있던 능력 이상은 발휘하지 못하거든요. 완전히 움직일 수 없게 하려면 목을 쳐야만 하지만, 움직이지 못하도록 엄중하게 포박을 해서 감금하기만 해도 충분합니다."

보통 인간과 마찬가지로 포박은 가능하다는 것이다. 수려는 조금 안도했다. 설령 강시라 하더라도 목을 치는 것은 마음이 무겁다. 게다가 상대는 살아있다고 할 수도 있는 미묘한 상태이고.

"어디에 있는지는… 표가에서도 파악하지 못했겠지… 알아냈다면 벌써 뒤를 쫓았을 테니까."

"…네, 그리고 산 것도 죽은 것도 아니라서 봉인한 '통로' 로도 드나드는지라 한층 더 골칫거리이고… 그래서 지금은 각 신역에 표가일족을 보내 방어를 하는 수밖에…."

"인상착의… 아, 두 사람 모두 그림으로 얼굴을 그려줘. 마침 붓과 종이도 있으니까. 키라든가, 복장 같은 것도."

수려가 별 생각 없이 붓을 내밀자 주취와 추영은 괴상한 비명을 질렀다.

"엑?! 그림…이요, 수려 님?! 저어, 정말 거의 기억이 안 나요…."

"에에에엑?! 몇 십 년 만에 그림이라니. 저, 수려 님, 그림은 좀…."

수려는 완곡하게 거절하려는 두 사람에게 생긋 웃어 보이며 '잔말하지 말고 그리세요' 라고 위협적인 낮은 목소리로 협박했다. …두 사람은 지고 말았다.

그리고 완성된 두 장의 그림을 본 수려는 침묵했다. 추영의 그림은 그럭저럭 볼 만은 했지만 주취 쪽이 참담했다. 그리고 보면 자수 솜씨도 예술적이었던 게 새삼 떠올랐다. 있는 그대로 말해보자면 '미역줄기 같은 머리카락, 고양이 눈, 남자. 키는 추영 정도. 멍하니 있다가 가끔 기분 나쁘게 웃고 말은 하지 않는다. 전투능력은 정란 정도'. 결국 말로 하는 것과 별 차이 없는 정보밖에 얻을 수 없――.

'…어?'

불현듯, 그 묘사에 희미하게 기억의 바닥에 가라앉아 있던 무언가가 흔들리는 듯했다. 물결치는 긴 곱슬머리, 고양이 눈. 딱 한 사람, 수려는 그 묘사가 들어맞는 남자를 알고 있었다. 하지만 그럴 리는 없었다.

"……어, 그러니까. 그럼 남 장군님. 연령대는요?"

"서른 살 전후 정도일까요… 그런데 어딘가에서 비슷한 느낌의 누군가를 만난 적이 있는 것 같기도 합니다만…."

그림을 자세히 보다보니, 추영 쪽은 얼굴 이외의 부분이 묘하게 자세히 묘사되어 있다는 걸 알아챘다.

"…반지? 끼고 있었어요? 그리고 이 손과 팔에 그려넣은 선은?"

"아아, 맞다. 반지를 끼고 있네―하고 생각했던 기억이 나서 말입니다. 손에 있는 선은 상처입니다. 신과 같이 막아냈을 때. 그리고 주취 님을 구하면서 제가 남긴 팔의 멍이라든가 상처 같은 것도 있을 것이라고 생각합니다… 다 나았을지도 모르지만."

주취는 핫, 하고 뭔가 생각난 듯 추영을 보았다.

"아니오, 인간이 아니기 때문에 치유능력은 거의 없어요. 그렇기 때문에 몸에 생긴 상처나 멍은 그대로 남아있을 거예요. 이거, 중요한 인상착의가 될 수 있을 것 같은데요. 그쪽도 이젠 얼굴을 들켰고."

얼굴을 들켰다는 말에, 추영은 문뜩 기억을 떠올렸다. 전에 주취가 세뇌당한 채로 십삼희를 습격했던 때, 여우가면을 쓰고 있었다. 아무리 그래도 주취 앞이라 입에 담지는 않았지만 수려도 그때 일을 떠올린 듯했다. 배후에 있는 것이 동일인물이라면.

"그렇구나, 앞으로는 얼굴을 숨기고 접근할 가능성도 있겠네…."

"수려 님, '빈껍데기'는 보기만 해도 좀 이상하다고 알 수 있습니다. 특히 '밖'에서는요. 당주님 때와는 달리 조종하고 있는 건 표가의 사람이 아니라 평범한 사람입니다. 명령을 내려서 움직이게 할 수는 있어도 '연'처럼 그 몸을 계속 조종하는 건 불가능하죠. 해봤자 극히 짧은 시간밖에는 할 수 없을 거예요."

"그래, 정말 그렇겠다. 얼굴도 창백하고, 무엇보다도 그림자가 없는 사람처럼 움직임도 표정도 기묘했지… 하지만 얼굴을 숨기면 잘 모를 수도 있지 않을까…."

수려는 그림에 그런 정보를 붓으로 적어 넣었다.

"수려 님, 이쪽에서도 지속적으로 조사를 해보겠습니다. '밖'에서도 표가계열 사원에 들러주시면 정보가 제공될 수 있도록 조처해 놓겠습니다."

"그래, 잘 부탁해, 주취. 하지만 어쩌면 저쪽에서 올지도 몰라."

"네?"

수려도 표가에서—온 것은 조무래기였지만—한 번 살해당할 뻔했다. 방해꾼을 모조리 처단하는 거라면, 앞으로 만날 확률은 높아질 게 확실했다. 특히——.

'사라진 기술자나 철탄의 은닉장소··· 지금 단계에서 뒤를 캐도록 내버려둘 리가 없을 테니까.'
추영의 얼굴을 본 수려는 먼저 못을 박았다.
"제 호위로 같이 홍주까지 가는 건 안 돼요, 남 장군님."
"……."
"류휘 곁에 있어주세요. 홍주에는 아마 연청이 있을 거예요. 합류하면 문제없어요. 제가 아니라 류휘 곁에. 가능한 한 빨리 돌아가주십시오."
수려의 진지한 눈에 추영은 조금 웃었다. 추영은 어디로 가고 싶다고 밝힌 적은 없었지만 수려는 진즉에 파악하고 있었던 모양이다.
추영이 대답하기 전에 리앵이 방 안에 들어왔다. 조금 피곤한 얼굴이었다.
"홍수려, 대충 전망이 섰어. 홍주 대사원 계열에 의한 구제와 황해대책 준비는 '밖'의 시간으로 약 5일 전후로 끝나. 홍주로 떠나는 건 그 후가 될 거다."
5일 전후. 수려로서는 마음이 급했지만, 광대한 홍주의 구석구석까지 대응해야 하니 어쩔 수 없다.
수려는 조급한 마음을 달래려는 듯 심호흡을 했다.
"알았어. 그럼 출발은 바로 그 직후에. 가능하면 새벽에 바로 홍주로 떠나겠어요."

——류화가 옥좌에서 얼굴을 들자 주취가 와 있었다. 문뜩, 묘

한 기분이 들었다. 리앵에, 수려에, 오랫동안 아무도 가까이 오지 않았던 이 방에 요즘 들어 빈번하게 누군가가 찾아온다.

"어머님… 전 사원의 황해대책에 전망이 선 모양입니다. 수려님도 그 일정에 맞춰 출발은 5일 후 새벽이 될 것이라고 합니다."

"흐음… 그러면 모레부터 재워야겠구나."

주취는 고개를 갸우뚱했다. 실은 수려에게는 그렇게 말해놓긴 했지만 주취 자신도 이상하게 생각하고 있었다.

"그 건 말입니다만… 이틀이나 걸리는 이유는 무엇입니까?"

"…조금 생각이 있다. 몸을 살펴보는 것 외에, 해두어야 할 일이 있구나. 곧 알게 될 것이야."

류화는 차갑게 그렇게만 말했다. 주취는 고개를 갸웃거리면서도 끄덕였다.

"그리고 어머님의 예상대로, 수려 님은 그 '빈껍데기'를 황해와 병행하여 쫓는다고 합니다."

류화는 유쾌하다는 듯이, 그리고 만족스럽게 눈을 빛냈다.

"정말이지… 재미있는 계집이다. 좋다, 따로 누굴 붙여줄 수는 없지만 정보는 바로바로 주도록. 이쪽으로서도 아주 도움이 될 게다. 벽주, 다주, 남주까지, 신기가 부서진 것은 세 곳. 더 이상은 곤란하다."

주취는 끄덕였다. '시간의 감옥'에서 나온 뒤로는 마치 세계의 일부가 된 것 같은 기묘한 착각이 계속되고 있다. 자신 안에서 신력이 빠져나가 각 주의 부서진 신기를 보완하고 있다는 것을 느끼고 있다.

수려나 추영 앞에서는 숨기고 있었지만 실은 계속 술에 취해 있는 것 같았다. 어질어질 현기증이 난다. 말 그대로 생기를 빼앗기고 있다는 것을 느낄 수 있었다. 하지만 그래, 더 이상은 이제 버틸 수 없다.

"…중앙인 자주(紫州)에서도 지진이 빈발하고 있다. 그것만으로도 귀양의 민심은 흔들리고 있을 것이야. 다행히 '간장' 과 '막야' 가 쌍으로 왔다. 그 두 자루를 빌린다면 봉인의 힘이 엄청나게 커진다. 구채강(九彩江)에서도 벽가리가 벽주의 거울을 복구시키고 있을 것이다. 주취, 그때까지 버텨야 한다."

만들면 반드시 죽게 된다는 구채강의 보경. 그러나 벽가리는 그 일을 맡았다. 최소한 하나라도 복구된다면 부담은 크게 줄어든다. 류화와 우우, 주취가 막고 있는 동안에 보경이 완성되면——.

순간, 주취의 표정이 굳어졌다.

류화는 턱을 괴면서 아무것도 없는 것처럼 보이는 공간을 힐끗 보았다.

"…누구냐, 결계를 넘은 자가 있구나. 주취, '보이' 느냐."

"…입항입니다. 입항이 탈옥한 모양입니다. 하지만 어떻게. 그 아이는 '무능' 인데. 감옥에서— 이 표가에서 나올 수 있을 리가 없는데. 그 아이—— '밖' 으로!!"

"누군가가 이끌어준 게다."

"누가… 뭘 위해서!"

류화는 짐작이 가는 얼굴이었지만 입에 담지는 않았다.

"지금은 내버려두어라. '천리안' 을 쓰고 있을 여유조차도 그대에게는 없을 터이니."

주취는 욱신욱신 통증으로 울리는 관자놀이를 누르며 조금이라도 두통을 가라앉히려고 숨을 들이마셨다.

"알, 겠습니다… '어머님', 한두 개 정도라면 벽가와 표가에서 새로 신기를 빠른 시일 내에 다시 봉납할 수 있습니다. 하지만 지금은 세 개. 이제 한계입니다. 괜찮으십니까?"

"……."

"이제 한 개라도 더 신기가 부서진다면, 모든 신기를 다시 봉납할 때까지 버틸 수 없습니다. 저는 둘째 치고 '밖'의 선동관들도 차례차례 수명이 줄어 주술사가 모조리 죽고 말 것입니다. 그렇지 않습니까?"

류화는 대답하지 않았다. 그것이 대답이기도 했다.

"알겠습니다. 그러면 이제 하나라도 부서진다면 제가 **모든 신역을 완전복구 하겠습니다**."

주취는 부드러운 미소를 띠었다. 이는 신기하게도 수려와 닮은 단호한 미소였다.

"미리 말씀드리겠습니다만 '어머님'께는 무리입니다. '제물'로 몸을 바치는 '대무녀' 역할은."

꿈틀, 하고 류화의 눈썹이 치켜 올라갔다. ──당대 대무녀에 의한 인신공양.

지금까지도 신기가 인위적으로 부서진 적은 있었다. 진위여부는 확실하지 않지만 8개 중 최대 7개까지 부서진 적도 있었다고 한다. 창요희는 그때를 위해서 한 가지 주술을 남겨주었다.

모든 신기가 부서지지 않는 한, 반측술(反側術)로 완전히 뒤집을 수 있는 최강의 봉인술.

오히려 그때를 위해서 표가 대무녀의 절대적인 신성과 전제권위가 존재한다고도 할 수 있었다.

목숨을 걸고 주술을 구사하는 무녀와 주술사 중에서도 오직 한 사람, 대무녀만이 해낼 수 있는 엄청난 주술.

"모든 신기를 대신하여 모든 봉인을 복구할 수 있는 것은 제 목숨밖에 없습니다."

류화는 희대의 대무녀. 지금도 이는 변함없다. 그러나 오랜 세월 속에서 모든 힘을 다 써버리고, 이제는 표가를 유지할 힘조차 없다. 지금 표가는 주취의 힘에 의해 유지되고 있다.

비록 류화와 우우의 도움이 필요하더라도, 아직 정식으로 대무녀가 된 것은 아니라 하더라도.

내릴 리 없는 눈이 내렸던 그날.

…류화는 대무녀가 아니게 되었던 것이다.

주취는 의식적으로 숨을 들이마셨다. 깊고 깊게. 어딘가에서 홰나무가 술렁거리는 소리가 들린다.

"달리 방법은 없습니다. 아닌가요? '어머님'."

류화의 침묵이 길었는지 짧았는지는 알 수 없었다. 류화의 표정은 털끝만큼도 변하지 않았으니까. 마치 시간이 멈춘 듯이.

문뜩, 기묘한 생각이 떠올랐다. 신기가 한두 개 부서진 정도라면 인신공양를 하지 않고도 해결할 수 있다. 혹시 류화가 혼자서라도 온갖 방법을 동원하여 그 남자의 목를 치려고 한 것은――.

그 때문이었을까? '시간의 감옥'에서 나와, 차기 대무녀가 될지도 모르는 자를 위해서?

그때 류화는 한 마디, 담담하게 대답했다.

"그렇다."

마치 주취의 밖과 안, 두 가지 생각에 한 번에 대답해주는 것처럼.

주취는 웃었다.

어딘가에서 우수수, 멀리 그리운 파도 소리와도 닮은, 잎사귀 스치는 소리가 들려왔다.

홍주 주부——주목실에는 요즘 연일 초조한 듯한 보라색 연기가 자욱했다.

"…류 주목, 그렇게 매일 피우시면 아저씨 냄새가 납니다."

탕, 하고 류지미는 담뱃대로 재떨이를 쳤다. 하얀 재가 피어올랐다.

"시끄럽다, 망할 주윤(州尹). 그걸 알면서도 골초처럼 피워대고 있는 내 입장도 좀 되어보라고. 용건은?"

"피해지역인 벽주 및 흑주, 백주의 사자가 또 식량원조를 해달라며 버티고 있습니다."

"네놈은 어느 주 주윤이냐. 홍주 안건을 먼저 보고하라. 현재 피해상황은?"

"…홍주 전역에서 풀무치 때문에 농작물 중 6할이 괴멸되는 피해가 발생했습니다. 중앙에는 지시하신 대로, 괴멸 8할이라고 숫자를 고쳐서 보고했습니다."

"그래, 그럼 됐다."

일말의 거리낌조차도 보이지 않는 류지미를 보며, 순욱은 마음 한 구석에서 씁쓸한 안도를 느꼈다.

홍주를 지키기 위해서라고는 해도, 퇴관감이다. 그 결과와 책임을 류지미는 흔들림 없이 짊어질 각오인 것이다. 그러나 순순히 경의를 표하기에는 나이 차이가 너무 적었다. 비아냥거림은 질투를 숨기기 위한 것임을 자각하고 있다. 다행인지 불행인지, 순욱은 자기 자신을 그 정도는 파악하고 있었다.

"그래서, 나머지 4할의 농작물은? 지킬 수 있을 것 같은가?"

"네. 마른 우물이나 구멍에 던져 넣고 석재 뚜껑으로 덮는 작업도 벌써 끝났습니다. 다음으로, 벽주에서 흘러들어온 유민(流民)과 황해로 인해 괴멸적인 피해를 입은 농가들에 대한 문제입니다만."

"그래, 하지만 가설 주택을 만들기에는 시간이 부족하지 않나. 만든다 해도 다 먹혀버릴 테고…."

"그 건으로 홍구랑의 부인이신 구화 님께서 보내신 서한이 있습니다. 홍주 각지 홍가 일족의 문호를 전면 개방하여 피해농민들을 받아들이기 시작했다고 합니다. 여기 서한입니다. 나중에 주목의 도장을 달라고 하셨습니다. 아드님이신 백읍과 따님이신 세라를 각지에 보내어 진두지휘를 시키고 있다고 하니 틀림없을 것입니다."

불쑥 내민 서한을 류지미는 아무 말 없이 훑어보고는 도장을 찍었다.

"…나중에 구화한테 보낼 감사장 써놓겠다."

"감사장은 제가 이미 보냈습니다."

"부관이 우수해서 기쁘다니까. 뭐랄까, 홍가에서 전혀 도움이 안 되는 건 정말로 여심 부자뿐이야… 홍가 일족과 연계해서 각 군부(郡府)를 지원하도록. 각종 경비는 주부가 담당한다. 홍가 일족은 오만하고 바보도 많지만 한번 움직이면 흠 잡을 데 없을 정도로 우수하지. 원하는 만큼 인재를 빌려다가 쓰라고. 그리고 홍가에서 돈도 받아오고. 그걸로 아낀 주부 재정은 다른 곳으로 돌리겠다."

"…빌리는 게 아니라 받아오는 겁니까?"

"기부야, 기부. 돈 모자란다고. 그래, 랑 아저씨를 끌어내서 보내! 연금 대신 비싼 녹봉을 받으면서 일은 하나도 안 하는 주제에, 내가 '당신 이제 그만 퇴관 좀 하지' 하고 사표를 들고 갈 때마다 비칠비칠 다 죽어가는 연기나 그럴싸하게 하고 말이지. '부탁이오, 이제 며칠 못 살 테니 조금만 더 기다려주시게' 라는 게 벌써 몇 년이냐. 그 주제에 그 영감, 지금은 저래도 옛날에는 실력파 중앙관리였다고. 보내서 홍가 놈들 엉덩이 털까지 다 뽑아오라고 해!"

그건 기부가 아니라 '삥' 을 뜯는 거 아닌가, 하고 순욱은 생각했지만 반론은 하지 않았다.

"…알겠습니다."

"…뭐, 이번에는 홍가가 상당히 도움이 된 건 사실이지만… 변했어, 홍가가."

홍가와 관련해서는 후려패주고 싶은 문제들이 몇 건이나 있지만 이번에는 상당히 대응이 달랐다.

지금까지의 홍가였다면 자신들의 실태(失態)는 뒷전으로 미뤄놓고, 주부와 나라에 선심이라도 쓰는 것처럼 굴었을 것이다. 그러나 이번에는 당황스러울 만큼 아무런 조건도 없다. 경제봉쇄를 해제한 후 지금까지 이해득실을 따지지 않고, 나라와 주를 보완하기 위해 연계하면서 홍가의 이익은 신경 쓰지 않는 것처럼 보인다.

"…홍가의 새로운 당주님이 꼬마 왕에게 충성을 맹세했기 때문인가. 하여간, 우리들이 아무리 끌어내려고 해도 나라나 타주에 무관심했던 주제에… 딸 때문인지도…."

일족 중 유일하게 출사를 거부하지 않고 어사로서 조정을 선택하여 본가를 설득하기 위해 달려오려 했던 홍수려.

딸 대신 아버지가 그 역할을 완수했지만, 일족 중에서도 유명한 바보 장남이었던 홍소가가 드디어 움직인 것은 딸을 보아왔기 때문일지도 모른다. 적어도 홍가의 무언가를 바꾸기 위해 돌아왔다. 후대에게 좀 다른 무언가를 넘겨주기 위해서.

지미는 잠시 동안, 만나본 적도 없는 홍수려라는 소녀를 아쉬워했다.

"그래서, 문제의 풀무치 동향은?"

"여전히 바람을 타고 무리를 늘려가며 홍주의 비옥한 평야를 괴멸시키고 있습니다. 하지만 선동관에서 연락이 왔습니다. 이제 보름 정도면 바람 방향이 자주 쪽으로 바뀐다고 합니다."

침묵.

순욱은 지미의 마음을 꿰뚫어본 것처럼 표정 없이 담담하게 말을 이었다.

"가을이 끝났음을 알리는 강한 홍풍(紅風)입니다. 예년보다 조금 빠릅니다. 홍주에 몰아치는 강한 바람이 약 보름 후에는 단번에 자주 방면으로 향하게 될 것으로 보입니다. **풀무치 떼와 함께**."

물론 지미는 그 의미를 알고 있었다. 그러나 어떤 반응도 하고 싶지 않았다. 어떤 얼굴도.

"현재 홍주를 뒤덮고 있는 풀무치 떼의 대부분이 바람에 날려가서 홍주에서 자주로 대대적인 이동이 일어날 것으로 보입니다. 그렇기 때문에 홍주의 황해대책은 앞으로 보름 정도라고 생각됩니다."

냉정한 보고였다. 여러 감정을 배제한 보고. 아마 자신도 순욱과 같은 표정일 게 틀림없다. 달리 어떻게 말한단 말인가. 다행이지요, 라고 덧붙이지도 않는다.

이제 보름만 더 홍주를 지켜낸다면 살 길은 남아 있다. 올해만이라 하더라도. 비황 떼는 홍주에서 왕도가 있는 자주로 이동하여 덮친다. 그러나 그런 것은 그들의 수훈도 뭣도 아니었다.

긍지와 의무와 책임이 있다. 순욱에게도, 지미에게도. 홍주의 사목(司牧)으로서. 중앙 관리로서.

그러나 그 양쪽을 완벽하게 지켜내지 못할 때, 할 수 있는 일들은 제한된다.

"알았다."

그래서 지미도 한 마디, 억양 없는 목소리로 그렇게 대답했다. 담뱃대를 물고 얼버무리는 비겁한 짓은 하지 않았다. 그것이 지금 지미가 할 수 있는 최대한의 일이었다. 고작 그것이.

"…벽주와 흑주, 백주의 사자는 어떻게 하시겠습니까? 식량원조 건입니다."

"풀무치가 다 갉아먹어서 여유가 없네요, 미안해용, 하고 웃으며 돌려보내도록."

"사자들은 오는 길에 홍주 각지에서 마른 우물과 땅 속에 식량을 던져 넣는 것을 보았습니다. 당연히 저희가 올린 숫자가 거짓이라는 걸 알고 있습니다. 요청을 거부하면 그 길로 조정에 직소할 겁니다."

"…그렇겠지. 이쪽은 몇 년 동안의 여분이 있지만 그쪽은 곡식 창고란 창고는 모두 텅 비었으니까. 약속을 받아내지 않으면 돌아갈 수 없다. 겨울에 백성들이 픽픽 죽어나갈 게 눈에 보이니까."

"자주도 벽주에 대한 식량원조를 주저하고 있습니다. 풀무치 떼가 자주로 향한다는 사실은 이제 얼마 안 가 확실해질 것입니다. 돌려보낸다면 조정은 북방에 원조를 하지 않는 이유를 당신 탓으로 돌릴 겁니다."

후우, 하고 차갑게 내뱉는 마지막 보라색 연기를 순욱은 잠자코 바라보았다.

"—돌려보내도록. 두 번 말하게 하지 말라. 반대 의견이 있으면 정확하게 말하라고. 좋은 대안과 함께 말이지."

순욱은 한 박자 후, 물러났다. 발걸음을 돌리자 아지직 하고 뭔가가 으깨지는 기분 나쁜 소리가 났다. 바닥을 보니 새까만 풀무치가 몇 마리나 번득이는 눈으로 순욱을 올려다보고 있었다.

문 틈새에서 몇 십 마리나 줄을 지어 기어나온다.

굳게 닫힌 창문 너머에서 비명이 들려온다. 관리들의, 백성들의.

지미는 틈새란 틈새에서 쏟아져 나오는 풀무치 떼를 차갑게 내려다보며 중얼거렸다.

"…드디어 주성(州城)까지 먹으러 왔군."

홍도(紅都)인 오동(梧桐)은 아름다운 도시였다. 천 년 이상 된 오래된 도읍이면서 언제나 막 닦아놓은 보석과도 같은 **단단함**이 남아 있었다. 사람의 손으로 하나부터 열까지 만들어낸 아름다움이 아니라 자연 그대로의 풍경 속에 사람들의 생활이 녹아 들어가 있어서, 옛날에도 지금도, 그리고 앞으로도 변하지 않을 아름다움이 계속되고 있는 것처럼 보였다. 이것은 홍가의 수훈이었다. 전란에 의한 파괴를 막아왔기 때문에 천 년 전 옛 도읍의 경관을 지금도 유지하고 있는 것이다.

이것이 타인을 무시하는 무관심과 철저한 계산에 의한 책모의 결과라 할지라도.

주황색 하늘, 멀리서 들려오는 기러기 울음소리, 빨간 잠자리와 가을 하늘. 벌써 한참이나 그 눈물 날 것 같은 저녁노을을 보지 못했다.

"—너무 늦다고. 노릴 거였으면 민가가 아니라 이 성부터 공격을 했어야지."

"네. 그 의견에는 찬성입니다… 뭐, 석조 건물이니 먹으러 온 건 아니지만요."

지미가 웃자, 이끌리듯이 오늘 처음으로 순욱이 웃는 기색이 느껴졌다.

"류 주목님!! ——주목님!!"

다른 주관들이 붕괴 직전의 혼란에 찬 비명을 지르면서 차례차례로 주목실으로 달려 들어온다.

이들과 함께 활짝 열린 문으로 부웅, 하고 풀무치 대군이 쏟아져 들어왔다.

순식간에 주목실은 몇 백 마리나 되는 풀무치로 새까맣게 뒤덮였고, 더듬이를 움직이며 뛰어오르고, 기어다니다가 날아오르는 기분 나쁜 날갯소리가 방안을 메웠다.

"주목님! 한낱 풀무치라고 생각했었는데 상상 이상으로 기분이 나빠서 무서… 으악, 저리 가!"

비명을 지르며 퍽퍽 풀무치를 짓밟고 손발을 마구 흔들면서 주관들이 주목실 안에서 이리저리 뛰어다닌다.

"진정하라. 쯧쯧, 평소의 뻔뻔함과 두꺼운 낯짝은 어디 간 거냐. 매일 내게 덤벼들고, 일만 있다 하면 똘똘 뭉쳐 시비를 걸지 않았느냐. 평화 시에만 적용되는 소인배의 용기였던 것이냐?"

순식간에 주관들은 울컥 한 듯 멈춰 섰다. 지미는 히죽거리며 담뱃대를 물었다.

국시출신이 많은 주부였지만—아니, 그렇기 때문이라고 해야 할까—나이는 많지만 직급은 낮고, 유복한 중류층 출신도 아닌 지미는 부임 직후부터 국시파와 귀족파 양쪽에게 바보 취급을 받아왔다. 주부 안에서는 주관들과, 밖에서는 홍가를 비롯한 자칭 '지역 명사들', 상인들과 이권다툼을 벌이며, 매일 다방면으로 싸우면서 주정을 꾸려왔다. 그런 격전 지역으로 자신을 던져 넣은 소 태사와 선왕을 몇 번이나 두들겨 패주고 싶었지만, 배짱 있게 버티고 앉아 끈기 있게 꾸준히 절충을 거듭하며 바꿔야 할 일들은 제대로 바꾸어 갔다. 그러나 아군이 늘어나기는 했어도 지금도 지미를 인정하지 않는 주관은 많다.

그러나 지미는 인정하고 있었다. 주의 고관까지 올라온 그들의 능력과 그 마음속의 무언가를.

적어도 백성이나 부하들에게 가지 않고, 싫어하는 상관인 지미에게 제일 먼저 달려왔다. 상관에게 왁왁거리며 울 것처럼 한심한 추태를 보여도 별 상관없다. 지미 외에는 누구에게도 겁먹고 두려워하는 모습을 보여서는 안 된다는 것을 그들은 알고 있다. 인간으로서 본능적인 공포를 느낄 때에도 관리의 긍지는 남아 있다. 멋지지 않은가.

"—알겠냐, 쫓아내는 건 풀무치만이다. 성 아래로 백성이 몰려들어도 절대로 쫓아내서는 안 된다. 반복해서 설명하도록. 대응전담조는 짜놓았겠지? 이들을 교대로 돌려서 주관들의 피로와 분노를 경감시키도록. 감정도 혼란도 바로 백성들에게 전파된다. 집이 없는 백성은 비어 있는 관사에 수용하도록. 우선순위는 병자, 노인, 돌봐줄 사람이나 남자가 없는 가정, 빈민을 우선시 하도록."

대처는 사전에 몇 번이나 전달해두지 않았느냐는 비아냥거림을 지미는 입에 담지 않았고, 질책하는 말투도 아니었다. 그래서 오히려 고관들은 방금 소란을 떤 것에 창피를 느낀 모양이다. 보통 때였다면 절대로 순순히 끄덕이지 않을 고관들이 오늘만은 입술을 굳게 다물고—풀무치가 입에 들어갈까봐 그런지도 모르겠지만—생각이 났다는 듯 어색하게 끄덕였다. 어딘지 멋쩍은 듯 샐쭉한 표정으로.

이런 상황이 아니었다면 지미는 웃고 있었을 것이다. 홍주 관리는 정말로 여심과 똑같다. 오만하고 자신만만하고, 고집이 세고, 자신보다 밑에 있는 자는 절대로 인정하지 않는다. 그 높은 콧대가 좋을 때도 있고 나쁠 때도 있다. 확실한 것은 그 장점과 단점 모두 지미가 쓸 수 있는 무기라는 점이다.

적당한 때를 가늠해 순욱이 풀무치를 소매에서 털면서 침착한 목소리로 지시사항을 물었다.

"주목님, 주군(州軍)은 어떻게 할까요? 움직이시겠습니까?"

"당연하다. 내보낸다. 주군만이 아니다. 홍가 및 전상련(全商連)의 사병단과도 얘기를 끝낸 상태다. 사병단과 연계하여 오동만이 아니라 홍주 전역에서 활동을 전개하도록—— 전군의 출동허가를 내리겠다."

술렁, 고관들이 동요했다. 홍가와 전상련과의 협상을 주목 자신이 하고 있다는 것도 몰랐거니와, 무엇보다도 전군을 남김없이 내보낸다는 것은 이례적인 일이었다. 순욱을 눈썹을 찡그리며 되물었다.

"…전군을 말입니까?"

"이런 때에 성을 지키게 해서 어쩌겠나. 가을철 단풍놀이 가는 게 아니라 풀무치 박멸이다. 백성에게도 포고령은 내렸겠지? 모든 군(郡)과 마을의 상조회 조직을 이용하라. 우르르 몰려다니지 말고 효과적으로, 조직적으로 움직여서 박멸과 포획, 나중에 먹는다. 대신 올해 감세를 약속한다고 모든 군부(郡府)에 통지를 내려라."

"…감세? 하지만 그 통지, 주목께서 지금까지 반대하고 계시지 않으셨습니까? 이제 와서…."

"반대가 아니다. 포고령을 내리는 시기가 적절하지 않다고 했을 뿐이다. 홍주 전역에서 올해의 수확 중 6할이 피해를 입었다. 평소와 같은 조세를 거둘 리가 없지 않나. 홍가 상대라면 몰라도 그렇게까지 악덕관리는 아니니다. 적당한 때다. 지금부터 모든 군부에 일제히 통지하라. 풀무치를 잡는 대신 조세는 절반 이하로 줄여준다고. 감세 폭은 황해문제가 해결된 후에 생각하겠다—— 이렇게."

적막에 감싸인 실내에서 타닥타닥, 부웅, 하고 풀무치 소리만이 울려 퍼졌다. 방금 전까지만 해도 불길하게 들리던 그 소리가 지금은 누구의 귀에도 얼빠진 소리로 들렸다. 순욱이 주관들의 속마음을 대변했다.

"…그거, 편승 사기라는 거 아닙니까? 딱히 풀무치를 잡지 않아도 조세는 줄일 예정이었으니까요. 게다가 뒷부분은 포획량이 많은 군일수록 감세 혜택도 커진다는 오해를 부를지도."

"오해를 한 사람이 잘못이지. 그런 말은 한 마디도 없고, 생각한다고만 했다. 사실, 그냥 1회성 감세보다는 풀무치 안 잡으면 감세도 없다―라고 하는 쪽이 절대적으로 포획량이 많아지지 않나. 고마움도 커지고."

"무슨?"

"감세에 대한. 그리고 주부에 대한 고마움. 중요하지. 멋진 척할 수 있는 기회, 그리 많지 않다고."

순욱은 주름 잡힌 미간을 아무 말 없이 문질렀지만 희미하게 웃는 기색이 느껴졌다.

"…뭐, 확실히 그렇긴 하군요. 효과가 크다는 것은 인정하겠습니다. 즉시 통지하겠습니다. 벽주에서 흘러들어온 유민에게도, 집과 쌀을 제공하는 값으로 풀무치 퇴치에 동참하도록 하겠습니다. 건강한 자에게만 해당되는 일이지만요."

"채택하겠다. 순욱, 홍가 및 전상련과 바로 연계해서 지시를 내리도록. 각 군부와도 연계하여 풀무치 떼가 있는 장소와 풍향으로 예측해서 피해가 많은 장소부터 우선순위를 정해 전 지역에 군대를 보내도록 하라."

"알겠습니다."

"조정이 황해대책을 보낼 때까지 긴장해야 한다. 붕산 떡이건, 할머니 할아버지의 민간요법이건 간에 아무튼 살충방법은 모조리 다 시험해보도록. 비황이 폭주 불량군단으로 덤빈다면 이쪽은 인해전술이다. 괜히 생활수준과 출산율을 높여놓은 게 아니라고. 백성들이 한 해 동안 열심히 기른 곡식을 무단으로 아작아작 먹어치우고 말이지. 식량에 대한 원한이 얼마나 무시무시한 것인지 풀무치에게 가르쳐주자—— 견뎌야 한다. 한 마리라도 더 많이 퇴치하는 거다. 지금… 자주로 건너가기 전에."

주관들이 의표를 찔린 듯한 얼굴을 했다. 자주 따윈 어떻게 되든 상관없다는 얼굴이다.

"…그 정도가 지금 우리가 할 수 있는 최대한의 일이다."

자주는 전답이 심하게 황폐화되어 있었다. 녹봉의 현금비율이 올라가면서 식량자급률이 계속 떨어져서 지금은 6할도 안 되는 수준이다. 현 단계에서 이미 자주는 4할은 포기할 수밖에 없다. 풀무치가 몰려들면 더욱이 생존율은 줄어든다. 그럼에도 홍주에서 보내줄 수는 없었다. 그저 비황 떼를 줄여주는 일밖에는.

마음 한구석에 숨어있는 어두운 신음소리를 알아챈 것은 같은 중앙관리인 순욱뿐이었다.

"농담하시는 겁니까? 사태가 이 지경이 되었는데도 왕은 아직까지 친서 한 장 보내질 않았습니다! 그런 어리석은 왕 따윈 알 바 아닙니다. 그야 두 분은 중앙에서 출세하셔야 하니 신경이 쓰이시겠습니다만!! 잘도 태평한 얼굴로 이런 때에 홍주보다도 자주 따위를——."

젊은 관리가 풀무치를 짜증난다는 듯이 짓밟다가, 문뜩 수상하다는 얼굴로 지미와 순욱을 보았다.

"…그런데, 어? 정말로 주목과 주윤에게만 풀무치가 거의 가질 않네요? 그러고 보니 이 방 자체도 다른 곳보다 침입이 적은 듯한데…?"

이야기를 듣고 보니 확실히 다가오는 풀무치 양이 확연히 달랐다. 오히려 피해가려는 풀무치조차 있다. 주목실에만 특별한 비품이 있을 턱이 없다. 다른 곳과 차이가 있다고 한다면――.

지미와 순욱의 시선이 핫, 하고 어떤 물건으로 향했다. 초조한 듯 연기를 피워대고 있는 은 담뱃대.

"―설마, 이건가?"

"아마도. 그러고 보니― 생각났습니다. 군부에 있을 때였는데, 홍주의 산속마을에서는 제초작업 등을 할 때에는 여성이라도 담배를 피우면서 일을 합니다. 그 지방에서는 동백이나 떡갈나무, 감나무 잎으로 말린 담뱃잎을 둘둘 말아서 피우는 엽궐련입니다만."

"그래, '잎말이' 라고 하는 거. 동백 잎이 좋은 맛을 내던데―."

"아닙니다. 기분전환으로 피우는 게 아닙니다―― 방충용이라고 했습니다."

한 박자 후, 지미는 부스러뜨린 담배를 바닥에 뿌렸다. 바닥 가득 징그럽게 우글거리던 풀무치가 마치 파도가 밀려가듯이 쫘악, 도망간다. 담배에 다가오는 풀무치는 한 마리도 없었다.

주관들은 놀란 듯 소리를 질렀다.

"에… 에엑?! 제 담배로는 저렇게 안 되던데요?!"

순욱은 무릎을 꿇고 담뱃잎을 집어 올렸다. 킁, 하고 냄새를 맡더니 이지적인 눈으로 지미를 올려다보았다.

"…주목, 이 담배 어디 것입니까? 독특한 냄새가 납니다."

"상품명 같은 게 있을 턱이 있나. 배워서 내가 만든 거다. 굳이 말하자면 '남색의 꿈' 과 비슷하려나."

전쟁이 끝난 것을 안 날, 시체를 태우는 불로 태평하게 담배를 태우던 남자가 있었다. 파란 하늘과 흰 새. 그리고 천천히 피어오르던 그 독특한 냄새는 지미에게 '최악보다는 조금 나을 뿐인 세상'의 상징이 되었다. 지금도 지미는 그 담배밖에 피우지 않는다.

『이 담배? 알고 싶은가? 그럼 특별히 만드는 법을 알려주지. 잘 들어라——.』

"…내용물은 다른 담배와 별다른 점은 없다. 단지, 반드시 집어넣는 게 있다. 그 나무를 발견하면 꼭 나뭇잎이나 나무껍질을 벗겨두었다가 쓴다. 그 나무 이름이 뭔지는 모른다."

전쟁이 끝난 후, 군대는 병아리 눈물이라고 하기도 한심할 정도로 몇 푼 안 되는 '공로금'만 쥐어주고 내팽개쳤다. 필사적으로 그날 벌어 그날을 살아야 했던 지미는 담배 따위는 완전히 잊고 살았다.

오랜 시간이 지난 후, 불현듯 그 향기가 코끝을 스쳤던 때. 실타래가 풀리듯이 전쟁이 끝났던 날이 떠올랐다.

그 남자가 말했던 대로, 새하얀 아름다운 나무였다. 작은 칼로 깎아내자 어리고 맑은 푸른 향기가 피어올랐다. 마치 마음 한구석에 끼어있던 검은 안개까지 쓸어내 줄 것만 같은 청량한 향기.

정신을 차려보니 지미는 펑펑 눈물을 흘리고 있었다. 난 지금 뭘 하고 있는 걸까. 전쟁이 끝났는데. 최악보다는 더 나은 세상에서, 최악과 별 다름없는 생활을 보내던 그 시절.

그날 이후, 지미는 마을 어귀나 길가에서 드문드문 자라고 있는 걸 찾게 되었다.

"홍주에서도 길가라든가 마을이라든가, 가끔 덩그마니 자라고 있긴 하던데…."

"어느 마을입니까?"

"아니, 마을까지 가지 않아도… 실은 내 담배용으로 성의 정원에 살짝 한 그루 심어 놓았어—— 축! 주목 취임, 뭐, 이런 기념도 겸해서. 아무도 축하해주지 않아서 손수 기념식수? 우훗."

"정말이지, 몰래 멋대로 그런 짓을 했단 겁니까? 당신 성이 아니라고요!! 그러니까 주목님이 항상 휴식을 취하고 있는 정원 한 구석에 그 나무가 한 그루 있다는 거지요?"

"그래. 내가 자주 잎을 뜯거나 여기저기 껍질을 깎아내곤 했으니까 그걸로 알 수 있을 거다."

아까 발언을 했던 젊은 주관이, 주목과 주윤의 심드렁한 표정을 미심쩍어했다.

"…어째, 별로 기뻐하지 않으시네요?"

"……뭐, 딱히 그런 건 아니다."

지미도 순욱도 알고 있었다. 딱 한 그루, 그 나무가 있어봤자—아니, 다른 곳에 드문드문 자라고 있는 것을 본 적이 있다고 해도—큰 도움은 되지 않는다는 것을. 필요한 것은 이제 방충이 아니라 박멸이다. 없는 것보다는 나은 정도다. 중요한 일이기는 하지만.

"순욱."

자리를 뜰 때를 가늠하려는 듯, 지미는 부관의 이름을 불렀다.

돌아본 순욱과 지미는 물끄러미 서로를 응시했다. 잠시 후, 지미가 물었다.

"그 외에 내게 해야 할 말은 없나?"

순욱은 이지적인 눈빛으로 미소를 지었다.

"없습니다. 주목님이야말로 제게 하셔야 할 말씀이 있는 건 아닙니까?"

지미는 답하지 않았다. 순간적으로 두 사람의 시선이 얽혔다.

순욱은 멋지게 관복을 날리며, 말 그대로 풀무치에게는 눈길도 주지 않고 문 저편으로 사라졌다. 마치 공기를 밟는 것처럼 빠지직 빠지직 짓밟으면서 얼굴색 하나 변하지 않는다. 구두 밑에서 풀무치들이 으깨어지는 불쾌한 감촉 정도로는 순욱의 관심을 끌지 못한다.

지미는 텅 빈 담뱃대를 씹으며 고뇌하는 옆얼굴을 보인 채 눈을 감았다.

비가 내리고 있었다. 벌써 한참 동안 그치질 않고 있다.

빗줄기는 셀 때도 약할 때도 있었지만 전혀 비가 개일 기색은 없었다. 끝없이 내리는 긴 장마로 아름다웠던 구채강의 물줄기와 호수에는 탁류와 유목(流木)이 흘러와 마치 용신처럼 거친 흐름을 만들어내고 있었다. 도원경이라 칭송받던 아름다움은 이제 어디에도 없다. 가리는 후우, 하고 한숨을 쉬었다. 이런 건 좋아했다.

"…안타까워라… 천재일우의 기회를 날려버리다니. 운이 없었어."

휑뎅그렁한 실내를 돌아보니, 화로와 촛대가 붉게 불타고 있었다. 화로 옆에는 작은 조각 하나 빠짐없이 모아놓은 깨진 거울 파편이 쟁반 위에 놓여 있었다. 100개의 파편에 100명의 가리가 비치고 있었다. 너무 작아서 거울 속의 자신이 어떤 표정을 짓고 있는지도 알 수 없었다.

근처에 오두막집을 하나 찾아두었다. 낡았지만 튼튼하고 그럭저럭 넓고, 무엇보다도 이 긴 장마 내내 비 한 방울 새지 않았다. 그리고 지하에는 도검도 만들 수 있을 정도로 튼튼한 화덕과 도구, 보경 제작을 위한 재료들이 갖춰져 있었다. 화덕에는 이미 불을 넣어두었다. 남은 것은――.

"…가리 님."

남편의 목소리에 가리는 뒤를 돌아보았다. 밖으로 나가는 문에 눈에 익은 사람의 모습이 보였다. 어둑어둑한데다가 쏟아지는 빗줄기 때문인지 그림자처럼 윤곽이 흐릿해서 얼굴도 잘 보이지 않았다. 목소리만이 들려온다. 슬픈 듯, 절망한 듯한 힘없는 목소리. 상냥한 얼굴이 굳어진 채로.

매일매일, 구양순은 가리를 설득하려고 했다. 모든 말을 동원해서 몇 번이나 가리를 데리고 돌아가려고 애를 썼다. 하지만 가리는 끝까지 고개를 끄덕이지 않았다.

"…순 님, 빗줄기가 약해지면 이번에는 정말로 산을 내려가 돌아가세요. 만리가 있는 곳으로. 빨리 다시 만들지 않으면 정말로 이 비는 겨울까지 그치지 않을 거예요. 어떻게 표현해야 할지 모르겠지만 전 **알겠는걸요**. 하지만 그런 이유 때문이 아니에요. 다른, 더 중요한 이유 때문에 만들기로 결정했고, 여기까지 온 거예요… 이해해줘요. 이번만큼은 따를 수 없어요. 순 님, 당신의 말이라고 해도."

"가리 님…."

구양순이 잠긴 목소리로 다시 한 번 이름을 부른다. 가리는 남편을 똑바로 바라볼 수가 없었다.

비스듬히 서서 점점 세지는 빗방울 소리를 들으며 고개를 숙인 채 밑만 바라보고 있었다.

"…저는 여자로 태어난 걸 한 번도 원망한 적 없어요. 원망했던 건 벽가 쪽이죠. 어째서 남자로 태어나지 않았느냐는 얘기를 지겹도록 들었어요. 그런 얘길 하지 않은 건 동생인 박명과 당신뿐이에요. 하지만 말이죠, 전 이런 성격이라서 지금까지 쭈욱 꼴좋다는 생각도 해왔어요. 당신들은 날 인정할 수밖에 없잖아, 이렇게요… 그래서 아마 **안 되는** 거예요."

천 년에 한 번 나올까 말까 한 재능. 겨룰 자 없는 유일무이한 '벽옥(碧玉)'. 모든 칭송을 누려왔다. 그러나 가리는 알고 있었다. 사실은 이 세상에 또 한 사람, 그 칭호에 걸맞은 사람이 있다는 것을.

그는—남편은—그 재능을 영원히 놓아버렸다. 가리를 위해서.

"저는 천하 만인이 인정하는 엄청난 천재예요. 제가 최고의 자리에서 빛나고 있을 때 어디 사는 누구인지 모를 얼빠진 남자—남자가 확실해요—가 백 년은 버틸 거울을 깨버렸죠. 하지만… 왠지 알 것 같아요. 제가 태어난 건 이때를 위해서일지도 몰라요."

만든 자는 반드시 죽게 된다는 거울.

이 거울을 만들었던 선선대도, 직후에 죽었다. 그러나 한 가지 다른 점이 있었다. 그것은 20년이 아니라 100년을 갈 기적의 거울이었다는 점. 무능이었던 선선대가 어떻게, 어떤 방법으로 그런 기적의 거울을 만들 수 있었던 것인가. 수수께끼와 이 거울 하나만을 남긴 채 세상을 뜨고 말았다.

"…전 말이죠, 딱 하나 짚이는 이유가 있어요. 만약 제 가설이 맞는다면… 전 그걸 확인해야만 해요… 그러니 부탁이에요, 순님—."

마음을 다져먹고 남편을 돌아보자, 어두운 복도에서 구양순이 미소를 지은 듯했다.

그때 불현듯 가리는 이변을 느꼈다. 뭔가 이상하다.

——이상해.

"…순, 님…?"

비가 지붕을 두들기는 것처럼 거세게 퍼붓기 시작했다. 바람도 거칠어지면서 열어둔 문에서 휘이이, 하는 기분 나쁜 소리를 내면서 비바람이 들이치기 시작했다. 남편은 너무 창백한 얼굴을 하고 있었다. 너무 창백하다.

가리의 갸름한 턱이 떨리기 시작했다. 이젠 이변의 정체가 무엇인지 알아차렸다.

가리가 남편을 향해 걸음을 뗀 것과 구양순의 무릎이 힘없이 꺾인 것은 동시였다.

"———!"

구양순의 배에서 검의 끝이 나타났다. 보이지 않는 누군가가 뒤에서 찔렀다. 악몽처럼.

가리는 뭔가 비명을 질렀다. 뭐라고 소리를 질렀는지는 자신도 알지 못했다. 앞으로 쓰러지는 남편의 몸을 받치려다가 무게에 밀려 같이 바닥으로 쓰러졌다.

축축하고 미지근한, 기분 나쁜 감촉의 액체가 팔을 타고 흘러내려와 가리의 옷으로 퍼져갔다.

가리는 창백하게 질린 얼굴을 어색하게 움직여 남편 뒤에 있던 남자를 올려보았다.
스윽, 하고 빗속에 여우가면이 떠올랐다. 물결치는 긴 곱슬머리, 손에는 반지와 상처. 그 가면 속에는 고양이 같은 눈이 보였다. 비바람이 들이치며, 여우가면과 가리의 얼굴을 옆에서 사정없이 때렸다.
불현듯 가리는 깨달았다.
"…그래. 내가 보경을 다시 만들면 곤란하단 거군. 그래서 죽이러 온 것이냐."
여우가면의 남자는 우아한 몸짓으로 문에 기대더니 큭큭, 목구멍 안에서 웃었다. 심심풀이로 연극이라도 바라보는 것처럼. 익숙한 몸짓이었다. 생전에 지루함을 달래려고 언제나 이런 광경을 즐기곤 했는지도 모른다. 그 고양이 같은 눈에서 갑자기 흥미가 사라졌다. 갑자기 모든 것이 시시하다는 듯한 표정이 되었다. 그리고 흥미를 잃은 장난감을 보이지 않는 곳에 치워버리는 것처럼, 남자는 검의 손잡이를 고쳐 쥐었다.
사람을 죽이는 눈이 아니었다. 물건을 부수는 것 같은 눈. 그래서 가리는 살 수 있으리라는 희망을 버렸다.
가리는 뒤를 돌아, 쟁반 위에 작은 산처럼 쌓여 있는 거울의 파편들을 보았다. 무슨 일이 있더라도 만들 것이었던 거울. 자신의 목숨을 버릴 각오였지만, 이런 죽음을 생각한 건 아니었다. 결코.
계속 끼고 있던 장갑을 두 짝 모두 벗어 던졌다. 남편의 묵직한 손을 들어올려 뺨에 대었다. 언제나 따뜻하게 가리를 위로해주던 그 손은 얼음보다도 차가웠다. 온몸이 비로 흠뻑 젖어 있어서, 가리는 자신이 울고 있는지 아닌지도 알 수가 없었다. 언제나 이 사람은 가리를 지켜주었다. 먼 옛날, 장로들에게 손발을 결박당한 채, 어둠 속에 감금되었을 때에도.

"바보라니까, 순 님… 당신, 그렇게 약하면서… 이런 악당을 상대할 수 있을 리가 없잖아요."

눈을 깜빡이자, 눈물이 뺨을 타고 흘러내려 차가운 남편의 손에 닿아 부서지는 것이 보였다. 코를 훌쩍였다.

"역시 남자 따윈, 내겐 역귀일 뿐이었어. 정말 싫어…."

검을 내리치는 소리는 거센 폭풍 소리에 묻혀… 어딘가로 사라져 갔다.

…비는 그치지 않는다.

새로 보경이 만들어지는 일도 없이, 비도 그치지 않은 채, 계속 남주 전역에 쏟아지고 있었다.

지미는 주성을 돌아보며 대충 상황을 확인하여 지시를 내린 뒤, 다시 주목실로 돌아갔다.

『그 외에 내게 해야 할 말은 없나?』

『없습니다.』

──없습니다.

바닥을 뒤덮은 풀무치 사이를 아직도 그 한 마디가 허망하게 굴러다니고 있는 것만 같았다. 한숨을 쉬고 의자에 앉으려고 하니, 거만하고 비싸 보이는 조각들이 새겨진 주목 의자는 기분 나쁘게 새까만 풀무치 의자가 되어 있었다. 소리로 짐작컨대 아작아작 의자를 갉아먹고 있는 모양이다. 그러고 보니, **옻칠이 안 된 의자**였다.

"…잠깐만, 이놈들아. 이건 주부의 비품이다!! 진짜 먹고 있는 거냐?! 책상! 책상은 대리석이지. 그런데 홍주 경비로 떨 수 있나, 이거? 감찰 들어오면 이 얘기 믿어주려나?!"

문뜩 생각이 떠올라, 담뱃대에 남아 있던 담뱃잎을 화로에 던져 넣고 불을 붙였다. 창문을 꼭 닫아걸어서 환기가 되지 않는 주목실 안에 담배연기가 자욱해지자 점차로 풀무치들의 움직임이 약해진다. 그러나――.

"…저기… 주목님… 우리들도 풀무치와 같이 죽을 것 같은데요? 신선한 공기로 환기를 시켜야겠는걸. 화재로 사람이 죽는 건 대부분이 연기를 들이마셨기 때문이라고, 유순이 그랬다고요."

병풍 뒤에서 남자 목소리가 들렸지만 지미는 놀라지 않았다. 오히려 후후후, 하고 불길하게 웃었다.

"…그렇지? 나도 지금 그런 생각이 들기 시작했어. 그래도 말이지… 뭔가… 기분 좋은데~ 어라, 삼도천(三途川)이 흐르는 소리가 들리네… 아, 옛날에 죽은 친구가 강 건너에게 손을 흔들잖아. 어이~."

병풍 뒤에서 남자가 당황해서 뛰쳐나왔다.

"우악!! 위험해! 어이, 지미 님, 돌아오라고!! 이럴 때 죽는 건 그만둬!!"

남자는 지미를 질질 끌면서 창문을 밀어올렸다. 풀무치가 대량으로 날아들었지만 대부분은 방안에 자욱한 짙은 방충연기를 맡고서 후두둑 바닥으로 떨어졌다. 남자가 지미의 얼굴에 붙는 풀무치를 냅다 잡아떼면서 억지로 바깥 공기를 맡게 하자 간신히 의식이 돌아왔다.

"…지미 님… 돌아온 거야?"

"……그래, 대충은… 그보다, 이번에 엄청 위험하지 않았냐?"

"강을 건넜으면 진짜 위험했을지도 모르지."

"미안… 잠깐 될 대로 되라고 자포자기였거든…."

남자는 지미를 질질 끌고 방으로 돌아왔다. 풀무치는 다 죽어 있었고, 의자는 조금 기울어지기는 했지만 풀무치 사체가 떨어져서 깨끗해져 있었다. 모습을 드러낸 의자는 풀무치가 갉아먹어서 너덜너덜해졌지만, 주목의 의자임에는 틀림없었다.

그러나 의자의 다리도 갉아 먹었는지, 의자에 앉히자마자 4개의 다리 중 3개가 그 순간 부러지면서 지미를 내동댕이치는 바람에, 풀무치 시체로 가득한 바닥에 꽝 하고 제대로 뒤통수를 부딪쳤다.

어색한 침묵이 흘렀다.

"…저기… 정신이, 들었어? 지미 님…."

"…정신 들었다… 뭐냐, 지금 건. 뭔 장난이야. 뭔 짓을 해놓은 거냐고."

"…아니, 저기, 딱히, 아무 짓도 안 했는데요."

"그럼 웃기라도 해라, 바보! 이 아저씨 민망하다!!"

"네에?!"

수염투성이 남자의 얼굴이 시야 한끝에 조심스럽게 들어왔다. 왼쪽 뺨에 십자 상처가 선명하게 나 있다. 멋진 사내라고 지미는 생각했다. 멋진 사내다. 당연하다. 유순을 다주에서 쭉 도와주던 사내이니 말이다.

"…이야, 감찰이행(監察裏行) 랑연청 군. 순욱은 보았나?"

"네. 아직 이야기는 나누지 않았지만. 멀리서 모습만은. 풀무치는 상관도 않고 빠드득 빠드득 짓밟으며 돌아다니면서 지시를 내리고 있더군요. 조금, 육청아와 비슷할지도."

"순욱이? 아니, 정반대다. 그런 사내였다면 지금쯤 진즉에 중앙에 돌아갔을 거다. 그 정도의 사내다. 나와는 달리 말이지. 반대이기 때문에 불쌍한 녀석이야. 반대이기 때문에 그 녀석을 발탁하긴 했지만 사실은 육청아 같은 사내를 뽑았어야 했을지도…."

마치 한숨처럼 속삭이는 목소리.

"…순욱을 보고 있으면 가끔 유순을 보고 있을 때와 같은 기분이 든다…."

풀무치의 잔해를 헤치며 무의식적으로 담뱃대를 찾아냈다. 그러나 담뱃잎을 모두 화로에서 태워버린 걸 깨닫고, 집어든 담뱃대를 어떻게 해야 할지 몰랐다.

언제나 담뱃잎을 내밀어주던 순욱은 없다. 텅 빈 담뱃대, 텅 빈 마음.

"…랑연청, 드디어 주부까지 왔군. 네가 어떤 놈이냐. 황해 건만이 아니라 사라진 철탄과 기술자의 행방, 그리고 순욱 일을 조사하러 온 것이겠지?"

"…네, 뭐. 주목도 알아보셨지요? **주부의 누가 운송허가 도장을 찍었는지**."

사라진 대량의 철탄. 홍가와 주부의 엄중한 관리 하에 놓여 있었던 물건.

지미는 손에 든 텅 빈 담뱃대를 내려다보았다.

"…나도 알려줄 수 있는 일은 가능한 한 정직하게 말하기로 약속하지. 그러니 자네도 내게 조사한 일들을 최대한 보고해주지 않겠나. 순욱이 내게 말하지 않았던 일들을."

…이야기를 다 들은 지미는 텅 빈 담뱃대를 받침 위에 올려놓았다. 달그락, 하는 쓸쓸한 소리가 났다.

"…그렇군. 알았다. 실은 이쪽에서도 그 대량의 철탄이 어디로 이송되었는지는 아직 파악하지 못했다. 황해 때문에 조사도 중단되었고."

"그건 제 숙제니까 제가 계속 조사하겠습니다. 조금 짚이는 곳도 있고."

숙제? 지미는 고개를 갸우뚱했지만 되묻지는 않았다. 지미도 극비리에 조사를 하고 있었고, 황해 때문에라도 사람을 따로 붙여줄 수는 없다. 기동력과 민첩함이 뛰어난 연청이 맡아준다니 고마운 일이었다.

황해에 대해서도 어느 정도의 정보교환을 한 뒤, 문뜩 왕계의 부대가 귀양을 출발했다는 것이 생각났다.

"그래, 왕계 님의 움직임은? 이제 보름 정도 있으면 풀무치가 이동하니, 차라리 왕계 님은 자주로 돌아가시는 것이 좋을지도 모르겠는데. 시간이 있다면 자네가 그 연락을—."

"아— 그 일 말인데요. 여기 오기 전에 정보 수집을 하다가 얼핏 들었는데, 속도로 계산하면 아무래도 이제 며칠 내에 홍주에 들어올 것 같습니다."

지미는 너무 놀라 얼어붙었다. 예상보다 3배는 빠른 속도다. 왕계가 기마술의 명수라는 건 알고 있다. 손능왕과 함께 전쟁터를 누볐던 인물이다. 요즘 젊은 것들 따윈 발끝에도 미치지 못한다. 하지만.

"말도 안 돼. 아무리 그래도 너무 빠르잖아? 식량을 산처럼 쌓은 짐마차를 끌고 올 텐데? 아무리 기마병 중심의 소수정예 부대라 해도—."

"아니, 듣자하니 수송대를 도중에 떼어버리고 단숨에 속도를 높인 모양입니다. 그렇다 해도 있을 수 없는 속도이긴 하지요. 실제로 관문 근무자들도, 땅에서 솟은 것처럼 갑자기 나타나서 바람처럼 관문을 통과해 사라져버린 군대 때문에, 선술(仙術)이라도 쓰는 게 아니냐며 대혼란이 벌어졌던 모양입니다."

"…뭐라고? 수송대를 어딘가에 떼어버렸다? 홍주에 들어오기 전에? …황해대책이라면서 빈손으로 온다는 건가?"

"풀무치가 마차를 통째로 먹어치울까봐 다른 곳에 두고 온 걸까요?"

"아니. 그런 건 사전에 몰랐을 리가 없다. 수송대를 어딘가에 남겨두고 바람처럼 홍주에 들어온다… 어느 특정일을 경계로 수송대의 대부분을 떼어냈다…?"

황해에 관한 모든 지휘권을 장악하고 있는 왕계에게는 수시로 각지의—홍주를 포함하여—감찰어사가 정보를 보내고 있을 터였다. 그런 그가 수송대를 떼어버리고 홍주에 들어온다. 그 의미.

지미가 생각할 수 있는 것은 한 가지밖에 없었다. 풀무치의 잔해를 짓밟으면서 이마를 짚었다.

"…설마…? 아니, 하지만… 생각할 수 있는 건 이것밖에…."

"지미 님? 저 혼자라면 이삼 일 정도면 만날 수 있을 것 같은데요—."

지미는 눈을 감고 마음을 다잡았다.

"아니, 괜찮다. 이대로 홍주에 들어오게 하겠다."

"?? 수송대 없이 오는데요?"

"괜찮다. 그러니까 식량원조를 위해 온 것이 아니라는 거지. 내 짐작이 맞는다면 그런 일이 가능할지는 의문이지만, 황해를 진압하려고 오는 걸 수도 있다."

아무리 연청이지만 눈을 동그랗게 떴다. 하지만 놀라지는 않고 헤에, 하고 한 마디 내뱉었다. 지금 현재 풀무치 대응에 정신이 하나도 없는 지미는 울컥했다. 천지가 뒤집어진 것처럼 놀랄 법도 한데.

"대체 그 헤에는 뭐냐! 얼마나 고생하고 있는지 모르는 거냐?!"

"아니, 대단하다고 생각해요. 하지만 제 상사가 여기 있었다면 할 법한 일이네—라고 생각해서."

"…자네 상사라면, 홍수려인가? 말도 안 되는 소리 하지 마라. 너무 과대평가하는 거 아니냐?"

지미는 웃었다. 열여덟밖에 안 된 신참어사가 그런 일을 할 수 있을 리가 없다.

"왕계 님이 못 하시면 달리 할 수 있는 건 아무도 없다."

"폐하도?"

"당연하지. 자기 일만으로도 머리가 터질 것 같은 왕이 와서 뭘 하겠나. 우선 왕이 와봤자 각 군부는 거세게 반발할 테고."

지미는 차갑게 내뱉었다. 현재, 홍주 지방군부의 요직은 대부분 귀족파가 장악하고 있다. 국시파인 지미와는 매일 시끄럽게 싸워대고 있지만, 그래도 등용하는 이유는 국시파보다 쓸 만하기 때문이다.

"귀족파를 봐주고 어리광을 받아주는 세력이 없는 만큼 자신의 힘으로 경험과 실적을 쌓아왔다. 그런 귀족파를 계속 무시하기만 해온 왕이 태연하게 찾아와서 잘난 척하며 명령을 내려 보라지. 등줄기가 서늘해진다고. 사태는 점점 더 악화될 뿐이야.

그렇지만 그 놈들도 왕계 님의 말은 듣는다. 그러니 유순도 병마권을 넘겨달라는 왕계 님의 요청을 받아들인 것이겠지. 그것이 왕권의 약화를 드러낸다 하더라도."

"저기, 그 권리를 부여한 건 유순이 아니라 폐하라고 알고 있습니다."

슬쩍, 연청이 말했다. 별것 아니라는 표정으로.

순간 지미는 생각에 잠긴 듯 표정을 지웠다. 잠시 후 버릇인지 빈 담뱃대를 물었다가, 그런 자신의 모습을 깨닫고 얼굴을 찡그렸다. 그리고 그저 '아, 그런가' 라고만 중얼거렸다.

"…뭐, 랑 어사, 상황이 그러하니 이쪽은 됐다. 자네는 자네 일을 하게."

"우웅… 물론 숙제를 끝내놓지 못하면 아가씨가 돌아와서 화를 내긴 하겠죠."

"…돌아온다? 어디선가 행방불명이 되었다고 하던데?"

"어디에 있던지 반드시 돌아올 겁니다. 나라가 이 꼴인데 내버려둘 상사가 아니거든요. 철나비 같은 아가씨라서요. 인생의 처음이자 마지막인 여행을 떠나면, 두 번 다시 돌아오지 않죠. 앞으로 앞으로 곁눈질 한번 않고 날아가니까. 그 옆에 있는 게 전 좋습니다. 그러니까 돌아옵니다."

『제 상사가 여기 있었다면 할 법한 일이네—라고 생각해서.』

설마, 하고 생각했다. 중앙에서 여러 가지 이야기들은 들은 적이 있고, 규황의가 어사대에 받아들인 것만 보더라도 그럭저럭 우수할 것이라고 짐작은 간다. 하지만 지금까지 지미의 마음속에서는 어디까지나 '여심의 조카' 라는 존재밖에는 되지 않았다. 왕계와 같은 생각을 할 수 있을 리가 없다.

그러나… 처음으로 지미는 빈 담뱃대를 놓았다. 홍수려라는 그 이름을 가슴속에서 중얼거렸다.

"…랑연청, 자네가 여기에 있는 것은 규황의의 명령이라고 생각하고 있었다. 아닌가?"

사라진 홍주산 철탄과 기술자의 행방, 이 문제에 연루된 홍주 고관의 이름과, 사라진 막대한 금의 행방. 이 조사는 규황의의 지시라고 쭉 생각했었다. 그러나 연청은 씨익 웃었다.

"아닌데요? 전부 아가씨가 조사하던 걸 제가 숙제로 맡은 것뿐입니다."

그 순간 지미의 눈이 휘둥그레졌다.

"뭐―― 뭐라고? 홍주부에서도 기밀인 건이다. 홍수려는 쭉 중앙에 있었을 터인데?"

"제 아가씨, 꽤 제법이죠? 그럼 전 가보겠습니다. 마음 같아서는 지미 님도 걱정이라… 여기 남아있고 싶지만…."

"뭐냐, 그건. 내 호위도 아가씨의 지시라는 건 아니겠지?"

"반반. 아가씨라면 그렇게 말하지 않을까 싶어서. 이 상황에서 사라지면 제일 곤란한 주목님이니까."

지미는 머리를 벅벅 긁은 후, 웃었다. 할 말이 없군.

"고맙군. 하지만 아저씨라고 우습게 보진 말라고. ――가게. 나도 보고 싶은 게 있다. 지키고 싶은 게 있지. 홍주를 책임져야 하는 건 나지, 자네가 아니야. 그러니 가게."

연청은 지미를 향해 조금 웃어보이고는 끄덕였다.

창문을 밀어 열자, 새까맣고 기분 나쁜 눈을 가진 풀무치 떼가 담배연기가 사라진 주목실로 다시 쏟아져 들어왔다. 연청은 곤봉을 한 번 휘둘렀다. 흩어졌던 검은 무리가 죽음을 모르는 군대처럼 다시 모여드는 사이에 연청의 모습은 사라지고 없었다.

지미는 담뱃대를 가볍게 흔들었다. 랑연청의 망설임 없는 젊음과 앞을 바라보는 눈을 생각했다.

순간적으로 지미는 웃었다. 어느새 나이를 먹었구나.

지미는 쭉 누군가의 등을 쫓고 있었다. 딱히 멋진 일은 아니고, 고아였던 때에는 기묘하게 허망한 눈을 한 어른들의 뒤를 쫓았고, 소년병이 된 후에는 무능한 상관을 만나 패잔병이 되었다. 운 이외의 무언가가 자신을 살려두었다고, 어른이 된 후 지미는 가끔 생각한다.

지미가 보아왔던 어른들은 여러 가지로 변변치 못한 인간밖에 기억에 없다. 그때 배운 것은 그저 나이를 먹기만 해서는 '진짜 어른' 은 되지 못한다는 것. 하지만 터벅터벅 걸어가다가 뒤를 돌아보고서, 자신이 배당받은 한 잔의 물과 묽은 죽을 지미에게 내밀어 주었던 이름도 모르는 '어른' 들이 가끔씩 인생의 어딘가에 있어주었기에 지미는 지금 살아있다.

어느새 지미의 앞을 걸어가는 어른보다, 뒤를 따르고 있는 젊은이들이 더 많아져 있었다.

"…영혼을 나르는 철나비…인가. 오랜만에 들었군… 누가 해준 얘기였더라."

예전에 그 나비를 본 적이 있다. 빨간색과 파란색의 얼룩점모양이 아름다운 흑나비였다. 너무 아름다워서 잡으려고 하는 그를 누군가가 말렸다. 철나비는 잡히면, 그저 죽을 뿐이라고.

목숨을 걸고 북쪽의 만리(萬里)대산맥에서 먼 남쪽의 남주까지 날아오는 나비. 하지만 그 이야기에는 후편이 있다.

남쪽에 도착한 나비들은 알을 낳고, 부화한 나비가 다시 북쪽으로 돌아간다는 또 하나의 이야기.
지미에게 깊은 인상을 남긴 건 후편이었다. 남쪽에서 태어나 북쪽으로 날아가는 철나비.
"남쪽 지방에서 떠난 나비가 북쪽의 고향에 이르는 일은 없다…."
북쪽에서 남쪽으로는 몇 마리만이라도 무리를 지어 이동할 수 있어도 그 반대는 그럴 수 없다.
『남쪽에서 북쪽으로는 **건너갈 수가 없어**. 나비의 성질 때문인지, 풍향 때문인지, 남쪽에서 태어난 나비는 이 중원을 건너 북쪽으로 넘어갈 수가 없어. 북쪽의 고향을 보지 못하고 도중에 죽고 만다고… 그렇게 들었어.』
그럼 여기 있는 이 나비는 뭐냐고 물었더니, 그 누군가는 조용히 웃었다. 아기 나비라고.
『중원을 건너지 못하는 남쪽 태생의 나비들은 도중에 날개를 접고 알을 낳고 죽어. 그렇게 태어난 나비들이 대신 북쪽으로 향하는 거야. 그러니까 북쪽에 도착한 건 다른 나비들인 거지. 남쪽의 나비는 돌아가지 못해. 그런데도 북쪽을 향해 날아올랐다가, 목숨을 이어주고, 그 앞의 세상을 자손에게 맡기는 거야.』
──**그런데도 북쪽을 향해 날아올랐다가, 목숨을 이어주고, 그 앞의 세상을 자손에게 맡기는 거야.**
철나비 같다는 홍수려… 생각이 났다. 그들처럼 지미도 아주 오래 전 여행을 떠났다. 다시는 되돌아가지 않을 여행을. 언젠가 날개가 떨어질 때까지. 그 후에는 그들이 계속 이어가리라는 것을 지미는 처음으로 의식했다. 언젠가는 자신들을 앞질러, 앞으로 날아갈 젊은 나비를.

지미가 보지 못하더라도 확실히 존재하는 또 하나의 세계를 향해.
더 나은 세상이 앞에 있다고 부디 믿어주길.
"…그러기 위해서 우리들 어른이, 날 수 있는 동안에는 있는 힘을 다해 날아가야만 하겠지…."
멈춰 서서는 안 된다. 되돌아가서는 안 된다. 맞바람에 날개가 너덜너덜해지더라도, 잘못된 방향을 향해서는 안 된다. 가능한 한 앞으로, 앞으로. 철나비처럼 먼 길을 간다.
"그러다가 힘이 빠지면 너희들에게 맡기겠다. 우리들도 그렇게 누군가를 이어갔던 것처럼."
——그래도 그때까지는.
창밖. 연청이 물리쳤던 풀무치들이 다시 몰려드는 것을 보면서 지미는 담뱃대로 손바닥을 툭, 쳤다.
"…자, 그럼 나도 가볼까. 최악보다는 좀 나을 뿐인 세상이라도 지키질 못하면 안 되지."

"여기서 이각(二刻) 정도 쉰다. 식사와 수면은 각자 취하도록."
왕계의 말에 고한승은 말고삐를 잡아당기고— 말에서 내린다기보다는 털썩 굴러 내려왔다.
그대로 뒹굴, 하늘을 향해 누웠다. 몸을 일으킬 기력도 없다. 땀을 폭포수처럼 쏟으며 헉헉 거칠게 숨을 내쉬었다. 머릿속도 다 녹아내린 듯 아무 생각도 할 수가 없었다.

"…미, 믿을 수 없어. 죽기 살기로 달려야 간신히 따라갈 수 있다니…."

솔직히 왕계를 문관이라고 얕봤던 것은 행군을 시작한 첫날 정도였다. 엄청난 속도에 놀라기는 했지만 첫날이라는 점과, 젊은 무관들에게 얕보이지 않으려고 무리를 하고 있는 것이라고 무관들도 가볍게 생각했다. 물론 고한승도. 왕년에 닦은 실력 정도로 치부했던 것이다.

그런데 이튿날에는 더 속도가 빨라졌다. 전혀 속도를 줄이지 않은 채로 밤낮 없는 행군이 3일째에 접어들었을 때에는 특히 젊은 무관들의 얼굴이 창백해졌다. 더 이상 왕계가 좋은 말에 타고 있어서라던가 하는 문제가 아니라는 것을 깨닫고는 무시무시한 독기어린 표정이 되었다. 설마 오십대 중반의 문관을 못 따라가서 낙오될 지경이라니, 정예 무관의 긍지를 걸고 인정할 수 없었다.

'그, 그야 나도 특기는 궁술이지만… 그래도 일단은 우림군 소속인데….'

기마술도 나름대로 자신이 있었다. 그렇지 않으면 정예 우림군에 발탁될 수 없다. 하지만 우림군들은 손가락 하나 까딱할 수 없는 상태인데, 왕계는 평온한 얼굴로 말의 땀을 닦아주고 있는 모습을 보면 지금까지의 그 자신감이 소리를 내며 산산조각 나는 것 같았다. 악몽처럼.

'으으… 그건 그렇고 수송대는… 따라오고 있는 거야? 정말로?'

말을 달리기만 하는데도 이 모양인데 과연 짐마차가 따라올 수 있을까.

시야 끝에서 정란이 일어서는 것이 보였다. 턱의 땀을 닦고는 있지만 고한승처럼 빈사상태는 아니다. 최정예부대인만큼 왕계 뒤에 바짝 붙어 따라갈 수 있는 자들도 물론 상당수 있다. 정란은 그 중 한 명이었다. 정란은 어딘가를 물끄러미 응시하고 있었다. 그 시선 끝에서 왕계를 발견하자 고한승은 반사적으로 정란을 향해 펄쩍 덤벼들었다. 죽어가는 개구리가 뛰어오르는 것처럼.

어중간했기 때문에 외투 끝밖에 잡지 못했지만 충분했다. 정란도 확실히 강행군으로 지쳐있고, 왕계에게 정신이 팔려있기도 했기 때문에 힘없이 쓰러졌다.

"아, 고 무관님— 무슨—— 으악?!"

철푸덕, 하고 짐마차에 깔려 납작해진 개구리처럼, 두 사람 모두 지면에 얼굴을 박았다. 침묵. 잠시 후, 바닥없는 늪 같은 무시무시한 기색이 붙잡은 외투 밑에서 피어올랐다.

"…고 무관…? 뭡니까, 이건?"

"아, 아하. 죄송합니다. 손이 미끄러졌네요. 쉬러 가시는 거면 저도 같이 가겠습니다, 자 무관."

"그 몰골로? 얌전히 저기서 너부러져 있는 게 좋지 않을까요?"

정란은 초조한 얼굴이었다. 이 강행군 동안, 계속 그랬다. 우림군에 있던 때에는 언제나 상냥하게 적당한 미소를 지은 채 적당한 말로 사람들을 대하던 정란이다. 가끔 신랄하게 비꼬거나 지적을 할 때도 있었지만, 그래도 이렇게 대놓고 말한 적은 없다. 솔직히 어느 쪽이 더 나은지는 모르겠다. 주체할 수 없는 폭풍 같은 감정을 고한승에게 퍼붓고 있을 뿐이다.

하지만 홍수려도 홍소가도 없는 지금, 이를 받아줄 사람은 고한승밖에 없다.

“자 무관, 제 밑으로 배속되었으니 제 말에 따라주십시오.”

고한승은 부드럽게, 인내심을 가지고 말했다. 힘으로는 정란의 상대가 되지 못하지만 정란의 상관은 자신이었다. 비록 지금뿐이라 할지라도.

정란은 몸을 일으키더니 화가 난 듯 노려보았지만 더 이상은 아무 말도 하지 않았다. 화가 났다기보다는 짜증이 난 듯했다. 한승이 일어서자, 정란은 성큼성큼 걷기 시작했다.

말을 다 돌보았는지, 왕계는 그대로 홀로 무리에서 벗어나 어딘가로 향하고 있었다. 밥 짓는 연기 속을 빠져나가듯이 정란이 뒤를 쫓는다. 그 뒤를 고한승이 따라간다.

개울가에서 벗어나 왕계는 경사진 언덕을 성큼성큼 올라 나무와 덤불들 사이로 사라졌다. 한승은 우향우를 하고 싶어졌다. 설마 꼭대기까지 올라갈 생각인 걸까. 언덕이라기보다 거의 낮은 산이다. 틀림없이 귀중한 휴식시간이 날아가고 말 것이다. 하지만 정란은 아무 말 없이 뒤쫓고 있다. 여전히 고슴도치 같은 기척, 한승은 하늘을 올려다보고 포기해버렸다. 설마 우림군의 지옥훈련에 감사하는 날이 오리라고는 생각지도 못했다. 그때보다는 낫다. 그 정도의 위로는 되었다.

‘그건 그렇고 문관 아니었냐고, 왕계 장군!!’

아무리 젊은 날에 전투경험이 있다고는 해도, 벌써 30년도 더 된 옛날 애기가——.

그때 정란의 차가운 목소리가 떠올랐다.

『언젠가, 다시 ‘자색 군장’ 이 필요해지는 날이 올 것이라고 생각하셨던 겁니까?』
울창하게 우거진 나무들 사이로 왕계의 모습이 언뜻 언뜻 보인다. 상당히 거리가 벌어졌지만 놓치지는 않았다. 아름다운 연보랏빛 전투군장은 어디에서나 눈길을 끌었다. 하지만 자색 군장 때문만이 아니라는 것을 이제는 알고 있다. 아마도 다른 무관들도 그럴 것이다.
정기적으로 손질을 해온 자색군장. 푸르른 칼날의 무늬가 보일 것만 같은 허리의 검은 장식용 따위일 리가 없다.
젊은 무관들 못지않은 기마술과 체력. 이것이 왕년의 실력일 리가 없다는 것은 고한승도 이제 알고 있다. 정란이 말한 대로 지금까지 쭉 연마를 게을리 하지 않았던 것이다. 뭘 위해서였는지가 문제지만.
정란의 험악한 등과 왕계의 등을 번갈아 바라보며, 고한승은 말없이 뒤를 쫓았다.
…얼마나 올랐을까, 정란이 발을 멈췄다. 고한승이 따라잡으며 같은 방향을 보자, 우거진 덤불 너머로 보이는 보라색 전투군장. 이쪽에 등을 보인 채 어딘가를 바라보고 있다.
마치 고한승이 따라잡는 걸 기다렸다는 듯이 왕계의 목소리가 들려왔다.
"…거기 두 사람. 용건이 있으면 나와서 말하는 게 어떤가?"
딱히 기척이나 발소리를 죽이지 않았으니 왕계도 이미 눈치를 채고 있었던 모양이다.
정란이 실로 거만한 태도로 발을 내딛는 모습을 보아하니, 왕계가 무시하니까 더 고집스럽게 왕계가 말을 걸 때까지 짜증을 참으며 기다리고 있었던 모양이다. 이겼다고 말하는 듯한 거만한 태도.

'…? 뭐랄까, 자 무관의 태도는….'

고 무관은 떠오른 생각에 고개를 갸웃거리며 정란의 뒤를 쫓아 덤불을 넘어 왕계에게 다가갔다.

쏴아——하고 한 줄기 돌풍이 불었다. 시야 가득 펼쳐진 경치에 고한승은 눈을 크게 떴다.

며칠 동안 죽기 살기로 말을 달리느라 자신이 어디를 어떻게 달려왔는지 솔직히 전혀 감이 오질 않았다. 밤낮 없이 행군을 하긴 했지만, 무슨 이유에선지 이동은 대부분 한밤중이었고, 별이나 경치를 볼 기운도 없었다. 마을에 들르는 일도 없었고, 기진맥진해서 뭘 생각할 기운도 바닥나 있었다.

지금 눈앞에는 아름다운 계곡이 보였다. 한 줄기 은빛 강이 뱀처럼 구불거리고, 그 위로 실처럼 가는 길이 놓여 있었다. 그 앞으로 맞닿듯이 갈색 성벽이 펼쳐져 있었다. 자세히 보면 깨알처럼 작은 홍주의 깃발이 흩날리고 있는 것이 보인다. 한승은 반신반의하며 그 깃발을 보았다.

"…저기에 보이는 깃발, 설마. 말도 안 돼. 눈의 착각이겠죠…."

"뭐가 '말도 안 돼'냐. 주경(州境)의 관문이다. 저걸 통과하면 홍주다."

"——맙소사?! 아직 일정의 반밖에."

그것도 정예군 기준의 강행군으로, 일반 행군의 2배 속도로 계산한 일정이었다. 정말로 갈 수 있을까, 이 일정으로, 하고 반신반의하며 일정표를 바라보았던 기억이 있다. 우림군 무관인 고한승이 녹초가 되어 있을 정도이니, 일정이 단축된 것은 확실했지만, 내일 홍주에 들어간다니. 순간이동도 아닌데?!

"절대로 말도 안 된다고요! 우선 기마대만이라면 또 몰라도── 그, 그렇죠, 짐마차 수송대도 있지 않습니까? 이렇게 단기간에 홍주에 도착할 리가 없습니다!!"

"수송대? 수송대는 며칠 전에 떼어내어 두고 간다고 전달했을 터인데?"

"헛?! 네?! 못 들었는데요?"

"…아니, 확실히 전달했다. 어떤가, 자 무관?"

처음으로 왕계가 그 눈길을 정란에게 향했다. 쫓아온 것치고는 지금까지 계속 침묵만 지키고 있던 정란이 드디어 입을 열었다.

"…네, 들었습니다. 고 무관은 꾸벅꾸벅 조느라 못 듣고 놓쳤을 겁니다."

"허어?! 자, 잠깐만… 사실입니까?! 잠깐 졸긴 했지만."

여기까지 오면서 왕계의 통지는 거의 자면서 들었던 것은 자각하고 있던 터라 아마 못 듣고 놓친 것은 사실일지도 모른다. 그러나 정란이 그 일에 대해 지금까지 아무 말도 하지 않았다는 그 사실에 아연실색한 것이다.

고한승은 숨을 들이마셨다. 앞머리가 흘러내린 이마를 짚으며 표정을 숨겼다. 그렇게라도 하지 않으면 감정에 휩쓸려 어리석은 소리를 지껄일 것만 같았다. 지금 정란이 그렇듯이.

"──자 무관."

"…무슨 일입니까."

모든 것에 무관심한 정란의 차가운 목소리에, 역시──라고 확신했다.

정란은 황해 때문에 따라온 게 아닌 것이다. 황해 따위는 어떻게 되든 상관없다고 생각하는 것이다.

고한승은 굳게 눈을 감고, 한 박자 후, 정란이 아니라 왕계를 향해 돌아섰다.

"…왕 장군, 제가 못 듣고 놓친 것은 확실한 것 같습니다. 수송대를 떼어놓고 온 것이 사실이라면, 이유를 들려주시기 바랍니다. 일개 무관 주제에 건방진 소리라는 것은 알고 있지만, 저희들은 식량을 운반하기 위해서 홍주로 파견되었습니다. 수송대도 없이, 뭘 위해서 홍주에 들어가는 것입니까?"

"의심하고 있는 것을 솔직하게 묻게. 딱히 화는 내지 않을 테니."

"—그러면 사양하지 않고. 수송대의 행군을 중단시킨 채, 홍주부와 홍가에 뭔가 압력을 거실 생각이십니까?"

처음으로 정란의 눈썹이 놀랐다는 듯이 치켜 올라가며 고한승을 보았다. 왕계는 미소를 지었다.

"솔직하군."

지금 이런 상황이니 약점을 잡고서 홍가와 홍주에 뭔가 협박을 할 생각이냐는 것이다.

왕계는 고한승의 주근깨투성이 얼굴을 바라보았다. 동안이지만 청아보다 연상이다. 왕계와 비슷한 중키로, 체격은 결코 좋지 않다. 그런데도 흑요세 좌대장군과 남추영은 곁에 두었다.

"…과연. 손능왕이 좋은 무장이 될 인재라고 드물게 이름을 거론하며 칭찬할 법하군."

"——대답을 해주십시오, 왕 장군. 저는 지금 왕 장군의 부하이지만 왕명을 어길 수는 없습니다."

단호한, 흔들림 없는 눈빛. 속지 않고, 망설임 없이 그곳에 서 있다. 옆에 선 왕자보다도 훨씬 의연하다. 정란을 보자 딱딱하게 얼어붙은 옆얼굴을 보인 채 아무 말도 하지 못하고 있었다.

"그럼 대답하겠다. 누가 그런 얄팍한 수를 쓴단 말이냐. 물론 나는 홍남 일족을 싫어하지만 내가 도와주러 온 것은 홍가가 아니라 홍주의 백성이다―― 그러나 홍주만 구하러 온 것은 아니다."

"――무슨 말씀이십니까?"

"그 수송대는 처음부터 홍주로 끌고 올 계획이 아니었다. 벽주용으로 준비해놓은 것이다. 지금쯤 방향을 바꾸어 벽주로 뻗은 길을 전속력으로 달려가고 있을 것이다."

"네?! 아니, 하지만 홍주의 황해구제용이라는 명목으로 상평창을 열지 않았습니까?"

"벽주의 피해가 훨씬 막대한데도 벽주용으로 쌀을 내어달라면 분명히 주저하겠지. 그 정도의 짐마차는 준비할 수 없다. 그래서 홍주용이라고 속인 것이다. 중앙관리들은 여전히 홍남 일족에게 생색을 내고 싶어하니 말이지. 나는 홍주용이라고는 정확하게 한 마디도 하지 않았다. 황해구제용으로 창고를 열라고밖에 하지 않았다."

고한승의 입이 쩍 벌어졌다. 벽주에 지원물자를 보내라고 요청해봤자 충분한 물량은 내어주지 않을 테니 홍주로 보낸다고 해서 대량의 식량을 방출시킨 후에, 도중에서 빼돌려 벽주로 보낸 것이다. 정리를 하자면.

"…에… 그러니까… 중앙관리들을 속였다는 얘기인가요?"

"시간을 절약했다고 해야겠지. 뭐, 벽주의 신참 임시주목에게 어떻게든 해보겠다고 약속을 해서 말이지. 구양옥은 성가시다고. 가능한 한 빨리 보내지 않으면 무지막지한 불평이 쏟아질 테니."

"아니아니, 잠깐 기다려주십시오. 그야 벽주는 좌우림군의 흑요세 대장군께서 직접 가셨을 정도고, 지진과 황해로 상당한 피해가 발생했다고 알고 있습니다. 지원물자를 다소 빼돌리는 것 정도는 괜찮다고 생각하지만, 설마 한 대도 남김없이 보내신 건 아니죠? 조금은 남겨두신 거죠?"

"여기서 쩨쩨하게 굴면 어쩌자는 거냐. 남김없이 벽주로 보냈다. 손 크게 모조리. 그러니 홍가를 압박할 수도 없다."

"네에——?! 남김없이 벽주라고요?!"

그야 수송대가 한 대도——짐수레 한 대까지도 남김없이!!——없다면야 홍가에 압박을 가할 재료도 없다. 그렇지만 내쫓긴들 할 말도 없다. 저 끝에서 정란도 입을 쩌억 벌리고 있는 것이 보였다. '나도 졸도하고 싶다' 고 고한승은 생각했다. 생각만 하고 관뒀지만.

"아끼네, 쩨쩨하게 구네, 그런 수준의 이야기가 아니지 않습니까?! 한 대도 지원물자가 없다니?! 빈손인 겁니까, 저희들?! 개망신을 당하러 온 게 아니란 말입니다. 그럼 홍주는 어떻게 되는 겁니까?"

"우리는 식량을 운반하러 온 것이 아니다. 반대다. 우물 바닥에서 끌어올리려고 온 것이다."

"허??? 반대? 우물 바닥??"

"이제 알게 될 게다. 아무튼 지원물자를 내세워 홍주에 대가를 요구하는 얄팍한 수는 쓰지 않는다."

왕계는 팔짱을 끼고 눈앞에 펼쳐진 홍주 관문을 내려다보았다.

"…홍주 주목과 주윤은 무능하지 않다. 황해에 대한 정보도 거의 없는 상황에서 잘 해주었어. 덕분에 남김없이 식량을 벽주로 보낼 수 있었다. 이번에는 우리 차례다."

왕계는 턱으로 아래의 성벽을 가리켰다.

"알겠나, 믿지 못하겠더라도 이곳은 벌써 주경(州境)이다. 저 건너편이 홍주다. 지도에는 나와 있지도 않은 길까지 골라가며 일정을 단축하긴 했지만 잘 따라와줬다. 내 실력이 녹슨 건가…."

녹슬지 않았습니다! 라는 반론을 고한승은 목구멍 안으로 삼켰다. 무심코 입 밖으로 냈다가는 내일부터 더 속도를 낼 것 같다. 그 대신 계곡에 걸쳐진 가늘고 긴 한 줄기 다리와 그 앞에 있는 관문을 보았다. 찌릿찌릿, 살갗을 태울 것 같은 긴장감이 느껴지는 철통방어다. 광대하고 비옥한 평야와 험준한 산악지대가 공존하는 홍주의 관문은 비상시에는 난공불락의 천연요새가 된다고 한다.

관문너머 저 멀리에는 지옥의 바늘산처럼 하늘을 향해 솟아있는 대산맥이 있다. 마치 수묵화 속의 한 장면처럼 아름다운 높은 봉우리. 그 앞에는 산맥에 안긴 것처럼 대평원이 펼쳐져 있다.

'…녹색 평야가 아니라, 뭔가 검은색과 갈색 같은 빛깔이군… 가을도 끝나가서 그런가?'

위화감에 고한승은 고개를 갸우뚱했지만 그것이 무언인지는 알지 못했다.

"이제 곧 아침에서 낮이 되면서 기온이 올라간다. 슬슬 시작되겠군. ――보게."

아침의 냉기가 풀리고, 태양이 하늘 높이 올라가면서 기온도 서서히 올라간다.

멀리서는 검게 보이던 장소가 흔들리는 것처럼 보인 그 순간―― 부앙, 하고 검은 그림자가 일제히 날아올랐다. 게다가 한 곳만이 아니라 동시에 여러 곳에서. 검은 회오리 같은 것들이 **날아오른다**.

그 이상한 광경에 고한승과 정란은 눈을 의심했다. 바람을 타고 곤충 특유의 거슬리는 날갯소리가 들려왔다.

태어나서 처음으로 고한승의 등줄기가 이유 없는 오한으로 부르르 떨렸다. 생리적인 혐오감.

"…저… 저것이 풀무치 떼…?!"

마치 하늘에 꿈틀거리는 거대한 마물처럼, 파란 하늘을 순식간에 검게 뒤덮어버린다.

"그렇다. 풀무치는 태양과 함께 활동하고, 태양이 지면 지상에 내려앉아 쉰다. 즉, 밤에는 식량을 덮칠 위험이 적다. 방해받지 않고 행군할 수 있다. 그렇기에 낮이 아니라 밤을 골라 강행군을 한 것이다."

"……!"

생각해보니, 풀무치는 풀무치일 뿐이다. 기온이 내려가면 움직이지 못한다. 밤에는 떼를 지어 날지 못하는 것이다.

"…나는 오래 전에 이곳에서 저 경치를 바라본 적이 있다. 이 계절의 홍주는 정말로 아름다웠지. 색색으로 물든 단풍, 황금색 벼이삭, 깊은 갈색이 섞인 상록수의 초록빛 잎. 하지만 지금은 아무것도 없다. 검은색과 갈색으로 보이는 건, 모두 풀무치가 먹어치워 땅이 드러났기 때문이다."

정란과 고한승은 흠칫 놀라 눈앞의 평원을 보았다. 검은색과 갈색의 메마른 대지. 어디를 보아도 다른 색은 찾아볼 수 없다. 눈에 보이는 장소는 모두. 돌연 귓가에서 기분 나쁜 날갯소리가 들렸다. 고개를 돌려보니 곤충 특유의 휑하고 오싹한 눈이 있었다. 새까만 구멍. 고한승은 비명을 지르며 팔을 휘둘러 쳐냈다. 떨어진 것은 한 마리의 검은 풀무치였다. 다리를 꿈틀꿈틀 비비면서도 여전히 바라보고 있는 것 같은 기분이 들어서 고한승은 두려움을 느꼈다.

"…바람을 타고 몇 마리 흘러들어온 모양이군. 늦지는 않았지만 남은 시간은 많지 않아…."

얼굴을 돌리자 부앙, 하는 기분 나쁜 날갯소리가 들려왔다. 살아있는 동물처럼 꿈틀거리는 검은 마물이 수천 개의 공허한 곤충의 눈을 일제히 힐끗, 이쪽으로 돌리는 것 같은 기분이 들었다. 고한승은 한 발 뒤로 물러났다. 비위에 거슬리는 날갯소리를 내면서 일제히 어디론가 날아간다. 또 다른 장소로. 끝도 없이.

"보름이면 풍향이 바뀐다. 이 무리가 바람을 타고 자주로 흘러가 전 지역을 황폐화시킬 것이다."

한승은 말문이 막혔다. 새까만 곤충의 눈이 곤두선 솜털에 끈끈하게 달라붙는 것 같다.

"―――――?! ―――저, 저게 자주로?! 서, 설마…."

"정말이다. 그래서 밤낮으로 달려왔다."

늦지 않았다고 왕계는 아까 중얼거렸다. 정예군조차도 따돌릴 정도의 속도로 필사적으로 달려왔다. 낙오자는 나중에 따라오라고 하기는 했지만 딱히 이유는 말하지 않았다.
여기까지 식량을 운반하려고 온 것은 아니라고도. 설마.
"설마, 풀무치 떼가 자주로 이동하기 전에 홍주에서 황해를 종식시키실 생각이십니까?"
"당연하다. 그게 내 일이다."
고한승은 그 말이 진심인지 단순한 말버릇인지 판별할 수 없었다. 어느 쪽이 되었든 결과는 마찬가지다. 곤충의 공허한 눈이 아직까지도 목덜미에 스멀거리는 것처럼 남아 있다.
"무리입니다!! 저런 걸 어떻게 막는단 말입니까. 사람이 어떻게 할 수 있는 상대가 아니라고요!!"
"그래서 어떻다는 건가. 여기서 막지 못하면 나라의 반이 죽는다."
역시 담담한 옆얼굴이었다. 진심임을 깨닫는 동시에 자신의 발언이 창피했다. 식량을 무기로 홍주부를 협박하다니, 이 사람은 털끝만큼도 생각하고 있지 않았다.
"하지 않을 이유가 필요하다면 잠자코 돌아가게. 나는 왕족이고, 제2대관이다. 이 나라를 지키는 일이 나와 조정의 존재이유다. 설령 모든 것이 잘 풀리지 않는다 해도, 아무것도 하지 않는 것보다 나빠지지는 않는다. 나도, 너희 무관들도 이 나라를 지키기 위해 존재하고 있다. 그런 긍지가 있다면."
아름다운 보라색 군장이 바람에 나부낀다. 그 색과 마찬가지로 고귀하고 평온한 목소리.
고한승은 눈앞에 있는 것이 옥좌의 주인인 것 같은 착각을 일으켰다.

"아무것도 하지 않다가는 변명도 할 수 없는 사태가 되고 만다. 이는 무서운 죄가 될 수도 있지."

훗, 하고 왕계가 정란을 보고 웃었다. 어딘가의 왕처럼, 이라는 소리가 들린 것 같았다. 고한승도 반박은 할 수 없었다. 황해 방제 대책이 철저하게 이루어지지 못한 것이 **누구 탓**인지는 이미 다 알려져 있었다. 어사대부인 규황의의 상소문을 왕이 무시한 대가가 이런 식으로 돌아왔다는 것. 그리고 실제로 불길한 풀무치 떼와 황야를 직접 눈으로 본 고한승은 왕계의 말에 더 이상 반발할 수 없었다.

『이 나라를 지키기 위해 존재하고 있다. 그런 긍지가 있다면.』

그것이 이 모든 세상을 통치하는 왕과 조정의 의무라고 말하는 듯했다.

"걱정하지 말게. 아무런 대책도 없이 왔을 정도로 바보는 아니다. 쓸데없는 긍지는 많은 사람을 죽이게 된다는 것쯤 알고 있다. 나름대로 꾸준히 준비는 해왔다… 흐음, 도착한 모양이군."

왕계의 시선을 따라 고한승도 계곡을 내려다보았다. 말이 한 마리, 홍주 관문에서 달려나와 가느다란 흔들다리를 건너 이쪽으로 오는 것이 보였다. 얼마 후, 그 말이 언덕을 달려올라오는 모습이 보였다. 왕계를 발견하자, 동시에 말에 타고 있던 누군가가 튀어오르듯이 뛰어 내렸다.

"――왕계 님!! 오랜만에 뵙습니다. 자란입니다."

나이는 마흔 줄에 들어선 정도. 잘 자란 티가 나는 귀족적인 얼굴이었지만 남추영 같은 부드러움은 없었다. 인생의 뿌리에 고생이 자리잡고 있는 자 특유의 강인한 옆얼굴이었다. 자란이라는 이름에 정란이 반응하는 것이 보였다. 얼굴을 바라보았더니,

이곳에 온 지 두 번째로 입을 열었다.
"…홍주의 군태수(郡太守)입니다. 저 관문이 속해있는 동파군(東坡郡) 일대의 지휘관입니다. 홍주에서도 손꼽히는 명태수로, 중앙에서 몇 차례나 등용하려 했던 뛰어난 관리입니다. 본인은 쭉 지방 부임을 자청해 왔습니다만."
왕계와 자란 사이에는 중앙대관과 지방군수 이상의 마음의 유대가 있는 듯했다. 아첨도 없고, 상위관리에 대한 일말의 어색함도 없고, 예의 이상의 무언가가 있었다.
"자란. 어떤가, 상황은?"
"최악보다는 나은 정도라고 할까요. ──서한의 내용대로 준비는 끝내놓았습니다. 홍주의 모든 태수에게도 통지해 놓았습니다."
"나쁘지 않군. 귀족파인 태수는 국시파인 주관을 무시해서 곤란하다고, 홍주부에서 진성서가 올라왔었는데."
자란은 씁쓸한 표정을 지었다.
"'어떻게 해봐라' 라고밖에 하지 않습니다. 바빠 죽겠는데 '황해가 뭐냐', '상황을 설명해라' 등등. 어이가 없을 뿐입니다. 중앙 출세밖에 안중에 없으니 급할 때에 아무런 도움이 되질 않아요. 파리처럼 거슬려서 따돌리곤 했던 건 사실입니다만."
"지시했던 것은 찾았나?"
"네. 풀이 너무 무성해서 고생은 했지만, 아무튼 저희 쪽은 전부. 무엇 하나 다치지 않았고 주민들도 기적이라고 호들갑입니다. 다른 군도 문제없으리라 생각됩니다."
처음으로 자란은 옆에 선 정란과 고한승에게 눈길을 주었지만 왕계가 아무 말도 하지 않았기에 말을 이었다.

"갑자기 감찰어사가 각 군부에 일제히 들이닥쳤을 때에는 놀랐습니다만, 솔직히 가짜 어사라고 생각했습니다… 어사가 그렇게 많습니까?"

"대답 못할 질문은 하지 말게. 어사대 자체가 국가기밀이다. 뭐, 진소방의 급서(急書)가 도착한 시점에 규황의가 전 지역의 순찰어사 대부분을 홍주로 집결시킨 것은 사실이다. 나머지는 대부분 벽주. 각 주에 최소한의 인원을 대기시켜 놓았을 터다. 부족한 장소에는 상위 시어사(侍御使)도 보낸 모양이더군. 현재 홍주에는 전국에서도 손꼽히는 두뇌를 가진 어사들이 집결해 있다. 좀처럼 없는 일이다."

정란의 눈이 커졌다. 하지만 말로 놀라움을 나타낸 것은 자란 쪽이었다.

"시어사까지?! 중앙감찰관을 지방으로 돌린 것입니까? 그런 얘긴 들은 적도 없습니다."

"홍주에서 무슨 일이 있어도 막겠다고 규황의가 우겨서 말이지. 자기 책임이라고. 방안에만 틀어박혀 있던 멍청이 왕의 침소에 쳐들어가서 억지로라도 도장이든 혈장이든 찍게 했어야 했다고. 위가 바보면, 그 밑의 신하들만 고생을 하는 거지. 규황의는 사임할 생각이다. 내가 그 놈을 지킬 거야. 이 나라에 필요한 사내다. 여기서 막아내겠다."

——여기서 막아낸다.

고무관의 등줄기에 그 조용한 선언이 스치며 오싹 소름이 돋았다. 홍주에서 황해를 막아낸다고 아까 들었을 때에는 반신반의했다. 그러나— 정말로 그런 생각으로 왔다는 것이 피부로 느껴졌다.

암행감찰이 기본인 감찰어사의 신분을 밝히도록 하고, 그 자리에서 홍주에 집결시켰다. 시어사까지 움직여서. 언덕까지 말을 달려 올라온 자란은 짐마차가 한 대도 없는 것을 눈치 채고 있었다. 벽주로, 더 중요한 곳으로 언제나 전력을 쏟아붓는다. 그 판단력과 결단력. 자란은 쓴웃음을 지었다.

"왕계 님은… 언제나 그러시지요. 소중한 부하 관리를 자르지 않고, 지키려고 하십니다."

정란이 희미하게 반응한 것을 고 무관만은 알아차렸다. 홍수려. 정란도 그녀를 생각한 듯했다. 왕계가 규황의를 생각하는 것처럼은 생각해주지 않았다. 쓰고 버려진 왕의 관리.

"응? 뭐라 했나, 자란?"

"아닙니다. ――순찰어사는 이미 대기하고 있습니다. 왕계 님의 한 마디면 모든 군(郡)이 움직입니다."

"좋다."

표정 하나 변하지 않는 왕계의 얼굴에 자란은 조금 눈을 내리깔고 불쑥 중얼거렸다.

"…왕계 님을 보고 있으면 모든 것이 잘 풀릴 것 같은 생각이 듭니다."

"기분 탓이다. 이런 표정밖에 짓지 못할 뿐이다."

조금 난처한 얼굴을 한 왕계를 보고, 자란은 그리운 듯 희미하게 웃었다.

"할 수 있는 모든 수는 써놓았다. 이레 동안만 기다리겠다. 낭보가 오지 않으면 다음 결단으로 넘어가겠다. 자란, 내가 데리고 온 병력을 여기에서 나누겠다. 전부해서 병력 1,000기(騎). 100명씩 10조로 나누어 놓았다. 피해가 큰 순서대로 군에 배치하여 대기 중인 감찰어사와 합류시키도록. 합류하면 명령계통에서 상위는 어사가 된다. 합류 전후의 지시서는 보내놓았다. 각 태수는 어사에게 전면적으로 협력하면서 지시를 따르도록."

"왕계 님은 어디로?"

"나는 한 무리를 이끌고 주부 오동으로 향한다. 사흘 정도 걸리는 길이다. 가는 도중 풀무치 퇴치로 이틀을 쓰려고 하니 닷새면 도착할 것이다. 닷새째에는 주부 오동에서 류 주목을 끌어내겠다."

"닷새?!"

괴상한 비명을 지른 것은 고한승이었다. 귀를 의심했다. 차라리 귀가 멀었으면 좋겠다.

"여기에서 오동까지 닷새?! 평지의 직선거리라도 그 정도는 걸리는데 중간에 산악지대—."

"닷새다. 그래도 얼마 전 홍소가가 기록했던 일정보다는 길다. 기마술은 홍주 사내들의 특기다. 홍가의 후예들에게까지 바보 취급당하고 싶지 않거든 제대로 따라오도록."

"으으. 네, 네…——? 오동까지? 그렇다는 건."

"나와 함께 오동까지 가는 건 자네 부대다. 어딜 보내도 멋대로 내 뒤를 배후령처럼 쫓아올 것 같은 사내가 한 놈 있어서 말이지. 귀찮으니 자네 부대로 하겠다. 뭔가? 기쁘지 않은가, 자정란? 내가 **왕의 근위**를 호위대로 뽑아 오동에 입성하는 것이 못마땅한가? 그러나 나는 왕에게서 병마권을 위임받았다. 왕의 전권대리다. 불평을 들을 이유는 없는 것 같은데."

자란의 눈에 처음으로 불손한 기색이 스쳤다. 힐끗, 고한승을 보고는 이어서 정란을 보았을 때에는 굳어진 표정이 점점 험악해졌다. 어째서 지금까지 눈치를 채지 못했는지 자책하는 것처럼.

"…왕계 님, 그 자는 문하성의 호위가 아니군요? 어디서 굴러온 말 뼈다귀입니까?"

"말 뼈다귀인 것은 확실하지만 호위다. 나를 지키기 위해 자진해서 담당구역을 떠나 지원해주었다. 요즘에는 좀처럼 보기 드문 기특한 젊은이지. 나를 위해서라면 세상 끝까지 쫓아올 기세라고."

침묵이 감돌았다. 고한승은 왕계가 농담을 하는 건지 비아냥거리는 것인지 알 수가 없었다. 어쩌면 그저 사실을 말했을 뿐인지도 모른다. 분명, 고한승도 어떤 사내냐는 질문을 받으면 그렇게 대답할 수밖에 없다. 그러나 사실을 나열해보니 확실히 이상했다. 평상시의 정란을 알고 있는 고한승으로서는 특히 더. 기묘한 행동. 적은 말수. 뭔가가 있다. 그래서 눈을 뗄 수가 없다.

자란은 고한승과 같은 생각을 하는 것 같았지만 더 거리낌이 없었다.

"…찔러 죽일 것 같은 눈을 하고 있습니다만. 동파군에서 제가 신뢰하는 무관을 대기시키겠습니다."

"필요없다. 그럴 여유가 있는 무관이 있으면 현지 업무로 돌리도록. 쓸데없는 남의 일에 쓰지 말게."

"왕계 님, 당신은 손능왕 님과는 다릅니다."

"당연하다. 같다면 여러 가지로 절망스럽다. 올 테면 오라고 한 것은 나다. 따르라."

더 이상 아무 말도 듣고 싶지 않다는 목소리였다. 자란의 눈에 어떤 감정이 순간적으로 스쳤지만 그것이 무엇인지 판별하지 전에 씻겨 사라졌다. 한 순간, 공백이 생겼다.

"…이런 곳에서 당신을 잃을 수는 없다는 것만은 잊지 말아주십시오."

자란은 짧게 내뱉고 휙, 발걸음을 돌려 다시 말을 타고 언덕을 달려내려갔다.

왕계는 마치 자란과 만난 적도 없는 것 같은 얼굴로 계곡을 등지고 발걸음을 내딛었다.

"오후에는 출발한다. 그때까지 쉬도록."

고의적인지, 정란과 고한승 사이를 우아한 걸음으로 스치고 지나간다. 그때였다.

"——어째서."

처음으로 정란이 왕계를 향해 입을 열었다. 감정을 죽인 듯한 어둡게 가라앉은 낮은 목소리로.

"나를 데리고 가는 겁니까."

왕계는 발걸음을 멈췄다. 고개만 돌려 천천히 정란을 뒤돌아보았다. 어깨의 갑주에 입술이 가려져, 왕계가 웃고 있는지 무표정인지 보이지 않았다.

"이유가 있는 것은 자네 쪽일 텐데. 나는 지금의 자네에게는 흥미 없다."

정란의 눈빛이 뭐라 형언할 수 없는 어두운 색깔로 물들었다. 분함, 분노, 그 외의 여러 감정이 뒤섞인 그 두 눈을 왕계는 그저 받아들였다. 무엇도 뒤흔들 수 없었다. 무엇 하나도. 왕계는 정란에게 등을 보이며 돌아섰다. 언덕을 내려가며 생각났다는 듯이 대수롭지 않게 덧붙였다.

"하지만 자네의 선택에는 흥미가 있지."

정란의 품안 깊은 곳에서 수려의 서한이 항의라도 하듯이 또 한 번 사그락, 소리를 냈다.

● ● ● ●

표가를 떠나는 날이 이제 이틀 후로 다가온 날. 수려는 주취가 말한 대로 몸 상태 진단을 위해 '정적의 방' 에서 투덜거리며 침대 안으로 기어들어갔다.

추영은 방 밖에서 경호도 겸하며 기다렸지만 방 안으로 들어갈 수 있었던 것은 밤도 깊은 후였다.

"…이제 들어와도, 괜찮아요. 끝났으니까."

한나절 이상이나 방안에 틀어박혀 있었으니 아무리 추영이라도 걱정이 되었지만, 예상대로 주취는 완전히 기진맥진해 있었다. 안에 들어가보니 류화가 수려의 상태를 쭉 훑어보면서 끄덕였다.

"…주술이 잘 걸려있다. 고위 주술사들이 돌아와 있었더라면 좀 더 처치가 잘 되었겠지만 어쩔 수 없지. 이걸로 당분간은 '밖' 에서도 버틸 수 있을 게다."

"어느 정도로?"

그렇게 묻는 추영을 류화는 차가운 눈으로 내려다보았다.

"…타인인 네놈이 물어서 뭘 어쩌겠다는 거냐. 알고 싶다면 주취의 얼굴을 보면 될 것을."

주취를 본 추영은 흠칫, 했다. 주취는 아까보다도 더 창백한 얼굴이었다.

"주취, 지금 그대라면 손에 잡힐 듯이 알겠지. 이 계집이 어떤 상태인지."

주취는 끄덕이려고 했지만 되질 않았다. 류화에게 다가갈 힘을 가지게 된 후 처음으로 주취는 이해했다. 주취라도 표가에게 납치하라고 명령했을지 모른다. 이용하기 위해서가 아니라, 구하기 위해서.

"… '어머님' … 수려 님은…."

"――돌려보내라, '밖' 으로. 이 계집이 있어야 할 장소로. 그곳에서 비로소 이 계집은 가치가 있다. 해야 할 일이 있다고 했다. 그걸 깨닫는 자는 적다. 행운인지 아닌지는 차치하고서라도."

표가에 있으면 살 수 있다. 그것을 포기하면서까지 나가겠다고 말하게 만든 '무언가' 가 행운인지는 알 수 없다. 류화처럼 되고 싶지 않다며, 영희가 사랑하는 남자를 선택해서 뛰쳐나갔듯이.

공교롭게도 홍수려가 전에 말했듯이 옳고 그름의 문제는 아니었다. 그저 한쪽을 선택했을 뿐이다. 누군가에게 강요당했기 때문도 아니고, 홍수려 자신이. 행운인지 불운인지는 모르겠지만.

"남추영, 슬슬 이해가 되었는가? 네놈이나 이강유가 떨어져나가고, 이 계집만이 남았던 이유가."

"예…?"

"어디에도 빈틈이 없었기 때문이다. 자신이 관리라는 것을 단 한 번도 소홀히 하지 않았지. 전력을 다해 나라와 왕을 위해 모든 것을 바쳤다. 고작 1년 만에 그 정유순이 어사대로 보냈을 정도로 우수했던 게지."

"…유순 님이…?"
앵무새처럼 되풀이하는 추영을 류화는 노려보았다. 젊은 시절의 자신이었다면 '이 무능한 놈!' 하고 소리를 지르며 두들겨 패서 쫓아냈을 것이다. 지금은 피곤해서 그럴 기력도 없지만.
"멍청한 놈. 항상 머리를 써라. 쓰고 나서 말을 해야 할 것이야. 그게 안 되면 잠자코 있어라. 잠자코 까마귀를 쫓을 뿐인 허수아비가 차라리 낫구나. 알겠느냐, 이 내 앞에서 가치가 있다고 생각되는 말 이외에는 내뱉어서는 안 될 것이야. 네놈이 뭐라도 된다고 생각하느냐."
딱히 류화는 화를 낸 것은 아니었다. 눈처럼 차갑기는 했지만 모든 것은 나른할 정도로 조용한 말투였다. 그러나 추영은 물론 주취까지 얻어맞은 것처럼 숨을 삼켰다.
"귀족파의 아성인 어사대에 홍수려가 들어갈 수 있었던 것은 뒤에서 손을 쓴 자가 있었기 때문이다. 당연하지 않느냐. 규황의보다도 높은 지위에 있는 왕 쪽 사람은 정유순밖에 없는 것을. 그 놈은 귀족파에게 당당히 싸움을 건 것이야. 발탁된 것이 당연하지, 가장 우수하고 강력한 장기말. 그 정유순에게 '왕의 관리' 라고 인정받은 유일한 '관리'. 훗… 재상이 왕을 위해 움직인 장기말을 당사자인 왕과 측근 나부랭이들이 스스로 걷어들이다니, 중신들이 속으로 얼마나 비웃었을지."
추영은 무언가 말하려고 했지만 아무 말도 하지 못했다. 무엇 하나도.
"네놈들에게 홍수려는 관리가 아니라 그저 여자였을 뿐이 아니냐. 사랑스러운 계집의 소망을 잠깐 들어주었다고 생각하고 있을 테지. 종국에는 귀족파는 후궁으로 밀어넣겠다는 둥 한심한 수밖에 쓸 수가 없었다. 네놈들은 멍청하게 거기에 편승해서, 약점을 잡히기 전에 냉큼 후궁으로 던져넣고 없었던 일로 하려고 했다. 약점이라고만 생각했으니."

지금까지 수려가 해왔던 일들까지 모조리 짓밟아버렸다. 그녀의 노력도, 높은 뜻도.

모든 것을 바쳐왔는데, 모든 것을 잃고 만 계집.

그 마음이 무너지는 소리가, 류화에게는 들렸다. 그 때문에 그만 모습을 드러내고 만 것이다.

모든 것을 부정당하고, 표가에서 인형처럼 공허한 눈으로 눈물을 흘리고 있었다. 몸도 마음도 너덜너덜하게 지쳐버린 채.

"네놈들이 떳떳하지 못하다고 생각하고 있다는 걸 이 계집도 느끼고 있었다. 그래서 퇴관을 받아들였다. 그렇게나 당했는데도 이 계집은 다시 한 번 왕을 위해서 나가는 게야. 말 그대로 목숨을 걸고서 말이지… 오랜만에 이런 관리를 봤구나. 흥, 남추영, 그런 얼굴은 하지 않아도 된다. 한 가지 확실한 것이 있다. 관리네, 후궁으로 들어가네 하는 문제가 다시 불거지기 전에 이 계집의 목숨은 다할 것이다."

"무슨――."

"남은 시간은 그 정도다. 그러나 몇 가지 일은 끝낼 수 있다. 이 계집에게는 충분한 시간이겠지."

추영은 한참 동안 넋을 잃고 있었다. 지금 처음으로 수려의 '죽음' 을 현실로 느꼈다. 지금까지는 리앵에게 어떤 말을 듣더라도 막연한 먼 훗날의 일이라고밖에는 생각되지 않았다. 류화나 주취가 어떻게 해줄 것이라고 낙관했던 마음도 있었던 것이 사실이다. 그러나 이젠, 정말로――.

기적은 일어나지 않는다는 것이다.

"저… 전혀 방법이 없는 건가? 리앵의 아버지가 조금 나눠준다거나. 얼굴을 보면 엄청나게 장수할 것 같잖아. 몇 십 년 정도 나눠줘도 큰 지장은 없을 듯한데."

주취는 엄청난 충격을 받았다. 실은 그녀도 내심 몰래 그렇게 생각하고 있었지만 차마 묻지 못했던 것이다.

그런 걸 남동생을 끔찍이 생각하는 류화의 면전에 대고 이렇게나 아무렇지 않게 말할 수 있는 남자가—그래, 그것도 남자가—있다니.

찌릿, 하고 류화는 추영을 노려보았지만 죽이지는 않았다.

"흥, 그런 일이 가능하면 진즉에 표가의 우수한 주술사나 무녀들에게 나누어줬을 게다. 단명인 것은 그 계집만이 아니다. 얼마나 많은 일족이 수명을 채우지 못하고 스러져 갔는지…."

류화는 나른한 듯—그것조차도 사람들의 눈길을 붙잡아 놓을 정도로 아름다운 미모로—턱을 괴었다.

"…하지만 불가능하다. 짐작에 불과하지만 *리앵*의 수명은 150년 정도다."

"엣, '어머님' … 그렇습니까? 그럼 *리앵* 님의 남은 수명은 이제 60년 정도."

"아마도. 과거에 몇 명인가 불로장생인 자들이 있었지만 대부분 150년 정도에서 수명이 끝났다. 어떤 요인으로 노화가 멈췄을 뿐이지, 인간의 육신의 한계는 넘지 못하는 것 같다. 그렇게 보여도 *리앵*은 평범한 인간이다. 아니, 무능이라는 점에서 오히려 우리 이능을 가진 주술사보다도 훨씬 인간에 가깝다."

"그러니까…."

"…*리앵*은 평범한 인간이라는 말이다. 평범한 인간에게서 수명을 주고받을 수 있다면 우리들이 굳이 '소녀들'의 몸을 쓰려 했겠느냐. '밖'의 쓸모없는 사내놈들을 100명 정도 한 번에 끌어와서 목은 날려버리고 있는 대로 정기를 빼앗았을 게다. 멍청한 놈."

그 말대로다. 가능하다면 진짜 했을 것이다. 추영은 등줄기가 서늘했다. 남자 한정이라는 게 무섭다.

"수명이라는 건 줄어드는 일은 있어도 늘지는 않는다. 주거나 받지도 못한다. *리앵*에게 빼앗을 수 있다면 진즉에 했을 것이야. 실은 오래 전에 몇 번인가 시도를 한 적이 있다만, 전부 헛수고였다."

"시, 시도를 하…셨던 건가요, '어머님'!"

사랑하는 동생의 수명까지 용서 없이 쥐어짜려고 획책했다니.

――역시 표류화.

"흥, 나는 죽을 수는 없는 몸인 것을. 그리고 *리앵*의 불로장생은 축복이 아니다."

저주나 마찬가지다. 인간의 육신이 감당할 수 없는 신력이 류화를 변화시킨 것처럼, 동생을 비틀어버린 것은 불로장생.

이제와 생각하면, 갓난아기인 *리앵*은 살기를 거부했던 것이 아니라, 불로와 장생을 거부했던 것인지도 모른다. 평범한 인간으로서 살다가 죽을 수 있는 단 한 번의 기회. 그러나 류화는 필사적으로 키웠고, *리앵* 자신도 삶을 선택했다… 그리고 두 번 다시 다른 인간을 보는 일은 없어졌다. 누이조차도.

나이를 먹지 않지만 다른 부분은 오감조차도 평범한 인간. 지금이 언제고, 시간이 어떻게 흘러가는지조차도 정말로 *리앵*은 알지 못하는 것이다. 어찌 되든 상관없다. 자신과는 상관없는 일이라고 생각할 수 없다면 미쳐버릴 테니.

그러나 이는 누군가와 함께 살아간다는 실감도 없다는 의미이기도 했다. '장미공주' 에 대한 집착을 못 본 척했던 것도 그때만큼은 *리앵*이 '살아' 있었기 때문이다. '장미공주' 는 실제로 *리앵*과 같은 시간을 공유할 수 있었다. 모습이 바뀌더라도, 그곳에 있어줄 수 있는 유일한 존재. *리앵*은 감정을 배우고, 텅 빈 마음을 채웠다. 그러나 동시에 점점 인간이 아니게 되어 갔다. 모든 인간을 인간으로 보지 않게 되었다. 자신마저도.

우우가 옆에 있던 시절, 몇 번이나 류화는 동생을 보통 인간으로 되돌려보려고 시도해보았다. 일이 잘 풀리면 그 불로장생의 생명을 자신이 받아, 줄어가는 목숨을 이어갈 수 있을지도 모른다는 계산이 없었던 것은 아니지만, 동생만이라도 저주를 풀어주고 싶었던 것은 진심이었다. 그러나 결과적으로, 당연한 사실을 깨달았을 뿐이다.

"…*리앵*의 목숨은 *리앵*의 것. 모든 인간이 그렇듯이 유일하게 침범할 수 없는 영역이었다. 나의 경우는 육신을 바꾸어 연명했다. 그러나 딱히 원래 수명을 늘린 것은 아니야. 때가 오면 죽는다. 홍수려도 마찬가지인 것을. 육신의 문제로 표가에서 평생 안정을 취하든가, 몸을 바꾸면 그런대로 버틸 수 있지. 표가가 제안할 수 있었던 건 그 두 가지다. 그러나 어느 쪽도 홍수려는 거부했다."

살고 싶다. 하지만 그보다 홍수려인 채로, 해야만 하는 일들이 있다면서——.

그를 버린다면 다른 어떤 인생도 의미가 없다면서.

지난 날, 같은 선택을 앞에 두고 다른 길을 선택했던 류화는 냉엄한 눈길로 주취를 내려다보았다.

"이 계집에게 기적은 먼 옛날에 한 번 일어난 후 두 번 다시 일어나지 않는다. 이를 누구보다도 이 계집이 알고 있다. 그렇기에 홍수려가 선택한 길은 가치가 있구나. ──돌려보내라. '밖'으로. 있어야 할 곳으로. 그 영혼이 빛날 수 있는 장소로. 모든 순간이 홍수려에게 살았다는 증거가 될 것이야."

모든 시간이, 순간이. 살았다는 증거. 수려에게 마치 그 말이 들린 것처럼 속눈썹이 희미하게 흔들렸다. 주취는 목을 떨군 채 눈물을 흘리며 살짝 수려의 손을 잡았다.

류화는 어이가 없었다. 앞으로 몇 번이나 더 울먹거리면서 보내게 될 것일까. 몇 번이나 몇 번이나.

하지만… 뭐, 괜찮다. 주취는 류화와는 다르니까. 다른 대무녀의 모습이라도 괜찮겠지.

"이틀 동안 재워 두어라. 일어났을 때가 떠날 때이다. 그 전의 잠시 동안의 휴식이구나…."

류화는 비쳐 보일 것처럼 창백한 손으로 수려의 눈꺼풀을 쓰다듬더니 침대 위로 얇은 비단 휘장을 드리웠다.

'정적의 방'과 이어진 방 쪽으로 나간 후, 류화는 힐끗 추영을 보았다.

"…그래서, 그대는 어쩔 셈이냐."

"네, 갈 곳은 정해 놓았습니다. 뒷일은 주취 님께 부탁하겠습니다."

그 조용한 목소리와 표정에는 더 이상 망설임은 털끝만큼도 없었다. 전에는 언제나 얇은 막처럼 남추영을 감싸고 있던 경박함 역시 흔적도 없이 사라져 있었다. 류화는 팔짱을 꼈다.

"…뭐, 남가의 사내에게 쓸 만한 구석이라곤 그 정도이니."

"네?"

"남가의 사내는 '바람'의 성질. 자유자재로 하늘을 날아다니며 기분 내키는 대로 살아가는 것처럼 보이지만, 실은 바람의 길에서 벗어나지 못하지. 반드시 원래의 장소로 돌아간다. 속박을 싫어하는 주제에 정해진 길에서 벗어나지 못하는 갈등과 자기혐오로, 남가의 사내들은 세상을 삐딱하게 보고 뒤틀린 성격이 많지. 그대의 세 형들도, 동생도, 결국 어느 누구도 남가를 버리지는 못했지 않느냐. 중얼중얼 변명을 하면서 집에 똬리를 틀고 있지."

"…우리 형들과 동생을 그런 식으로 말할 수 있는 건 당신밖에 없을 겁니다…."

"—그러나 진정한 남가의 사내는 **'바람의 길을 아는 자'**다. 눈앞에 뻗어 있는 영원처럼 먼 길을, 누군가가 닦아놓은 길이 아니라 그 자신이 길이 되어 걸어가는 자다. 그때에 비로소 진정한 자유를 알고, 하늘과 바다의 남색을 걸치고 천공의 길을 앞장서 달려간다고 전해지지… 뭐, 먼 길 돌아가기와 헛짓 하기는 남가의 전매특허지만, 이번에는 짧은 편이구나… 뭐, 헛짓 하기는 백 년 후까지 계속 될 것 같다만."

흘낏 주취를 보더니 물끄러미 추영을 위에서 아래까지 바보 취급하는 눈길로 훑어본다.

"잠깐만요, 류화 님. 백 년 후면 죽고 난 다음 아닙니까!!"

"포기하는 게 탈이 없을 거라고 에둘러서 말한 거다. 애당초 표가의 여자와 남가의 사내는 대대로 궁합이 나빴다. 방향이라던가, 풍수라던가, 꽁치점이라던가, 여러 가지로."
"말도 안 됩니다!! 지금 그거 맘대로 만들어낸 거죠?! 꽁치로 연애운이 정해진다니 참을 수 없습니다!!"
"흥. 그렇다면 당사자에게 물어보겠느냐. 주취, 13번째 애인으로 이 사내를 맞으면 어떻겠느냐. 남가직계인 만큼 도움이 되는 부분이 있을 것이야. 돈이 궁해지면 갖다바칠 테고, 풀어 키워도 멋대로 돌아올 테니 편하긴 할 게다. 게다가 네가 선택하면, 상대 남자에게 거부권은 없다."
"잠깐만요!! 뭡니까, 그 질문은?! 13번째?! 하나부터 열까지 다 말도 안——."
분개하여 맹렬하게 항의하려고 하는데, 주취는 류화의 마지막 말에 움찔 반응했다.
"…'어머님', 그렇다는 것은, 그러니까 상대에게 그럴 마음이 없더라도 결혼할 수 있다는 말씀이십니까?"
"가능하다. 허나 소가를 염두에 두고 있다면, 힘들게다. 표가 대무녀의 남편으로서 부족함은 없지만 길들이기는 지극히 어려울 터. 이 정도의 사내를 옆에 두고 적당히 타협하는 쪽이 편할 것 같다만."
타협이라니. 너무 심하다. 어쩌면 류화 나름대로 지원사격을 해주려는 걸까? 나름대로? 이름난 바람둥이였던 추영이 이렇게까지 심한 소리를 들은 것은 난생 처음이다.
"잠깐, 주취 님도 무슨 생각을 하고 계신 겁니까아아!! 말해두겠습니다만, 평생 기다려도 소가 님은 무리라고요!! 무리, 절대로 무리! 우물쭈물, 힐끗힐끗, 때때로 한숨을 쉬면서 결국 바라만 보다가 끝나버릴 거라는 건, 딱히 앞날을 예지하는 능력이 없는 저라도 알 수 있습니다. 보인다고요."

보고만 있다가 첫사랑이 끝나버린 남자, 즉 남추영은 예언자보다도 더 확실한 확신을 가지고 딱 잘라 말했다.

"뭐—— 뭐, 뭐예요, 그 뻔뻔한 태도는! 어떻게 그렇게… 다, 단언할 수가 있는 거죠?! 나도—— 익. 어, '어머님' 께서 미셔도 이런 남자는 사양하겠습니다!"

"엑, 뭐, 뭡니까, 주취 님!!"

"후궁 시절의 자신을 좀 돌아보시지요. 이 장구벌레 남자!! 아, 맞다. '간장' 과 '막야' 는 가지고 돌아가시면 안 되죠!! 저희가 맡아둘 테니까!! 자, 내주시지요."

한 쌍의 보검을 추영에게서 다짜고짜 강탈하더니 주취는 후다닥 나가버렸다.

"어어——?! 잠깐만, 뭐야?! 돌려주셔야 하는데요!! 주취 님!!"

"저것들은 알아서 왕에게 돌아간다. 지금은 조금 신력이 부족해져서. 표가에서 잠시 빌리도록 하겠다."

표표하게 대답한 류화를 보았다. 추영은 인정했다. 지금 이 순간까지 직시하지 않으려 했던 현실을.

신의 콧방귀 소리가 들릴 것만 같았다. 실은 추영도 여러 가지 일들에 쫓기느라 중요한 건 아무것도 말하지 못했다는 것은 깨닫고 있었다. 좋아한다든가, 사랑한다든가. 아니, 실은 기회를 봐서 몇 번이나 몇 번이나 말하려 했지만, 주취의 얼굴을 똑바로 바라보면 어째서인지 어떤 말도 할 수 없었던 것이다. 추영이 어깨를 축 늘어뜨리자 가련하다는 듯한(?) 비웃음이 쏟아져 내렸다.

"어떠냐. 알겠느냐."

"…네. 대무녀가 결혼을 할 수 있다는 것을 안 것만으로도 내심 안심했습니다. 대무녀의 조건이 평생 독신이라고 한다면, 정말이지 어떻게 해야 하나, 막막했던지라."

징한 놈이라고 말하는 듯 류화는 코끝으로 웃었다. 하지만 어쩐지 바보 취급을 하는 것 같으면서도, 어딘지 모르게—정말로 아주 희미한 느낌뿐이었지만—안도와도 닮은 따스한 무언가가 섞여있는 것 같았다.

"…주취의 수명은? 하고 묻지 않느냐?"

"그건 그녀가 정할 일이라고 말씀하지 않으셨습니까. 수려 님과 마찬가지로 주취 님도 대무녀를 선택했을 때, 스스로를 자신의 주인으로 선택한 것처럼 보였습니다."

추영은 별실에서 깊이 잠들어 있는 수려를 생각했다. 이제야 마음 깊은 곳에서 자신들이 수려에게서 무엇을 **빼앗아 버렸는지**, 어째서 류화나 규황의들이 자신들을 비웃으며 모욕했는지 이해가 되었다.

지금의 주취에게 추영은 뭘 해달라고는 말할 수 없다. 왜냐하면 추영도 그러하기에.

"…모든 소망을 들어주고 싶습니다. 하지만 무슨 일이 있어도 양보할 수 없는 것이 있습니다. 전 어떤 말을 듣더라도 왕도로 돌아갈 것이고, 왕계 님도 상대할 것입니다. 주취 님의 일족이라 하더라도 왕과 적대한다면 봐주지 않을 것입니다. 주취 님을 위해서도 바꿀 수 없는 곳이 있습니다. 그런 주제에 저만 일방적으로 주취 님의 남은 수명이 얼마나 되냐, 그런 건 관두고 다른 길을 택해라, 그런 말을 할 수 있을 리가 없지 않습니까."

그러나 그런 짓을 류휘들은 아무렇지도 않게 수려에게 하고 만 것이다. 다 이해한다는 얼굴로. 퇴관을 한 후 후궁에 들어간다는 결단을 단 하루 만에 내리도록 만들었다. 도망칠 곳을 막아버리고, 벼랑 끝으로 밀어놓고서 억지로 고개를 끄덕이게 만들었다.

광분했던 누이. 수려에게 저지른 잘못을 주취에게 할 수는 없었다.

"…변할 수 없는 것이 있습니다. 그렇지만 소중한 것도, 전하고 싶은 말도, 소망도 있습니다. 전하지 못한 채 끝내버릴 이유도 될 수 없지요. 묻고 싶은 일이 있으면 당신이 아니라 주취 님에게 묻겠습니다."

"…흥. 조금은 생각을 해보고 말을 하는 걸 배운 모양이군."

"당신 덕분입니다… 그럼, 저도 가보겠습니다."

그때, 침묵을 깨고 류화 쪽에서 입을 열었다. 처음이자, 그리고 아마도 마지막으로.

"… …예전에, 똑같은 표정으로 표가에서 '밖'으로 나간 사내가 있었다."

그 목소리는 지금까지와는 조금 다르게 들렸다. 얼음 같은 차가움은 사라지고, 그저 조용하고, 그러면서 입을 연 것이 정말로 옳은 일이었는지 망설이는 듯 그 속에 감돌고 있는 주저하는 그림자에 추영은 놀랐다. 단념과도 닮은 그 조용함은 백 년 동안 생각하고 또 생각했는데도 아직도 결론은 나지 않았지만, 지금을 놓치면 두 번 다시 없을 기회를 앞에 두고 마지못해 입을 여는 쪽을 선택했다는 듯한 느낌을 주었다. 그건 결론이 아니라, 그저 말을 하기 위해서, 그저 전하기 위해서만 입을 연, 처음이자 마지막인 류화의 말이었다.

"언젠가 반드시 돌아오겠다고 말해놓고서 그 사내는 두 번 다시 돌아오지 않았다."

추영은 어깨만이 아니라 천천히 류화 쪽으로 완전히 돌아섰다.

"그건 정확하게는 약속은 아니었다. 나의 목숨도 시간도 내 것은 아니었고, 모든 것은 내가 지켜야 하는 자들을 위해 있는 것이다. 그런데도 그 자가 멋대로 남기고 간 말이었다."

황혼을 재회의 때로 하겠습니다. 그렇게 그 사내는 말했다.

『언젠가 반드시 돌아오겠습니다. 이 아름다운 천공의 성, 당신이 좋아하시는 황혼녘에. 그때까지 잠시 동안의 이별을 윤허해 주십시오. 언젠가 제가 돌아오면──.』

그러나 그 말 중 어느 것 하나 지켜지지 않았다. 어느 것 하나.

"…시간이 흘러 그 자는 내가 아닌 다른 주인을 선택하여 그 남자에게 무릎을 꿇고 내게 활을 겨눴다. 그로부터 수십 년 동안 쭉 그 상태 그대로인 것을… 그런 일도 있었다."

아름다운 소녀 당주의 단단함과, 늙은 귀부인과도 같은 나른함. 밤의 눈동자에는 깊은 안개가 피어오르며 숲속 깊은 곳을 감춘다. 담담하면서도 나른하게, 아주 오래 전에 가라앉혀버린 것을 끄집어내어, 세월이 흘러 어느 새인가 자신과는 상관없는 것이 되어버린 그 상자를 뚫어져라 바라보고만 있는 것처럼 보였다. 그 상자에는 이젠 아무것도 없고, 단지 그 상자가 놓여 있는 이유만이 상자의 존재이유가 되어버린 듯했다.

추영에게는 그렇게 들렸다. 들렸지만.

"시시한 감상에 휩쓸려 쓸데없는 말을 남겨서는 안 될 것이야. 어길 수 없는 약속이 허락되는 것은 네가 선택한 주군밖에 없다… 설령 그곳에서만 해당되는 헛소리라는 것을 안다 하더라도, 상자가 텅 비었다는 것을 알게 된 후에도 상자는 남는다. 아무런 감정도 느끼지 못하게 된 후에도 장소는 차지한다. 지킬 수 없는 약속은 해서는 안 되는 것. 텅 빈 상자를 놓아둘 여지는 대무녀에게 없다. 처음부터 없었다면, 좀 더 유익하게 그 장소를 쓸 수 있었을 것을."

"…아닙니다."

류화는 턱을 괴고 있다가 문뜩 그 눈을 들었다.

"…당신은 약속을 어긴 것도, 배신한 것에 대해서도—화를 낸 적은 있었을지도 모르겠지만—계속 화를 내고 있진 않습니다. 얼마간의 감정이 남아 있을지라도, 어차피 **그 정도**일 뿐."

"……."

"배신하더라도 평생 계속 미워하지도 않습니다. 그 남자가 선택한 인생이라고 마음을 비워버리고, 언젠가 다른 사람, 다른 일에 당신이 머무르던 마음속의 자리를 내어줘버리지요. 그렇습니다. 당신이 말한 대로, **좀 더 유익한 일**에… 그런 건."

목소리가 갈라졌다. 그 '누군가'의 마음이 손에 잡힐 듯 이해가 될 것 같아 가슴이 먹먹해졌다.

"…그런 건 견딜 수 없습니다. 설령 빈 상자 취급을 받더라도, 애물단지 취급을 받더라도, 당신 마음속에 머물 장소가 없어져버리는 것보다는 낫습니다. 같은 시간을, 같은 세상을 살아가고 있는데, 마치 다른 세상의 다른 인생처럼 생각되면서 살아가다니, 그런 건… 잊혀지는 것보다도 싫습니다."

그 순간, 마치 우우가 말하는 것 같은 착각에 류화의 눈이 조금 커졌다. 다음 순간 눈썹을 찡그리고, 황혼빛 목소리를 밀어내려는 것처럼 긴 속눈썹을 한 번, 강하게 감았다. 하지만 그저 그뿐이었다고도 할 수 있다.

"주군과의 약속이라고? 한심해서, 원. 언젠가 반드시 돌아온다고 하는 건, 남자가 여자에게 하는 말입니다. 사랑하는 사람과 헤어지면서."

"……."

"지킬 수 없는 약속은 주군에게는 할 수 없지만 자신을 위해서, 소중한 사람을 위해서 약속의 말을 남기고 싶다는 게 어디가 이상하다는 겁니까?"

절대적인 선망과, 닿기도 조심스러운 고귀한 위엄. 사랑 같은 달콤함이 아닌, 무릎을 꿇고 싶어지는 용서 없는 매력. 결코 단 한 사람을 바라보는 일 없는 얼음의 여제. 그래──.

"당신의 사랑, 생명, 인생은 당신의 것이 아니라, 구제를 바라는 사람들과 일족을 위해 있는 것. 작은 약속 하나, 당신은 지킬 수가 없습니다. 기적이 일어나지 않는 한, 당신이 자신만을 사랑하는 일은 없으리라는 걸 깨달았겠죠. 충성을 바치는 쪽이 훨씬 편하다는 걸. 돌아봐주지 않는데도 평생 한 사람만을 사랑할 수 있을 정도로, 보통 남자들은 강하지 않습니다. **그 남자와는 달리**. 그렇기에 저는 고작 그 정도의 남자라고 생각하고 싶진 않습니다."

추영은 한 박자 침묵한 뒤, 숨을 들이마시고 그 말을 고했다. 류화와 미래의 자기 자신에게.

"——돌아올 겁니다. 황혼녘에."

류화는 그 단어에 처음으로 희미한 놀라움을 내보인 것 같았다.

어째서 그때 '황혼녘' 이라는 단어가 입에서 튀어나왔는지, 추영도 알 수 없었다.

"돌아올 겁니다. 좀 더 기다려보면 어떠시겠습니까. 어차피 이제 그리 긴 시간은 아닐 터입니다."

류화는 그저 흰 손으로 다시 조용히 턱을 괴었다. 남추영의 젊은 눈빛을 보았다. 정말로 젊구나. 류화는 젊은 시절에도 저런 눈은 하지 않았다. 어려서부터 많은 것을 짊어져야 했던 류화의 손바닥에는 오로지 현실밖에는 없었고, 꿈을 붙잡을 여유는 없었다. 그러나… 우우는 비슷한 눈빛이었는지도 모르겠다.

50년도 넘게 만나지 않은 지금, 류화가 기억하고 있는 것은 이제 황혼빛 목소리뿐.

"…그대는 꿈꾸는 자로군. 그야말로 남가의 사내."

"꿈을 꾸고 싶습니다. 현실이 된 꿈을. 당신들, 앞서 가고 있는 자의 현실은 우리들에게는 미래입니다. 뒤를 쫓을 가치가 있는 것이길 바라고 있습니다. 언제나. 마지막 순간까지."

"…말은 그럴싸하구나."

류화는 입술 끝으로 살짝 웃은 것처럼 보였다. 오만하고 눈부신, 의기양양한 한 순간의 미소. 밤에 뜬 달처럼, 고독이 아닌 고고한 아름다움. 부드러움은 없지만 이전의 광기어린 박력도 없다. 평생 동안 이런 미소였다면, 그녀는 말 그대로 태어날 때부터 여제였다. 주취나 수려와 상대하면서 그녀는 이 짧은 기간 동안 점점 시간을 거슬러 올라가며, 때로는 시간을 벗어던지고,

본래의 그녀였던 시절의 모습으로 돌아가고 있는 것 같았다. 세월 속에서 몇 겹이나 껴입었던 옷들을 하나하나 벗어던지고, 점점 맑고 투명해지는 것처럼. 하루살이의 날개처럼 아름답고… 덧없게.

"『그것이야말로, '앞서 가는 자'가 평생 동안 완수해야 할 임무이자, 남겨줄 가치 있는 유일한 유산이지만 천금을 쌓는 것보다 어려워, 남겨줄 수 있는 자는 적다.』 그렇게 노래한 가난한 시인이 있었지. 남추영, 나의 사랑도 생명도 인생도, 나의 것은 아니다. ──마지막까지. 그것이 나의 긍지. 그렇기에 그대의 바람대로 살아가는 일도 없을 것이다… 그러나 그 말은 기억해 두기로 하지."

마지막 한 마디가, 류화의 그 긴 인생 속에서 거의 보내본 적 없는 최대의 경의와 칭찬이라는 것을 추영은 알지 못했다.

| 제3장 | 금사조(金絲鳥)의 눈물

쿵, 땅이 조금 흔들렸다.

"어라… 뭐냐, 또 지진인가…."

공부상서 관비상은 초조한 듯 멈춰 섰다. 몸이 흔들릴 정도의 지진은 아니었지만, 귀양에 온 이래 오랫동안 지진을 겪지 않았기에 처음에는 꽤 놀랐다. 요사이 발생하는 지진은 규모는 크지 않지만, 웬만한 일에는 끄떡 않는 관비상조차도 눈살을 찌푸릴 정도로 느낌이 좋지 않았다.

마치 땅 밑에서 누군가 멋대로 두드리고 있는 것 같은 진동. 지진이 일어날 때마다 조정의 공기가 묘하게 끈적이며 무겁게 가라앉는 듯한 기분이 들었다.

"유순, 할 얘기가 있다. 잠시 들어가겠다."

거침없이 들어서며 안을 둘러보더니 위사(衛士)의 코앞에서 문을 닫아 걸어버렸다. 문 밖에서 항의하는 위사를 향해 귀찮다는 듯이 귀를 파며 한 마디 했다.

"시끄럽다!! 비밀 이야기가 있으니 잠시 물러가도록."

결코 비밀스럽지 못한 큰 목소리로 외치더니 유순을 노려보았다. 유순은 비상을 올려다보며 쓴웃음을 지었다.

"…한심한 꼴을 보였군요. 방금 전 지진으로 지팡이가—."

"설명할 거 없다. 내가 갈 테니 그대로 앉아 있어."

친구의 낮은 목소리에 유순은 입을 다문 채 그저 고개를 끄덕였다.

비상은 먼저 방구석에 떨어져 있는 지팡이를 주우러 갔다. 유순이 말했듯이 지팡이는 방금 전 지진으로 인해 굴러갔을지도 모른다. 그러나 아무리 다리가 불편하다고 해도 유순이 그 정도의 지진으로 의자에서 떨어져 바닥에 한쪽 무릎을 끌어안은 자세로 일어나지지 못하고 있었으리라고는 생각할 수 없었다.

지팡이를 주워 적당한 바구니에 던져 넣은 후, 이번에는 친구를 일으키러 간다. 유순은 얌전히 기다리고 있었다. 잠자코 어깨를 부축해 일으키니 30대 청년이라고는 믿기지 않을 정도로 질량이 느껴지지 않는 고목(枯木) 같은 느낌이었다. 조의(朝議)나 수많은 중요 회합에서 빛나던 정력적인 패기나 존재감과는 거리가 먼 가느다란 육체. 본래 근육은 없었다지만, 그 이상으로 생명을 구성하는 중요한 무언가가 점점 빠져나가고 있는 것 같은 느낌이다. 알맹이는 사라져 가고 이제는 가느다란 실로 영혼을 필사적으로 붙잡고 있는 것 같았다.

비상은 방 맞은편에 눈에 띄지 않게 긴 의자가 놓여있는 것을 발견했다. 침대로도 쓸 수 있을 법한 크기로, 고급스런 이불과 베개가 포개어 있다. 언제부터 있었던 걸까? 봄에는 없었다. 유순이 앉는 큰 책상에서만 보이도록 칸막이로 가려져 있다. 작은 원탁에는 주전자와 약 봉지. 마치 누군가가 유순과 실랑이를 벌인 끝에 겨우 설득해 억지로 들여다놓은 것처럼 보인다.

'…누구지?'

의아했지만 이거 잘됐다, 하고 다짜고짜 유순을 그 의자에 눕히고 머리끝까지 이불을 덮어 씌웠다.

잠시 후 유순이 이불 밖으로 얼굴을 내밀었다. 비상은 그의 머리맡에 아무렇게나 앉아 있었다.

"…아무 말도 안 하시는군요."

"…말하기 싫어. 자네가 쓰러지면 곤란하다는 말 따위 절대로 하고 싶지 않다고. 신경 쓰지 말고 몸조리나 잘 하라는 말이 하고 싶은데… 그 말도 안 나오는군."

왕계가 떠난 지금, 조정은 유순 단 한 사람의 어깨에 의지하고 있었다.

물론 다른 중신들은 변함없이 남아 있다. 없는 것은 벽주의 임시 주목으로 임명된 구양옥과 홍주로 간 왕계 정도. 그런데도— 육부상서, 문하성의 능안수, 어사대부의 규황의가 각자의 업무를 처리하고 있는데도 유순에게 돌아오는 일의 양은 늘어가기만 했다. 재상의 결제가 필요 없는 안건이라도 유순의 판단을 청하는 관리들이 급증하고 있었다. 어찌할 수 없는 불안을 씻어내기 위해 마치 무녀의 신탁을 받으려는 듯이 상서령실의 문을 두드렸다.

신경 쓰지 말고 쉬라고 말해주고 싶다. 그러나 말하지 못했다. 가녀린 몸, 창백한 안색을 보고서도. 비상은 그런 자신이 싫었다. 여심처럼 강제로 그만두게 했어야 했나. 유순의 부담을 덜어주고 도울 수 있다고 생각했었다. 상서인 자신들이. 하지만 그것은 오만이었다.

"…자네는… 이미 재상이군…."

평민 출신의 재상. 국시 장원급제이면서 10년 동안이나 변방인 다주에서 일개 주윤으로 묻혀 살았다. 지난 봄 갑자기 재상으로 발탁되었을 때에는 물밑에서 수많은 중상모략을 받고 고관들의 반발을 샀다. 그런데 그 고관들이 이제는 불안한 표정으로 하루가 멀다 하고 유순에게 달려온다. 마음의 안정을 찾아서.

불과 반년 만에 어느덧 유순은 어엿한 재상이 되어 있었다. 누구도 대신할 수 없는 재상이.

비상은 유순의 땀 맺힌 이마에 손을 얹었다. 손의 열기가 옮겨가는 것이 느껴진다. 그 손의 감각을 확인하려는 듯이 유순이 살며시 잡는다. 치우려나 싶었는데 그대로 '그렇군요' 라며 희미하게 중얼거렸다. 마치 비상의 마음을 그 손을 통해 받아들이려는 듯이.

"…저도… 미처 생각지 못했습니다. 이런 식으로 저를 의지하리라고는…."

문득 비상은 유순을 내려다봤다. 그 희미한 목소리는 여느 때와는 다른 미묘한 억양을 띠고 있었다. 작은 당혹감. 이상하다. 피로 때문에 마음이 약해진 것일지도 모르지만, 그만큼 진심으로 들렸다.

"…비상, 좋은 향기가 나는군요… 그리운 향기가. 현포(玄圃) 배…?"

그립다니. 놀랍다. 유순의 입에서 과거를 떠오르게 하는 말을 들은 것은 지난 10년을 만나온 중에 처음일지도 모른다. 사소한 것 하나라도 과거를 밝히는 일이 없었던 유순.

비상은 말없이 허리에 차고 있던 주머니를 풀었다. 입구를 여니 새콤달콤한 배 향기가 짙게 퍼진다. 그 안에서 나온 것은 둥근 배가 아니라 수북한 작은 가지들이었다. 그러나 유순은 놀라지도 않고 추억하듯이 눈을 가늘게 떴다. 현포배라고 속삭이며 살며시 하나를 집었다. 배 향기가 났다.

"아는 거야? 향은 배이면서 생긴 것은 나뭇가진데 말이지. 난 어렸을 적에 배 향이 나는 가지라고 생각했었지. 배가 고파서 먹어봤더니 엄청 맛있어서 나만의 비밀로 간직해 왔는데."

"현포배 나무는 흔하지 않으니까요… 열매도 많이 떨어지는데 왜인지 싹이 나지 않죠. 열매를 맺는 것도 수령이 40년은 지나야 되고… 배꽃도 좋아하지만 이 현포배만은 열매를 더 좋아합니다… 가을에는 곧잘 주워 먹곤 했었죠."

나뭇가지처럼 생긴 것을 유순은 입에 넣었다. 아작아작 씹으며 미소 짓는다.

"…음. 제대로 달군요. 하나하나 전부 주워온 겁니까?"

"가지에 달려 있는 건 왠지 맛이 없어서…."

"맞아요. 이유는 모르겠지만 현포배는 가지에서 떨어진 것만 달죠."

"더 먹게."

"풀무치가 다 먹어버리기 전에 말이죠?"

비상은 얼굴을 찌푸렸다.

유순은 누운 채로 현포배를 아작아작 여러 개 먹었다. 비상이 주저하듯이 중얼거렸다.

"…어떻게… 되어가고 있나? 양옥과… 홍주."

"최악의 상황은 면할 겁니다. 지금쯤 그걸 찾아냈을 테니까요."

"그거?"

"저장고. 왕계 님께서 어사대부로 각지를 순찰하며 지휘해 만들게 한 것이죠. 몇 년에 한 번씩 교체를 합니다. 어사대 관할 하에 있는 저장고이기 때문에 각 주부도 어사의 허가 없이는 열 수 없습니다. 남주 주목이었던 손능왕 님, 벽주 주목이었던 혜가 님도 왕계 님의 지시로 만들었다고 했었지요. 왜, 언젠가 회의에서 혜가 님도 모종의 준비를 해놓으셨다고 했던…."

"하지만 저장고라고 해도… 양옥이 말했잖아. 석조건 목조건 가리지 않고 창고는 모조리 공격당해 열어도 풀무치밖에 나오는 게 없었다고…."

"뭘 그렇게 맥 빠져 있는 겁니까? 얼마 전, 바로 당신의 공부 기술관과 름(凜)이 철야작업으로 특제 짐마차와 그 밖의 여러 가지를 만들어준 건 잊은 겁니까?"

"전체를 남전단으로 만들었던 그 짐마차 말인가?"

"네. 풀무치는 절대 남전단에 가까이 가지 않습니다. 풀 한 포기 안 남기고 전부 먹어치운 황야에서도 남전단만은 멀쩡히 남아 있던 기억이 있습니다. 그러니 그걸로 마차를 만들면 풀무치가 공격할 수 없을 겁니다. 같은 논리로 남전단으로 이전부터 저장고를 만들어 두었다면 어떨까요?"

"…아! 그 저장고라는 것이 바로?"

"전부 남전단으로 둘러쌌을 겁니다. 식량과 그 밖의 손도 대지 않은 곳간이 벽주를 비롯한 각지에 황해를 면한 채 무수히 남아 있을 것입니다. 아마도 거의 아무런 피해 없이. 물론 홍주에도. 지금쯤 구양 시랑도 당분간은 버티게 해줄 저장고를 발견하고 한숨 돌리고 있을 테죠. 벽주는 이제 그 묘한 지진만 멈춰준다면 문제될 게 없을 겁니다. 게다가 황해는 천재지변으로 갑자기 사라지는 사례가 종종 있습니다. 내년에는 벽주에서 대량 발생하는 일이 없어질지도 모르죠. 홍주는 모든 군(郡)이 단결하여 펼칠 인해전술과, 모종의 세력이 제대로 낭보를 전해줄지가 관건이 될 겁니다… 비상, 그런 후에는 반드시 백주에도 식량을….”

“시끄럽다, 그 따위 졸렬한 탐색이나 하려고 온 게 아니야. 잘못 봤어.”

비상은 유순의 입에 배를 하나 더 넣었다. 유순은 사과하는 대신 얌전히 받아먹었다.

“…왕계 님은, 반드시 모든 것을 잘 해결하시겠지?”

아삭아삭 씹는 소리가 난다. 반 정도 먹고 나서 한숨처럼 네에, 하는 대답이 돌아왔다.

“…아마도.”

“그럼 왕도는 어떻게 되나? 전하와 자네의 미래는?”

마지막 한 조각을 입에 넣던 손이 잠시 멈췄다. 삼키는 소리가 조그맣게 들렸다.

“비상, 무슨 소리를 듣고 온 거군요… 뭐죠?”

비상의 얼굴이 일그러졌다. 배를 주워서 기분전환도 시켜주고 잠시나마 휴식을 줄 생각으로 왔다. 유순의 얼굴을 보는 것만으로 충분한 방문 이유가 되었던 시절이 있었다. 하지만, 지금은 어떤가?

유순의 부담을 가중시키기 위해 그를 찾는 관리들과 무엇이 다른가? 선물과 염려를 구실 삼아.

비상의 귀에까지 전해질 정도로 조정에 만연하고 있는 것은 문제이지만, 요성(妖星)과 흉조, 헛된 소문들을 굳이 상서령에게 전해서 무엇을 확인하고 싶은 것인가? 옥좌를 지키고 있는 왕의 말수는 날로 줄어들고, 왕을 바라보는 신하들의 눈이 냉랭해져 가고 있다. 왕계가 조정을 떠난 후 억눌렸던 것이 폭발한 듯했다. 혐오의 눈빛이 만연하고, 구석에서 수군대는 관리들이 늘어나고, 끈적이며 음침하게 탁해진 공기가 무겁게 내려앉아 있다. 무언가가 서서히 엄습해오는 발소리가 들린다. 비상은 눈을 감았다.

자신도 그런 무리에 휩쓸려 가고 있다는 것을 비상은 인정했다. 쓰러진 친구에게 의지할 정도로.

알고 있다. 젊은 왕은 분명 많은 실수를 저질렀을지도 모른다. 그렇다 해도….

"…아니, 아니야. 미안하다. 아무것도 아니야. 잊게."

억지로 웃었다. 예전의 비상과는 다른, 어른의 웃음이었다. 유순의 입에 다시 배를 집어넣는다. 요사이 좀처럼 식욕이 없었는데 그리운 배 향기에 취해서인지 오랜만에 많이도 먹었다. 바싹 말라 있던 몸에 조금이나마 생기가 돌아온 듯해 유순 자신도 안도했다. 배를 먹으면서 갑자기 시간의 흐름이 느려진 듯한 기분이 들었다. 지금 이 순간만이라도. 언제가 마지막이었지? 아, 맞다… 연청과 함께 다주에 있던 시절. 한 100년은 지난 듯하다.

마지막 한 개까지 남김없이 먹어치우자 비상은 만족스럽게 끄덕였다. 이번에는 익히 알고 있는 친구의 미소로. 비상은 하나도 손대지 않았다. 그 비상이 말이다.

"고맙습니다… 비상."

"응?"
"이제 어쩌실 겁니까?"
추상적인 질문이었지만, 무슨 의미인지 정확히 알고 있었다.
같은 동기지만 생각은 달랐다. 형부(刑部)의 래준신의 생각은 처음부터 왕계에 가까웠지만, 본래 래준신의 사고 자체가 독특했다. 그에게 오직 하나의 확고한 신념이 무엇이냐고 물으면 이렇게 대답했다.
『내가 바라는 것은 법이 다스리는 세상이지. 죽기 전에 법체계를 완성시킬 거야. 인간이 다스리는 세상은 믿지 않아.』
모시는 왕에 따라 세상이 격변하는 '인치(人治)'가 아니라, 마땅히 법 아래 공평한 '법치(法治)'. 그것이 국시 때부터 지켜온 래준신의 신념이었다. 왕이 있어도 상관없다, 다만 그 왕도 법을 따라야 한다. 설령 바보 왕이라 하더라도 견고한 법 체제로 민초를 구제할 수 있는 최소한의 안전망을 확립하는 것이 그의 바람이었다.
그렇기 때문에 래준신에게 왕은 **누구라도 상관없었다**. 지옥의 판관처럼, 단지 그 옳고 그름만을 냉소적으로 판단한다. 당연하다는 듯 **보다 나은** 왕을 선택한다. 그러나 비상은 달랐다.
"…유순, 내가 전에 마지막까지 자네 편이 되어주겠다고 했었지? 그건 지금도 마찬가지야."
그리고 비상은 어중간하게 자란 턱수염을 쓰다듬으며 오랫동안 침묵했다.
유순은 그림자처럼 조용히 오래도록 그저 기다렸다. 마침내 비상이 입을 열었다.
"…솔직히 말하지. 양수나 래준신처럼 이론으로 전부 잘라내고 남은 것만 선택하는 짓은 못 해. 왕계의 신봉자처럼 누군가를 완전히 믿지도 못하지. 난 내가 믿는 것을 선택한다. 그 상황에 따라 가능한 한 중요한 쪽을 선택하려고 노력은 하지만, 그 바탕에 감이나 정이 끼어드는 건 어쩔 수 없어. 예를 들어 여심과 양수 중에 고르라고 한다면 난 지금도 여심을 선택한다. 그 녀석은 바보에 어수룩한 어린애지만, 죽을 때까지 내 친구니까. 그 녀석이 어딘가에서 쓰러져 죽어간다면 달려가서 구하려 하겠지. 설령 할 일이 산더미처럼 쌓여 있어도 다른 녀석에게 전부 넘겨버리고—양옥이라든가—그날로 뛸 거다. 그 때문에 실직한다 해도 어쩔 수 없지."

"……."

"그럼 안 되는 거라는 건 알고 있어. 무책임한 거지. 바보 같은 여심 따위 모른 척하고 상서 노릇이나 하고 있는 게 백배는 가치 있는 일이겠지. 깡패 두목보다 관리가 되고 싶었다. 그래도 역시 갈 거라고 생각해. 다른 사람들이 뭐라고 하든, 그게 바로 나야. 난 눈앞에서 가장 중요하다고 생각하는 걸 선택한다. 그게 아무리 어리석은 선택이라도. 유순, 난 자네 편이야. 하지만 인생에서 가장 중요한 선택을 자네 탓으로 돌릴 정도로 썩지는 않았어. ——말하지. 난 저 바보 왕이 정말 바보라고 생각하고, 잘못도 엄청나게 **저질렀고**, 지금은 온갖 비난의 뭇매를 맞으면서, 얼어붙은 바늘산을 걷는 편이 차라리 나을 정도인 환경 속에서, 변변치 않은 소문으로 손가락질 당하더라도 모든 것을 감수하는 게 마땅하다고 생각해. 변명 따위 할 수 없어. 하지만."

잠깐의 침묵 후에 비상은 한 번 더, 하지만이라고 운을 뗐다.

"하지만 그 녀석은 고개를 숙인 채라도, 새파래진 얼굴로 한 마디도 제대로 못하고 있더라도, 그러면서도 그 녀석은 지금도 모든 조의에 계속 참석하고 있어. 자네 옆을 지키고 있지. 이제 남추영도 이강유도 아가씨도 없어. 주위에 아무도 없는데도, 그래도 바늘방석 같은 옥좌에 매일같이 앉아 있지. 혼자서. 금방이라도 울 것 같은 얼굴이지만, 도망치지 않고 그 의자에 앉으러 오는 거야. 매일, 매일."

처음으로 모든 것을 걷어버린 '자류휘'를 보고 있는 것 같았다.

비상에게는 그것이 아주 중요한 일로 여겨졌다. 그 행위나 인내라는 의미가 아니라, 그보다 더 깊은 곳에 중요한 것이 있다고 생각했다. 그래── 자류휘가 저 옥좌에 앉아 있는 한.

왕은 유순의 방패가 되어줄 수 있어.

모든 비판의 창끝이 류휘에게 향하고 있기에, 지금 유순은 자유롭게 움직일 수 있었다. 예전에는 유순의 보호를 받고 있었지만, 지금은 달랐다. 그리고 그것이 지금의 왕이 할 수 있는 유일한 일이었다. 왕 스스로가 자각하고 있는지 어떤지는 알 수 없지만, 할 수 있는 유일한 한 가지를 묵묵히 지켜내고 있는 것은 사실이다.

물론, 좋은 점은 하나도 없다. 왕계가 없어진 조의에서는 잔혹할 정도로 무자비하게 류휘의 존재가 무시되고 있다. 유령 취급을 당하며, 요성과 흉조와 주술사에 관한 소문은 날이 갈수록 퍼져간다. 그 한복판으로 혼자서 걸어들어와 혼자서 걸어나간다. 하루도 피하지 않고 얼음의 옥좌에 매일 매일 혼자 앉는다. 그것은 3년 전의 왕과는 다르다.

"후궁으로 도망쳤던 3년 전의 그 녀석은 사리에 어두운 어리석은 혼군(昏君)이었다. 하지만 지금은 달라. 난… 자네 옆에 매일같이 조용히 고개 숙이고 앉아 있는 그 녀석을 보면서 문득, '어쩔 수 없잖아' 라고 생각했네. 어쩔 수 없는 녀석, 그래도 나는, 마지막까지 따르는 건 왕계 님이 아니라 이 녀석으로 정해야겠어, 라고."

바람이 불어와 방안에 고여 있던 새콤달콤한 배 향기가 퍼진다.

"…모든 걸 그 녀석에게 전가하고 싶지도 않아. 3년 전, 난 이미 상서였다. 그 전에도 자네에게 들은 말이지만, 나는 은둔만 하고 있는 어리석은 왕을 포기하고 계속 방치하고 있었지. 알게 뭐야, 라고 생각했다. 그 녀석만의 책임은 아니야. 이강유에게 뭐라 할 수도 없어. 이번에 터진 일련의 일들은 왕의 태만을 못 본 채 했던 과거의 우리 조정백관들 탓이기도 해. 이제 와서 저 바보 왕 혼자에게만 전부 뒤집어씌우고 모른 채 할 수는 없지. 하지만 죄책감 때문은 아냐. 지금의 그 녀석을 보고 내가 결정한 거다. 어리석은 바보고, 한심하고 실수투성이에 믿음도 안 가지. 그렇지만 도망치지 않고 빗발치는 비난 속에서 저 옥좌에 꿋꿋이 앉아 있는 한―― 난 저 코흘리개와 끝까지 함께 할 생각이야."

미래를 위해서 선택을 하는 양수나 래준신과는 달리, 비상은 현재를 가장 중시한다.

눈앞의 누군가를 결코 저버리지 않는다. 그가 정(情)의 대관이라 불리는 이유다. 유순은 미소 지었다.

"…당신답군요, 비상."

"이제 와서 양수처럼 될 수는 없고 말이지… 자네는 바보 왕이 망가지기 전부터 흔들림이 없군. 분명 그렇기 때문에, 자네가 저 왕을 위해 재상 노릇을 하는 건 아닐지도 모른다고 생각해."

유순은 대답하지 않았다. …대답하지 않았다.

"무엇 때문이건 상관없어. 난 말이지, 지난 반년간의 자네를 보고 있는 것이, 싫으면서도… 기뻤네."

"…네?"

"이전의 나라면, 여심처럼 자네가 너덜너덜해지기 전에 사직하라고 했겠지. 소중한 친구니까. 하지만 자네가 처음으로 **죽을 만큼 살고 있는 것**처럼 보였네. 여심처럼 계집애같이 투정이라도 부린다면 편하겠지만… 난 못 해. 소중한, 친구니까."

비상이 머리맡에서 꼬고 있던 다리를 풀고 일어섰다. 비상에게 배어 있던 배의 잔향도 살포시 함께 멀어져 간다. 비상은 놀랐다. 유순이 말리려는 듯이 비상의 소매를 잡은 것이다.

유순 자신도 놀란 듯이 눈을 크게 뜨고, 그런 자신이 당혹스러운 듯 손을 뗀다. 그대로 자신의 두 눈을 가렸다. 길고 긴 배 향기의 공백이 있은 뒤 유순이 불쑥 중얼거렸다.

"…비상, 저는… 저는 이제 돌아가지 않습니다. 할 일이 있어서 돌아온 겁니다."

"…음."

"그 일은 해낼 겁니다. 무슨 일이 있어도. 냉철하게, 냉혹하게, 비정하게. 나의 바람을 걸고. 하지만… 하지만, 비상. 이상하지요. 정작 마음을 먹었더니, 사람의 마음이 한꺼번에 밀려들어오는 겁니다. 지금까지 이 세상에 내리는 비를 멍하니 바라보던 때와는 다르게. 명확했던 세계의 윤곽이 흐릿해지는 겁니다. 저의 차가운 마음까지 빗방울 소리를 내며 뒤흔들고…."

배의 향기. 배꽃. 사라진 고향을 떠올리게 하는 단 하나의 고리.

비상은 왜 배를 가져온 걸까? 유순은 원망스러웠다. 다른 거라면 이런 이야기를 하지 않아도 되었을 것을. 비상이 아니었다면 이런 이야기 따위 절대로 하지 않았을 것을.

마치 지금이 아니면 남길 수 없다는 듯이. 이제껏 결코 보이지 않았던 과거와 마음의 편린이 넘쳐흐르기 시작했다. 마치 유언처럼.

"저는… 제가 이렇게 되리라고는 생각지 못했습니다. 무엇을 해야 할지는 압니다. 그것을 위해서라면, 언제든 저는, 싱긋 웃으며 배신할 자신이 있다고 생각했었는데."

비상은 아무것도 묻지 않았다. 유순이 방황하고 있는 것이 아니라는 것은 그의 침착한 말로 알고 있었다. 유순은 비상과는 다르다. 한 번 결정하면 다시는 망설이지 않는다. 다시는 되돌리지 않는다.

그래서 오직 한 마디만 덧붙였다.

"그렇다면, 적어도 울면서 배신해줘라. 그렇게까지 자네의 마음을 움직였던 녀석을 위해서."

유순은 숨을 크게 들이마셨다. 언제나 부드럽게 미소 짓던 유순의 입술이 굳게 닫혔다.

"…배신하지 말라고는 하지 않는군요."

"소중한 이를 배신하는 건 마음을 지독히 깎아내는 일. 그렇지만 그보다 소중한 것이 있는 거잖아. 우리 관리들은 모두 크건 작건 그렇게 살고 있다. 사실은 어쩔 수 없는 일 따위 없는데도, 뭔가를 외면하거나 잘라내면서 정사(政事)를 하고 있지. 그럼에도 반드시 해야 할 일이라면 적어도 눈물 콧물 흘리면서 울 정도로 생각하고 결단해서 배신해라. 자네는 이 나라의 재상이다."

유순은 대답하지 않았다. 그 눈을 가린 손에, 비상은 가만히 손을 포갰다. 얼음 같은 유순의 손에 비상의 열기가 흘러들어간다. 창백하고 얼었던 볼에 붉은 기가 돌기 시작했을 때, 그 볼을 타고 한 줄기 뜨거운 눈물이 조용히 흘러내렸다. 마치 그 잠시 동안 차가운 인형이 심장이 고동치는 인간이 된 것처럼.

유순의 입술이 다시 한 번 열리려 했다. 그것을 막기라도 하듯이 지진이 덮쳤다. 아까보다 강하다. 중간 정도의 규모. 어디선가 멀리서 비명이 들려온다.

잠시 후, 유순은 비상의 손을 떼어내고 몸을 일으켰다. 이미 그 옆얼굴은 평소의 유순으로 돌아와 있었다.

…비상이 유순의 눈물을 본 것은 그것이 처음이자 마지막이었다.

"류 주목님, 왕계 님이 병력을 열로 나누어 각 군(郡)에 파견했다고 합니다."

풀무치 시체들이 수북이 쌓여 있는 방에서 지미는 부관에게 대답하는 대신 담배연기를 내뿜었다.

지미가 담배의 재료로 쓴 나무는 남주가 원산지인 남전단이라는 것이 바로 밝혀졌다. 각지를 조사해보니 숲 여기저기에 자라고 있다는 것을 알게 되자 전부 잘라내어 향로나 화로로 던져 넣었다. 그런 곳만 풀무치가 접근하지 않게 되기는 했지만, 남전단이 부족한 곳에서는 여전히 검고 기분 나쁜 풀무치들이 무리를 지어 차츰차츰 다가오고 있었다.

"그들이 나타나면 풀무치들이 좌우로 흩어져 도망치며 길을 내준다고 합니다. 덕분에 왕계 님은 채팔선의 가호가 있는 것이 아니냐는 소문이 홍주로 퍼져나가고 있습니다."

"그래서, 무슨 장난을 한 거지?"

"역시 남전단입니다. 왕도의 공부(工部) 기술자가 밤을 새며 남전단을 넣고 끓인 추출액을, 갑옷이며 마구(馬具)며 밖으로 드러난 곳이라면 남김없이 바른 채 질주하고 있다고 합니다. 때문에 풀무치들이 사방으로 도망치고 있는 거죠."

"그렇군. 그럼 식량은?"

"한 대도 실리지 않았습니다. 도중에 벽주에 전부 나눠준 모양입니다."

지미는 오른쪽 눈썹을 치켜올렸다. 벽주? 수송대를 분리했다는 이야기는 랑연청의 보고를 듣고 알고 있었지만, 벽주에 나눠줬단 말인가? 지미는 눈살을 찌푸렸다. 왕계는 존경하고 있다. 처리하는 일도 완벽하다. 그러나 처음으로 **너무 완벽하다**는 사실에 초조함을 느꼈다. 이번 일을 기회 삼아 왕계는 홍주뿐 아니라 벽주까지 단숨에 손에 넣을 수 있다는 사실. 이쪽이 코앞의 현실에 필사적으로 대응하고 있을 때, 그보다 앞을 내다보며 손을 쓰고 있다는 사실에 말로 표현할 수 없는 감정을 느꼈다.

좀 더 빨리 해결할 수 있었던 것을 일부러 하지 않고 있었던 것은 아닌가——하고.

"그 대신 각지에 대기하고 있던 어사들이 특별 저장고를 일제히 열었습니다. 남전단으로 만들어진 저장고. 10년도 전에 왕계 님이 어사대부였던 시절부터 각지에 만들게 해 어사대의 관할 하에 두고 있던 것입니다. 피해는 거의 없었습니다. 그 안에서는 저장식량 이외에 연료, 그리고 남전단 비축분이 나왔습니다."

"…당장 필요한 것은 전부 자기가 준비해뒀다는 거군… 완벽한 연출이야."

"연출."

그것은 의문형이 아니었다. 메아리처럼 지미에게 돌려보내는 말이었다. 어딘가 빈정거림이 섞인.

지미도 빈정거리며 대답했다.

"난 말이지, 순욱. 너무 잘 짜인 각본은 믿지 않아. 어사나 왕계 님이 도착하기까지, 남전단으로 만들어져 멀쩡히 남아있는 특별 창고가 하나도—단 하나도—보고되지 않았다고?"

"무슨 뜻입니까, 라는 질문은 나중으로 미루죠. 설령 지나치게 잘 짜인 대본이라도, 설마 이 상황이 아닌 편이 차라리 나았다고는 말씀하지 않으시겠죠?"

지미와 순욱의 시선이 정면으로 얽혔다. 지미는 피우고 있던 담뱃대의 재를 털었다.

"…그런 말은 안 하겠네. 10년 전부터 지금까지, 차근차근 끈기 있게 준비하지 않았다면 쓸 수 없는 대본이다. 그 가치까지 폄하할 생각은 없어. 최고의 경의를 표해야 하겠지. 그 방식에는 화가 나지만. 그래서 각지의 그 창고를 개방해서 홍주 전체에 나눠준다고 한다면 어느 정도 버티겠나? 식량과 남전단은."
"식량은 한 달에서 두 달은 버틸 수 있을 겁니다. 하지만 남전단은 반 달 정도일 것으로 보입니다."
반 달, 이라는 정보를 지미는 되씹었다.
"…그럼 이레 정도겠군. 오늘로 닷새가 지났으니 앞으로 이틀 정도인가?"
"…지금, 무슨?"
"이런, 주경(州境)에 들어왔을 때 왕계 님으로부터 전언이라도 있었나? 이레 기다려라, 라던가."
"……."
"그렇게 요란하게 연출을 해놓고 그 정도로 끝난다는 것은 지금의 왕계 님을 볼 때 있을 수 없는 일인 것 같아서. 다음에 놓을 수를 생각하고 있다면, 반쯤 되는 그 정도가 맞지 않을까 싶다네."
순욱은 대답하지 않았다. 그것이 대답이라고 지미는 받아들였다.
"왕계 님은 언제 오동에 오시는가?"
"오전 중에 요안(燎安) 관문을 통과했다고 합니다. 속도로 봐선 이제 곧 도착할 겁니다."
지미는 바로 일어섰다. 주성(州城)에서 성벽까지 말로 달려도 상당한 시간이 걸린다.
"그럼 지금 바로 마중을 나가야겠군. ——순욱, 가지. 달리 동원할 만한 한가한 인력도 없으니 나와 자네, 둘로 출발해야겠군. …그건 그렇고, 왕계 님은 우리 주부에 어떤 선물을 주시려나? ——대가 없이는 **우물 바닥은 열리지 않는데**."

지미와 순욱이 말을 달려 성벽으로 향하는 것을, 기를 쓰고 풀무치를 쫓고 있던 오동의 사람들이 차차 알아차리기 시작했다. 자주 시찰을 다니는 주목과 주윤의 얼굴을 모르는 주민은 없다.

"저기 가는 게 주목님과 주윤님 아닌가?"

봉황의 기운이 깃들어 있다는 뜻의 이름을 가진 아름다운 고도(古都)는 옛 모습을 잃은 채, 이제는 온통 줄지어 기어다니는 시커먼 풀무치들로 가득 차 있었다. 듣기 싫은 날갯짓 소리가 끊임없이 들려오고, 입을 열면 풀무치가 날아 들어온다. 무관은 투구를 내리고 있었지만, 대부분의 주민들은 천으로 입을 가리고 있었다.

그 한가운데를 맨얼굴을 드러낸 채 말을 타고 질주하고 있는 주목과 주윤의 모습은 사람들의 이목을 끌었다.

"뭐야, 뭐야, 누가 오는 거야?"

풀무치를 쫓고 있던 사람들이 괭이나 가래, 바구니를 짊어지고 우르르 말의 뒤를 쫓기 시작했다.

"…사람들이 따라오고 있군… 오지 마라! 풀무치나 잡고 있으라고!"

"풀무치 퇴치가 지겨워졌나 보네요. 홍주 남자들은 쉽게 질리고, 자기 좋아하는 일만 하니까요. 평소 같으면 지금 이 시기는 가을 수확철이죠. 축제를 벌이고 먹고 마시며 춤추느라 정신이 없을 시기인데. 이제 슬슬 울분도 쌓여갈 테니 뭐든 소동을 벌이고 싶은 게 아닐까요?"

마치 축제에라도 몰려가듯이 냄비나 국자 따위를 두드리며,

집을 뛰쳐나와 우르르 뒤따라오기 시작했다. 이제 풀무치를 겁내는 것도 귀찮아진 듯했다. 적응이 너무 빠르다.

풀무치 피해보다 자기 우선주의. 한없는 적당주의. 차라리 웃음밖에 나오지 않는다.

"…난 여심의 그런 성격이 타고났다고 생각했는데, 홍주의 기질도 들어 있었던 거군…."

그러나 그런 적당주의의 덕을 지미는 톡톡히 보고 있었다. 풀무치 떼가 덮쳤을 때, 충격이 가라앉은 후에는 '상대가 풀무치라면 도리가 없지' 라며 퇴치하기 시작했다. 1년 동안 키운 작물이 하룻밤 사이에 전멸했지만 홍주의 백성들은 묵묵히 다시 땅을 정비했다. 그와 마찬가지로, 고압적이고 텃세가 강하지만 이 땅과 세상 덕분에 살아가고 있다는 생각은 잊은 적이 없다.

어디선지 피리와 북소리까지 들려 왔다. 이번에는 지미도 말 위에서 고개를 푹 숙였다.

"…어이. 일단 기분 좀 풀어보겠다는 생각들인 거잖아, 이건…."

무슨 소문이 돌았는지 앞쪽으로도 사람들이 몰려 있었다. 시커먼 풀무치와 둘러선 사람들이 이러저리 엉켜 있다. 평소에는 보초가 오가고 있을 성문 위도, 젊은이들과 노인들이 제멋대로 점거하고 있다. 보초는 거기에 끼어 있는 모양새다. 이러한 방약무인한 태도도 홍주 기질이다.

질주하는 주목과 주윤을 확인한 성문의 병사가 당황하며 문을 열기 시작한다.

그와 동시에 성벽 위에서 젊은이의 목소리가 들렸다.

"…어!! 흙먼지가 일고 있어. 뭔가가… 이쪽으로 오고 있는데.

말발굽 소리가…."

지미와 순욱이 성문을 나섰다. 나란히 말을 세운다. 정말로 저 앞 검은 풀무치 떼 속에서 흙먼지가 보였다. 그 후에 일어난 일에는, 주도 오동의 주민들이 놀랄 만한 위력이 충분히 있었다.

쫓아도 죽여도 끊임없이 생겨나고, 초목이며 곡물이며 새로 이은 지붕까지도 닥치는 대로 먹어치우던 풀무치 떼가 일제히 물러난다. 눈앞에서 양쪽으로, 길을 만들듯이 갈라졌다.

사전에 정보를 듣고 그 이유를 알고 있던 지미조차도, 그 광경에는 저도 모르게 압도당했다. 지미는 담뱃대에 담배를 채웠다. 자신의 손끝이 희미하게 떨리고 있는 것을 감추려는 듯 불을 붙인다.

――바람에 휘날리는 것은 근위 우림군기와 금지색을 사용하여 왕족의 원조대임을 나타내는 자운기(紫雲旗).

선두를 달리는 자색 군장은 이 세상 어느 것보다 아름다워 모든 이의 눈을 사로잡았다.

"왕도에서 온 원조대다…!!"

누군가 외쳤다. 잠시 후 비명에 가까운 환희의 함성이 울려 퍼졌다.

마침내, 왔다.

그것을 얼마나 기다려 왔는지 알 수 있었다. 필사적으로 묵묵히 참아내준 홍주의 백성들.

주목인 지미 자신의 마음을 뒤흔들 정도로 갈망하고 있던 '희망'.

나라의 원조.

100기(騎) 정도의 병사들이 성벽 앞에서 차례차례 말을 세우고 정렬해간다. 왕계는 지미와 순욱 앞까지 말을 몰더니, 익숙한 동작으로 고삐를 당겼다. 양측의 시선이 말 위에서 부딪쳤다. 지미는 미소 지었다.

"홍주에 오신 걸 환영합니다, 왕계 장군님. 홍주 주목 류지미입니다. 주윤인 순욱…은 이미 구면이시죠?"

왕계가 입을 열려고 할 때 성벽에서 무언가가 떨어졌다.

쿵 하는 소리에 돌아보니 한 무관이 머리를 문지르며 국자를 들고 있었다. 오동의 주민들이 환성을 지르며 냄비며 그릇 등을 일제히 위로 내던진 것이 잇따라 떨어지고 있던 것이다. 국자며 냄비 뚜껑, 북, 심지어 당근까지 떨어져 말들이 그쪽으로 돌진하는 바람에 대열이 엉망이 되는 대혼란이 벌어졌다. 왕계의 손에는 때마침 무가 떨어졌다.

지미는 도움을 구하려고 유능한 부관인 순욱을 돌아봤지만, 순욱의 한계도 넘어선 모양인지 말 위에 얹어놓은 장식물처럼 굳어 있었다. 환영의 뜻인 것은 확실하나, 길거리의 지장보살에게 새전을 던지는 듯한 환영 방식은 오해를 초래한다. 지미는 하는 수 없이 최선을 다해 수습하려 했다.

"… …저…기. 왕계 장군님, 오해하지 마십시오. 이건 야유라거나 꺼지라는 식의 부정적인 반응이 아니라, 삿갓보살 이야기와 마찬가지로 길가의 지장보살에게는 삿갓이나 새전을 던져주자는 식의 홍주만의 독특하고 고상한 환영식으로, 음… 오늘은 조금 흥분이 지나쳐 냄비도 좀 날고 했습니다만…."

손에 든 무를 만지작거리던 왕계는, 지미를 힐끗 쳐다보며 말을 막았다.
"…류 주목."
"……네."
왕계가 씨익 웃으며 무릎 돌렸다.
"사기가 떨어지지 않았군. 이렇게까지 힘이 남아 있을 줄은 몰랐네. 자네의 공이다. 게다가 이렇게 단기간에 독자적으로 남전단의 효능을 밝혀내다니. 어떻게 한 건가?"
지미는 불경스럽게도 담배를 계속 피워대고 있었지만, 왕계는 나무라지 않고, 생각났다는 듯이 향을 맡았다.
"그렇군. 남전단 담배인가."
"…어쩌다가 피우던 담배였는데 말입니다. 부관이 유능하다 보니, 순욱이 홍주의 산악지대에서는 여자들도 해충을 쫓기 위해 잎담배를 피우며 산일을 한다는 것을 기억해내서, 혹시나 하고 한 번…."
순욱이 그제야 왕계를 향해 고개를 숙였다. 왕계는 천천히 크게 끄덕였다.
"각 군(郡)에는 특별 저장고를 개방해 주셨다고 들었습니다. 감사합니다—— 그런데 오동에는 부대 보급품 이외에는 완전히 빈손으로 오신 듯하군요."
군대 쪽을 힐끗 본 지미가 웃음을 지우고 왕계를 바라봤다.
"전략을 들려주시겠습니까? 가능한 한 짧게. 그런 게 있다면 말입니다만."
"오동에는 식량수송 따위는 필요 없을 것이다. 대량의 저장고가 무수히 있지. 피해도 입지 않았을 테고."
지미가 싱긋 웃으며 주의 깊게 시치미를 뗐다.

"글쎄, 무슨 말씀을 하시는 건지…."

"모를 리가 없을 텐데── 은밀히 병력을 움직이고 있는 모양이지만, 이틀만 더 기다려라. 그래도 오지 않으면 내가 나서지."

지미의 표정이 일변했다. 갑자기 목소리를 낮췄다. 순욱에게도 들리지 않을 정도로 속삭인다.

"…**그쪽** 일 말입니까? 어떻게 아시는 겁니까?"

"없는 데서 가져오느니 많은 곳에서 빼앗아 온다. 내가 자네라면 같은 생각을 할 것 같아서. …이 건은 주윤인 순욱에게도 알리지 않았군. 안 그런가?"

"…말할 필요는 없을 듯하여."

"멍청한 놈. 하지만 자네의 생각도 예측도 상당한 확률로 정확했다는 것은 인정하지. 어림짐작이었나? 아니면… 어디서 정보라도 얻은 건가?"

지미는 조금 주저하다가 어깨를 움츠렸다. 이제 와서 사실대로 털어놓지 않고 숨길 수는 없다.

"…홍주부의 상임 선동관이 새파란 얼굴로 밤에 주목실을 찾아왔습니다. 그 외에도 몇몇 사원에서 비슷한 밀고가 있었죠. …상급승을 배신해서라도 안내하겠다고."

그랬군, 왕계가 중얼거렸다. 그리고 다시 한 번 그랬군, 하고 반복했다.

"안내 따위 허락할 수는 없었습니다. 제 독단으로 치외법권을 어기기로 결심했습니다."

왕계의 눈썹이 휙 치켜졌다. 날카롭게 노려보며 숨죽인 목소리로 끈기 있게 설득했다.

"이 건으로 혼자서 얼마나 큰 죄상을 쌓아야 만족하겠나? 부관에게도 비밀로. 이틀만 더 기다려라. 그때까지는 인해전술로 풀무치를 한 마리라도 줄이는 데 협력하라."

풀무치 몇 마리가 발 근처로 날아왔다. 지미는 그것을 밟아 으깼다. 처음으로 지미의 눈빛에 초조한 빛이 스쳐지나갔다. 초조함, 짜증, 주체할 수 없는 울분, 그런 것들이 뒤엉킨.

그 누구보다도 지미야말로, 아무것도 할 수 없는 주목이라는 현실에 분노하고 있었다.

"——근거는?"

"나와 정 상서령이 내부에 심복을 들였다. 그 결과가 조만간 나온다. 자네의 독단으로 멋대로 쳐들어가서, 성공할 가능성의 싹을 짓밟는다면 용서치 않겠네. 부탁한다. 이틀만 기다려주게. 낭보가 전해지지 않거든 그때는 자네 식대로 하게."

지미는 그때 처음으로 크게 놀랐다. ——유순이?

그 이름은 지미의 머리를 식히기에 충분했다. 유순이 손 써둔 일을 자신이 망칠 수는 없었다. 아무리 초조하더라도, 더 이상 기다리는 게 힘들더라도.

"…알겠습니다… 이틀만이라면."

왕계의 얼굴에 마침내 안도감이 돌아왔다.

수려를 재운 지 이틀째가 되었다. 바깥에서 아무리 떠들썩하게 마지막 준비에 여념이 없다 해도, 밖의 옥좌보다 더 깊은 곳에 자리잡은 이곳 푸른 달의 방까지는 어떠한 소란도 전해지지 않는다.

'…출발은 새벽인가… 무슨 꿈을 꾸고 있는지….'

깊이 잠든 홍수려에 대해 생각한다. 그때 류화는 그 밖에도 몇 가지 더 방도를 마련해두고 있었다. 수명을 늘릴 수는 없겠지만, 아무것도 할 수 없는 건 아니다. 하지만, 그것이 마지막일 것이다.

새파란 달빛. 수십 개나 늘어선 텅 빈 관의 장례행렬. 가장 안쪽으로 쓸쓸히 놓인 백목 의자에 앉아 귀를 기울이면, 어디선가 쏴아 하며 바람이 나뭇가지를 흔드는 깊은 소리가 들린다.

거품 이는 바다의 소리도 이와 비슷하다고 들은 것 같다.

류화는 이렇게 혼자서 이 의자에 앉아 그 소리를 듣는 것이 싫지 않았다.

『아가씨, 아가씨. 바다라는 것은 역시 이런 식으로 쏴아아 하는 소리를 낸다는군요. 해조음이라고 부른답니다. 저는 꼭 한 번 바다라는 것을 이 눈으로 보고 싶습니다.』

류화의 신력은 뛰어난 것이어서 '눈' 도 '귀' 도 쓸 수 있었다. 북쪽의 바다건 남쪽의 바다건 마음만 먹으면 마치 그 자리에 있는 것처럼 볼 수도 들을 수도 있는 것이다. 그러나 우우가 하고 싶은 말은 그런 뜻이 아니었을 것이다. 그 증거로 우우는 알 수 없는 말을 했다.

『이곳 천공의 궁을 벗어날 수 없는 나의 아가씨. 저는 주술로가 아니라, 빙의나 이혼(離魂)도 하지 않고, 아가씨께 '세상' 을 보여드리고 싶습니다. 그리고 언젠가 아가씨께 바다의 소리를 들려드리지요.』

류화는 대답하지 않았다. 자신이 표가를 벗어나는 일은 없을 거라는 것을 알고 있었기 때문에.

…그 후로 지금까지 결국 류화는 바다의 소리만은 들은 적이 없다. 딱히 이유는 없지만 그냥 듣지 않은 채 지내왔다. 그 대신 혼자 있고 싶을 때는 여기 이 의자에 앉아 나뭇가지가 내는 소리에 귀 기울이는 것이 습관이 되었다. 파도 소리를 닮았다고 하는 조용한 술렁임의 고동을.

문득 류화는 칠흑 같은 두 눈을 조용히 떴다. 그리고 턱을 괸 채 하얀 관 사이에 불안한 듯 서 있는 그 소녀를 똑바로 쳐다보았다.

"…여기까지 잘도 찾아왔군, 홍수려."

"…꿈? 여러 가지 꿈을 꾸다가… 당신에 대한 꿈을 꾸고 있었는데, 어느 샌가 여기에…."

수려는 스스로도 말이 안 된다고 느꼈는지 고개를 갸웃거리며 우물우물 중얼거렸다.

류화는 표정을 바꾸지 않았지만, 실은 이곳은 살아있는 인간이 올 수 있는 곳이 아니다. 류화가 한 번 빙의됐기 때문인지… 아니면 핏줄이 가깝기 때문인지, 류화와 수려의 동조율이 매우 높아진 듯하다. 이곳에 한 번 데려온 일이 있기 때문이기도 할 것이다. 그러나 결국은, 아무리 감추려 해도 이 소녀의 몸이 약해져서 이제는 인간보다 인간이 아닌 존재에 더 가까워져 있기 때문이리라.

생각만으로 류화가 있는 곳으로 이동할 수 있다니, 이제 인간이라고는 볼 수 없다. 그러나 류화는 그저 '그랬군' 하고 중얼거렸다. 인간이라 할 수 없는 것은 류화도 마찬가지다. 그런 말 할 처지는 아니다.

"꿈도 현실도 큰 차이는 없다. 내게 뭐든 묻고 싶은 게 있는 것이냐?"

수려는 하얀 관 사이를 비틀거리며 두어 걸음 걸어나왔다. 주저하더니 조용히 끄덕였다. 천천히 류화가 앉아 있는 백목 의자까지 걸으면서.

"…제가, 그때 모든 이야기를 듣고 있었다는 것을 아는 것은 당신뿐인가요?"

류화는 웃었다. 그렇다── 주취(珠翠)도 모르지만, 그때 수려의 청각만은 남겨두었다.

"그래. 내게도 그 정도의 능력은 아직 남아 있다. 어차피 지금까지와 마찬가지로 어물어물 아무도 말하지 않고 넘어갈 것 같아서 말이지. 모르는 게 나았더냐?"

"아니오."

수려는 그렇게 말하고 숨을 들이마셨다. 그랬더니 갑자기 가슴이 죄어와 얼굴을 찡그렸다.

류화는 그 얼굴을 보면서 조용히 다시 한 번 그 말을 전했다.

"어쩌겠느냐? 아직 표가에 머무른다는 선택안은 남아 있다."

이것이 정말 마지막이라는 것을 알았다. 아마도 류화는, 수려가 자신의 몸과 생명에 대해 어렴풋한 꿈과 같은 희망을 남겨두고 있다는 것을 알아챘음에 틀림없다. 사실은 좋아질지도 모른다고. '돌아가겠다' 고 정한 자신의 결의가, 분명 진심이기는 하지만, 동시에 무지한 어린아이의 무모함과 같은 불분명하고 무의미한 열은 기대 속에서 나왔다는 사실도.

또한 그 결의는 훌륭하다 해도, 수려에게는 '죽음' 에 대한 실감도 각오도 없었다는 것도.

바로 그 이유 때문에, 류화는 아무것도 보태지 않은 진실만을 들려주었을 것이다. 그래서 이미 한 번 떠나겠다고 말했음에도 최후의 최후까지 다시 한 번 정말 가겠느냐고 물어준 것이다.

류화가 두 번째 기회를 줄 정도로 자상하지는 않을 것이라고 생각했지만, 그렇지 않았다. 어쩌면 수려가 생각하는 것 이상으로 류화는 안타까워하고 있는지도 모른다. 수려의 생명을, 미래를.

무슨 말을 하려고 했으나, 목이 막혔다. 조금 열렸던 입술이 떨렸다.

"——…흑."

더 이상 참지 못하고 수려는 눈물을 흘렸다. 그런 스스로에게 수려 자신이 흠칫했다.

그러나 한 번 북받쳐 오른 감정은 다시 억누를 수 없었다. 오열하며 봇물이 터지듯이 흐느껴 울었다. 몇 번이나 소매로 눈물을 닦았지만 굵은 눈물이 한없이 흘러내렸다. 시계(視界)가 일그러지고 흐려지면서 점점 자신도 알 수 없게 되었다. 갓난아기가 이유도 모른 채 울듯이 그저 울었다. 불이 붙은 것 같다는 형용사처럼 온몸이 뜨거웠다

아주 조금이라도 좋으니 살고 싶었다. 표가의 당주를 만났을 때 그렇게 생각했지만, 그 '조금만 더' 는 사실은 '더 오래' 인 것이다. 더 오래 살고 싶다. 언젠가 죽는다 해도 그것은 손가락으로 헤아릴 수 있을 정도로 가까운 미래가 아닌, 모호한 '언젠가' 이기를 바랐다. 애매모호해도 좋으니 잔인한 현실을 알고 싶지 않았다. 두려웠다.

류화의 시선을 느꼈다. 추하다고는 생각했지만, 한심하다고는 생각지 않았다. 왠지 이 사람 앞에서만 이런 식으로 울 수 있을

것 같았다. 수려가 울 때는 언제나 버틸 때까지 버티다가 결국에 터져버리는 때였다. 하지만 지금은 달랐다.

류화의 앞에서는, 수려는 굳이 참지 않아도 되었다.

류화는 상냥하지 않다. 지금도 손을 내밀지도 말을 건네지도 않는다. 눈썹 하나 까딱하지 않는다. 그런데도 류화의 앞에서는 자신의 약한 모습을 숨김없이 드러내도 괜찮을 것 같았다. 류화는 수려의 미약함과 어리석음을 전부 알고 있고, 알고 있다는 것을 숨기려 하지도 않는다.

엄마 앞에 선 아이처럼 수려는 그저 굵은 눈물을 줄줄 흘리며 흐느꼈다.

"전… 흑, 당신 앞에서… 늘 울기만 하는군요."

"괜찮다… 나는 아주 오래 전에 우는 법을 잊었지…."

"당신도 울어본 적이 있나요?"

류화는 수려를 지그시 바라봤다. 자신에게 그런 솔직한 질문을 하는 사람은 오랫동안 없었다. 그것도 엉엉 울면서.

류화는 찰나의 기억을 되짚다가 끄덕였다. 눈앞에 늘어서 있는 수십 개의 하얀 빈 관. 하얀 아이들.

"…그렇다. '하얀 아이들' 앞에서만은 울었지. 그런데 이상하게도 내가 자라서 울지 않게 되자 차례차례 깨어나지 않는 잠이 들기 시작했다."

류화가 자신의 약한 부분을 드러낼 수 있었던 것은 그 누구도 아닌 '약자'인 그녀들 앞에서뿐이었다.

마치 류화가 홀로서기를 기다렸다는 듯이 차례차례 깨지 않는 잠을 자기 시작했다. 아니, 잠든 후에도 류화를 위해 있어주었다. 몸과 마음 모두 약하기 이를 데 없던 그녀들.

가장 어린 류화에게 매달려 달의 노래나 황혼의 이야기를 졸라대고, 류화가 지켜주지 않으면 살아갈 수 없었다. 그러나 관에서 잠든 그녀들의 육신을 하나하나 사용할 때마다 류화는 생각했다. 혼자서는 살아갈 수 없었던 것은 실은 **어느 쪽**이었나? 약하다는 것은 무엇인가?

무언가 결핍되어 있는 것은 실은 어느 쪽인가——하고.

약자 구제를 주창했던 류화의 머릿속 한켠에는 언제나 '하얀 아이들' 이 있었다.

무지개 저편의 영원한 안식의 땅. 표가를 의지하고, 필사적으로 무언가로부터 도망쳐 죽음을 무릅쓰고 도달한 류화의 앞에서, 수많은 사람들이 지금의 수려와 같이 무너져내리며 울었다.

커다란 홰나무가 쏴아아 하는 바다와 같은 소리를 냈다. 류화에게도 못 본 척하고 도망쳤던 시절이 있었다. 산 너머 무지개 저편. 여기에는 없는 어딘가에 '행복' 이 있을 거라고 믿던 시절.

정신을 차리니 류화는 그 붉은 입술을 열고 있었다. 수려가 놀라는 얼굴이 보였다.

'하얀 아이들' 에게 몇 번이고 불러주던 달의 노래. 갓난아기였던 *리앵*에게 불러주던 황혼의 자장가. 신기하게도 머리보다 먼저 입이 열리고 거침없이 노래가 흘러나왔다. 모든 것이 한순간의 공백 속에 섞여 사라져버리게 된 지금, 이런 하찮은 노래를 기억하고 있다니.

벌써 70년 가까이 불러본 적이 없다——고 생각하다가 아니지, 하고 정정했다. 생각해보니 입향을 맡은 첫날, 계속 울어대던 그 아이에게 이렇게 불러줬을지도 모르겠다. 아마 그것이 마

지막일 것이다. 리앵이 태어났을 때는 여자아이가 아닌 것에 화가 나서 만나러 가지도 않았으니까.

수려는 풀썩 주저앉아 어린아이처럼 코를 훌쩍였다. 그리고는 눈을 감고 류화의 노래를 들었다. 류화의 노래가 끝나자 마지막 한 방울의 눈물을 속눈썹에서 떨구어냈다.

"그 노래… 옛날에 들은 적 있어요."

류화는 눈썹을 찌푸렸다. 류화가 부른 노래는 전부 자신이 멋대로 만들어낸 것이었다. 어머니는 류화를 낳자마자 미쳐버렸고, 다음에 *리앵*을 낳고는 죽었다. 우수한 무녀였다고 하는데, 류화를 얻는 대신 마음을 잃었고, *리앵*을 얻는 대신 목숨을 잃었다. 광인이 된 아버지 '기적의 아이' 에게도 미움을 받던 류화는 누구에게도 자장가나 동요를 들어본 적이 없다. '하얀 아이들' 이 말도 안 되는 노래를 생긋생긋 웃으며 불러준 것이 전부였고, 류화는 그것을 자신이 아무렇게나 바꿔서 여러 노래를 만들었다.

어떤 선율이나 노래도 류화만이 알고 있을 터였다. 하물며 '밖' 의 인간이——.

그러나 수려는 새빨개진 콧등을 비비며 끄덕였다.

"…어머니가 불러주셨어요. 다른 애들은 아무도 모르는 노래여서… 줄곧 이상하게 생각했죠."

류화는 눈을 크게 떴다. '장미공주' . 아버지가 가두었던 선녀.

팔선 중에서도 강력한 힘을 가진 '장미공주' 라면, 확실히 아무것도 없던 탑 속에서도 류화의 노랫소리를 들었을 수도 있다. 듣고 있었단 말인가? *리앵*의 이호를 듣고 있었던 것처럼. 류화가 동생이나 '하얀 아이들' 에게 불러주던 서툰 노래를. 왜?

증오하고 있었을 표가의 소리. *리앵*의 이호 소리를 가져간 것처럼 류화의 노래도.

마치 그것만은 표가에서 받아도 괜찮다고 생각한 것처럼.

"…어머니는…."

수려는 울고 난 후 특유의 뜨거운 한숨을 내쉬면서 류화를 응시했다.

"어머니는 이곳 표가에 있었군요…."

이상하게도 홍수려는, 표가 사람이라고는 하지 않았다. '표가에 있었다' 고만 중얼거렸다. 그래서 류화는 거짓말을 하지 않고 고개를 끄덕일 수 있었다.

"…그렇다. 여기 있었다. 그러다 어느 날 나갔지. 그대의 아버지와 함께. 있어야 할 세상으로."

뒤돌아보지도 않고 표가를, 동생을 차버리고 떠난 선녀.

바람소리조차 멈춰버린 완전한 공백이 지난 후, 류화의 입술에서 한 마디가 튀어나왔다.

"…그렇게 바로 죽어버릴 줄은 몰랐지…."

그 말에 어떤 생각이 담겨 있는지 수려는 알지 못했다.

이름 이외에 아무것도 가지지 않았던 어머니. 조정에서 처음 리앵을 만났을 때, 사이를 가로막던 아버지의 굳은 얼굴. 무슨 일이 있었는지 물어볼 수도 없었다. 그러나 그 사실은 이상하게도 가슴에 스며들었다.

"…있어야 할 세상…."

"가라고 하는 소리는 아니다."

담담한 류화의 목소리는 차분해서 자신에게 언니가 있었다면 이런 모습일지도 모른다고 생각했다. 류화에게 몸이 있다면, 수려는 그 무릎에 머리를 기대고 어린아이처럼 웅크린 채 깊고 깊은 휴식을 취하고 싶었다. 이상했다. 부모 이외에 누구에게도 이런 감정을 느낀 적이 없었는데.

수려는 고개를 숙였다. 졸음이 밀려 왔다. 너무 울어서 눈은 퉁퉁 부었고 이제 만사가 귀찮다는 기분으로 수려는 그 자리에서 웅크렸다. 꾸벅꾸벅하면서 중얼거렸다.

"…알아요. 제가 가지 않아도 별로 변할 일은 없다는 건… 하지만… 류화 님, 저도 한 가지는 알고 있답니다. 확실한 건…."

류화는 백목 의자에서 일어섰다. 땅바닥에 공벌레처럼 웅크리고 있는 **어린 수려**를 본다.

수려는 마지막 눈물 한 방울을 닦으면서 쿡 하고 웃었다.

"'그것을 택하지 않은 어떤 인생도, 의미가 없다'."

솔직히 수려는 류화처럼 그렇게까지 강한 결의는 아직 없었다. 한 번은 류휘의 간절한 부탁에 스스로 버리려고도 했다. 하지만 끝내 버릴 수 없었다. 목숨의 기한을 선고받은 지금조차도.

소리도 없이 수려에게 걸어온 류화를 똑바로 응시했다. 수려는 보고 말았다. 마지막 순간에 만나고 말았다. 늙은 귀부인. 고고한 소녀. 자신의 앞을 가는 사람. 류화라는, 분명히 존재하는 하나의 결과를. 미움도 반발도 있지만, 그래도 끌린다.

──그것을 택하지 않은 어떤 인생도, 의미가 없다.

"나도 그렇게 살고 싶어."

쉰 목소리로 수려는 한 마디 한 마디 자신에게 타이르듯이 속삭였다.

류화가 걸어간 길을, 그녀의 현재를, 행복이라고 하는 사람은 많지 않을지 모른다.
하지만 수려는 그 한 마디를 할 수 있는 인생을 걸어온 그녀를 강하게 동경했다.
마지막 저울이 천천히 기울어지는 것이 느껴졌다. 자신이 진정 택하고 싶은 길. 그것을 확인하기 위해서 류화를 만나고 싶어했는지도 모른다.
"…여기서 가지 않는다면 앞으로 계속 후회할 거라는 거… 그것만은… 알고 있으니까… 역시 남을 수는 없어요… 그래도 당신을 만나러 온 건…."
수려는 꿈꾸는 표정으로 뭐라고 중얼거리고는 스르르 눈을 감았다. 너무 작은 목소리여서 마지막 한 마디는 들리지 않았지만, 류화의 '귀' 에는 확실히 와 닿았다.
류화는 그 옆에 무릎을 꿇고 그 작은 몸을 익숙한 동작으로 안아 올렸다. 처음에는 열여덟 소녀의 모습이던 홍수려는 말하는 도중 나이를 거슬러 올라가, 이제는 세 살 정도의 아이가 되어 있었다. 류화가 자신의 무릎에 앉히자 어린아이 특유의 통통한 볼에 웃음이 떠오르며 안심한 듯이 눈을 감고 새근새근 숨소리를 낸다. 류화는 그 검은 머리카락을 쓰다듬다가 잠시 후 어이없다는 듯이 한숨을 쉬었다.
"…자기가 이혼(離魂)됐다는 것도 끝까지 모르는군…."
영혼으로 날아오면서까지 마지막에 바란 것은 류화를 만나는 것. 그리고 그 바람을 전하는 것.
쏴아아, 홰나무의 바다를 닮은 소리가 들려온다.
무릎 위 동그마한 수려의 머리를 쓰다듬으면서 류화는 저 멀리 바다의 소리를 들었다.

언제나 변함없는 새파란 달빛. 환상 속의 나무들 사이로 흘러나오는 푸른빛이, 늘어선 관들을 흔들흔들 비춘다. 마치 넘실대는 파도의 음영처럼 흔들흔들. 그러나 류화는 단 한 번도 자신의 눈으로 바다를 본 적이 없다. '밖' 의 세상도. 천공의 궁을 떠나지 않고 평생을 살았다.

그것을 후회한 적은 없다. 황혼의 문을 통과하지 않고 표가로 돌아가겠다고 결심한 것은 자기 자신이다.

'얄궂은 일이다.'

부모의 갈망으로 기적처럼 태어나 누구에게나 사랑받으며 자란 홍수려. 그런 소녀의 목숨은 덧없고, 원하지 않는 부모에게서 태어나 누구의 사랑도 받지 못했던 류화는 80년 넘게 살아남았다.

파도 같은 달빛에 흔들리는 푸르스름한 하얀 관의 행렬. 텅 빈 관. 류화는 미소 지었다.

"…그대들 덕분에 지금까지 살았구나…."

이 거대한 '달의 방' 은 류화의 마음 그 자체였다. 잠든 소녀들의 육신을 조종하고, 텅 빈 관이 늘어날 때마다 류화의 마음도 하나하나 비어간 것일지도 모른다.

품안의 어린 수려를 바라본다. 통통한 볼을 만지니 고사리 같은 손이 류화의 손가락을 꽉 잡았다. 이혼은 그 사람이 원하는 모습을 취하게 되는 경우가 많다. 그리고 원하는 장소에 머무른다. 수려는 마지막 순간에 류화의 품속에서 어린아이처럼 쉬기를 원한 모양이다.

류화는 어린 수려를 안고 백목 의자로 돌아가 속삭이듯이 자장가를 여러 곡 불러줬다.

…얼마나 시간이 흘렀는지, 불쑥 수려의 커다란 눈동자가 확 떠졌다.

수려의 몸이 희미하게 빛나며 흔들흔들 투명하게 흐려지기 시작했다.

류화는 노래를 멈췄다.

수려가 마지못해 류화의 무릎에서 내려왔다. 마주서니 세 살에서 일곱 살 정도의 계집아이가 되어 있었다.

뭔가를 기대하듯 류화를 올려다보는 아이에게 류화는 턱을 괴고 마지막 말을 건넸다.

"…다녀오거라."

그러자 일곱 살 계집아이는 기쁜 듯이 웃었다. 마치 진짜 어머니를 보듯이.

"…네, 다녀오겠습니다."

류화에게서 돌아선다. 그 등은 순간 열여덟 소녀의 것이 되더니 소리도 없이 사라졌다.

…다시 류화는 백목 의자에 홀로 남았다.

저 아이가 자신과 같은 길을 걷는 것을 자신은 과연 어떻게 생각하는지, 류화도 알지 못했다. 류화와는 다른 미래를 택하고서는 자신과 같은 길을 걷고 싶단다. 훌륭하다고는 할 수 없다. 어리석은 짓이다. 그런데 왜일까? 분명 미소 짓고 싶어진 것이다. 웃으면서 그냥 '그래?' 라고 말해주고 싶었다. 오랫동안 휑하니 비어 있기만 했던 '달의 방', 류화의 마음. 모두가 그녀와 표가로부터 도망을 쳤는데, 이제 와서 누군가가 찾아오는 것을 보는 날이 오리라고는 생각지 못했다. 자신의 뒤를 따라오는 **소녀들**.

새파란 달빛. 귀 기울이니 쏴아아 하는, 저 멀리 바다의 소리가 들려왔다.

…수려는 번쩍 눈을 떴다. 푸르스름한 달빛은 물러가고 대신 새벽녘의 희뿌연 공기가 가득 차 있었다. 뺨에 손을 가져가니 예상대로 눈물의 흔적이 있었다.

재빨리 일어나 채비를 하고 마련된 세숫물로 얼굴을 씻었다. 마지막까지 얇게 들러붙어 있던 앙금을 남김없이 씻어낸 듯이 수려의 마음은 차분히 가라앉아 있었다. 눈을 감으면 류화의 자장가가 들릴 것만 같다. 몸도 마음도 표가에 온 이래 가장 깊이 충만해 있었다.

얼굴을 닦고 수건을 접어둔 후 수려는 준비해둔 배낭을 들었다.

마지막으로 수려는 '정적의 방'을 둘러봤다. 긴 듯 짧은 듯하지만 분명히 수려에게 깊고 깊은 휴식을 준 곳. 수려는 눈을 감더니 탁 하고 구두소리를 울리며 등을 돌렸다.

문을 열자 기다리고 있었는지 주취와 추영이 서 있었다. 리앵은 없었다.

주취는 수려에게 뭔가 하고 싶은 말이 있는 듯 목구멍 깊숙이 무언가를 억누르고 있는 듯한 표정을 짓고 있었다.

"수려 님… 저, 저는 수려 님과 전하의——…."

말이 툭 끊겼다. 그 이상은 보이지 않는 벽이 있는 것처럼. 수려는 웃었다.

"괜찮아, 주취. 표가는 중립과 구제의 가문. 누구의 편이 되겠다는 말을 가볍게 해서는 안 되지."

주취는 놀랐다. 표가의 존재의의, 정치적 중립의 의미. 소중한 사람들**만**을 지키고 도와서는 안 된다. 하지만 사랑하는 사람들이 이제 암운 속으로 휩쓸려가려고 하는데 그저 가만히 끝나기만을 기다리고 있는 것이 그들이 **할 수 있는 유일한 일**인가? 마음속으로 줄곧 생각해 왔다.

그런 주취의 목소리를 들은 것처럼 수려는 웃었다.

"중립이기 때문에 가능한 일도 있는 거야. 우리가 그 힘을 필요로 할 순간도 있겠지. 그러니까 괜찮아. 주취는 주취의 최선을 선택해. 그걸로 충분해."

수려가 **정말 모든 것**을 알고 있는 듯한 얼굴로 말했기 때문에 주취는 숨을 들이켰다.

주취가 아직 찾지 못한 답을 이미 손에 넣고 있는 듯 망설임이 없었다.

주취는 숨을 들이마시고 끄덕였다. 그렇다, 답은 있다. 수려가 항상 찾아왔던 것처럼 주취도 자신의 답을 찾아야 한다. 찾아낼 때까지. 주취는 수려를 안고 작별 인사를 했다.

"다녀오십시오, 수려 님. 부디 몸조심하세요."

류화의 목소리가 그 목소리에 겹쳐졌다. 수려는 미소 지었다.

――다녀오거라.

"네."

'정적의 방'을 수려는 다시 돌아보지 않았다. 휴식의 시간에 기나긴 이별을 고하듯이.

새벽이 온다. 수려는 결연히 웃었다. 지금까지와 마찬가지로. 오직 앞으로.

'통로' 로 사라지는 수려를 향해 주취는 자신도 모르게 손을 내밀려고 했다.

뇌리에 수려와 류화의 옆얼굴이 떠올랐다. 주취와 류화 사이에 직접적인 피의 연결은 없다.

류화는 정부(情夫)를 잔뜩 두었지만, 결국 아이는 하나도 생기지 않았다… 피가 너무 진해졌기 때문이라고 들은 적이 있다.

아버지 '기적의 아이' 가 범한 금기의 대가. 선녀를 쏘아 하늘에서 떨어뜨린 대가로.

육체는 박약하고 단명이며, 일대(一代)로 끝나는 생명.

마치 접붙인 벚꽃처럼. 뛰어난 능력을 얻는 대가로, 그저 아름답게 지고 마는 숙명.

류화도—— 수려도.

마치 자신들의 운명을 태어날 때부터 알고 있었다는 듯이, 철을 잊고 피어나는 꽃처럼 살아간다. 자기 이외의 누군가를 위해, 그러면서도 모든 것은 자신을 위해. 결코 자기희생은 아니다.

그런데 왜일까?

주취는 결코 그것이 행복해 보이지 않았다. 눈 안쪽이 핑 하고 뜨거워진다.

'…너무 빨라….'

방진(方陣)의 빛이 사라지는 가운데 주취의 볼을 타고 눈물이 흘렀다. 추영이 한 걸음 다가오는 기척이 났다.

'너무나 빨라….'

언젠가는 오리라고 알고 있었던 그 시기가 이제 곧 오려 하고 있다.

수려가 태어나고 소가와 '장미공주'가 홍주로 돌아오기까지의 짧은 기간을 함께 여행하며 지냈다. 소중하고 소중한 여자아이. 꼭 지켜주겠다고, 요람을 흔들며 마음속으로 결심했었다. 그런데. 주취는 아무것도 해줄 수가 없었다. 무엇 하나. 수려를 위해서도, 왕을 위해서도.

주취는 두 손에 얼굴을 묻고 흐느껴 울었다.

추영의 손이 주취에게 닿지도 않았지만, 그 자리를 떠나지도 않았다. 그저 배려하는 만큼의 거리를 둔 채 나란히 서 있었다. 주취에게는 그것만이 작은 위로가 되었다.

"주취 님…."

긴 시간이 지나고 주저하는 목소리가 들려왔다. 그 목소리로 추영도 돌아가야 한다는 걸 깨달았다.

이상했다. 궁녀 시절에는 얼굴을 보면 갈겨주고 싶던 사람인데, 지금은 후려치고 내빼자는 생각은 들지 않았다. 한 번도 치근대지 않았기 때문인지도 모른다. 일정한 거리를 두고 있고, 게다가 이상하리만치 예전보다 조용해졌다. 배려심이 느껴지는 거리와 솔직함.

"…수려 님께도, 당신한테도 표가의 좋은 모습은 전혀 보여주지 못했구나…."

좋은 모습도 있다. 주취는 그것을 추영에게 보여주지 못한 것이 왠지 아쉬웠다.

추영은 웃으며 어깨를 움츠렸다.

"그렇지 않아요. 여기 와서 류화 님을 만날 수 있어서 좋았습니다."

"'어머님'을?"

"이것이 왕이구나, 하고."

인정할 수 없는 언동도 있지만, 뭐든 끝까지 생각해내고 신중하고, 그것을 자신에게도 남에게도 요구한다.

"가치가 없는 말은 뱉지도 말라고 하셨을 때… 움찔 했습니다. 조정에서 잘하고 있었다고 생각했는데, 그건 제 생각이었죠. 깊이 생각지 않고 쉽게 말하고. 늘 그런 건 아니지만, 줄곧 신경을 곤두세우고 있지는 않았던 건 사실입니다. 그것이 모두 왕의 귀에 들어가는데도, 욕먹어도 할 말은 없습니다. 그런 작은 구멍에서부터 점점 물이 새기 시작하는 거니까…."

그때 추영의 옆얼굴은 지금까지 주취가 본 것 중에 가장 늠름하고 차분한 모습이었다.

돌아가야 한다. 그런 생각이 문득, 조용히, 강렬하게 추영의 마음속에 솟아올랐다. 돌아가야 한다.

왕의 곁으로. 많은 잘못을 했는지도 모른다. 전혀 완벽하지도 않았다. 그렇더라도 추영은 이상하게 마음이 흔들린 적이 없었다. 그것은 결코 류휘를 좋아해서가 아니다.

남주에서 무릎을 꿇었을 때는 반쯤은 호의 때문이었다. 그러나 반은 달랐다. 그 호의가 아닌 나머지 반을 위해서 추영은 자신을 바친 것이라고, 이제는 분명히 알 수 있었다.

류화가 비웃고, 껍데기가 벗겨진다 해도 사라지지 않는 것이 있다. 추영은 분명히 작은 씨앗을 느끼고 있었다. 많은 이들이 실수투성이라고 생각하는 류휘의 내부에서 싹트고 자라는 것을 보고 싶은 그 씨앗.

『좋아하는 것과 충성을 맹세하는 건 완전히 다른 거라고.』

신이 말한 대로였다. 호의가 아닌 다른 반쪽을 지키기 위해 추영은 왕의 곁으로 돌아가는 것이다.
갑자기 팔이 세게 잡혔다. 놀라서 내려다보니 주취가 추영을 올려다보고 있었다. 류화의 겨울 같은 눈동자와는 다르지만, 그와 같은 강인함을 담고 있는 눈빛으로. 마치 추영의 마음을 잡아두려는 듯이.
"들어봐. 만약 주상께서 앞으로 표가의 보호를 원하신다면 오래된 홰나무의 서약에 의해 내가 지켜드릴 수 있어… 계승권과 옥좌의 포기를 조건으로. 부끄러운 일이 아니야."
——망명. 어떤 모양이든 상관없다. 살아만 있어달라는.
추영은 미소 지은 채 주취와, 잡고 있는 그녀의 손가락을 보았다. 문득 처음 만난 눈 오던 날을 떠올렸다. 그때 이후 처음인지도 모르겠다. 그녀 쪽에서 다가와준 것이. 추영은 고개를 저었다.
"…약속은, 할 수 없습니다. 당신이 할 수 없는 것처럼."
주취의 얼굴이 어둠에 녹아들듯이 조금 일그러졌다.
"…저도 살아있어 주시길 기원하고 있습니다. 주취 님, 당신이."
주취는 대답하지 않았다. 대무녀의 인신공양이 뇌리를 스쳤다. 그렇다, 약속은 할 수 없었다. 두 사람 모두.
"하지만 그 말씀만은 기억해두죠. 약속은 할 수 없지만, 당신이 기원해준 것."
추영은 마침내 장난스럽게 웃으며 '그리고'라며 말을 이었다.
"주취 님께서 존댓말을 쓰지 않게 되신 것만으로도 큰 수확이었습니다. 뭐, 지금은 말이죠."
아무렇지 않게 말했지만, 주취는 놀랐다. …그가 말한 대로였다. 언제부터였을까? 누구에게나 항상 경어체로 말해왔는데. 물론 남추영에게도. 그러나 왠지 위화감이 없었다.

갑자기 주취의 뇌리에 펑펑 눈이 내리는 장면이 떠올랐다. 후궁의 쓸쓸한 일각――정원에서.

『…무슨 일이야? 슬픈 일이라도 있었어?』

『…죽도록 좋아하는데, 행복한 얼굴을 보는 게 괴롭고 고통스러워서 가슴이 아파.』

단편적인 기억의 조각. 얼굴이 잘 생각나지 않았다. 주취가 던진 부채로 얼굴을 가리고 조용히 흐느끼고 있던 소년이 있었다. 아주 오래 전에. 그런데 그 목소리가…?

울고는 있었지만 온석(溫石)처럼 따끈따끈하고 행복한 기운을 띠고 있었다. 백 가지 행복을 당연한 듯이 누리고, 하나의 실연에 훌쩍이며 운다. 그늘이라고는 찾아볼 수 없어서, 그와는 정반대로 자란 주취에게는 세상에 이런 행복한 소년이 있다는 게 놀라울 정도였다. 주취는 행복이라고는 한 가지밖에 몰랐다. 그것이 완전히 자신의 것이 아니더라도, 이것이 자신의 행복이라고 생각했었다. 때때로 가슴이 아파도 욕심을 부리면 모든 것을 잃을 것 같아 두려웠다. 그래서 욕심을 부려 완전히 가지지 못하는 것을, 이 세상이 끝나기라도 하는 양 뿌루퉁한 얼굴로 한없이 한탄하는 그 소년을 보고는 웃고 말았다.

생각났다. 외로운 것은 익숙해 있었지만, 눈 내리는 밤에는 표가가 떠올라서 잠들지 못하는 일이 많았다. 하지만 그날 밤은 소년의 따뜻하고 행복한 기운을 나눠가진 기분이었다.

바보처럼 순진하고 행복했던 소년.

'그게…? …설마….'

"모든 것이 끝나면 돌아오겠습니다. …아——주 중요한 일이 남아 있으니까요."

"중요한 일?"

"그렇습니다."

"뭐지? 설마 '어머님' 을 꼬실 생각인가? 좀 전에도 만나길 잘했다고 하질 않나…."

'…아무리 저라도 그 분은 못 꼬십니다!!' 라고 추영은 외치고 싶었지만, 말하지 않았다. 주취에게는 가장 들키고 싶지 않은 과거를 모조리 들킨 상태다. '어머, 하지만 당신은 주로 난공불락의 궁녀들만 노리지 않았나? 그것도 재미로' 라는 말을 들을 게 뻔한데, 자기 무덤을 팔 수는 없다. 이제 와서 체면 차릴 여지가 전혀 남아있지 않다는 것이 추영의 가장 큰 약점이다.

그래서 추영은 자기가 생각해도 별 재미도 특별함도 없는 시시한 대답밖에 할 수 없었다.

"…그, 그냥 무사히 다녀오라고 말해주면 안 되겠습니까?"

주취는 무사히라는 말로 얼버무리고 넘어간 남추영을 빤히 쳐다봤다.

"당신은 어째서 그렇게 늘 낙천적이지?"

"주취 님이 늘 비관적이니까 이 정도가 딱 좋지 않습니까."

뭐가 좋다는 건지 도무지 알 수가 없다. 하지만 이 정도로 낙천적인 것이 남추영다워서 좋다고 처음으로 생각한 것 같다. 주취의 마음속 무거운 돌도 어느새 사라졌다.

"보내드리죠. 목적지는? 선동성의 '대피로' 는 일반인에게는 열리지 않으니까, 왕도 근처의 절——."

그때 덜컥 하고 '통로' 의 방진이 이어진 방의 문이 열렸다. 주취와 추영이 돌아보니 한참 동안 보이지 않던 리앵이 홀연히 서 있었다.

지미에게 말했던 '짚이는 곳' 중 하나에 도착한 연청은, 그 절을 똑바로 응시했다.

"번뇌사(煩惱寺)…라니. 절 이름 한번 웃기는군."

연청은 당장이라도 떨어질 듯이 기울어져 있는 현판의 이름을 읽었다. 아무리 읽어봐도 번뇌사. 어디선가 경첩이 떨어져나간 문이 삐걱거리는 소리며, 법당을 지나는 기괴한 바람소리… 누가 봐도 귀신 나오는 절이다. 폐찰된 이유는 알 것 같다. 절 이름이 이건 아니잖아. 나라도 알겠다.

"이런, 혼자 있으니 받아쳐주는 상대가 없다는 게 슬프구나. 저기, 실례합니다—."

번뇌사는 중간 규모의 상당히 큰 사원이었다. 얼핏 봐서 전체가 몰락해가고 있는 듯이 보이는 이 절을 꼼꼼히 둘러보고 조사한 후 연청은 문득 얼굴을 들었다.

은랑산(銀狼山) 이래 오랜만에 느끼는 감각이었다. 연청은 실을 더듬어 따라가듯이 앞마당으로 뛰어내렸다.

절의 가장 안쪽 한편에, 나무 사이에 숨어 있는 것처럼 남아 있는 작은 사당이 있었다. 비바람에 그대로 노출되는 본당보다는 정갈했지만, 사람이 둘만 들어가도 꽉 찰 정도의 사당이다. 입구의 문은 꽉 닫혀 있었지만, 자물쇠는 없었다. 연청은 밀어열기 전에 고개를 들어 사당의 윗부분을 올려다봤다.

연청을 부르는 목소리가 들린다. 십여 년 전에도 한 번 들은 적이 있는 외침. 그런데 이번 목소리는.

연청은 하늘을 올려다본 채 귀를 기울였다. 그리고 그 목소리의 주인을 불렀다.

"…아가씨?"

낡은 사당 입구의 틈새로 묘한 빛이 희미하게 흘러나오기 시작했다. 연청은 문을 열 생각도 안 하고 신사의 꼭대기를 올려다보고 있었다. 이유는 없다. 그냥 감이다. 왠지 얌전하게 문으로 나오는 게 어울리지 않는다, 라는 게 이유라면 이유일지도.

연청이 부른 순간, 문 안쪽의 빛이 더 한층 강렬해졌다. 그리고 다음 순간.

그리운 목소리가 이번에는 현실의 목소리가 되어 연청을 불렀다.

"——연청!!"

연청이 올려다보던 바로 그 신사의 상공에서 수려가 홀연히 나타나더니 떨어졌다.

● ● ● ●

표가의 '통로'의 방진에 선 순간, 연청을 떠올린 건 확실하다. 헤어질 때 수려는 몇 통의 편지를 남겼다. 만약 연청이 그것을 따라주고 있다면 연청은 홍주에 있을 터였다.

그 순간 멍하니 반쯤 잠자고 있는 듯했던 머리가 갑자기 맑아지더니 연청이 '보였다'.

똑바로 수려를 올려다보는 눈. 낯익은 봉, 조금 자란 수염, 왼쪽 볼의 십자 상처, 흑단 같은 두 눈.
『…아가씨?』
그 외침으로 '통로' 가 급선회해 연청을 향해 구불구불 뻗어가는 듯했다. 그 뒤로는 잘 모르겠다. 회오리바람에 휩쓸린 것처럼 시계(視界)가 엉망이 되면서 숨이 막혔다. 처음으로 류화의 하얀 관이 있던 방으로 이동했을 때처럼 거대한 손에 의해 내던져진 것 같은 느낌이 들었고, 그리고 나서── 갑자기 눈앞이 환해졌다. 연청의 얼굴만 보였다. 자신도 모르게 소리쳤다.
"──연청!! 앗…!! 꺄아아악──!"
연청이 씩 웃는 모습이 보였다. 갑자기 눈앞이 뒤집어졌다. 어딘가에 엉덩이부터 쿵 하고 떨어지더니 공벌레처럼 데굴데굴 굴러서 머리부터 거꾸로 미끄러졌다. 등에 닿는 감각이 느껴졌다.
털썩 하고 익숙한 팔이 받아 안았다. 어지러운 머리를 누르며 눈을 뜨니 받아 안아준 연청이 불쑥 들여다본다. 변함없는 한없이 밝은 미소.
"도착. 말 그대로 **하늘에서 내려왔네**. 역시나 황당한 방법으로 돌아온다니까."
왠지 수려는 가슴이 먹먹했다. 연청에게서는 언제나 마른 건초와 햇볕의 냄새가 난다.
그것은 수려가 사랑하는 세상의 냄새와 같았다. 수려는 말이 나오지 않아 입술을 꾹 다물었다.
──돌아왔다. 폭풍처럼 강렬히 오직 그 생각만이 북받쳐 올라왔다. 돌아왔다.
연청은 오른팔 하나로 수려를 다시 받친 후 비어 있는 왼팔로 수려의 앞머리를 넘겼다. 진짜인지 확인한다기보다는 발그레한 볼과 체온을 살피고 있는 듯했다. 수려는 연청과 소방과 헤어지던 장면을 떠올렸다. 천근만근 무겁던 몸, 현기증, 손발의 떨림, 식어가는 체온. 죽 외에는 넘기지도 못 했고, 하루의 대부분을 마차에서 자며 보냈었다. 그리고 마지막에는 나른하고 달콤한 졸음이 몰려와 모든 것이 귀찮아져 눈을 감았다. 그것이 연청이 알고 있는 '홍수려' 의 마지막 모습일 터였다.

얼마나 걱정을 끼쳤을지. 그런데도 수려는 이제는 괜찮다고 말할 수 없었다. …말하지 못했다.

연청은 건강을 되찾은 듯 보이는 수려에게 아무것도 묻지 않았다. 상태가 어떤지도, 다 나았는지도 묻지 않았다. 묻지 않았기 때문에 수려는 대답하지 않아도 됐다. 억지로 웃으려고 했더니, 거칠고 따뜻한 손이 귀 밑으로 들어와 턱 앞에서 따스함만을 남긴 채 멀어져 갔다.

연청은 씩 웃으며 한 마디만 했다.

"잘 왔어, 아가씨."

바람과 대지와 햇볕에 말린 풀 냄새. 시끄러울 정도로 울리는 벌레 소리. 멀리 개 짖는 소리, 까마귀 우는 소리. 표가의 적막과는 거리가 먼, 소란스럽게 살아가고 있는 세상의 소리가 들린다.

수려는 얼굴을 찌푸리면서, 그러면서도 웃었다. 여기가 좋아. 제일 좋아.

너무 좋아.

자신이 있어야 할 곳. 있어 마땅한 곳.

――이곳이 수려가 살아갈 세상.

단지 그것만으로 온몸 구석구석에 힘이 넘치는 것 같다.
"다녀왔어, 연청. 자, 이제 일 좀 해볼까?"
연청은 파안대소했다. 웃으며 수려를 어린아이처럼 휘휘 돌리고, '어' 라는 한 마디 대답과 함께 호쾌하게 수려를 끌어안았다.

"근데 여기 어디야? 뭐야, 이 기분 나쁜 절은. 설마 강청사는 아니지?"
수려는 엉덩이를 문지르면서 주위를 봤다. 그 바람에 옷자락에서 지푸라기가 떨어졌다. 초가지붕이 엉덩이 모양으로 패여 있었다. 사당의 지붕으로 엉덩이부터 굴러 떨어진 모양이다. 덕분에 다치지는 않았지만, 안 그래도 쓰러져 가던 사당이 더 망가졌다. 괜찮아. 십 년 후의 미래가 조금 빨리 도래했을 뿐. 수리비는 낼 생각이 없다.
연청은 갑자기 홍주에서 둘째가라면 서러울 대고찰(大古刹)의 이름이 나오자 잠시 눈썹을 치켜올렸다.
"강청사라니, 오동 근처 산에 있는 커다란 절 말이야? 설마— 여기는 번뇌사야."
"……뭐? 지금 뭐라고 그랬어, 연청? 무슨 절이라고?"
"번뇌사라니까. 정식명칭 '번뇌사 109'. 전국에 번뇌사가 001부터 108까지 있어서 전국을 돌며 시주를 바치고, 마지막인 여기 109에 또 시주를 하면 백팔 번뇌가 사라진다. 뭐, 이런 거?"
"…말이 돼? 선량한 사람들한테 시주를 뜯어내는 사이비 절이잖아!! 뭐야, 대체 번뇌사가 어디야?! 웃기지도 않아. 여긴 홍주의 어디쯤이야?!"

펄쩍 뛰며 화내는 수려를 보며 연청은 곤란한 듯 머리를 긁적였다.

"음, 그러니까 말이지… 강청사라고 했지? 혹시 말야. 아가씨, 강청사에 볼 일이 있는 거야?"

"응. 황해 건으로 도울 일이 있어서."

"……아가씨, 표가에서 또 뭔가 제대로 대박 터뜨린 거지…."

황해에 대해서는 리앵과 수려가 표가로 떠난 뒤, 소방을 통해 알았다. 수려는 몰랐어야 할 사안이다. 아무래도 표가에서 황해에 대해 알게 됐고, 모종의 협력을 약속받고 돌아온 모양이다. 예상대로 얌전히 요양은커녕 엄청나게 큰 공을 세우고 돌아왔다.

하지만——하고 연청은 묘한 표정을 지었다. 아무렇게나 자란 수염을 당기며 보기 드문 진지한 얼굴이 되었다.

"…강청사라… 있잖아… 이번에도 아주 제대로 찍은 것 같아, 아가씨…."

"…뭐? 무슨 말이야?"

"…여기로 오는 도중에 마침 강청사가 있는 녹명산을 지나왔는데 말이지… 강청사를 포위하듯이 산 여기저기에 병사들이 숨어 있더라구. 아마도 주도 오동의 정예병일 거야. 대충 봤는데 수가 백 명은 훨씬 넘었어. 아마 절 사람들은 모르고 있을 거고."

수려의 표정이 변했다. 황해 때문에 정신없는 이 시기에, 굳이 병사를 백 명이나 보내서 절을 포위한다는 의미.

"…주도의 병사라고? 그렇다면 주목의 허가가 내려졌다는 뜻이야?"

"어. 있는 데서 가져오자는 판단이겠지. 여기는 아직 풀무치 놈들이 오지 않았지만, 다른 곳의 피해는 정말 심각해. 끊임없이 먹어대서 풀 한 포기 없는 대지가 되고 말았거든…."

있는 데서 가져온다. 표가계열 사원은 세금우대를 받고 있으며, 산이며 밭이 수천에 이른다. 분명 식량이나 물자를 산더미처럼 쌓아놓고 있을 것이다. 그것을 무력으로 수탈하기로, 홍주 주목은 결정한 모양이다.

"——하지만! 표가계 사원은 치외법권인데. 주목 혼자의 판단으로 할 수 있는 일이 아니야."

"그렇군. 잘리면 다행이고 아마 감옥행일걸. 지금은 규 장관의 수배로 전국 어사의 반이 집결해 있어. 홍주 주목의 목은 큰 수훈인 데다가, 이런 건 숨길 수도 없지. 그것을 알면서도 주목은 자기 혼자서 전부 감당하겠다는 생각인가. 중앙의 판단을 청하고 답을 기다리고 있을 시간이 없었겠지. 몇 번이고 표가계 사원을 타진해봐도 문전박대는커녕 나와보지도 않은 모양이니까."

사원 쪽에서도 류화와 연락을 취하려 해도 '통로'를 비롯해 모든 연락수단을 차단하고 있어서 류화에게 전하지도 못했을 것이다. 내부의 소란에 정신을 빼앗겨 사자를 홀대했을 가능성도 높다. 이에 홍주 주목은 대화는 불가능하다고 판단한 것일 테지.

"내가 조용히 못 본 채 산을 지나온 건, 나도 그게 최선이라고 생각했기 때문이야. 그 시점에서는 말이지. 그런데 아가씨의 표정을 보니, 또 다른 정보가 있는 거지?"

수려는 빠르게 머리를 굴렸다. 머리의 오른쪽 반으로 생각을 하면서 왼쪽 반으로 대답했다.

"—응. 표가의 전면적인 협력을 약속받았어. 이제 곧 일제히 표가계 모든 사원의 문이 열리고 황해에 대한 대처를 마련해줄 계획이야. 물론 식량도 약품도 살충약도 무조건 개방이고. 병사들이 나서지 않아도 말이야. 하지만 만약 그 전에 주군(州軍)이 무력으로 쳐들어간다면——."

"…엉망이 되겠지. 무조건 개방이고 뭐고… 이제 곧이라면, 오늘 중으로?"

"그건 무리야. 며칠 걸릴지도 몰라. 다른 절들의 개방은 더 빠를지 모르지만, 강청사에는 살충약 제조를 최우선으로 부탁해뒀어. 절 사람들은 모두 거기에 매달려서 밖의 상황은 모르고 있을지도. 식량원조가 시급할 시에는 주부(州府)와의 사이에 내가 개입할 생각이었어."

"다시 말해서 주부에도 강청사에도 상황을 알고 있는 녀석이 아무도 없다는 건가? 큰일이군. 산에 있는 병사들 꼴로 봐서는 오늘 밤이나 내일이라도 쳐들어갈 태세던데."

"—연청, 첫 번째 질문! 여기서 강청사까지 어느 정도 걸리지?"

"먹지도 마시지도 않고 죽어라 말을 달려서, 하루."

연청의 말 타기 실력은 웬만해서는 칭찬을 하지 않는 정란조차 인정할 수밖에 없을 정도다. 그런 연청이 먹지도 마시지도 않고도 하루가 걸린다고 하니 오동에서 꽤 먼 거리에 있는 모양이다. 연청이 있는 이곳으로 떨어진 것이 행운인지 불운인지 알 수 없었다. 직접 강청사로 갔다면 연청의 정보를 들을 수 없었을 테지만, 알고 있다 해도 여기 있으니 해결할 시간이 부족하다. 거의 도박에 가깝지만, 그래도 걸어볼 수밖에.

"알겠어. 연청이 가줘야겠어."

"…나 혼자? 혼자 가는 게 빠르긴 하지만——."

"당연히 날 데리고 가야지. 이동하는 동안 내가 부재중에 일어났던 일들을 모조리 설명해줘. 먹지도 마시지도 않고 죽어라 말 달려 하루라며. 시간은 많겠네."

연청은 빙글빙글 웃었다. 말을 탄 채 강행군은 다주에서 실컷 겪었는데, 그 때문인지 수려가 실은 말 타기에 진력이 났다는 것을 연청은 알고 있었다. 건장한 남자들도 기절하고 토악질을 해대는 무식한 행군이었기 때문에 어쩔 수 없었지만, 그래도 수려는 결심한 듯했다.

"그런데 연청은 괜찮은 거야? 여기서 무슨 할 일이 있었던 거 아냐?"

"아, 아가씨가 내준 숙제를 하고 있었지. 철탄과 기술자의 행방 찾기."

그 순간 수려는 깜짝 놀라며 번뇌사를 돌아봤다.

"연청—— 그럼 여기가——."

"아냐, 아직 몰라. 그래도 안은 대충 한 번 둘러봤고, 지금은 강청사 일이 먼저지. 안 그래?"

"…맞아. 그 건은 나중에. ——가자, 연청. 강청사에서 주군(州軍)을 막아야지."

연청은 활짝 웃으며 근처에 매어둔 말을 가지러 갔다. 문득 다무너져가는 사원의 담 너머로 눈길을 향했다. 한 순간 기척이 느껴지다가 말끔히 사라졌다. 여우가면을 본 것 같다.

'……흠?'

연청은 눈을 가늘게 떴다.

● ● ● ●

가을 해는 빨리 저문다. 만종(晩鐘)이 구슬프게 울리는 가운데 성문 밖에는 여러 개의 횃불이 타오르고 있었다. 비슷한 수의 큰 솥도 옮겨지고 수백 명의 사람들이 바쁘게 움직이고 있다.

왕계는 급한 지시를 마치자 다시 홀로 외진 곳에서 어슴푸레 보이는 어두워진 녹명산을 바라보고 있었다. 홍주의 유명한 고찰(古刹)인 강청사는 저 산중에── 아니, 저 근방의 산 일대가 전부 강청사의 소유였다. 때문에 정식으로는 녹명산 강청사라고 부른다.

왕계는 손에 들고 있던 꼬치구이를 저녁밥으로 뜯어먹고 있었다. 아작아작 씹은 뒤.

"자네도 고생이 많군. 먹겠나?"

세 개 중에 한 개를 뒤로 내밀었다. 풀무치에게 껍질까지 뜯어먹혀 잎이라고는 하나도 붙어있지 않은 죽은 나무 뒤에서 정란이 가만히 한 걸음 나왔다. 망설이는 듯한 시간이 지난 후 다가와서 꼬치를 빼갔다. 묘하게 우아한 그 동작은 왕계에게 문득 옛날을 떠올리게 했다.

왕계가 직접 잡아 모자(母子)를 함께 감옥에 가두었고, 다주로 호송 도중에 습격을 받아 사라졌던 왕자.

정란은 어린아이처럼 꼬치를 빙글빙글 돌려보더니 감정이 없는 눈으로 구운 풀무치를 한 마리 아무렇지도 않게 먹었다. 얼굴 한 번 찌푸리지 않는 왕자를 보고 왕계는 처음으로 놀랐다. 반쯤은 놀려줄 생각으로 권했는데, 정란은 개의치 않고 풀무치를 머리째로 아작아작 씹고 있다. 익숙한 동작으로.

"…먹어본 적이 있나보군. 어디서였나?"

대답을 기대한 것은 아니었는데, 잠시 침묵이 흐른 뒤 불쑥 대답이 돌아왔다.

"어디서든. 10년 전 왕위 전쟁이 한창이던 시절에는 뭐든지 먹었습니다. 아가씨와 함께 풀무치를 잡아 이런 식으로 우락(牛酪)을 발라서. 간장이나 소금으로 양념한 것은 아니었지만, 별미였죠."

시간은 흐르는 것이다.

누구보다 총명하고, 누구보다 오만하고 고집 셌던 제2왕자에게도. 풀무치가 별미였다고 말할 수 있는 만큼의 시간이.

왕계는 그랬나, 라고 중얼거린 후 자신도 풀무치 꼬치구이를 뜯었다. 정란이 바라보는 시선을 느꼈다. 그리고 처음으로 왕계에 대해서 물었다. 조용히, 딱딱한 어조로.

"…당신은?"

"젊은 시절에는 매일매일이 10년 전보다 훨씬 지독했다. 그뿐이다."

생긴 건 별로지만, 그렇다— 왕계에게도 그것은 별미였다. 오랫동안 잊고 있었던 그리운 맛.

"소금도 좋지만, 우락을 바른 간장 맛이 쫀득해서 제일 좋아. 흔히 맛볼 수 없는 사치지."

어느새 두 개나 깨끗이 먹어치운 걸 깨닫고 왕계는 웃음이 나왔다.

생각해보면 귀양에 있는 동안 줄곧 식욕이 없었다. 어떤 화려한 밥상에도 젓가락이 가질 않자, 걱정이 된 규황의가 남주 진미인 쌍황압란(雙黃鴨卵) 절인 것까지 구해왔을 정도다. 그런데 풀무치밖에 남지 않은 황폐한 대지에서, 구워서 양념했을 뿐인 풀무치 꼬치를 두 개나 뚝딱 먹어치웠다. 입가심으로 대나무통의 물을 꿀꺽 마시자 온몸에 가라앉아 있던 피가 소리를 내면서 순환하는 느낌이 든다. 늙은 것이 아니라, 늙은 탓으로 돌리고 있었을 뿐이었나? 차곡차곡 쌓인 세월과 변명 속에 가려져 있던 것을, 뼈만 남은 대지와 풀무치의 맛 덕분에 본래의 빛을 되찾게 된 느낌이었다. 하고 싶은 일이 있었다. 잊고 있지는 않았지만, 얼마나 하고 싶었는지가 강렬하게 되살아난다. 그런 열정이야말로 왕계의 심신에 불을 붙였다. 그렇다—— 이렇게 살고 싶었다.

이러고 싶었던 거다. 아주 오랫동안. 이렇게 다시 한 번 젊은 시절처럼 전국을 돌며 자신의 한계까지 지력과 체력을 다해, 팽팽히 잡아당긴 활처럼 대지를 달리며. 꿈을 꾼다.

그것은 현실과 꿈을 모두 좇을 수 있다고 생각하던 시절.

"——오늘 밤 가실 겁니까?"

왕계는 어둠에 밝은 눈으로 정란을 돌아봤다. 한때 그가 조정에서 내쫓았던 제2왕자.

"…그래. 아침이 되면 풀무치가 잠을 깬다. 하려면 그 전에 해야겠지. 새벽 직전까지 기다려도 연락이 없으면 신호를 알리는 불화살을 날린다."

아작 하고 정란은 마지막 한 마리를 삼켰다. 우락 간장이 적당히 배어있어 씹을수록 깊은 맛이 난다. 하지만 아무리 맛있다 해도 왕자 신분의 정란이었다면 시궁창에 버렸을 것이다. 그리고 왕자 신분의 정란이었다면, 왕계에게 이런 식으로 다가가지도 못했을 것이다. 몰락한 패전 장군에 지나지 않았는데도 왕계에게는 범접할 수 없는 무언가가 있었다. 신분이 위인 자신조차 접근하기 힘들었던 무언가가.

그런데 일개 병졸이 되자 풀무치 꼬치를 나눠먹고, 불과 몇 걸음 정도의 거리에서 대화를 나누고 있다. 정란은 어지러울 정도의 감정에 휩싸였다. 더 이상 아무것도 이해하고 싶지 않았다. 이야기를 나누고 싶어, 아니, 이야기 따위 하고 싶지 않아. 지독한 갈등이 가슴에 소용돌이쳤다. 귀양을 떠나온 후 줄곧. 왕계의 행동거지 하나하나를 이해하고 싶지 않았다. 그에 대해 아무것도 인정하고 싶지 않았다. 아무것도.

사이에 끼어들 고 무관은 없다. 혀가 멋대로 움직인다. 조소하듯, 낮게 내뱉듯.

"…당신은, 완벽하군요."

오동에 도착해서 지금까지, 왕계는 지나칠 정도로 정력적으로 움직였다.

멀리 오동의 성벽 앞에는 마치 흔들리는 보석상자와 같이 등불이 붉게 타오르고, 수많은 솥에서는 자욱한 김이 올라오는 게 보였다. 고 무관도 지금 저 가운데를 돌고 있을 것이다.

도착한 지 하루, 왕계는 인해전술로 풀무치를 줄이는 일에 착수했다. 풀무치의 활동시간은 해가 떠있는 시간. 하룻밤 사이에 일꾼들을 총동원해서 남전단으로 된 대형창고를 여러 개 만들게 한 뒤 무사한 식량은 모두 그곳으로 옮겼다. 식량은 풀무치가 잠든 한밤중에 배급하고, 남전단을 대량으로 삶아낼 준비를 갖췄다.

주부와 홍가가 모아놓은 남전단을 아낌없이 소비하고, 삶아내고, 썰어서 남녀노소 모두 나서 하루 종일 살충 경단을 만들어 한밤중에 철저하게 살포했다.

아침이 오고 어제와 같이 기분 나쁜 날갯짓이 시작됐다. 얼핏 봐선 수가 줄어든 것 같지는 않았지만, 밤새도록 남전단을 삶아 댔기 때문인지 오동 안으로 접근하는 풀무치의 수는 확실히 줄었다. 저녁 무렵 성 안팎에서 쓸어모은 풀무치 시체는 전날까지 양의 열 배에 달했다.

모두가 신이 나 오늘 밤도 솥을 휘젓고 있는데, 왕계와 류지미는 웃지 않았다. 풀무치 암컷은 한 마리가 여러 번에 걸쳐 삼백에서 사백 개의 알을 낳는다. 오늘 나온 시체를 제곱한 수로 매일 어딘가에서 일제히 부화를 계속하고 있다. 죽여도 죽여도 끊임없이 생겨나는 무리를 보면, 기쁨은 열흘도 안 돼 허탈과 절망으로 변한다. 겨울이 오거나, 혹은 바람이 풀무치 떼를 자주로 날려버릴 때까지.

그래도 지금처럼 인해전술로 나가면 겨울까지는 상당한 수가 줄어들 것은 확실했다. 설사 홍풍(紅風)이 풀무치를 자주로 날려버린다 해도 양은 적은 편이 훨씬 좋다.

왕계가 오직 이틀만 기다리겠다고 결정한 것은 홍풍 때문이기도 하다. 하지만 그 이전에 끌어모은 주도(州都)용 남전단의 삼분의 일이 어제오늘 사이 순식간에 사라졌다. 소비량이 예측분의 세 배였다. 이대로 가면 모레면 바닥이 난다. 그러나 왕계는 죽은 딸이 남겨준 정보로, 그리고 지미는 주부 선동관으로부터, 표가계 사원에는 십여 배에 달하는 남전단의 비축이 있다는 것을 알고 있다. 식량도.

——죽어도 못 내놓겠다면 빼앗는다.

지미의 그런 초조함과 조바심을 왕계는 잘 알 수 있었다.

왕계가 기다리는 소식이 새벽까지 도착하지 않으면 감행한다.

그 모든 정연한 지시를, 담담한 행동을, 차분한 어투를, 정란은 줄곧 지켜보고 있었다.

"당신은."

어둠 속에서 왕계의 눈빛이 정란을 돌아봤다. 정란은 이 눈이 싫었다. 닮은 구석이라고는 전혀 없는데, 오직 하나 그 눈의 광채만이 부왕인 전화를 선명하게 떠오르게 한다.

계보를 조사한 적이 있는 정란은 알고 있다. 사실은 어느 쪽의 혈통이 진하고 정당한지를.

과거에 왕위를 찬탈한 것이 어느 쪽이었는지를.

"왕도로 귀환하면 옥좌를 **되찾으실** 생각입니까?"

되찾다, 라는 말에 왕계의 눈썹이 희미하게 움직였다. 하지만 그것뿐이었다. 그에게 있어 혈통이며 옥좌의 정통성 따위 하찮은 것에 지나지 않는 듯했다. 하고 싶은 일이 있다. 해내고 싶은 일이 있다. 누구도 아닌 내 손으로. 그런 말이 들릴 듯한 목소리였다.

"음."

내면에 도사린 강렬한 의지. 실로 아버지와 닮은 두 눈. 자기 자신의 갈망을 위해. 살아남기 위해. 혈족을 몰아내고, 부모까지 죽이고, 본래 왕계의 것이었을 옥좌를 찬탈한, 아버지와 같은 눈동자.

그 눈으로, 이번에는 전화의 아들을 똑바로 응시했다. 담담하게, 차분하게. 당연하다는 듯이.

"그럴 생각이다."

정란은 웃었는지도 모른다. 그러나 그것은 웃음이 되지 못하고 보기 싫게 일그러졌다. 울 것 같은 얼굴로도 보였다.

왕계—— 그러나 원래 주어진 이름은, 창계(蒼季).

자신이나 류휘보다도 훨씬 진한 직계임을 주장하는 마지막 자손.

'——아바마마.'

왜 당신은 하필이면 왕계를 살려두신 겁니까? 왕계만을.

자신들 왕자 중 그 누구도 이 남자에게 대적할 만한 그릇이 되지 않는다는 것을 알고 있었을 텐데.

빼기고 싶지 않다면 지켜라. 원하면 빼앗아라. 자신의 힘으로. 원한다면.

——강렬히 열망하는 자가 이긴다. 그것이 아버지 전화의 삶의 방식.

'하지만, 당신은 알고 있었지 않습니까.'

자신의 여섯 아들 중 그 누구도 그렇지 못하다는 것을. 왕계만큼의 정열도 이념도 집념도, 왕이어야 하는 이유도 가지고 있지 않았다는 것을. 비단으로 싸인 요람에서 자란 여섯 명의 왕자.

'이길 턱이 없다.'

자신이. 류휘가. 아버지와 같은 눈을 가지고, 지금은 아버지보다 더 많은 것을 손에 넣고 있는 이 남자를.

이길 수가 없다. 그럼, 류휘는——.

'죽임을 당한다.'

이렇게까지 주도면밀하게 몇 겹이나 되는 덫을 둘러치고 궁지에 몰아, 온갖 수단을 동원해서 때려잡으려고 혈안이 되어 있는데, 최후의 순간 류휘를 살려둘 리가 없다. 유배령이 떨어졌을 때 정란의 숨을 끊어놓기 위해 수많은 흉수를 보냈던 것처럼.

설사 왕계가 놓아준다 해도, 조정의 그들이 얌전히 따르리라고 생각할 정도로 정란은 순진하지 않았다. ──특히 뒤에 있는 또 한 명의 '누군가'는.

'여기서.'

어둠 속에서 정란의 손가락이 소리 없이 칼자루를 쥐었다.

바람소리가 멎었다. 아니면, 자신의 귀에만 들리지 않는 것인가.

손을 뻗으면 닿을 거리. 더 가까이 갈 필요도 없다. 왕계의 얼굴은 보지 않았다.

'지금이라면, 될지도 모른다.'

지금이라면. 모든 것을 없었던 것으로 만들 수 있다. 어떻게든, 해볼 수 있다.

한 인간이 죽을 뿐이다. 그로 인해 많은 사람들이 죽지 않아도 된다. 류휘가 죽을 일도 없다.

──뭐가 나쁜가?

그것이 자신이 고수해온 방식이다. 변할 수 없다. 변할 생각은 없다. 그것이 가장 간단한 방법.

품속에서 다시 수려의 편지가 소리를 냈다. 그러나 정란은 그 소리를 무시했다.

칼을 뺄 준비를 했다.

누군가가 외치는 소리가 들린 것 같다.

……영원과 같은 정적이 흘렀다.
왕계는 팔짱을 낀 채 손가락 하나 차이로 멈춰진 은색 검을 내려다 봤다. 가늘게 떨고 있다. 마치 그 이상은 투명한 방패로 막혀있는 듯했다.
"…흠. 사람을 죽이려고 할 때는 적어도 그런 식으로 눈을 쳐다보기는 하는군."
처음으로, 왕계는 가까이서 정란의 눈을 봤다. 처음 만났을 때부터 왠지 그는 똑바로 왕계의 눈을 바라보지 않았다. 이상한 억지웃음을 걸친 채 눈을 피하던 소년.
그러나 지금의 정란은 왕계의 눈을 똑바로 쳐다보고 있었다. 28년이나 걸려서, 겨우.
폭풍처럼 사납게 일그러진 얼굴이었다. 그러나 번쩍이며 칙칙하게 흐려진 일그러짐이 아니라, 절망과 슬픔과 분노, 애절한 아픔과 닮은 온갖 감정이 흘러넘치고 있었다. 그 모든 것이 왕계가 아니라 그 자신을 향하고 있는 것처럼 보였다. 울 것 같은 얼굴로 정란은 이를 악물었다.
눈앞이 캄캄해졌다. 분노인지, 절망인지 알 수 없었다. 단 한 번의 기회였는데.
"……어째서…."
왜 칼을 끝까지 휘두르지 못했는가. 제어가 안 되는 이 감정은 무엇인가.
'살인적(殺人賊)' 에서 지내던 시절에도 이런 말도 안 되는 격정에 휩쓸린 적은 없었는데.

틀리지 않았다. 공격받기 전에 공격한다. 당연한 논리다. 언제나 그렇게 해왔다. 그런데…

왕계의 눈에 압도된 것도 아니다. 멈추게 한 것은 자신 안의 무엇. 자신 안에서 언제부턴가 줄곧 회오리치고 있는 폭풍우 같은 이 격정. 폭풍의 끝에 있는 것.

——**그것이, 진정 옳은가?**

누군가의 목소리. 수려와 주인어른과 마님과 류휘. 연청의 목소리 같기도 하다. 청원이라는 이름을 버린 이후 지내온 모든 세월이 실려 있었다. 그를 멈추게 한 것은 그 자신이었다. 허울 좋은 소리는 믿지 않는다. 아무리 더러운 수법이라도 그것이 가장 간단하다면 그것을 택해야 한다. 그것이 정답. 수려나 류휘가 못 한다면 내가 한다. 할 수 있다. 망설임 없이. 지금까지처럼, 앞으로도. 이것이 옳은 생각이다.

——왜 자기 자신의 마음이 배신하는가.

혼란스러웠다. 뭐가 뭔지 모르겠다. 검의 떨림이 멈춰지지 않았다.

"바보 같은 놈."

왕계는 중얼거렸다. 침착한 눈빛으로 떨리는 검을 내려다보았다.

"그래도 예전보다는 낫구나."

정란의 검이 내리쳐졌다. 왕계는 아니었다. 누군가의 주먹이 얼굴을 세게 쳤다. 쓰러진 뒤에야 겨우 무슨 일이 일어났는지 알 수 있었다. 고한승이 정란의 멱살을 틀어잡고 또 한 번 얼굴을 향해 주먹을 날렸다. 혼신의 일격이었다. 입술이 터지고 피가 흐르는 감촉을 느꼈다.

"홍 어사를 줄곧 지켜봐왔으면서, 어째서 이런 짓을 하는 겁니까!! 그녀가 편한 길을 선택한 적이 한 번이라도 있습니까?! 자신이 무슨 짓을 했는지 알고 있는 겁니까!!"

"이제 됐다, 고 무관. 놔주게. 이 바보는 지금 말해도 못 알아들을 테니."

왕계는 몸을 숙여 뭔가를 주웠다. 사각 하는 가벼운 소리가 나며 정란의 가슴에 뭔가가 던져졌다. 작은 뭉치가 정란의 손안에 떨어졌다. 그것을 본 정란의 목이 울렸다.

뜯지 않은 서한. 수려가 보낸 편지. 읽으면 분명 마음이 흔들린다. 왕계를 죽일 수 없게 되는 것이 두려웠다. 그렇다고 버릴 수도 없어 줄곧 간직한 채 여기까지 왔다. 무거운 돌처럼 정란의 마음속에 가라앉은 채. 그래도 버릴 수 없었다. 버리고 싶지 않았다. 소중한 것이니까.

――한 번도 뜯어보지 않은 채 꾸깃꾸깃해진 그 서한이.

마치 자신의 마음처럼 여겨졌다.

"한 번뿐이다. 두 번은 없다."

정란의 턱이 가늘게 떨렸다. 남아 있는 긍지를 끌어모아 노려보았다.

"…아주 관대하시군요."

"자네 때문이 아니네. …예전에, 자네와 많이 닮은 왕자가 있었지. 호송마차가 습격당해 그 모친은 시체로 발견됐고, 왕자는 지금도 행방불명. …그것은 오랫동안 내 안에서 무거운 짐이었다. 그 한 번 때문이다. 다시 한 번 말하지. 두 번은 없다. 다음에는 잘 생각해보고 해야 할 것이다."

"당신은."
아무 생각도 없었다. 그저 말이 생각보다 먼저 흘러나왔다.
"…잘못도 망설임도 없는 겁니까? 전부 자기만이 완벽히 옳다고?"
"망설이지 않는 선택에 무슨 가치가 있겠나. 편한 길을 택한 대가는 전부 자신에게 돌아오는 법."
그것은 전에 소가가 수려에게 한 말이었다.
"지금의 너처럼 말이지."
정란은 어금니를 꽉 물었다.
"…이제 좀 그만하시지요, 왕계 님. 간 떨어지겠습니다."
불쑥 또 다른 목소리가 들렸다. 고 무관은 놀라 긴장했다. 정란도 눈을 크게 떴다.
왕계를 보호하듯이, 어느 샌가 짙은 색 피부의 외눈 청년이 나타나 있었다. 고 무관은 기시감을 느끼고 머리를 갸우뚱하다가— 아! 하고 소리를 질렀다. 전에 감옥에 기거하며 공짜밥을 얻어먹던 남자다.
왕계가 갑자기 버럭 소리를 질렀다.
"——신!! 제시간에 왔군! 보고는!!"
"녹명산의 병력을 물려주십시오. 지금 바로. 표가가 조정에 대한 전면협력을 표명했습니다."
"——해냈군, 신!!"
그때 잇따라 불화살이 하늘로 발사되었다.
이미 동쪽 하늘은 검은색에서 남색으로 물들고 있었다. 하지만, 아직 약속된 시간이 아니었다.
화살의 수는 셋. 중지 명령이 아니었다. ——진군신호. 너무

이르다.
녹명산에 일제히 불이 밝혀졌다. 함성이 땅을 울리듯 퍼졌다. 왕계는 소리쳤다.
"신!!"
"무리입니다, 이 거리에선. 그보다 왕계 님, 저 불화살——."
"이런 멍청이! 요즘 젊은 것들은 포기가 빠르다니까!! 말을 가져와라!! 출격이다!!"

"기다려 주세요, 왕계 님!! 왕계 님!!"
"잔말 말고 따라와!"
우오오오, 하는 외침과 함께 왕계는 맹렬한 기세로 말을 몰아 평원을 질주했다.
'…왕계 님… 답답한 왕도를 떠나시더니 완전 원기왕성해지셨는데….'
힘없는 아저씨였는데 굉장한 아저씨가 되셨어. 대자연 만세군.
규황의가 보면 황야 한복판에 당장 별궁을 짓자고 하겠어.
새벽 전이라서 내뱉는 숨은 하얗고, 어디 하나 가려지지 않은 평야에서 부는 바람은 귀를 뜯어낼 정도로 아팠다.
뒤를 보니, 조금 떨어져 있기는 해도 고한승이 따라오고 있었다. 말 타는 실력은 그저 그랬었는데, 왕계를 따라다니면서 단기간에 극적으로 실력이 늘은 모양이다. 자정란은 없었다.
새로운 발굽 소리에 뒤돌아보니 홍주 주목 류지미가 합류해 있었다. 우림군과 주병(州兵)도 긴 행렬을 이루며 우르르 따라오고 있을 것이다. 저 멀리 후방에 뚝 떨어져.

신은 왕계가 아닌 지미에게 속도를 맞추며 나란히 말을 달렸다. 외눈을 가늘게 뜨고 지미를 본다.

"그 화살, 시간보다 빨리 올라갔던데, 당신이 명령한 겁니까?"

"……그렇다."

"흠… 이유는?"

"흐흐, 자네 울적하고 그늘져 보이는 게 아주 남자답게 생겼어. 반하겠는걸."

"…말하기 싫으면 싫다고 하세요. …으응?"

동은 트지 않았지만, 아무것도 없는 드넓은 평야에서는 이미 뚜렷이 보일 정도로 하늘이 밝아오고 있었다. 그러나 산이 깊은 녹명산은 사정이 달라 일제히 피어오른 수많은 횃불들이 아직 흔들흔들 움직이고 있었다. 교전을 벌이고 있는 듯한 소리는 들리지 않았지만 복잡하게 얽히고설켜, 멀리서 봐도 여기저기서 불꽃처럼 꺼졌다가 켜지고 있었다. 매우 미세했지만 그 불빛에 변화가 나타났다.

"…뭐야? 수가… 늘었나?"

"…게다가 움직임도 이상한데. 횃불의 움직임이… 응? 뭐야? 일제히 산을 내려오고 있잖아. 큰일이다. 실패해서 표가의 반격을 당한 건가?! 가서 한 명이라도 더 구해야겠군."

"아니, 그렇게 산발적으로 흐트러지고 있는 움직임은 아니야. 일사불란하게 하산하고 있어."

뭔가를 눈치 챘는지 왕계가 말의 속도를 늦췄다. 말에게 부담을 주지 않도록 완만하게 속도를 줄였지만, 신은 금세 알아차리고 보조를 맞췄다. 지미도, 고한승도 고삐를 느슨히 했다.

그 후로도 꽤 달린 후 왕계가 완전히 멈췄다. 가만히 전방을 주시했다.

신이 같은 방향을 보니 흙먼지가 자욱이 일고 있었다. 말 울음소리와 발굽 소리.

그러나 그게 다가 아니었다.

상공을, 아직 채 밝지 않은 하늘을 뒤덮듯이 수천 마리의 새들이 줄지어 날고 있었다.

——일제히 주도 오동을 향해.

고 무관이 입을 쩍 벌리며 난생 처음 보는 새 떼를 올려다보았다.

"뭐, 뭐죠? 저건, 새?! 어째서 이렇게—— 게다가 종류도 다 다르잖아?!"

바람을 가르는 날갯짓 소리가 하염없이 평원을 가로지르고 있었다. 지미도 아연했다.

"대형 맹금류까지 섞여 있어… 말도 안 돼. 이렇게 아무렇게나 무리 지을 리가 없다고!"

왕계는 화살처럼 차례차례 상공을 날아가는 새의 무리를 보며 중얼거렸다.

"——표가의 '새잡이' 다."

"응? '새잡이' ?"

"황해를 위해 특별 조련된 '새잡이' 다. 풀무치 떼를 끝까지 추적해서 모조리 먹어치우는 하늘의 왕이지. 밤이 되면 올빼미를 비롯해 야행성 맹금류들이 등장한다. 이제 막 생긴 작은 무리라면 대형 맹금류의 추적에 한 마리도 남지 않고 소멸될 정도의 위력이다."

지미의 눈이 휘둥그레졌다. 쥐고 있던 고삐가 크게 흔들렸다.
"그럼── 그렇다면, 표가 본가가 움직였다는 건가?! 그런, 설마…."
"…저기, 왔군… 시끄러운 여자가 필두에 섰어. 설마 저 얼굴을 여기서 보게 될 줄이야."
흙먼지 사이로 소녀의 목소리가 얼핏 얼핏 들려왔다.
방금 전 왕계가 했듯이 한가운데를 폭주하고 있는 말 한 마리.
"공격하지 말아주세요오오오! 말로 하면 된다구요오오오! 멈춰 주세요오오오!!"
저 목소리는? 고 무관은 아주 익숙한 목소리에 놀라며 자세히 봤다.
"…응? 하하하하!! 모두들 정신없이 백기를 흔들고 있네!! 이런 건 처음 보는군."
정말이었다. 백기를 휘두르면서 맹렬한 기세로 평원을 달려오는 한 무리를 보면서, 전원 군인 출신인 네 명의 남자들은 픽 어깨의 힘이 빠졌다. 매우 힘 빠지는 특이한 광경이었다.
"…아가씨… 역시 대단해… 우리 할아버지는 죽어도 백기만은 흔들지 말라고 하셨지. 간담이 서늘하네…."
"…나도. 백기를 저렇게 당당히 사용하는 방법이 있었네. 참신한걸…."
"…아니, 저거, 내 눈의 착각인가? 속옷인 것 같은데. 그것도 빨래봉에 매달린…."
"하하하하! 지, 진짜다. 역시 수려 님. 귀찮으니까 빨래봉째로 뽑아서 흔들라고 엉덩이 걷어차면서 시킨 게 아닐까요? 하하하하!!"

백기를 든 폭주족들이 마음에 들었는지, 고한승은 수려가 거기에 있다는 사실에 놀라지도 않고 배를 잡고 웃었다.

왕계 일행이 멈춰서 있는 모습을 보았는지 선두 말의 속도가 느려졌다. 수려 뒤에서 고삐를 잡고 있던 사내가 손을 흔들어 정지신호를 보내는 것이 보였다.

왕계는 똑바로 선두를 달려오는 소녀의 얼굴을 주시했다.

——홍수려.

소녀도 왕계를 보았다.

왕계의 아름다운 연보랏빛 군장을 보고는 순간 헉 하고 숨을 삼키는 듯했다.

마침내 소녀가 타고 있던 말이 멈춰서고 당당하게 내렸다. 왕계를 계속 바라보면서.

요사이에는 그런 식으로 왕계를 똑바로 쳐다보는 이는 드물다. 젊은 치기로 인한 무모함은 차치하고서라도. 문득 '흑랑' 이었던 누나와, 딸 비연의 얼굴이 뇌리를 스쳤다. 인생을 힘껏 달려가는 여인의 눈.

왕계도 말에서 내렸다. 수려에게 눈길을 향한 채.

그대로 천천히 서로 다가섰다.

새들의 비행은 계속되고 드문드문 그림자가 떨어진다. 허옇게 밝아오는 아침의 차가운 바람이 불어와 두 사람의 옷자락이 펄럭인다. 두 사람의 입김은 모두 하얗고, 두 사람 중 누구도 시선을 돌리지 않았다.

몇 걸음 다가와 수려는 손을 모았다. 무릎은 꿇지 않는 약식 인사였다. 고개를 숙이지 않고 똑바로 왕계를 응시하고 있었다. 왕계는 그것을 불경하다고는 생각지 않았다.

"…처음 인사드립니다. 어사대 소속 감찰어사 홍수려라고 합니다. 제 뒤에 있는 사람은 이행(裏行)인 량연청입니다. ──왕계 장군님이시죠?"

명확하고 확고한 목소리였다. 마음속에 무언가를 가지고 있는 사람만이 낼 수 있는 목소리.

"음, 그렇네. 이렇게 만나는 건 처음이군, 홍 어사."

담담한 목소리였다. 규 장관과 비슷하지만 더 깊이가 있어 마음속에 울린다.

"인사는 필요없네. ──홍 어사, 현황 보고를…."

주성(州城)에서 따라온 우림군과 주병이 차례차례 도착했다. 왕계와 수려를 가운데 두고 두 진영이 마주보는 모양새가 되었다.

"표가가 황해 문제에 대해 전면협력을 표명했습니다. 표가계 모든 사원이 개방됩니다. 인력은 물론 약품, 식량, 구제법, 지식, 남전단에 이르기까지 대무녀 표류화 님의 이름으로 즉시개방이 발령되었습니다. 특히 식량은 백 년분의 비축을 풀기로 했습니다."

그 목소리가 전해진 곳에서부터 커다란 술렁임이 파도처럼 퍼져갔다.

왕계는 수려를 바라봤다. 그리고 다시 한 번 확인했다.

"──백 년, 이라고 했나?"

"네. 백 년분입니다. 이미 강청사에서 가지고 올 수 있는 만큼의 남전단과 당장 필요한 식량을 운반 중입니다. 확인하시지요."

자세히 보니 어떤 형태로든 짐을 신지 않은 말은 하나도 없었다. 뒤쪽으로는 남전단으로 만든 짐마차도 보였다. 표가 직문(直紋)인 '월하채운(月下彩雲)'이 새겨져 있다. 달의 표식은 대무녀를 의미한다── 월식금환(月蝕金環).

표가를 움직였다는 증거인 문장(紋章).

왕계는 수려를 내려다보고 코웃음을 쳤다. 건방지다고 생각하는 듯도, 재미있다고 여기는 듯도 했다.

"──들었나, 류 주목."

지미는 눈시울을 누르며 신음했다.

─약품, 구제법, 지식, 남전단, 그리고 비축식량 백 년분. 기다리고 기다리던 원조.

"…들었…습니다."

"이제 우물 바닥에 숨겨두고 있던 걸 풀 수 있겠나?"

"…그러지요. 황해대책이 대충 서는 대로 즉각 벽주 사자(使者)의 요청에 응해 마른 우물 등에 넣어두었던 식량물자의 이송을 허가하겠습니다. 백주, 흑주에 대한 식량 금수 조치도 해제시키겠습니다."

왕계는 한 순간 웃음을 지은 것 같았지만, 이내 평소의 근엄한 표정으로 돌아갔다.

"──강청사에서 오동으로 물자수송을 시작해라. 홍 어사와 함께 온 병력은 즉각 오동으로 운반하도록. 오동에서 온 병력은 이대로 강청사로 향한다!"

우렁찬 목소리에, 마주보고 있던 병사들은 함성을 지르고 서로 교대라도 하듯이 이동하기 시작했다.

땅 울리는 말발굽 소리와 함께 흙먼지가 자욱이 피어올랐다.
수려 옆으로 다가선 연청은 소음에 섞여 수려에게만 들리도록 소곤댔다.
"…역시 대단한데—— 저게 바로 왕계군. 멋지게 자신의 공으로 가로채는걸."
"그러네. 대단하네. 하지만 저 분의 공이기도 해. 전부는 아니지만."
수려는 왕계 뒤에 서 있는 신을 보면서 그렇게 중얼거렸다. 신은 수려의 시선을 느끼고 외눈으로 가볍게 미소를 던졌다. 이제 더 이상 도망치거나 숨기지 않았다. 왕계의 수하라는 것을.
마침내 서로 엇갈리는 요란한 발굽 소리가 사라진 후에는 처음의 면면들만이 남았다.
수려와 연청, 왕계와 류지미, 그리고 신과 고한승만이.
왕계는 깜빡이지도 않고 자신을 올려다보고 있는 수려를 바라봤다.
"이 새들의 무리는 표가의 '새잡이'의 솜씨인가? 황해에 대비한."
"네. 녹명산 강청사의 '새잡이'에게 부탁했습니다. 강청사의 수장에게 일제개방을 요청했기 때문에 지금쯤 홍주 전역의 사원에서 '새잡이'들이 소유하고 있는 '새'들을 모두 풀어주고 있을 겁니다. 아침 해가 뜨면 전역에서 풀무치 추격을 개시해 무리의 축소 및 소멸이 시작됩니다."
잠시 침묵한 후 왕계는 팔짱을 꼈다. 단적으로 물었다.
"류화를, 끌어낸 건가?"
"네."

"조건은?"

"없습니다."

——무조건. 왕계가 처음으로 가볍게 놀랐다. 그것은 예기치 못한 일이었다.

류화도 늙었나. 그렇게 생각하다가 소녀의 강렬한 눈빛을 보고는 아니다, 라고 생각을 바꿨다…. 늙기만 했다면 뭔가 조건을 제시했겠지. 아니면 신이 죽였을 것이다.

조건 없는 전면적인 원조. 그것은 류화 자신의 의지가 없다면 있을 수 없는 명이었다. 과거의 류화의 모습.

'——이 소녀인가.'

류화를 변화시킨 것—— 아니, 원래의 모습을 상기시킨 것이.

과거의 류화처럼, 오직 혼자서 스스로의 '바람의 길'을 힘껏 달려가는 소녀.

후우 하고 왕계는 하얀 입김을 내뿜었다. 팔짱을 낀다.

"…다른 사람도 아닌 류화에게 전면협력을 약속받다니— 그럼, 자네가 가져온 게 달리 또 있겠군."

"네, 리앵과 함께 찾아냈습니다. 돌림병을 이용한 황해의 일제 진압법입니다."

리앵. 손자의 이름에도 왕계는 그 이상의 반응을 보이지 않았다.

그는 정치가였다. 어디까지나. 그래서 그는 그저 '그랬나'라는 한 마디만 담담히 중얼거렸다.

"단, 아직 완전하지는 않다고 합니다. 자세한 것은 강청사에서 말해준다고 합니다."

"알았다. 가지. 그런데 어떻게 싸움을 피할 수 있었지? 일촉즉

발의 상황이었을 텐데. 자네의 얼굴도, 랑연청의 얼굴도 주군(州軍)이 알 턱이 없지 않나. 설득할 시간도 없었을 테고."

그러자 뒤에서 연청이 풋 하고 웃음을 터뜨렸다. 수려는 그를 째려보면서 불쑥 중얼거렸다.

"…백기를 들었을 뿐입니다."

"뭐라고?"

"설득은 어려워 보였기에 절 안에 있던 모든 흰 천을 죄다 모아 일제히 흔들게 했습니다."

신은 백기 대폭주족을 떠올리며 웃고 말았다. 그것과 똑같은 짓을 강청사에서도 시킨 모양이다. 이제 막 진격하려는 참에 일제히 백기가 펄럭였다면 분명 뭐지? 하며 의아해 했음에 틀림없다.

"맞아, 맞아. 아가씨가 널어놓은 속옷까지 강탈하더니 말이지, 결국엔 백선상(白仙像)에 둘러쳐 있던 20폭 정도 되는 엄청 큰 흰 천까지 잡아 벗겼지. 스님들이 줄줄이 졸도했더랬지, 아마――."

"어머머머! 그거 홍주 8대 국보 중 하나이지 않아?! 졸도하는 게 당연하지."

너무나 놀란 나머지 지미는 자기도 모르게 여자 말투가 튀어나왔다.

왕계가 수려를 날카롭게 째려봤다.

"…홍 어사."

"…네… 죄송합니다… 만약에 흠집이라도 생겼다면 그만큼 감봉처리 해주세요…."

"이 바보! 그래도 한 삼백 년분은 모자란다."

"네엣? 앞으로 삼백 년 동안 무급인 건가요?"
"——가자."
왕계는 귀족적인 자세로 말에 올랐다. 수려를 내려다보더니 중얼거렸다.
"…돌아오는 길을 선택한 건가?"
수려는 현기증이 날 듯한 검은 눈동자를 올려다보았다. 그 바닥이 깊어서 수려에게는 아직 잘 보이지 않았다.
그 말은 수려의 진정한 선택을 묻고 있는 듯했다.
그것을 증명이라도 하듯이 이어진 희미한 속삭임이 수려의 귀에만 전해졌다.
"그 몸으로."
수려의 눈이 휘둥그레졌다. 턱이 가늘게 떨렸다. 그래도 시선을 피하지 않고 분명히 대답했다.
"——네."
"그런가."
마지막까지 왕의 관리로 남는 것.
왕계는 앞을 향했다. 고삐를 당기기 전에 한 마디를 남겼다.
"그것이 자네의 대답인가."

『어디에 있던지 반드시 돌아올 겁니다.』
지미는 연청의 말을 떠올리고 있었다. 정말로 돌아왔다. 게다가 모든 것을 손에 들고.
——저 아이가 홍수려.
연청과 말을 함께 타고 앞에서 달리고 있는 수려는 흔들리는

다리 정도밖에 보이지 않았다.

"…솔직히 놀랐어. 여러 가지로. 게다가… 제대로 **알고서** 하고 있는 거야, 저 아이?"

나란히 말을 달리고 있던 신이 듣고서 씩 웃었다.

"알고서 하고 있는 거 맞아. 반년이라고는 하지만, 어사대에서도 둘째가라면 서러운 성격 극악한 상사와 동료한테 당할 만큼 당했으니까. 제일 약했던 **공로 챙기기**는 더 열심히 단련받았지. 왕계 님께 모든 공을 가로채이지 않도록 말을 가리고 있더군. 그래서 표가의 전면협력을 받아낸 것은 **아가씨의 공**이 됐다. 왕계 님도 재빨리 자신의 공인 것처럼 만들었지만."

"왕을 위해서야? 필사적이네. …그런데, 수려 아가씨는 알고 있는 거야? 당신에 대해서."

"뭘?"

"당신의 정체 말야. ——어사잖아. 그것도 감찰어사보다 상급인 시어사(侍御史). 사형수 문신이나 새기고 있으니 아무도 어사인지 몰랐겠지. 내사에는 제격이야. 권한은 감찰어사보다 훨씬 위고. 단독으로 초법적인 조치도 가능하지. 황해에 대한 지식도 있는 걸 보면 국가기밀에도 정통하고. 표가의 대무녀와 거래도 할 수 있는 고위관리. 표가에 보내진 '핵심인물'은 당신이지? 어사대부는 통하지도 않고 아마 왕계 님과 유순 두 사람으로부터 직접 호출받았겠지. 규황의에게도 비밀인 칙명. 아냐?"

어쩌다 듣게 된 고한승이 '어어?!' 하고 외쳤다. 이 외눈박이 사내가 시어사?!

신은 웃기만 하고 대답하지 않았다. 그렇다고 부정도 하지 않았다.

"괜찮은 거야? 수려 아가씨한테 통째로 공을 양보하고. 당신, '왕계 님' 쪽의 충실한 어사잖아."

"…설령 그렇다 해도 아가씨가 표가에서 그만큼의 권리를 가질 만한 일은 한 건 사실이니까. 게다가 난 아가씨한테 약하거든. 좋아하던 여자랑 닮아서. 귀여운 직장 후배이기도 하고."

"뭐, 나도 좋아하는 사람한테는 약하긴 하지만. 닮기만 한 다른 사람에게는 별로 약하지 않은데. 게다가 어사대가 선배니 후배니 하는 훈훈한 분위기는 아니지 않아? 서로 정체도 숨기고, 공로 챙기기에, 거짓말투성이에, 정보나 빼돌리는 음험한 녀석들의 소굴이라고 들었는데. 아이, 끔찍해."

"…그게 일인 걸 어떡하겠어. …줄곧, 생각하던 일이 있으니까."

"생각하던 일?"

"아가씨가 두 번째였어. 사형수 문신을 달고 있던 나에게, 자기한테 오라고 진심으로 말해준 사람은."

감옥에서 내사를 하고 있던 시기에 우연히 만나게 된 신참 감찰어사.

직업도, 갈 곳도 없다면 자기가 써주겠다고 했을 때 정말 놀랐다.

5년 전 신을 암흑 속에서 건져내준 왕계를 떠올렸다. 그녀가 두 번째.

『내가 막아주길 바라는 사람이, 있는 건가요?』

아직도 신은 그 답을 찾지 못했다. 어떻게 하면 좋을지 줄곧 생각해왔다.

그녀라면 어떤 대답을 찾아낼까? 그렇게 생각하게 만드는 무엇인가가 홍수려에게는 있었다.
그래서 자신도 모르게 정보를 술술 흘리게 되고, 도와주게 되고 하는 것이다. 그녀가 그렇게 흘러나온 조각을 야무지게 주워서, 원하는 길을 찾아가는 것을 볼 때마다 말로 표현할 수 없는 감정을 느낀다.
――그녀가 선택한 그 길의 미래를 보고 싶어진다.
"그러니까 때때로 어중간하게 처리하고 마는 거야…."
하지만, 하고 신은 앞서 달리는 왕계의 등을 보았다. 자신에게 가장 소중한 것은 정해져 있다.
"무슨 소리 하는지 완전 모르겠지만, 고민하는 미남은 멋있으니까 용서할게."
"그래도 괜찮은 거예요?"
"나도 이제 곧 뒤로 미뤄뒀던 일과 마주하지 않으면 안 되거든…."
순욱의 얼굴을 떠올리고 지미는 눈을 내리떴다.

녹명산 강청사의 본당 안쪽에서 수려와 왕계 일행은 대사원(大社寺) 계열의 수좌(首座)인 '노옹'과 만났다.
참고로, 수려를 다시 본 스님들은 일제히 부들부들 떨었고, '보물'이 있는 본당에는 절대로 들이지 말라며 팔짱을 낀 채 온몸으로 가로막았기 때문에, 그들이 안내된 더 안쪽의 건물은 상당히 소박하고 썰렁했으며 예술적으로 지붕이 기울어져 있었다. 외풍이 휘이잉 들이치고 마룻바닥도 떨어져 나간, 한 마디로 말해 그냥 폐가였다. 재상에 맞먹는 신분의 왕계와 홍주 주목, 풋내기라지만 어사인 수려를 접대할 만한 방은 아니었다.

"우엇?!"

"어어, 왕계 님, 괜찮으십니까?"

왕계가 낡은 마룻바닥을 밟자 그만 구멍이 뚫려 허리까지 푹 빠질 정도로 다 쓰러져가는 건물이었다. 혹시 일부러 장난치는 게 아닌가 하는 생각이 들 정도다.

"…푸풋… 미안하구먼, 홍 어사. 속이 좁은 절간이라서 말이지…."

노옹은 칠십 안팎으로, 수염이 있는 자그마한 체구의 노인이었다. 쭈글쭈글한 얼굴을 하고 필사적으로 웃음을 참고 있었지만, 끝까지 참아내지는 못했다. 다람쥐처럼 불룩한 볼이 새빨갰다.

이런 요상한 광경이 노옹의 웃음보를 건드렸는지, 이곳에 들어올 때부터 줄곧 이 얼굴이었다.

"푸푸푸…… 푸하하하."

왕계가 마룻바닥을 뚫고 빠지는 모습을 보더니 마침내 대놓고 바닥을 두드리며 크게 웃기 시작했다. 이 늙은이가….

그 자리에 있던 이들은 모두, 저 번쩍번쩍 빛나는 대머리를 부채로 갈겨주고 싶은 충동을 느꼈다. 왕계조차도.

"…푸하하, 라니요. 노옹! 웃음이 나옵니까?! 얘길 해보세요. 근데, 여긴 의자도 없는 겁니까?"

"사치는 금지되어 있네."

"하다못해 방석이라도!!"

"오오, 그래. 확실히 빵 터졌으니 방석을 줘야겠구나. 세 장 정도 받을 만큼 웃겼어. 좋아. 이봐, 여기 방석 세 장!"
이게 무슨 만담도 아니고… 게다가 방석 수가 턱도 없이 모자라잖아. 신이 왕계에게 살짝 속삭였다.
"…왕계 님, 한 번만 더 떨어지시면 세 장 더 받을 수 있지 않을까요?"
"…난 싫다. 자네가 하게."
"아뇨, 전 그렇게 몸으로 웃기는 계열의 얼굴이나 성격은 아니니까요."
"나도 그렇네!"
결국 방석은 정말 세 장밖에 나오지 않았다. 그것도 빈대떡같이 얇은 방석으로. 왕계도 류지미도 수려도, 말없이 그 얇디얇은 방석을 보았다. 불평은 하지 않았다. 없는 것보다는 나았으니까. 아마도. 그러나 수려가 재료를 아끼고 아껴서 빈대떡을 부친대도 이것보다는 두껍게 부쳤음이 틀림없다. 방석은 왕계와 류지미, 그리고 수려에게 돌아갔고, 나머지 신과 연청, 고한승은 선 채로 이야기를 듣기로 했다.
왕계는 땅에 떨어진 위엄을 열심히 주워올리기 위해 헛기침을 해보았다.
"노옹, 황해의 진압법이 있다고 들었네만. 계절풍이 불기 전에 완전진압이 가능한가?"
수려는 자기도 모르게 왕계를 보았다. 그것은 수려가 모르는 이야기였다.
"계절풍…."
"그렇다, 강한 바람이 불어닥친다. 가을의 끝을 알리는 홍풍(紅風)이라 불리는 찬바람이다. 홍주에서 자주를 향해 며칠 동안 계속 불어대지. …풀무치까지 날려보내면서."

수려는 꿀꺽 숨을 죽였다. 새하얀 눈썹 안에서 노옹의 눈이 가늘어졌다.

"이곳 홍주에서 막으시겠다는 말씀입니까?"

"그렇다. 이 이상 확산되면 내년 봄에는 전국이 풀무치로 뒤덮이게 된다. 알고 있지 않나, 노옹. 대황해가 된다. 아직 자주로 흘러든 무리는 적어. ——여기서 끝낸다."

"…앞으로 며칠 후면 홍풍이 불기 시작할지 알고 하시는 말씀입니까?"

"예년으로 예측하면 7일 전후로 보고 있다."

"과연 잘 알고 계시군요. 하지만, 그건 어디까지나 예년의 얘기지요. 올해의 관측은 다릅니다. ——3일 후입니다."

3일 후. 너무 빠르다. 주부 선동관의 예측보다 며칠이나 빠르다는 대답에 지미는 눈을 크게 떴다.

왕계만이 담담하게 노옹을 응시했다.

"…돌림병을 이용해서 일제진압이 가능하다고 들었네만."

"완전하지는 않다고도 들으셨을 텐데요."

"어디 한 번 들어보기로 하지?"

"…황해의 인위적인 진압은 불가능하다고 여겨지고 있습니다. 일단 발생하면 자연종식을 기다리는 수밖에 없지요. 남전단을 이용한 인해전술도 피해를 최소화할 수는 있지만, 그게 전부입니다. 하지만 표가의 수백 년간의 관측에 따르면, 아주 드물기는 하지만 단숨에 황해가 종식되는 경우가 있다고 합니다. 수십 만 마리의 풀무치가 하룻밤 사이에 괴이한 전멸을 맞이했던 예가 있었죠."

"다른 농작물이나 동물에 대한 피해는?"

"없습니다. 죽는 것은 오로지 검은 풀무치뿐. 다음 해에 황해가 되풀이되지도 않았다고 합니다. 그러나 원인은 모릅니다. 기후인지, 토지인지, 독극물인지. 종식상황이 전부 제각각이었기 때문에 자연우발적인 요소가 더해져서 드물게 일어나는 것이라고 생각되어 왔습니다만…."

"…그것이, 돌림병이었다? 게다가 변색 풀무치만 걸리는 돌림병."

"그렇습니다. 그것을 알게 된 것이 십여 년 전. 연구는 계속했지만 인공적으로 전염을 확산시키는 것은… 지금까지도 거의 성공하지 못했습니다. 아무리 해도 감염이 잘 진행되지 않았습니다."

왕계는 눈을 가늘게 뜨고 노옹을 바라봤다.

"…거의, 라고 했나?"

"…전염이 단숨에 퍼지기 위해서는 어떤 특정한 기상조건이 필요합니다. 예년보다 긴 강우, 고온다습, 안개 많은 날. 이런 조건이 갖춰지면 단숨에 전염될 확률이 높아집니다."

지미는 입술을 깨물었다.

"…안개라… 홍산(紅山)의 대계곡이라면 일 년 내내 안개가 발생하지만… 늦여름에서 초가을은 고온다습하다 해도, 이제부터 점점 건조해져서 비가 거의 내리지 않게 되는데."

"—아니지, 홍풍의 전조 중에 며칠 동안 안개가 자욱한 날이 있지 않나? 기온도 조금 올라가고."

듣고 있던 연청은 아연했다. 다른 주의 기후에 대해 이렇게까지 잘 알고 있는 대관은 처음 봤다.

"…그것이 홍풍이 부는 전조인 것은 맞습니다. 하지만 아실 텐데요. 반드시 그런 것은 아니라는 것. 게다가… 안개는 최근 반달간 이미 며칠 생겼습니다. 올해는 그걸로 끝일 수도 있다는 얘기입니다. 바람과 기후, 기온을 보면 풀무치의 동향은 상당히 정확하게 예측할 수 있습니다. 홍풍이 닥쳐오기 전 3일 동안, '새'와 인해전술로 풀무치 떼를 줄이는 데 힘쓰는 것이——."

"—노옹, 확실히 말해주게. 3일 안에 안개가 발생할 가능성은?"

길고 긴 침묵이 이어졌다. 잠시 뒤 노옹은 밖을 내다봤다.

"…예년의 관측결과만을 믿는다면, 없습니다… 하지만, 오랜 세월 홍주에서 살아온 제 감각으로는 앞으로 하루 더 짙은 안개와 비가 내릴 것 같은 예감이 듭니다…."

"…만약 그렇게 된다면?"

"감염시킨 변색 풀무치를 풀어놓습니다. 각지에서 몇 마리만 풀어도 돌림병은 단숨에 퍼져나가겠죠. 하지만 이건 이론상의 이야깁니다. 지난 십여 년간 황해는 발생하지 않았습니다. 실제로 시도해본 적은 한 번도 없었습니다."

만약 안개가 발생한다 해도 결과는 해보지 않으면 알 수 없다는 이야기였다.

"—알겠네. 노옹, 언제든지 풀 수 있도록 전 사원에 준비시켜 두게."

노옹이 수염을 쓸던 손을 멈췄다.

"…왕계 장군님."

"——안개를 기다린다."

"…당신은 말씀하시지 않는군요. 주술사를 쓰면 어떻게 안 되겠느냐고."
수려와 지미는 뜨끔했다. 실은 그것을 이제 막 물으려던 참이었다.
"할 수 있다 해도 주술사가 죽는다. 요괴 퇴치나 굿과는 종류가 달라. 기후를 움직이는 것은 순혈(純血)에 가까운 최고위 주술사만이 가능할 터. 조정이 저지른 잘못을 수습하기 위해 죽어 달라고 할 순 없지. 게다가 지금 그것을 할 수 있을 정도의 주술사가 우(羽)가에 있다고는 생각지 않는다."
수려는 왕계를 쳐다봤다.
"우가라면… 선동령윤 우우 님 말씀입니까?"
"그렇다. 표문 우가는 특히 바람 계통의 술식에 능하다. 요청을 한다면 우가에 하게 되겠지. 하지만 지금 현재 우가의 최고위 주술사는 우우 님밖에 없다. 안 그런가, 노옹 우장(羽章)."
"…그렇습니다. 형인 우우 이외에 일족 중에 최고위는 없습니다. 저도 무능입니다. 게다가… 저는 실제로 형이 이능을 사용하는 것을 본 적이 없기에 어느 정도인지는…."
"그런 건 아무래도 상관없다. 우우 님께 부탁할 수는 없어. 알겠나, 노옹. 형님께는 절대 알리지 말게. 알게 된다면 무리를 해서라도 감행할 것이니. ——자연발생의 안개를 기다리겠다. 발생하지 않는다면 예정대로 인해전술로 가겠다. 주술사나 무녀에게 희생을 강요하는 방식은, 내가 싫다."
수려는 문득 남주 구채강으로 향하던 도중의 일을 떠올렸다. 강물의 흐름이 거센 곳에 다다르면 배에서 사람모양의 만두를 떠내려 보내는 풍습을 보았다. 수십 년 전, 어느 감찰어사가 사람을 제물로 바치다니 멍청한 짓이라며 먹고 있던 만두를 던져버린 것이 유래가 되었다고 한다. 훗날, 그 감찰어사가 왕계였다는 것을 남주 주목 강문중에게서 들었다. 정말 왕계였구나, 하고 실감했다. 그리고 지금도——.

"…변하지 않았군——."

연청도 같은 생각을 한 모양이다. 불쑥 그렇게 중얼거렸다.

수려는 입술을 깨물었다. 신이 왕계를 택한 이유까지 알게 되는 것이 싫었다.

"강청사는 각 군부(郡府) 및 어사와 연계해서 각지의 풀무치 떼 박멸과 이동지에서의 피해경감을 위해 전면협력 해줄 것을 부탁한다. 관민이 하나가 되어 황해를 끝장내도록 해보세. 조정이나 주부에 요청할 일이 있으면 지체 없이 말해주게. —노옹, 표가의 전면협력, 진심으로 감사드리네."

마지막 한 마디에 마침내 노옹의 얼굴이 아주 조금 풀어졌다.

"…당신의 손주이신 리앵 님께서 홍 어사와 함께 수고를 많이 하셨습니다. 당신과 비연 아가씨를 많이 닮았더군요. …피는 못 속이는 법이지요."

"…도움이 됐다니 다행이군."

왕계는 그저 그 한 마디만 했다.

"…자, 홍 어사, 자네는 어쩔 텐가?"

낡은 법당을 나온 왕계는 수려를 돌아봤다.

"…괜찮으시다면, 따로 움직여도 되겠습니까?"

"가고 싶은 곳이 있는 건가?"

"네."

"상관없네. 표가가 나섰으니 일손은 충분해. 그럼 여기서 헤어져야겠군."

"——왕계 장군님."

자신도 모르게 이름을 부르고 말았다.

왕계가 귀족적인 몸짓으로 돌아본다. 아름다운 연보랏빛 군장이 매우 잘 어울린다. 왕의 색.

수려는 입술을 꽉 다문 채 그 예리하고 깊은 호수와 같은 두 눈을 올려다봤다.

만난 것은 불과 한나절. 그러나 연청이나 강청사를 통해 왕계에 대한 이야기는 들었다. 자신의 눈으로 봐도 무엇 하나 결점이 없다. 천재도 아니고, 지나치게 완벽한 것도 아닌, 오직 견고한 토대에 차곡차곡 쌓아온 것이 지금의 왕계를 있게 한 것이다. 그런 느낌이 들었다. 구성하는 하나하나가 전부 깨끗하지는 않다. 그런데도 그를 부정할 수 있는 이유를 수려는 찾지 못했다.

그것은 규 장관과 비슷하면서도 그보다 더 단단하고 확고하게, 무언가를 향한 의지로 가득 차 있었다.

깊고 깊은 호수 바닥 같은 두 눈이 바라보고 있는, 멀리 저 끝을 향해.

그것은 지금의 류휘에게는 없는 빛.

그것이 신하의 눈은 아니라는 사실을 수려는 문득 깨달았다. 그는 류휘를 위해 황해를 막고자 하는 것이 아니었다. 류휘가 왕이 아니었다면 수려는 지금 이곳 홍주에 올 일도 없었을 것이다. 그러나 왕계는 류휘가 이 세상에 있건 없건 홍주에 와 있었을 것이다.

왕계의 주인은 왕계뿐이고, 그 외에는 존재하지 않는 것이다.
지나친 것을 바라는 마음을 야심이라고 한다면, 왕계의 바람은 과연 야심이라고 할 수 있을까? 그는 그저 계단을 하나하나 오르며, 그곳에 있는 것에 손을 대고 있을 뿐인 것 같았다.
'류휘.'
지금의 수려는 왕계를 부정할 수 없었다. 무엇 하나. 하지만.
수려는 가장 고귀한 신분을 가진 사람에 대한 예의를 갖췄다. 입례(立禮)이긴 했지만.
"…홍주는 제 아버지의 고향입니다. 도우러 와주셔서 감사합니다."
정중히 진심어린 감사를 전했다.
그때 왕계가 어떤 표정을 지었는지는 보이지 않았다. 대신 목소리가 들려왔다.
"…표가에서 돌아온 거라면 마지막까지 관리로 남기를 택한 거겠지?"
"……."
"그렇다면 자네의 본질은 '관리' 다. 자네의 바람은 무슨 일이 있어도 변하지 않는다. 백성을 위해 일하는 관리라는 것. 따라서 자네는 자류휘가 왕이건 아니건 실은 상관없는 거지. 자류휘를 위해서 사는 것이 아니라 관리로서 사는 것이 자네의 긍지이며 바람이기 때문이다. 내가 변하지 않는 것처럼, 자네의 '주군(主君)' 도 실은 자네 자신이지, 자류휘가 아니네."
수려의 얼굴이 굳어졌다. 그리고── 아닙니다, 라는 말이 나오지 않았다.
"…가끔 그런 관리가 나오지. 명군(明君)이건 암군(暗君)이건 변함없이 자기 자신을 관철시킨다. **왕을 선택하지 않는다**. 섬기는 것은 누군가 특정인이 아니라 이 나라의 백성뿐… 하지만 자네는 자류휘라는 한 사람의 남자에게만 유유낙낙 좌우되어 왔어. 자신의 의지를 아예 포기하고, 어떤 횡포에도 묵묵히 견뎌왔네. 자네는 자류휘의 앞에서만큼은 머릿속이 텅 빈 멍청한 여자로 전락해버리지. 나는, 그런 관리는 믿지 않아. 광대처럼 남자에게 이용당하기만 하는 싸구려 여자도, 관리도, 필요없네."

수려는 한 마디도 되돌려주지 못했다. 그것은 표가에서 신이 한 말과 거의 같은 말이었다. 그러나 신보다도 신랄하고 가차없었다. 규황의처럼 비꼬지 않는 만큼 더욱 더.

왕계는 연보랏빛 소매를 펄럭였다. 하지만, 하고 말을 이었다.

"…지난 한나절 동안의 그대는 다르더군. 괜찮은 얼굴이 되었어. 적어도 마지막 순간까지는 그 얼굴로 있게."

"…왕계 장군 말이지, 늘 저런다니까. 평소엔 별로 말도 없으면서 입을 열면 솔직하고 매몰차고. 저런 식으로밖에 말을 못한다니까. 하지만, 맞는 말만 하지."

고개를 들지 못하고 있는 수려의 귀에 홍주 주목의 목소리가 들려왔다.

"그래서, 사람을 인정하는 듯한 말은 잘 안 해. …그렇게 말하는 건 드문 일이야."

얼굴을 드니 홍주 주목이 생긋 웃고 있었다.

"…처음 뵙는군, 홍 어사. 겨우 인사할 틈이 생겼네. 내가 홍주 주목 류지미일세. 나를 만나러 오다가 사라졌다고 해서 조금 걱정하고 있었네."

지미는 처음으로 수려와 정면으로 마주했다.

『어디에 있던지 반드시 돌아올 겁니다. 나라가 이 꼴인데 내버려둘 상사가 아니거든요.』

솔직히 육청아와 같은 관리라고 생각했었다. 그러나 전혀 달랐다. 등 뒤의 랑연청을 본다.

정말 **단지 그 이유**로 돌아온 것처럼 보였다. 그렇다면 지미가 감사할 상대는 그녀였다.

"자네가 표가를 움직이게 해준 거라면, 자네가 왕계 님께 감사했듯이 나는 자네에게 감사하네. 특히 강청사에 대한 급습을 간발의 차로 막아준 것. ──고맙네."

지미는 정식 입례를 했다. 훨씬 어리고 관위도 낮은 수려에게. 진심어린 감사와 함께.

"…아니오. 저, 그 기습 말씀인데요… 그건──."

류지미의 얼굴에서 웃음이 가셨다. 그것만으로 수려는 다음 말을 삼켰다.

"─알고 있네. 내가 무엇을 해야 하는지는. 조금 더 기다려주게… 전부 끝나면 정리할 테니. 믿어달라고는 하지 않겠지만."

수려는 말없이 끄덕였다. 지미가 떠날 때 고한승도 함께 수려에게 고개를 숙이고, 서둘러 왕계와 지미의 뒤를 따랐다. 신은 옆으로 다가온 고한승을 흘낏 쳐다봤다.

"…아가씨한테 자정란이 와 있다는 것을 결국 말하지 않았군."

"…하지 말아야 한다고 판단했습니다. 분명히 말하면, 지금의 정란 님은 수려 님을 만날 자격이 없습니다. 머리를 좀 식혀야 합니다."

신은 '음, 그렇군' 하고 중얼거리며 외눈으로 수려와 랑연청을 뒤돌아보고 크게 한 번 손을 흔들었다.

연청이 대신 신에게 손을 흔들어주며 수염을 잡아당겼다.

"규 장관이랑 닮았어, 저 왕계라는 노인네. 리앵의 할아버지라더니, 과연!"

"…연청도, 그렇게 생각했어?"

"음, 생각했지. 실은 아가씨도 어렴풋이 자각하고 있었지 않아?"

연청도 만만치 않게 가차 없다. 수려는 살짝 째려보았지만, 반론은 하지 않았다.

"…왜 연청은 그렇게 멍청한 나랑 같이 있어주겠다고 했는데?"

"전부 합쳐진 게 아가씨니까. 나는 약점이 하나도 없는 아가씨를 좋아하는 게 아니야. 약점도 단점도 있고, 정도 못 버리고, 실수도 잔뜩 하고, 그래도 전부 양팔에 끌어안은 채, 가는 도중에 이것저것 주워가면서 으쌰으쌰 위로 올라가는 길을 찾고 있지. 그런 아가씨니까 나도 같이 가주겠다고 생각한 거야. 뒤돌아보고 또 돌아보고, 그래도 다시 앞을 보고. 그 길이 어떻게 펼쳐질지 나는 보고 싶은 거야. 청아처럼 되길 바라는 게 아니라고."

연청은 씩 웃었다.

"말했잖아. 난 정란하고는 달라. 싫어지면 난 바로 떠나버릴 거야. 하지만 아직 여기 있잖아. 자신감을 가져. 더 열심히 할 거잖아? 웃어봐, 얼른."

"…웃고 있을 상황이 아닌걸…."

"그럴수록 더 웃어둬. 울상 짓고 있으면 여러 가지로 성공률이 낮아진다고. 먹고 그냥 튈 때라든가, 먹고 내빼기, 또는 먹고 줄행랑."

"전부 먹고 튀는 것뿐이잖아!!"

수려는 웃었다. 웃었더니 어깨의 힘이 빠졌다. 연청과 함께 있으면 숨 쉬기가 편했다. 숨을 들이쉬면 연청이 한 말이 신기하게도 물처럼 흡수되어 손끝까지 녹아 흘러갔다.

그래, 약점 없는 사람이 되고 싶은 건 아니야, 라고 문득 생각했다.

약점을 가진 채 수려는 걸어가고 싶었다. 마지막 순간까지.

전부 자기 자신인 채로.

'…류휘, 당신도.'

지금의 류휘도 수려와 같은 기분일까? 약점투성이. 실수투성이. 그렇더라도 류휘가 약점 없는 사람이 되기를 바라지는 않았다. 연청과 마찬가지로. 그대로도 괜찮다고는 말할 수 없지만, 류휘인 채로 전부 끌어안고, 걸어가기를 바랐다. 수려가 좋아하는 류휘인 채로.

수려는 알고 있으니까. 왕계는 누가 왕이건 상관없을 거라고 했지만, 그건 조금 다르다. 류휘가 왕이 아니었다면, 수려는 관리가 되지 못했다. 아무리 비난받아도, 억지였다고 해도, 왕계라면 절대로 넘지 않았을 선을, 류휘는 분명히 넘었다. 어떤 형태로든. 그리고 여자가 관리가 되어서는 안 되는 이유를 수려는 아직 찾지 못했다.

애정도 있다. 하지만 그게 전부는 아니다. 아직 미완성인 채로인 류휘의 가능성이, 수려라는 형태가 되어 있는 것이라고 믿고 싶었다. 지금보다 더 먼 미래에. 왕계보다도.

왕계가 아니라, 류휘가 만들어 갈 미래를, 수려는 보고 싶었던 것이다.

귀양 쪽을 바라보니 내뱉는 입김이 하얗게 물들었다. 멀리, 검은 풀무치 무리가 보인다.

'…나의 시간은, 이제 없지만.'

조금만 더 힘내볼 거야. 마지막 순간까지.

"그래서, 아가씨는 어디로 가는 거지? 황해 문제 해결에 매달릴 줄 알았는데."

"황해의 진두지휘는 왕계 님과 주목, 돌림병 준비는 표문 사원에서 할 수 있어. 나나 연청이 얼쩡거려봤자 겨우 국물이나 휘젓거나 풀무치 치우기 정도겠지."

"안개 하나 못 만들어내고 말이지…."

"맞아. 그러니까 지금이라도 다른 건을 조사해두려고. 시간을 낭비하고 싶지 않으니까."

연청은 그 말에 기시감을 느꼈다. 예전에 영월이 자주 하던 말. 억양도 오싹할 정도로 비슷해서 자기도 모르게 숨을 삼켰다. **시간을 낭비하고 싶지 않아**.

연청의 안색이 변한 것을 모른 채 수려는 말을 이었다.

"하나는, 연청이 하고 있던 철탄의 행방. 이런 자투리 시간에 어디까지 할 수 있을지는 모르겠지만, 저 번뇌사인지 뭔지 하는 요상한 절에 연청이 관심을 가졌다면 그만한 이유가 있을 거 아냐?"

연청은 순간적인 기시감을 지우고 음, 하고 수염을 만지며 얼굴을 찡그렸다.

"글쎄. 하지만 아가씨한테 표가의 얘기를 듣고 나니 확률은 반 정도로 줄었을지도…."

"반이면 감지덕지지. 그리고 두 번째, 달리 마음에 걸리는 일이 있는데…."

'빈껍데기'에 대해서는 연청에게도 이야기했지만, 뒤를 쫓고 있다는 것은 아직 전하지 않았다. 그 이야기를 하려고 할 때 연청이 다른 쪽을 보고 있다는 것을 알았다. 한쪽 눈을 가늘게 뜨고 턱을 쓰다듬고 있다.

"…호――옥시 말이야―― 아가씨가 말한 '마음에 걸리는 일'이라는 게, 저거?"

"응? 저거?"

"번뇌사에 떨어졌을 때부터 줄곧 따라다니는 녀석이 있다구."

수려는 불길한 예감이 들어 살며시 돌아봤다. 그리고는―― 숨을 삼켰다.

구불구불 부드러운 머리. 장신. 손가락에는 아침 해가 반사돼 반짝이는 반지를 끼고 있었다.

얼굴은―― 얼굴은, 알 수 없었다. 그 사내는 얼굴을 가리기 위해 가면을 쓰고 있었다. 여우가면을.

"저 여우가면, 어디서 본 것 같아. 병부시랑 때 본 것과 똑같은 건데."

류화는 수려의 몸이 필요했다. 그래서 수려를 죽일 생각은 없었다. 그런데도 몇 번인가 살해당할 뻔하기도 했다. 표가 본가

안에서도. 특히 병부시랑은 분명히 '그 여자 관리는 진짜 죽여도 상관없다고 했다' 고 외쳤다. 죽여도 상관없다. ──**누가?**

수려는 침을 삼켰다. 기분 나쁜 여우가면에, 머리카락이 하늘하늘 흔들리고 있다. 도망치지도 않고, 아무 의지도 없는 모습으로, 마치 그림자나 유령처럼 그 자리에 덩그러니 떠 있었다.

철탄 건에 대한 미련이 살짝 머리 한켠을 스쳤다. 하지만 철탄은 혼자서 어슬렁어슬렁 돌아다니며 살인을 도모하거나 하지는 않는다. 수려는 즉각 우선순위를 바꿨다.

"—맞아, 저거야, 연청. 철탄의 행방보다 먼저 저 녀석을 잡아줘."

마치 그 목소리가 들리기라도 한 것처럼 여우가면의 남자는 홱 몸을 돌렸다.

"…자, 이제 슬슬 여우사냥인가? 여우가 제대로 잘 도망쳐줄지 모르겠군—."

안수는 포도송이를 들고 그대로 포도를 한 알 씹었다. 입안에서 얇은 껍질이 팍 하고 터지는 감촉이 느껴졌다. 노대(露臺)로 나가니 해지는 하늘에 이상한 붉은 요성(妖星)이 꼬리를 그리고 있는 것이 보였다. 안수는 엷게 웃었다.

홍주에서는 아직 보이지 않겠지만, 귀양에서는 이제 육안으로도 보인다. 선동성에도 붉은 요성의 출현에 대한 점괘를 요청하는 목소리가 쇄도하고 있는 모양이지만, 일관되게 침묵을 유지하고 있다. 그야 말해줄 수 없을 것이다.

"…후후, '대개 옥좌의 교체를 상징함' 이라던가. 말해주면 좋을 텐데."

실제로는 너무도 유명한 점괘라서 상층 지식계급이라면 대체로 한서(漢書)를 통해 알고 있었다. 거기에서 하급 직원에게까지 소문이 흘러내려가 선동성이 침묵을 지키는 의미가 이제는 거의 없어졌다고 봐야 했다.

두 알째 포도를 입에 넣었을 때 뭔가가 날아들어 왔다. 검은 풀무치를 보고 안수는 감정이 없는 눈으로 밟아 짓이겼다. 바람에 날려올 정도로 황해의 그림자는 조금씩 귀양에도 다가오고 있었다. 발견 즉시 죽이도록 포령(布令)이 내려진 정도라서, 귀양에서는 아직 황해라고 할 만한 규모는 아니었다.

자주로 대량 유입된다면 자류휘에 대한 확인사살이 될 테지만, 황해 대책을 맡고 있는 왕계의 실책이 되기도 한다. 일제진압이 성공한다 해도 홍수려와 공을 나눠가져야 한다. 안수의 눈빛이 진해졌다.

"…이제 곧 죽을 거라 생각해서 후궁에 들어가는 걸로 끝내주려고 했더니, 죽기 직전까지 힘이 넘치는구나. 황의와 청아가 너무 단련시켰단 말이지. …이제 본격적으로 거치적거리기 시작했군. 홍주에서 받은 철탄의 뒤를 캐내면 조금 곤란하거든. 특히 산속의 은신처가 발각된다면 나중에 귀찮은 일이 생기게 될 테고… 하지만 표가의 협력을 약속받았으니 시간문제일지도… 지시를 바꾸기에는 너무 늦었고… 음, **이쪽**은 여우의 머리와 노력에 기대를 걸 수밖에—."

갑자기 재미있어져서 안수는 목 깊은 곳에서부터 웃었다.

"자, 아가씨는 내 계획대로 움직여주려나?"

노대의 난간에 등을 기댔더니, 그가 이제 막 나온 어두침침한 실내가 보였다. 불 하나 켜져 있지 않은 방에는 땅거미만이 내려앉아 있다. 그 구석의 긴 의자에 검은 그림자가 앉아 있었다.

양손을 꼭 모은 채, 마치 정교하게 만들어진 인형처럼 꼼짝도 하지 않는다.

"괜찮아, 입향. 너같이 멍청한 아이라도 쓸 만하게 만들어주는 게 윗사람의 역할인 거야. 그런 점에서 황의는 완전히 잘못하고 있지. 쓸모없는 인간 따위 이 세상에는 없거든. 누가 뭐래도 나 자신이 그런 말을 들어왔기 때문에 확실해. 그러니까 제대로 써 주지."

안수는 싱긋 웃었다. 꿀처럼 달콤하고 흉악하게, 음침한 남색(藍色)의 순진무구함이 번지는 미소. 안수를 아는 여자들이, 그것이 거짓인 줄 알면서도 왠지 거짓이라고 생각되지 않는다고 푸념하는 미소.

긴 의자의 구석에 앉아 있는 입향은 미동도 하지 않았다.

눈을 깜빡이지도 않았다. 부자연스러울 정도로 조금의 움직임도 없이.

그저 표가의 무녀 복장을 한 밀랍인형이 열 때문에 밀랍눈물을 흘리듯이.

그 창백한 볼을 한 줄기 눈물만이 소리 없이 타고 내렸다.

…노대 저편의 나무에서, 시커멓고 커다란 까마귀가 날아오르는 날갯짓 소리가 들려왔다.

"…아가씨, 미안. 놓쳤어."

꼬박 하루가 지나 어둑어둑 해가 지기 시작할 무렵, 연청이 불쑥 중얼거렸다.

당연하다 할까, 여우가면 남자를 쫓아서 절을 나섰더니 녀석이 비겁하게도 말을 타고 도망간 것이다. 말! 말! 하며 허둥지둥 수려와 연청도 달렸지만, 그 시간의 차가 컸다.

"으으, 미안해, 연청… 둘이 타서 더 느렸지?"

"응— 하지만 아가씨를 혼자 두고 갔다면 필시 돌아와서 공격했을 거야. 그걸 노린 거라니까."

수려는 팔짱을 끼고 끙 하는 소리를 냈다. 철탄 조사를 뒤로 미루면서까지 쫓아왔는데 실패하다니! 연청을 떼어놓고 자신이 미끼가 된다 해도 이제는 너무 뻔해 속아주지도 않을 것이다. 하지만 반 강시라면 머리에 피가 잘 안 돌아갈 테니 속아 넘어가지 않을까?

"…말해두지만, 아가씨 혼자 있게 둘 생각은 없으니까 미끼는 생각도 하지 마. 절대."

"…읔. 연청에게조차 빤히 보이는 계략이라면 강시한테도 안 통하겠네."

"아가씨, 너무하는 거 아냐?! 조차라니, 조차라니."

말하면서도 연청은 웃고 말았다. 처음 만난 시절의 수려였다. 거침없이 말을 내뱉고, 생각하면서 자꾸 앞으로 달려나가 누군가 말려야 한다. 관리인 수려와 본래의 수려가, 마침내 하나로 합쳐진 느낌이었다. 있는 그대로의 모습으로 관리가 된 수려.

그러나 빈사상태였던 몸이 표가에 다녀온 것만으로 완전히 건강해졌다고 생각할 정도로 연청은 순진하지 않았다. 그래도 연청은 아무 말도 하지 않았다. 아무 말 하지 말아주기를 원하는 그 마음도 알고 있었기에.

"하아… 알았어… 그럼 오늘은 노숙이군. …여기가 어디지?"

"웅— 그러니까… 응? 뭐야, 아가씨가 떨어졌던 번뇌사 근처잖아. 번뇌사 109번. 이대로 말을 달리면 갈 수 있어. 지붕도 있고, 우물도 있었던 것 같은데. 거기서 묵자고."

"번뇌사? …아까 그 번뇌사로 다시 돌아왔다는 거야?"

"마침 잘됐네. 여우 녀석은 놓쳤지만, 하고 있던 철탄 수색으로 전환할 수 있고."

수려는 뭔가 마음에 걸려 눈썹을 찌푸렸다. **너무 잘 들어맞잖아?**

그러나 그게 정확히 뭔지 아직은 잘 파악이 되지 않았다. 연청의 말대로 번뇌사에 갈 이유는 있어도, 가지 않는다는 선택안은 없다.

계속 말을 달리자 어둠 속에 우뚝 선 절의 그림자가 보이기 시작했다. 점점 커진다.

연청이 갑자기 말을 세웠다. 아무 말도 없었다. 대개 이런 경우 안 좋은 일이 생긴다. 수려는 소곤거리는 목소리로 물었다.

"…뭐, 뭐야, 왜?"

"…아가씨, 있어. 열 명에서 스무 명 정도. 저기 번뇌사 한가운데 매복이. 어쩔까?"

"으응?! 뭐야, 폐찰에서 어슬렁거리는 강도 떼야?!"

"그런 것 치고는… 너무 강해. 병부시랑 건으로 내가 만난 녀석들과 느낌이 비슷해."

——'감옥의 유령'.

여우가면을 뒤쫓았더니, 철탄 때문에 조사 중이던 번뇌사로 돌아왔다.

게다가 그 안에는 '감옥의 유령'이 매복 중. 우연——일 리가 없다, 절대.

방금 전 느낀 위화감과 연결시켜 본다. 조금만 더.

수려는 이리저리 생각을 굴렸다. 호랑이를 잡으려면 호랑이굴로 들어가야 한다지만, 목숨도 소중하다.

"미리 말해둘게. 나 혼자라면 어떨지 몰라도 아가씨가 같이 있으니까 도망가는 게 고작일 것 같아."

"그럼 말 타고 들어가서 휘저어 놓고 내부 상황을 대충 확인한 다음에 도망치는 건 어때?!"

연청은 씨익 웃었다.

"—그 정도라면 어떻게 해보지. 꽉 잡으라고."

연청은 말 옆구리를 찼다. 연청의 가슴에 등을 부딪치면서 번뇌사를 향해 달렸다.

"꺄악── 연청, 왜 이렇게 많아!!"
"혀 깨물겠다."
소리도 없이 차례차례 공격해 오는 흉수들을 봉으로 후려치면서, 연청의 눈은 재빨리 주위를 살피고 있었다. 대략 스무 명. 연청을 상대로도 동요하지 않고 연합해서 공격해오는 모습은 풋내기가 아니었다.
'훈련받은 놈들이군… 게다가──.'
연청의 봉을 피하지 못한 채 나가떨어진 자가 몇 명 있었는데, 모두 제대로 된 낙법으로 일어났다. 나머지는 비로 쓸어내듯 일제히 물러가 뒷줄과 재빠르게 교대하며 숨 돌릴 틈도 안 주고 잇따라 파상 공세를 펼쳐왔다. 공격을 막아내면서 그들이 이마에 두른 띠를 겨냥해 봉으로 잡아챘더니 본 적이 있는 문신이 드러났다. 더 뒤쪽으로 작은 등불에 흔들리는 긴 머리와 여우가면이 얼핏 보였다.
그러나 그도 잠깐, 곧바로 치고 들어온 협공을 상대하기 바빴다. 마치 연청을 연습상대로 삼고 있는 듯했다. 역시 이대로 도망치는 게 낫다. 수려가 위험해진다.
'한두 명만 더 있었어도….'
그때 눈앞에 틈이 생기며 빛이 났다.
연청과 수려뿐 아니라 흉수들도 놀란 듯 움직임을 멈췄다.
이어서 운석이 떨어지는 듯한 충격음과, 목소리가 퍼졌다.
"으아악!! 아아앗, 사당 위에 떨어질 게 뭐야?! 그러고 보니 룡연에게 보내질 때도 이런──."
"남추영, 비켜, 비켜── 아악!"
수려와 연청이 그 목소리에 놀라 돌아보니 빛의 끝에, 예의 그

'통로' 인 사당이 있었다.
수려가 며칠 전에 떨어진 바로 그 장소에 누군가가 떨어졌다. 한 명이 아닌 두 명.
"남 장군과—— 리앵?!"
하늘에서 떨어진 두 사람은 바로 표가에서 헤어진 추영과 리앵이었다.

● ● ◈ ◈ ● ●

『나도… 돌아가겠어.』
'통로' 의 방진에서 리앵은 그렇게 말했다.
수려가 홍주로 가고, 주취와 류화는 표가에서 할 일이 있었다. 그리고 이제 남추영까지 나간다.
자기 혼자만 과거에 남겨진 것 같아 마음속이 부글부글 끓어올랐다. 하지만 황해를 겪는 홍주에 가야 할지, 선동성으로 가야 할지도 정할 수가 없었다.
어디로 가고 싶은지 말할 수 없어서.
말없이 서 있는 리앵을 보고 남추영이 싱긋 웃으며 '통로' 의 방진으로 손짓해 불렀다.
『아, 리앵도 같이 가겠어? 괜찮아.』
아무 생각 없이 그 손을 잡고 말았다. 잡은 뒤에 오싹 소름이 끼쳤다.
남추영이 가는 곳은 정해져 있다.
——————왕도.
『리앵, 그대가 귀양에 돌아가면 자류휘를 퇴위시키기 위한 장기말로 이용될 게다. 그대가 어떻게 생각하건 간에 왕계에게 이용될 것이야. 각오하거라.』

손을 빼려고 했지만── 늦었다. 방진이 궤적을 그리며 빛을 내기 시작했다.

'안 돼.'

류휘의 얼굴이 떠올랐다. 리앵은 얼굴을 찡그렸다. 안 돼. 아직 돌아갈 수 없어. 만날 수 없어.

시계(視界)가 일그러졌다. 주취가 깜짝 놀란 듯이 뭐라고 외치는 소리가 들렸다. 표가의 진한 피를 이어받은 리앵의 생각에 '통로'가 끌려들어 가서 기묘하게 변형된 것은 어렴풋이 알 수 있었다.

큰일이다. 그렇게 생각했지만, 무능인 리앵으로서는 어찌 할 방도가 없었다. 이변을 느낀 추영이 리앵의 팔을 잡는 느낌만이 남았다.

마치 회오리바람에 휩쓸린 나뭇잎처럼, 빙글빙글 '통로'가 널뛰듯 출렁이며 미친 듯이 꼬였다. 그 안에서 이리저리 휘날리다가 짧은 순간, 수려의 모습이 보였다.

보인 순간, '통로'가 이어져 거대한 손에 의해 내던져진 것처럼 밖으로 나왔던 것이다.

신속하게 행동한 것은 수려가 아니라 적들이었다.

"─후퇴하라. 이래서는 상대가 안 된다."

남자의 낮은 목소리가 들렸다. 수려는 홱 하고 그쪽을 봤지만, 누가 말을 했는지 알 수 없었다. 그러나 가장 뒤쪽에서 잠깐이지만 물결치는 머리와 여우가면이 보였다.
그들의 후퇴는 수려가 아연할 정도로 조용하고 빨라서, 눈 깜짝할 사이에 사람 그림자가 사방으로 흩어지더니 담 너머로 사라져버렸다. 마치 지금 본 광경이 전부 꿈이거나 환상이 아닌가 싶을 정도로 횃불 하나, 발소리 하나, 그림자 하나 남지 않고, 파도가 밀려가듯이 번뇌사는 정적에 휩싸였다.
추영은 어안이 벙벙해서 수려를 쳐다봤다. 수려도 같은 표정으로 리앵과 추영을 바라봤다.
연청은 겨우 경계를 풀고 말에서 내려 수려를 안아 내렸다.
"이야, 이거 덕분에 살았군, 남 장군. 슬슬 아가씨 데리고 도망치려고 하던 참이었는데."
그 태평스런 말에 마침내 수려도 추영도 정신을 차렸다.
"어, 어, 어떻게 두 사람 모두 이런 데로 갑자기 떨어진 거예요?! 특히 남 장군님!! 왕도로 돌아가신다고 하지 않았나요?"
"응?! 맞아요, 그렇게 부탁했는데?! 뭐야, 여기 홍주야?! 어째서?!"
"지금 제가 묻고 있잖아요!"
서로 영문도 모른 채 옥신각신. 옆에서 보고 있던 연청의 배에서 꾸르륵 소리가 났다. 일단 배가 고팠던 연청은 '저녁 안 먹을래?' 라고 물었다.

…우선 폐찰에 자리를 잡고, 화로를 발견한 연청은 재빨리 불을 피웠다. 일행은 화로를 둘러싸고 앉았다. 추영은 도무지 이

유를 알 수 없어 횡설수설하며 고개를 갸웃거렸다.
"이상하네… 분명히 주취 님께는 왕도로 보내달라고 부탁했는데… 그렇지, 리앵?"
"어… 응…."
"게다가 '통로'라는 게 늘 그런가? 폭풍 속에서 뱃멀미하는 게 차라리 낫다 싶을 정도로 혼이 났는데 말이지… 다들 매번 죽을 각오로 다니는 거였구나."
"……어……응…."
변명하는 데 익숙지 않은 리앵은 궁지에 몰려, 앉은 채로 식은 땀을 흘렸다.
추영은 휘이잉 하고 기괴한 바람소리가 스치는 낡은 절을 보고 안됐다는 듯한 표정을 지었다.
"그나저나 고찰 강청사도 많이 낡았군… 언제부터 폐찰이 된 거지? 인생무상이로구나."
마음속으로 괜히 엮여서 고생시킨다고 미안해하던 리앵은 갑자기 힘이 빠졌다.
"여기가 강청사일 리가 있냐! 폐찰도 안 됐어!! 뭐가 인생무상이야."
"엇, 그래? 그럼 어쩌다 이렇게 된 거지? 와보니 시간도 꽤 흘렀고."
"어… 그게… 말야, 약간의… 착오가……미, 안…."
추영은 어리둥절했지만, 왠지 낙담하고 있는 듯한 리앵의 머리를 쓰다듬어 주었다.
뭐, 기왕 와버린 걸 어쩌겠나.
"그건 그렇고, 이번에는 무슨 일에 휘말린 겁니까, 수려 님?

황해 문제로 움직이고 있던 거 아니었습니까?"
"…실은 조금 다른 일로…."
수려는 홍주에 온 이후의 상황을 간략하게 설명하기 시작했다.
그 중에서 리앵이 '빈껍데기' 대목에 반응하는 것을 수려는 눈치 챘다.
"혹시, 리앵은 '빈껍데기'에 대해서 아는 거야?"
"…응. 고모님이 잡아서 표가에서 잠재웠을 때 봤으니까… 얼굴은, 알아."
리앵은 말수가 적어지며 그렇게만 말하고 수려를 가만히 쳐다봤다. 수려는 고개를 갸웃했다.
"아가씨, 아까 그 녀석들. 그 중에 있었어. 여우가면과 이마에 사형수 문신을 하고 있는 녀석을 봤어. 띠를 두르고 있었지만. 그리고 내 감이지만, 그 중에 표가 사람도 한두 명 섞여 있는 것 같아."
"응, 나도 봤어. 표가의 주술사가 있었다면… 나도, 살짝, 여러모로, 관계가 있을지도…."
수려는 이마를 짚으며 생각을 정리하려는 듯 눈을 감았다. 잠시 후, 후훗 하고 웃었다.
"그래… 연청, 어쩌면 확률 반반이라고 했던 거 제대로 맞춘 건지도 모르겠어. 철탄도."
추영은 마지막 단어에 바로 반응했다.
"철탄? 얼마 전 홍가 경제봉쇄의 혼란을 틈타 대량으로 사라졌다는 그거?"
"그래. 사실 그 일로 이 절을 조사하고 있었거든."

연청은 말해도 될지 수려를 한 번 쳐다봤고, 수려가 고개를 끄덕이자 이야기를 시작했다.

"자… 그럼 처음부터 얘기할까? 내가 홍주에 있었던 건 철탄의 행방을 쫓기 위해서였어. 어디로 사라졌는지 홍주를 뒤지고 있었지. 하지만 주부나 각 군의 관문 기록을 아무리 뒤져도 통행허가는 어디에도 없었어. 그래도 철탄과 기술자가 사라진 건 사실이고. 그래서 말이지, 화내지 말고 들어, 리앵. 아마 아가씨도 마찬가지겠지만, 나는 처음에 표가 본가로 흘러들어간 것이 아닌가 싶었지."

수려는 끄덕였다. 여름의 끝 무렵에는, 표가와 류화가 장본인이라고 생각했던 건 수려도 마찬가지였다.

"그래서 아가씨가 표가로 떠날 때, 리앵과 함께 갑자기 빛이 나더니 사라졌잖아. 바로 이건가 싶었지. 저쪽도 표가의 젊은이를 데리고 있다면 철탄 따위 '통로'로 옮겼겠구나 하고 말야."

리앵은 고개를 저으며 부정했다.

"아니, 그건 무리야. '통로'를 열려면 반드시 허가가 필요해. 이 근방에서는 강청사의 고위 주술사일 텐데, 여름부터 이곳 홍산신성(紅山神城) 수호 때문에 나와 있어서 쭉 부재 중이었어. 무엇보다 고모님은 줄곧 '통로'를 차단하고 계셨고, 방법도 이상해. 표가 각 사원에는 비축 식량도 소금도 연료도 백 년분이 있는데. 굳이 홍가나 주부에서 훔쳐오기보다는 사원에서 빼돌리는 편이 훨씬 간단하지."

수려는 주의 깊게 그 정보를 머리에 넣었다. 연청이 확률이 반반으로 줄었다고 한 이유도 실은 그것이다. 그렇다지만 아직 반은 남아 있다. 수려는 리앵이 떨어진 '통로'인 사당을 봤다.

"그럼 류화 님이 모르는 '통로' 같은 건 없어? 예를 들면 번뇌사의 저 사당이라든가…."
"번뇌사? …번뇌사라고?"
리앵은 자신이 있는 폐찰의 이름을 듣고 깜짝 놀랐다.
"번뇌사계(系)인가! 번뇌사의 '통로'를 아직 사용할 수 있다는 이야기는 들은 적이 없어."
"뭐야, 이 절! 이름도 요상하고, 109번까지 있다는데…."
"…선대 당주 시절에, 어딘가의 사기꾼 집단이 큰돈을 대가로 '통로'와 함께 건립허가를 내줬다고 들은 것 같아. 서민을 속여서 돈을 벌어들이는 것만 목적으로 삼았기 때문에 고모님이 대무녀가 된 후에 문을 닫게 했고… 그래, 그렇다면 일단 '통로'의 허가는 가지고 있는 거군. 이리로 이어졌다는 것은 사용할 수 있다는 거고… 위조되었던 거야. 그렇지 않다면 사당 지붕 같은 곳에 떨어질 리가 없어."
혼자 말하고 있는 사이 깨달은 표정이었다. 표가는 아니지만, 표가를 계속 이용해온 자가 있다는 것.
"그렇군… 그래서 번뇌사의 '통로'를 철탄 수송에 이용한 거라고 생각한 거군."
"그래. 게다가 여긴 언뜻 봐선 다 낡았지만, 기본 틀은 희한하게 튼튼하더라고. 알아봤더니 보수한 적이 있었어. 아주 새 걸로. 지붕과 마루의 수리도 완벽해. 누군가가 정기적으로 이곳을 사용하고 있는 것은 확실해."
수려는 연청이 배낭에서 꺼내준 마른 오징어를 씹으며 팔짱을 꼈다.
"하지만 사라진 철탄은 양이 막대해서 확정하기는 힘들겠어.

그만한 양을 작은 사당을 통해 찔끔찔끔 옮기는 건 귀찮은 일이고, 아무리 폐찰이라고 해도 사람들 눈에 띌 거야. 그냥 단순히 일시적인 보관 장소로 여기를 이용하고, 수송을 위한 다른 **정당한 경로**가 있는지도 몰라. 하지만 주술사나 여우가면이 있었다면, 이 사당과 '통로'는 저들에게도 중요한 장소임이 틀림없어."

수려 하나 정도라면 '통로'를 통해 어딘가로 데려가기도 쉽다. 예를 들면 사라진 기술자처럼 홀연히. 증거도 남지 않는다. 여기까지 유인해서 기다리고 있던 이유가 설명된다.

"설마 정말로 아직 '통로'를 사용할 수 있을 줄이야… 제대로 조사해서 전부 봉쇄다, 봉쇄!"

"아── 그거, 조금만 더 기다려줘, 리앵! 적어도 모레 이후로!"

말린 고기를 뜯고 있던 연청이 고개를 푹 떨궜다. 추영과 리앵도 같은 표정이었다.

"…아가씨… 설마 지금부터 '통로'를 따라서 쫓아갈 생각인 거야? 홍풍이 불기까지 앞으로 이틀밖에 없다구! 가더라도 한나절 정도밖에 쓸 수 없잖아."

"하지만 절호의 기회잖아!! '통로' 저쪽이 저들의 근거지이거나, 근거지 근처일 가능성이 커. 잘하면 철탄의 실마리를 잡을 수 있을지도 모르잖아. 적어도 여우가면의 꼬리는 잡을 수 있을 거고. 무슨 일이 있어도 가야만 해!"

"냉정해지라고!! 정말 저쪽에 근거지가 있다면, 거긴 전부 적뿐이란 얘긴데, 떡하니 기다리고 있다가 한 번에 총공격, 일망타진 당해도 이상할 게 없잖아."

설마 연청에게서 냉정해지라는 말을 듣는 날이 올 줄은 몰랐다.

"그, 그야… 연청도 있고 남 장군님도 있고 하니까…."

"그럼, 어떻게 갈 건데?"

"……응?"

"전부 그냥 보통 인간들이잖아. 무녀도 주술사도 아니고. 어떻게 해서 저 '통로'를 열 건데?"

수려는 연청을 보고, 추영을 보고, 리앵을 보고, 자신을 봤다. 그리고 머리를 감싸안았다.

"아아아아——… 뭐야, 연청 주제에! 마치 아주 아주 실력 있는 부하처럼 말하고 있어!! 밥은 만들어 주겠지만 월급을 깎을 테다!"

"칭찬이야, 욕이야?! 그건 화풀이잖아."

"…'통로'는, 열 수… 있을 것 같은데."

리앵이 작은 소리로 중얼거렸다. 수려는 자포자기의 심정으로 씹고 있던 오징어를 꿀꺽 삼켰다.

"뭐어?! 어떻게?"

"이래 봬도… 표가 직계니까. 내 피가 주술을 대신할 수 있어. 고전적인 방법이지만. 어느 정도 피를 흘리면 '통로'는 반응할 거야. 다만, 그럴 경우 돌아올 때도 내 피가 필요하겠지."

"헉, 여러 모로 미안한 방법이네… 리앵도 황해가 걱정되겠지만… 같이 가줄래? 하루 만에 돌아올 테니까. 게다가 리앵이 함께 가면 그 여우가면의 얼굴도 확인할 수 있고 말이지. 저 초상화의 인상착의만 가지고는 길 가는 사람 모조리 다 포박했다가 소송당할지도 몰라."

너무도 망설임 없는 일도양단식 결정에 추영은 전율했다. 류휘의 기분을 이제 잘 알 것 같았다.

리앵은 아직 어떤 얼굴로 왕계를 만나야 할지 몰랐다. 왕계가 홍주에 와 있다는 사실을 듣고 망설임이 생겨난 것도 사실이고. …수려의 말에 속으로는 안도하며, 고개를 끄덕였다.

"…알았어."

한밤중. 충분한 식사와 수면을 취한 후, 수려는 '통로' 가 있는 사당 앞에 서 있었다.

함께 가는 것은 리앵과 연청이고, 추영은 이곳 번뇌사에서 대기하기로 했다.

"홍풍이 시작되기 전까지는 돌아와야 해. …연청 말대로 쓸 수 있는 시간은 한나절에서 하루."

안개가 발생하면 황해 진압의 가능성이 높아지지만, 그렇지 않을 경우 풀무치 떼가 모두 자주로 날려간다. 어사인 수려의 우선순위는 자주의 황해가 최상위. 안개도 확인해야 되니 반드시 돌아와야 한다.

리앵은 연청을 올려다봤다.

"저쪽에 표가의 주술사가 기다리고 있을 거야. 먼저 그 녀석을 처리해줘. 그들이 '통로' 를 막아버리면 곤란하니까. 그 녀석을 기절시켜두면 돌아오는 길을 확보할 수 있어."

추영은 검을 차고 있지 않은 리앵을 보고 걱정했다.

"검, 쓸 줄 알지? 리앵, 호신용으로 내 검 가져가겠어?"

리앵은 주저했다. 이유는 몰랐다. 그냥 마음이 흔들리고 있는 지금, 검을 지니고 싶지 않았다.
"…아니, 괜찮아. 그건 당신 검이고, 하나밖에 없잖아. 게다가 나한테는 너무 무거워."
그제서야 수려도 추영이 한 쌍의 보검을 가지고 있지 않은 것을 알았다.
"그러고 보니 남 장군님, '간장' 과 '막야' 가 없네요? 가져오지 않았어요?"
"…네. 주취 님이 쓸 데가 있다나 뭐라나 하면서 뺏어가는 바람에… 있었으면 하나 빌려줬을 텐데. …그런 보검을 보면, 명검을 가지고 싶어지지… 이름 없는 검이라도 상관은 없지만, 기왕이면 '무명(無銘)의 대 도공' 이 만든 거라든가… 아, 이게 아니지. 정말 괜찮겠어?"
"…어, 필요없어."
리앵은 끄덕이고 사당의 문을 열었다. 매우 비좁아 수려와 리앵 두 사람이 들어가니 꽉 찼다. 리앵은 단도로 자신의 손가락을 벴다. 피가 뚝뚝 방진에 떨어진다.
희미하게 방진이 빛난 그때였다.
수려와 리앵만이 이변을 눈치 챘다. 엄청난 흡인력으로 방진으로 빨려 들어간다. **두 사람만**.
리앵은 얼른 수려의 손을 잡고, 연청도 잡았다. 그러나――.
'이런, 그렇군, 표가의 혈통이 아닌 랑연청은 **제외된다―.**'
데려갈 수 없다.
수려의 눈에 연청과 추영이 뭔가를 외치며 손을 뻗고 있는 모습만이 보였다.
…두 사람이――두 사람만이 사라진 후 남겨진 연청과 추영은

망연자실하게 서 있었다.

날이 갈수록 바람이 차가워지고 점점 강해지고 있다는 것을 신은 피부로 느꼈다. 표가의 피가 반쯤 흐르고 있기 때문인지 자연이나 날씨에 관한 '감'은 어렸을 때부터 잘 맞아떨어졌다.

한숨을 쉬니 동 트기 전 한밤중의 어둠 속에서 입김이 새하얗게 물들었다.

"…안개도 비도, 소식이 없네요, 나리."

한 치 앞도 보이지 않는 어두운 창오(蒼梧) 들판을, 신은 왕계와 함께 오늘도 돌아보고 있었다.

오늘과 내일, 비구름이 생기지 않으면 더 이상 기회는 없다. 내일 한밤중부터는 홍풍이 불어닥친다. 왕계는 고삐를 늦추고 녹명산 강청사를 바라봤다. 여기에서도 곳곳에 휘황하게 밝혀진 불빛이 보였다. 그날 이후 강청사는 낮에도 밤에도 잠들지 않았다.

자정란은 왕계를 죽이려고 했던 그날 밤 이후 완전히 종적을 감췄다. 고한승은 그래도 자정란을 감싸려고 탈주는 아니라고 보고했지만, 고한승도 자정란이 그날 이후 모습을 감춘 것은 인정했다. 하지만 왕계는 자정란의 행방에 특별히 흥미를 갖지 않았다.

"──신."

"…이제 그 이름은 버렸다니까요─."

"그 이름이 너에게는 제일 잘 어울린다. 네 아버지는 정말 한심한 남자였지만, 이름만큼은 인정해줘라. 너에게 어울리는 좋은 이름이다. 너를 만났을 때부터 너는 사마신 이외에 다른 사람이 된 적도 없었고, 될 필요도 없다. 줄곧 그렇게 말했을 텐데."

신은 눈을 내리떴다. '준' 은 시어사로서 주어진 가명이고, 왕계도 손능왕도 줄곧 신이라고 불러왔다. 그가 '사마신' 으로 산 인생을 버릴 수 없다는 것을 알고 있다는 듯이.

"뭐, 너를 '유령' 으로 만든 건 나다만…."

"나리… 저는… 저는 실은 알고 있었습니다. 자신이 처형되어야 할 인간이라는 걸. 저는… 아버지를 줄곧 죽이고 싶었습니다. 반디는 계기를 만들어줬을 뿐이고."

"그랬지. 부친을 죽이고 너 자신도 이 세상에서 지우고 싶어했지. '사마신' 을 지우고 싶어했어. 그것이 네 바람이었다. 그래도… 괜찮은 이름이다. 괜찮은 사내고. 지우기엔 아까워."

아무것도 버리지 않아도 된다고, 그때 왕계는 창살 밖에서 말했었다.

꼭 유령이 되고 싶다면 소원을 이루어 주겠다고. 그대로 내게 오라고.

무엇이 그 손을 잡게 한 걸까? 때때로 신은 몇 번이고 스스로에게 묻는다. 주목이었던 손능왕이 무슨 말을 해도 처형될 생각이었다. 그런데 발소리가 들리고, 나타난 왕계의 모습을 보고. 그 손을 잡았을 때, 신은 분명히 사마신으로서의 인생이 아니라 다른 인생을 선택한 것이다. 지내온 세월을 버릴 수 없다 해도 미래를 선택한 것은 신 자신이었다. 문득 왕계는 미소 지었다.

"…내가 누군가를 데려오는 건 네가 마지막일지도 모르겠구나."
신은 말문이 막혔다. 그런 식으로 말하는 것은 원치 않았다. 신은 고개를 숙였다. 왕계 앞에서는 자신이 너무 어설프게 느껴진다. 말하고 싶은 중요한 뭔가가 있는데, 언제나 신은 그 말을 찾지 못한다. 달걀껍질처럼 가볍고 쓸데없는 말밖에 나오지 않는다. 지금도.
"나리… 처형당할 걸 구해주셔서 곁에 있는 건 아닙니다. 제 의지입니다."
"하지만 너의 그 마음을 이용하고 있는 것은 사실이다. 너를 이런 식으로 쓰고 있는 나를 남추영은 용서치 않겠지. 그렇다 해도 이용하는 게 나지만."
신이 반박할 말을 찾기 전에 왕계는 갑자기 화제를 돌렸다. 의외로 날카로운 목소리로.
"신, 그 소녀는 어디로 갔을 것 같으냐?"
바라보고 있는 것은 어제 홍수려와 헤어진 녹명산 강청사.
왕계가 처음으로 수려의 동향을 궁금해했다. 그 사실에 놀라면서 주의 깊게 물었다.
"…왜 그런 말씀을?"
"황해만큼 중요한 일이 아니라면 그 아이는 움직이지 않았겠지. 안개이거나, 나이거나, 아니면——."
철탄인가, 라고 왕계는 마음속으로 중얼거렸다. 철탄을 운반하고 있는 **그 산속의 은신처**가 뇌리를 스쳤다. 어느 눈 오던 밤, 우연히 길을 잃고 들어갔다가 왕계는 그 장소를 만들기로 결심했다.
생각해보면, 그 산도 신도 마찬가지였다. 어떤 변명을 가져다

붙인다 해도 **왕계가 유령으로 만들어버린** 사실에는 변함이 없다. 그 산을 찾아낸다면 조금 귀찮아지는데──.

'찾아낼 리는 없다… 게다가 만일 발견된다 해도 '열쇠' 가 없으니까….'

밤이 깊어지면서 더 추워졌다. 문득 돌아보니 신은 왕계의 어떤 예상과도 다른 표정을 짓고 있었다. 희미한 망설임. …이럴 때의 신은 뭔가를 감추고 있는 경우가 많다.

"…신, 혹시 아직 내게 보고하지 않은 것이―."

그때였다.

신은 갑자기 하늘을 올려봤다. 깜짝 놀란 그 표정은 이야기를 딴 데로 돌리려는 표정이 아니었다.

이끌리듯이 푸른빛 하늘을 보니, 어느 새인가 옅은 잿빛 구름이 하늘을 뒤덮기 시작했다.

"…나리, 바람이 변했습니다. 비가──."

말이 채 끝나기도 전에 똑 하고 작은 빗방울이 왕계의 볼을 쳤다.

왕계는 눈을 크게 뜨고 하늘을 올려다봤다.

"신! 어떤가? 노옹이 말했던 마지막 비인 것 같나?"

피부에 닿는 게 거의 느껴지지 않을 정도로 약한 비. 더 이상 세질 기세도 안 보인다.

"…모르겠습니다. 분명 뭔가 바뀌었는데. 하지만 이 정도로는 습도와 빗발이 절대적으로 부족해. 저렇게 옅은 구름이라면 오락가락하다 말 것 같습니다. 게다가, 나리…."

"뭔가? 확실히 말하라."

"…그냥 저의 감입니다. 어쩌면, 내일 정오에 홍풍이 불지도 모릅니다."
왕계는 눈썹을 치켜올렸다. 그것은 강청사의 계산보다 한나절 빠른 예상이었다.
아무리 약하다 해도 이틀간 이 기세로 내려준다면 어떻게 해볼 수도 있었다. ――그런 생각에 찬물을 끼얹는 말이었다. 그럼에도 하는 말이기에 왕계는 신을 믿고 있었다.
강청사를 보니 아까보다 불빛이 두 배로 늘어나 있었다. 역시 그들도 벌써 이 날씨의 변화를 알아챈 모양이다. 급하게 움직이는 발소리가 들려오는 듯하다.
"…강청사는 움직이기 시작했다. 해볼 생각인 거다. ――주부로 돌아간다. 전 군부(郡府)에 통보하라."

쿵 하고 내동댕이쳐지며 수려는 잡고 있던 손을 놓친 걸 느꼈다. 반동으로 엉덩방아를 찧었다.
그 직후, 누군가의 비명이 들리다가 둔탁한 소리와 함께 금세 멈췄다.
수려는 눈을 깜빡였다. 처음 보는 방에서 리앵이 흰 옷차림의 주술사인 듯한 두 사람을 혼절시키고 있는 것이 보였다. 헉헉거리는 리앵의 숨소리만이 들린다. 리앵과 수려뿐이다.
수려는 직전의 감각을 떠올렸다. 자신과 리앵만이 끌려들어가는 감각.
"……리앵, 혹시…?"
"…미안. 랑연청은 못 왔어. 하필이면 무기도 없는 나하고 너만 와버렸군."
손가락의 상처에서 피가 흐르고 있다. 손끝이라서 좀처럼 피가 멈추질 않는다.
팔각형 방에는 촛불이 여러 개 붉게 타오르고 있었다. 번뇌사와 느낌이나 장식이 비슷했지만, 그쪽처럼 좁은 사당이 아니라 상당히 넓었다. 문은 하나밖에 없고 창문도 없어 답답하다. 리앵의 초조함 때문에 그렇게 느꼈는지도 모르지만.
"어떻게든 빠져나갈 방법을 생각하면 돼. 다행히 혼자도 아니잖아."
손을 가져가 손가락에 수건을 감는다. 생긋 웃는 수려의 얼굴을 보니 리앵은 조금 안정이 됐다. 구석에 눕혀놓은 두 명의 주술사를 보면서 어떻게든 머리를 굴려봤다.
지금이라면 되돌아갈 수도 있다. 하지만 그래봤자 연청이나 추영을 데려올 수 없는 것은 마찬가지고, 다른 주술사를 불러오는 동안 저들은 '통로'를 봉쇄해버릴지도 모른다.
"…리앵, 연청이 표가의 주술사를 찾아 이쪽으로 오기까지 걸리는 시간은?"
수려도 여기서 돌아간다는 선택안은 버린 모양이다. 리앵은 쓴웃음을 지었다.
"거기, 번뇌사 109번이었지… 근처에 사원이 몇 개 있기는 한데 지금 주요 주술사들은 각 신역에 파견되어 있어서 주술사를 찾아 데려오려면 한나절은 걸릴지도 몰라."
"저녁 무렵이 되겠구나."
"빠르면, 아마도."
"그때까지 무사하면 되는 거지. 돌아와야 하는 곳은 여기. 자,

일단….”

수려는 팔을 걷어붙이고 기절한 주술사들을 보더니 자신과 리앵의 배낭을 뒤지기 시작했다.

“저 두 사람은 묶어서 재갈을 물리고 마루 밑 같은 데다 가두고. 그런 다음 신중하게 가자.”

대체 어디가 신중하다는 건지, 리앵은 생각했지만 입 밖에는 내지 않고 마룻바닥을 뜯기 시작했다.

강도와 같은 행각을 끝내자 먼저 리앵이 바깥의 상황을 살펴보기로 했다.

하나뿐인 문을 여니 싸늘한 밤의 차가운 냉기가 새들어 온다.

바로 앞이 밖이었다. 밤눈이 밝은 리앵에게는 바로 옆에 절이 서 있는 것이 보였다. 아마도 방진이 있었던 방은 경내 일각에 독립되어 홀로 서 있는 작은 불당이었나 보다.

수려를 남겨두고 리앵은 고양이처럼 소리 없이 밖으로 나왔다. 별을 한 번 올려다보다가 놀랐다.

‘이곳은… 설마── 자주?’

방위가 많이 다르기는 하지만, 귀양에서 보이는 별자리가 거의 다 모여 있다. 틀림없다.

‘자주의… 어딘가 산속. 중턱이거나 그보다 위….’

부엉부엉, 부엉이 우는 소리가 들린다. 서릿발이 하얗게 서려 있고, 홍주보다 훨씬 춥다.

바로 뒤편에는 울창한 나무들이 자라는 경사면이 산 위를 향해 이어지고 있었다. 절은 아담했고, 산속에 쏘옥 안기듯이 위치해 있으며, 기슭 쪽으로는 평야가 자그마하게 펼쳐져 있는 것이 보였다.

리앵은 인기척을 내지 않으려 조심하면서 절을 끼고 조금 걸어보았다. 자신이 나온 불당 정면에 작은 종루가 있다. 고양이처럼 다가가서 훑어보고는 기묘한 사실에 미간을 찡그렸다.

'…절 이름이 깎여서 지워져 있군… 어느 절인지 모르게 하기 위해선가?'

본당에도 절 이름이 적힌 현판은 하나도 없다. 장소를 모르게 하기 위해서라면 상당히 조심성 있는 자들이다.

본당의 반대쪽에도 뭔가 건물이 보였다. 잠시 수려를 떠올리고 망설였지만, 먼 거리도 아니었으므로 재빨리 본당 정면을 가로질러 반대쪽으로 가봤다.

방진이 있던 불당과 정확히 대각선을 이루는 위치에 똑같은 팔각형 모양의 불당이 하나, 그리고 오래된 헛간이 하나 서 있었다. 안쪽 불당부터 살펴봤더니 방진의 불당과 달리 튼튼한 통자물쇠가 채워져 있었다. 두껍고 단단해서 리앵의 힘으로는 부술 수 없었다.

문득 리앵은 코를 킁킁 하며 냄새를 맡았다. 냄새 나는 쪽으로 고개를 돌리니 헛간이었다. 헛간에는 창살이 끼워져 있었는데, 그 사이로 안을 볼 수 있을 것 같아 가까이 다가갔다.

자세히 보니 커다란 항아리가 수십 개 쭉 늘어서 있었다. 희미하게 떠도는 이 냄새.

'기름 항아리…? 많이도 쌓아놨군.'

철도 석탄도 아니라는 사실에 조금 실망했지만, 리앵은 일단 수려가 있는 방으로 돌아가기로 했다. 더 이상 지체하면 리앵

쪽이 더 걱정스럽다.
돌아가려고 발길을 돌리며 아무 생각 없이 바닥을 보다가 리앵은 깜짝 놀랐다. ――바퀴자국.
'짐차의 바퀴자국… 꽤 큰 바퀴다. 땅도 단단한데 홈이 깊은 걸 보면 상당한 무게를 옮긴 것 같은데….'
게다가 한 대가 아니라 여러 대의 종류가 다른 바퀴자국이 뚜렷하게 새겨져 있었다.
――**무게가 나가는 '무언가'**. 리앵은 흠칫 얼굴을 들어 바퀴자국의 끝을 살펴봤다. 한쪽은 산속으로 길이 사라졌고, 또 한쪽은――.
엄중하게 자물쇠로 잠긴 저 팔각형 불당으로 이어지고 있다.

"어땠어, 리앵?"
수려는 무기로 들고 있던 자루가 긴 촛대를, 힘주고 있던 어깨와 함께 휴 하고 내렸다.
리앵은 자신이 본 것을 빠짐없이 이야기했다. 여기가 자주 어디쯤의 산속이라는 사실에도 수려는 놀랐지만, 역시 자물쇠가 잠긴 반대쪽 불당에 가장 관심을 보였다.
"힘으로 뜯어내는 건 무리야. 이곳의 문은 나무문이지만, 저쪽은 문까지 철제였어."
"…끄응…."
수려가 신음소리를 냈을 때 리앵의 얼굴이 긴장하는 것이 보였다.
…끼익 하고 문이 열렸다.

그 틈으로 여우가면이 기분 나쁘게 떠올라 있는 것을 보고 수려는 헉 하고 숨을 삼켰다.

"일어서!!"

리앵은 수려에게 외치며 촛대를 뺏어들고 단숨에 달려갔다. 문을 안쪽에서 힘껏 걷어찼더니 경첩과 문과 함께 여우가면이 뒤로 나자빠졌다. 그 틈에 일어서서 달려온 수려의 손을 잡아끌고 밖으로 나왔다. 방금 전까지는 아무 기척도 없던 절이, 지금은 수십 명에 의해 포위되어 있었다.

'―제길, 랑연청이 세긴 센 거였군!!'

리앵의 실력으로는 한 명 해치우는 게 고작이었다.

"도망가자!!"

절 뒤쪽으로 우뚝 솟은 산의 경사면을 타고 차례차례 흉수들이 소리 없이 내려오고 있었다. 그런데 상대도 **리앵을 보더니** 왜 그런지 순간적으로 당황하는 기색이 역력했다.

리앵은 긴 자루의 촛대를 봉처럼 다루면서 수려의 손을 끌고 종루까지 달려갔다.

"…저 여자만 잡아라."

흐릿한 어둠 속에서 누군가의 목소리가 들렸다.

계속 따라오는 것을 알 수 있었다. 손을 끌고 그 앞으로 나 있는 샛길로 달려 내려가다가 리앵은 곧바로 길에서 벗어나 숲속으로 들어갔다. 몸집이 작은 두 사람이 어떻게든 추격을 따돌리려면 좁은 나무들 사이를 비집고 달려 시간을 버는 수밖에 없다. 그렇지만 애초에 달리는 속도가 달랐다.

리앵의 손에서 수려를 떼어내려는 감각이 느껴졌다. 리앵은 수려를 잡고 있던 흉수의 손을 걷어찼다. 수려가 비틀거리며 겨우겨우 달아나는 것이 보였지만, 차례차례 적들이 나타나 앞을 가로막았기 때문에 수려의 모습은 보이지 않게 되었다. 어느 새인가 촛대도 누군가 치는 바람에 놓쳤다.

"홍수려!!"

리앵은 외쳤다. 지켜줄 수 있는 건 나밖에 없는데. 눈앞이 아득해질 것만 같은 초조함 때문에 마구잡이로 발버둥 쳤지만, 상대는 리앵을 죽일 생각은 없는 듯, 수려에게서 떼어내려고만 하고 있었다. 밀어내며 수려를 찾아보려 했지만 몇 겹이나 되는 두꺼운 벽처럼 버티고 서 있다.

그러는 사이 높은 곳에서 뭔가가 굴러 떨어지는 소리와 수려의 비명이 들렸다.

파랗게 질린 얼굴로 그 방향을 향하는 리앵의 뒤통수에 강한 충격이 가해져 정신을 잃었다.

…리앵의 귀에 희미하게 저벅저벅 하고 다가오는 누군가의 발소리가 들렸다.

● ● ● ●

리앵의 손을 놓친 수려는 닥치는 대로 저항하고 물어뜯으며 날뛰었다. 겨우 팔을 빼내다가 발을 헛디뎠을 때 또 다른 흉수의 손이 뻗어왔다. 그때 누군가의 목소리가 들린 것 같았다. 조금 전의 낮은 목소리의 남자가 아니었다. 좀 더 나이든 목소리였다.

문득 그쪽을 보니 작은 체구의 노인의 얼굴이 잠깐 보였다가 사라졌다. 고목(古木) 같다고 생각한 순간 또 다른 손이 나와 밀쳐버렸다. 발밑이 사라지면서 공중에 뜬 이상한 감각이 느껴졌다.

노인이 수려를 본 것 같았는데, 어떤 표정이었는지는 알 수 없었다.

그대로 수려는 낭떠러지의 사면을 굴러 떨어졌다.

……보글보글 물 끓는 소리가 들렸다.

그 소리에 수려는 멍하니 눈을 떴다. 햇빛이 방안 가득했다. 가정집의 천장이 눈에 들어왔다. 생활의 흔적이 깊이 밴 집안의 냄새. 수려에게 익숙한 평범한 천장.

'…? 꿈…?'

몸을 일으키려고 하다 수려는 비명을 질렀다. 쓸리거나 베인 상처 특유의 예리하게 찌르는 듯한 통증에, 낭떠러지에서 굴러 떨어졌던 일을 기억해냈다. 꿈은 아닌 모양이다. 천천히 조심스럽게 팔다리를 움직여 부러진 곳은 없는지 확인한다. 다행히 전신 타박상과 찰과상 정도로 끝난 것 같다.

"…어, 누가 치료…를 해줬네…."

붕대를 발견했을 때 저벅 하는 발소리가 들렸다. 수려는 갑자기 긴장했다. 그러나 걱정하는 얼굴로 다가온 사내를 보고 수려의 눈이 휘둥그레졌다. 전혀 예상치 못한 인물이 거기에 서 있었다.

"──엇?! 어사대의 옥지기?!"

예전에 강유가 어사대 감옥에 갇혔을 때 담당했던 그 옥지기였다.

그 목소리를 듣더니 잠시 후 커다란 몸집의 사내는 맞다고 대답하듯이 활짝 웃으며 고개를 끄덕였다.

수려는 다시 떠올렸다. 기밀유지라는 명목으로 어사대에서는 눈이나 입, 귀가 불편하거나 장애가 있는 자들을 우선적으로 고용했다. 여기 있는 옥지기도 분명히 말을 못 했었다. 그런데 왜 여기에.

"어? 어? 어, 어째서? 왜 당신이 여기에?"

덩치가 큰 옥지기는 잠시 후 손에 든 석판에 쓱쓱 뭔가를 써 보였다.

『이 마을, 우리 마을.』

"으응?! 마, 마을?!"

햇빛이 눈부시게 비쳐드는 창밖을 바라보니 사람과 집들이 보였다.

『오늘 아침, 장작을 구하러 산에 갔다가 홍 어사가 쓰러져 있는 것을 보고 데려왔습니다.』

틀림없이 강유를 담당하던 그 옥지기였다. 그가 이렇게 자유자재로 글을 쓸 정도로 교양이 있다고는 생각지 못했던 수려는, 그런 자신이 부끄러워 얼굴이 붉어졌다.

"구, 구해주셔서 감사합니다… 저, 또 한 사람 없었나요? 열 살 정도 되는 남자아이인데."

옥지기는 생각하더니 고개를 저었다. 리앵을 놓친 것 같다.

옥지기는 이불 위로 수려의 무릎에 쟁반을 놓았다. 쟁반 가득 반찬과 따뜻한 밥이 놓여 있었다. 보는 순간 수려의 배에서 꼬르륵 소리가 났다. 옥지기는 그 소리를 듣고 즐거운 듯이 싱글벙글 웃은 후, 응 하고 끄덕이며 방을 나갔다.

'마을…? 저 '통로'의 건너편에 수상한 절이 있고, 그리고 여우가면과 '감옥의 유령'이 있고, 또 같은 산속에 옥지기의 집이 있는 마을이 있다…? …?'

수려는 뒤죽박죽 생각을 하면서 일단 젓가락을 들고 먹기 시작했다. 천천히 밥을 씹었더니 입안 전체로 구수한 맛이 퍼져간다. 뜨끈한 국물을 마시니 온몸이 따뜻해졌다.

태양을 보니 아마도 정오가 지난 듯하다. 리앵의 말이 확실하다면 저녁 무렵에는 연청이나 추영이 표가계 주술사를 데리고 찾으러 올 가능성이 높다. 그때까지 어떻게든….

'…마을… 옥지기의 집….'

수려는 그 기묘한 접점이 자꾸 마음에 걸렸다. 어사대 감옥. 이제 수려는 어사대와 관련된 말을 들으면 바로 규황의나 왕계의 얼굴을 떠올리게 됐다.

——**기밀유지라는 명목으로 장애가 있는 자를 골라 고용하는 어사대.**

'…그 법이 언제 개정되었더라?'

옛날에는 범죄자 등의 혀나 귀를 자르거나, 눈을 망가뜨려서 고용했었는데, 십여 년 전부터 방침이 바뀌었다고 들었다. 십여 년 전. 수려는 젓가락을 멈췄다. …왕계가 어사대부였던 시기.

안타까운 일이지만, 장애가 있는 사람이 배움을 얻거나 고용될 기회는, 이 나라에서는 거의 없다는 것을 수려는 알고 있다. 그러나 저 옥지기는 쉽게 글자를 쓰고 관청에서 일을 하고 있다.

누가 그런 기회를 주었단 말인가. 그리고 이 마을은 어쩌면——.

수려는 가지런히 놓인 밥상을 뚫어지게 내려다봤다.

수려는 밥을 다 먹은 후 옥지기와 함께 설거지를 하고, 감사의 뜻으로 빨래와 청소 등 가사를 도왔다. 옥지기는 딱 한 번 사양했지만, 두 번째부터는 기쁘게 수려의 손을 빌렸다.

빨래를 하기 위해 마을로 나왔다. 생각한 것보다 훨씬 컸고, 제멋대로 모여 있다기보다 처음부터 누군가가 계획해서 만든 것 같은 마을이다. 헛간이 여기저기 세워져 있어 공동으로 사용할 수 있는 비품이 들어있다. 절에서 리앵이 봤다는 헛간도 그 중 하나일 것이다. 들여다보니 전부 일용품이나 도구와 함께 철탄이나 장작이 들어있고, 기름항아리도 꼭 몇 개씩 들어 있었다.

위치는, 깊은 분지의 움푹한 곳에 폭 안기듯이 들어앉아 있어 하늘과 산줄기밖에 보이지 않았다. 리앵이 봤다고 했던 평원은 여기서는 보이지 않았다.

도중에 마을 입구인 듯한 곳에서 산꼭대기로 이어진 좁은 길을 발견하고 깜짝 놀랐다. 올려다보니 그 위로 절 지붕이 보였다.

'어라, 혹시 리앵과 중간까지 도망치던, 절로 이어지는 길?'

하지만 수려는 이상한 생각이 들었다. 마을 입구에서 나가는 길이라면, 산꼭대기가 아니라 산기슭으로 내려가는 것이 일반적이다. 그래서 얼쩡거리면서 몇 번이나 확인해봐도, 짐승들이 다니는 길은 몇 군데 있었지만, 그것도 장작을 구하러 가는 길이나 논과 밭으로만 통하는 듯이 보였다.

'??? 그럼 이 마을은 어디를 통해 올라오는 거지?'

빨래를 마치고 돌아온 후 옥지기에게 물어봤지만, 생긋생긋 웃으며 괜찮다고 답할 뿐이었다.

수려가 앞마당에서 빨래를 널기 시작하자 지나가던 여인들과 아이들이 호기심어린 눈으로 울타리 밖에서 들여다봤다. 밖에서도 그랬지만, 모두 알고 지내는 마을에서 낯선 수려를 보고도 경계하지도 않고 친근하게 말을 걸어온다. 옥지기가 산에서 데려왔다는 걸 다들 아는 모양이다.

그 뒤로 수려는 마을사람들이 이것저것 부탁하는 대로 도와주며 돌아다녔다.

그렇게 마을에서 시간을 보내고 있는 사이 수려의 감은 서서히 확신으로 굳어져 갔다.

──이윽고.

서쪽 하늘이 붉게 물들기 시작하는 것을 보고 수려는 장작을 패고 있던 옥지기에게 다가가 말했다.

"…옥지기님, 저 이제 돌아가야 할 것 같아요. 구해주셔서 고맙습니다."

옥지기는 손을 멈추고 싱긋 웃었다. 응, 하며 고개를 한 번 끄덕였다.

수려는 그가 어디까지 알고 있는지 알 수 없었다.

옥지기는 땀을 닦더니 수려의 양손을 꼬옥 잡고 휘이휘이 하고 여러 번 세게 흔들었다. 인사인가, 작별인사.

따뜻하고 커다란 손이었다. 단지 말을 못 할 뿐, 그는 뭐든지 할 수가 있었다.

──**이 마을의 다른 사람들도 그렇듯이.**

옥지기는 집 안으로 들어가더니 어떤 꾸러미를 가지고 나왔다. 그리고는 수려의 손을 잡고 걸어가기 시작했다. 말없이 따라가니, 예상했던 대로 산꼭대기로 이어지는 길로 더 위로 걸어갔다. 구불구불 이어진 산길을 올라가니 절 지붕이 차차 가까워졌다.

반쯤 왔을 때.

수려는 발길을 멈췄다. 더 이상 같이 있으면 그도 휘말리게 된다. 수려가 멈추니 옥지기도 돌아봤다.

"…감사했습니다. 여기서부터는 괜찮아요. 이제 그만 돌아가세요."

수려는 머리를 깊이 숙였다. 옥지기는 수려를 일으키더니 등을 톡톡 두드린 후 석판에 뭔가를 썼다.

『다시 홍 어사와 어사대에서 만나고 싶습니다.』

그리고 나서 수려에게 꽤 묵직한 그 꾸러미를 안겼다. 그리고 활짝 해님처럼 웃더니 옥지기는 수려의 손을 놓고 원래 왔던 길로 내려갔다.

그때 길 위쪽에서 누군가가 달려 내려오는 발소리가 들렸다. 수려는 지난 밤의 습격을 떠올리며 그 자리에 얼어붙었다. 그러나── 그 얼굴을 보자 수려는 안도한 나머지 소리를 질렀다.

"리앵!"

"홍수려!! 무사했구나!"

"후훗. 보시게, 무사하지 않소. 하루 종일 눈이 벌개져서 온 산을 다 뒤지더니."

리앵의 어깨너머로 땅거미를 누비듯이 천천히 내려오는 자그마한 노인이 보였다. 고목같이 생겼다고 생각하다가 수려는 문득 기억해냈다. ──낭떠러지에서 떨어질 때 잠깐 보였던 노인이었다.

리앵은 어떻게 설명할지 모르겠다는 표정을 짓더니 간단히 사실만을 전했다.

"나를 이 노인분이 산에서 발견해서 다른 산속 집으로 데려갔어. 저 마을에도 한 번 갔었는데, 숲속에서만 찾는 바람에… 정말 무사해서 다행이야."

수려가 노인에게 인사를 하려고 하자 노인은 수려가 손에 들고 있는 꾸러미를 뚫어지게 쳐다봤다.

"아가씨, 그 꾸러미는 뭔가?"

"예? 이거요? 옥지기님이 방금 전에 건네주셔서… 뭔지는 모르는데요."

묵직해 보이는 꾸러미를 내려다보며 고개를 갸웃거리자, 노인은 놀란 듯이 눈썹을 치켜올렸다.

"……하하하하. 이거 놀랍구먼."

노인은 웃어대더니 수려가 양손으로 들고 있던 그 꾸러미를 한손으로 간단히 집어올려 즐거운 듯 손 위에서 한 번 던져 받았다. 한쪽 눈을 재미있다는 듯이 빛냈다.

"그럼, 안내해볼까. 사과도 겸해서. ──도령, 아가씨, 따라오시게."

"사과?"

수려의 질문에는 대답하지 않고 노인은 구불구불 산길을 따라 절 쪽으로 걸어가기 시작했다. 수려와 리앵은 머리를 갸웃거리면서도 어차피 가는 길이라 따라갔다.

"…홍수려… 너, 저 마을 봤어?"

"응, 봤어. 여러 사람을 많이 만났어."

수려는 조용히 속삭였다.

"…그런데, 아무리 자연스럽게 물어도 아무도 말해주질 않아. 자물쇠가 채워진 불당 안에 있는 물건이라든가. 이 산의 이름, 마을이나 절의 이름, 누군가 높은 사람의 이름 따위… 절대 말을 안 해."

그들은 누군가를 비호하고 있다. 그건 아마도 **그들을 도와주고, 지켜준 사람**.

"리앵은 저 할아버지한테 뭔가 들은 거 있어?"

리앵이 희미하게 반응했다. 그러나 입을 꾹 다물고 한 마디도 하지 않았다. 리앵은 무슨 말인가 들었고, 알고 있는 것이다. 아마 수려가 듣지 못했던 말을. 하지만 수려는 더 이상 묻지 않았다.

울창한 산속이 점차 어두워지기 시작했다. 수려의 다리가 이제 한계에 다다랐을 즈음, 나무 저편에 절 문이 보였다. 수려는 한밤중의 습격을 떠올리고 몸을 긴장시켰다.

"저기, 리앵, 아까 위에서 내려왔었지?"

"어. 저 절에서 내려왔는데, 아까는 아무도 없었어."

본당이 보이고, 그 맞은편 왼쪽으로 종루가, 오른쪽으로 헛간이 보였다.

인기척이 없는 절 문을 지나자 노인은 종루 쪽이 아닌 헛간 쪽으로 걷기 시작했다. 손에 들고 있는 꾸러미를 흔드니 철렁 하는 묵직한 쇠붙이 소리가 났다.

수려와 리앵은 그 소리를 듣고 움찔했다. 노인은 한 손으로 능숙하게 꾸러미를 풀고, 안에 있던 쇠로 된 고리를 집어들었다. 흔들리고 있는 것은 큼직한 열쇠.

"하, 할아버지. 설마 그 열쇠——."

노인은 살짝 돌아보며 한쪽 눈만으로 씩 웃었다.

"사과를 하겠다고 말했지 않소, 아가씨."

헛간을 지나쳐 안쪽의 불당까지 몇 걸음을 남겨놓고 있을 때였다.

리앵이 불당 맞은편, 산의 경사면을 노려봤다.

"——왔어!! 빨리 불당으로 들어가 안에서 문을 잠가!!"

수려는 재빨리 노인의 손을 잡고 달렸다.

산 위, 땅거미 사이로 허옇게 기분 나쁜 여우가면이 떠 있는 것이 아주 잠깐 보였다.

불당의 자물쇠를 열고 노인을 먼저 들여보내니, 이번에는 리앵이 수려를 안으로 밀며 들어왔다. 안쪽으로 열리게 되어 있는 단단한 문을 전력을 다해 밀었다. 돌덩이라도 매달린 것처럼 무거워 닫는 것만으로도 힘에 부쳤다. 수려는 어둠 속에서 외쳤다.

"리앵, 안에서 잠가!! 어두워! 아무것도 안 보여. 안에서 안 잠기면 무거운 돌이라도—."

"진정하시오, 아가씨. 자물쇠는 있소. 여기. 그리고 여기, 여기, 세 군데."

노인이 차분한 목소리로 세 개의 자물쇠를 잠그는 육중한 소리가 들렸다. 목소리가 잘 알아들을 수 없게 울렸고, 바깥의 소리는 일체 들리지 않았다. 생각했던 것보다 벽이 훨씬 두껍게 만들어져 있는 것 같았다. 잠시 후, 무슨 소리가 들리더니 팟 하고 불이 켜졌다.

노인이 한 손으로 촛대를 들고 어렵지 않게 어둠 속을 돌아다니며 다른 촛대들에 불을 붙였다. 수려는 앉으면서 코를 킁킁거렸다. …철과 재 냄새.

리앵도 눈을 크게 떴다. 상당한 양의 철탄과 장작이 어렴풋이 보였다.

하지만 수려를 돌아보니 기쁜 표정은커녕 오히려 낙담한 얼굴을 하고 있었다.

부족해.

수려는 밝게 타오르는 불빛을 보며 지칠 대로 지친 심신으로 멍하니 노인을 바라봤다. 부족해.

"여기, 창문도 아무것도 없으니까 불 켜면 위험──."

"바람은 여기서 들어오지."

노인은 와르르르 장작을 무너뜨렸다. 그 밑으로 철제 고리가 보였다. 수려와 리앵의 눈이 휘둥그레지기도 전에 노인은 가볍게 그 철제 둥근 고리를 들어올렸다.

지하에서 바람이 휘이 하고 불어올라와, 불당의 철탄과는 비교도 안 될 정도로 진해 숨이 막힐 것 같은 철과 재의 냄새가 퍼져 나갔다. 수려는 튕겨 오르듯 일어섰다. 노인을 보니 수수께끼 같은 고목의 미소를 짓고 있었다. 촛대를 들고 그대로 지하의 계단을 내려간다.

노인을 따라 지하로 내려온 두 사람은── 말을 잃었다. 휑하니 뚫려 있는 거대한 공간에, 막대한 양으로 쌓여 있는 철탄이, 희미한 촛불 너머로 검은 그림자처럼 보였다.

수려는 비틀거리며 몇 걸음 걸어가 그 철 더미를 손으로 더듬어 봤다. 얼음처럼 차갑다. 어딘가에서 바깥 공기가 들어오게 되어 있는지 바람이 볼을 쓰다듬고 지나갔다. 손에 닿은 철 중의 하나를 아무리 들여다보려 해도 보이지 않았지만, 튀어나온 부분이 있었다. 글자. 글자가 새겨진 곳을 손끝으로 읽어본다.

홍주 하동(河東), 홍주 서산(西山), 홍주 봉상(鳳翔)——.

홍주의 3대 철 산지의 이름. 그 지명이, 뚜렷이 찍혀 있었다.

수려는 주저앉았다. 흔들거리는 불빛 너머, 노인은 고목처럼 웃고 있었다.

"후훗. 이걸 찾고 있지 않았소, 아가씨?"

"…어째서죠?"

"말했지 않소, 사과라고. 게다가 이 열쇠를 건네준 건 내가 아니오. 그 녀석도 마을에서 엄중히 보관되고 있는 이 열쇠를 아가씨에게 건네줬을 때는 그만큼 어떤 감정이 있었던 게지. 어사대에서 일하는 아가씨의 모습이 마음에 들었나보오. 게다가 하필이면 이 산 안에서 누군가를 해치다니, 어떤 이유가 있다 해도 사과할 일이라는 건 확실하오. 나도 조금 화가 나더군."

노인은 무기를 가지고 있지 않은 수려와 리앵을 보며 빙긋 웃었다.

"게다가 여기까지 찾아온 당신들이 검 한 자루 없이 맨몸으로 왔다는 게 꽤 맘에 들었소. 그런 걸 무기를 들고 해치려 하다니, 한심한 노릇이지."

손에 든 촛불이 어둠 속에서 노인의 한쪽 눈만을 두드러지게

비쳤다. 이상하기는 했지만, 오래된 고목처럼 따스함이 느껴졌다. 노인의 목소리처럼 잔잔하게.

수려는 철탄 더미를 올려보면서 어사대 감옥의 옥지기를 생각했다. 그리고 마을 사람들을.

"오늘 마을을 둘러보고 알게 된 게 있어요. 마을의 규모에 비해 남자들이 너무 적더군요. 그렇다고 돈 벌러 아예 타지로 가버린 것도 아니고, 며칠마다 한 번씩 돌아오죠. 그런 식으로 집안 살림이 정리되어 있었어요…."

친절하지만 조심성 많던 마을 사람들.

"이 산 어딘가에 또 다른 장소가 있어서, 움직일 수 있는 남자들은 다른 일을 하고 있는 거죠?"

여우가면. 산에서 미끄러지듯 내려온 흉수들. **어디에서 내려온 거지?**

그들을 쫓지 않을 때는 어디서 무엇을 하고 있나?

노인은 수려가 그것들에 대한 대답을 찾았다는 것을 눈치 챈 듯이, 천천히 기괴한 형상으로 주름을 만들며 웃었다. 그리고는 긍정도 부정도 하지 않았다.

"아가씨는 그 마을을 봤으면서도 주인을 바꾸려 하지 않는 것이오?"

마을 사람 중 반 이상이 어떤 형태로든 병이나 장애를 가지고 있었다. 그래도 평범한 사람들과 똑같이 생활하고, 거의 뭐든 스스로 해내고 있었다. 각자 직업을 가지고 마을에서도 바깥에서도 임금을 받으며 활기차게 일하고 있다.

지금 이 나라에서는 불가능한 마을을, 이 산속에 만든 대관.

리앵이 긴장한 것이 느껴졌다. 수려는 숨을 들이켜고 입술을 꾹 다물었다.
"――네."
"호오?! 이유를 들려주겠소?"
"마을을 봤기 때문입니다."
처음으로, 노인의 표표했던 얼굴에 변화가 나타났다. 재미있어 하면서도 조심스러웠다.
곳곳에 있던 헛간. 그 위치. 보이지 않는 분지. 가득한 기름항아리.
노인의 얼굴은 변하지 않았지만, 수려는 알았다. **내 생각이 맞았어**. 수려는 입술을 깨물었다.
"류휘라면 그런 짓은 하지 않습니다. 시키지도 않습니다. 절대로."
노인은 숨을 내뱉었다. 불빛에 비친 그림자가 흔들렸다. 쓴웃음을 짓고 있는 듯해 보였다.
"놀랍군, 아가씨. 거기까지 간파하다니. 알아챈 사람은 나밖에 없을 거라고 생각했는데. 그래서?"
"――구할 겁니다. 제가… 못 오더라도 저 대신 누군가를 반드시 보낼 겁니다."
"후훗. 여기로?"
"네, 여기로."
흔들림 없는 말에 노인은 고개를 조금 갸웃하는 것 같더니, 그저 '그런가' 하고 미소 지었다.
이 노인은 마을 사람들과는 느낌이 달랐다. 그 마을 사람이 아닐지도 모르겠다는 생각도 들었다.
"그 녀석을 상대로 여기까지 찾아오다니 대단하오. 하지만 이제 슬슬 돌아갈 시간이네. 너무 휘둘리다 보면 중요한 것을 놓치게 되지."

"네…?"

그때 위에서 소리가 들렸다. 무슨 소리인지는 몰랐지만, 수려는 움찔했다.

이제 슬슬 연청과 추영이 저 '통로'를 통해 찾아올 시간이었다. 언제까지나 여기 있다가는 두 사람과 만날 수 없게 된다. 하지만 적들이라면——.

"리앵…."

"내가 열게. 저 녀석들, 나한테는 아무 짓도 못 하는 것 같으니까."

왕계의 손자니까, 라고 리앵은 말하지 않았다. 수려는 끄덕이며 계단을 올랐다.

노인이 원래대로 장작을 쌓아 비밀통로를 숨기고 있는 동안, 리앵은 안쪽 자물쇠 중 마지막 하나와 씨름하고 있었다. 노인은 가볍게 손끝으로 잠근 것 같았는데, 리앵이 혼신의 힘을 다해서야 겨우 조금씩 열릴 정도로 단단히 잠겨 있었다. 몸집은 나 정도로 작은데 그 힘은 뭐지——?

자물쇠를 전부 열었을 때는 바깥의 소리가 멈춰 있었다.

리앵이 신중하게 무거운 철문을 잡아끌 듯이 조금씩 열자, 조금 열린 틈새로 누군가의 손이 쑥 들어왔다. ——그리고, 다음에는 여우가면이.

"————읏!!"

리앵이 반사적으로 닫으려 했지만 무서운 힘으로 되밀려 뒤로 나자빠졌다. 여우가면이 수려의 발목을 잡고 끌어당겼다.

어둠 속에서 물결치듯 흔들리는 머리카락이 수려의 눈에 보였다.

도끼가 보였다. 수려를 향해서, 마치 장작이라도 패듯이 가볍게 내리쳐지는.

리앵이 뭐라고 외쳤다.

——화살처럼 바람을 가르는 소리가 들렸다. 하지만 화살보다 훨씬 둔탁한 소리. 봉이다.

"아가씨!!"

"수려 님!! 괜찮으십니까? 죄송합니다, 늦었습니다."

간절히 기다리던 두 사람의 목소리에 급히 눈을 뜨니, 족쇄처럼 잡고 있던 기분 나쁜 손의 감각이 사라지고 없었다. 식은땀을 닦으며 벌떡 일어나니 눈앞에서 추영이 여우가면을 쓰러뜨려 제압하고 있는 것이 보였다. 리앵이 불당에서 뛰어나와 수려를 감싸며 외쳤다.

"그 녀석이 아냐!! 가짜다."

추영도 쓰러뜨린 순간 눈치 채고 있었다. 비슷한 반지를 끼고 있었지만 같은 것은 아니었다. 상처도 멍도 없다. 무엇보다 진짜 '빈껍데기' 보다 실력이 좋았다. 추영은 여우가면을 벗겼다.

그 안의 얼굴은 처음 보는 얼굴이었다. 사십 정도 되는, 어딘가 이지적인 느낌조차 드는 남자. 귀부터 턱까지 한 줄의 크고 선명한 상처가 보였다.

"수려 님, 이 녀석은 주취 님과 류화 님을 죽이려고 했던 그 흉수가 아닙니다!"

"뭐라구요? 그럼—— 그럼."
——속았다.
수려는 찬물을 뒤집어쓴 듯 몸을 떨었다. 그때, 산 위에서 화살이 싸락눈처럼 일제히 발사됐다.
"아가씨, 엎드려!!"
연청이 비처럼 쏟아지는 화살을, 다시 주워든 봉으로 쳐냈다. 추영도 화살을 피하느라 한순간 주의를 빼앗겼다. 쑤욱 하고 손에 묘한 감촉이 느껴지는가 했더니 물결치는 가발만이 남았다.
그 틈에 여우가면은 어둠 속으로 달아나버렸다.
"이런…!!"
"남 장군님, 쫓지 말아요!!"
수려는 외치며 불당 안의 노인을 마지막으로 돌아봤다. 손을 내밀었다.
"할아버지! 같이 가요. ——**저하고!**"
노인은 내민 손을 보더니 웃었다. 웃으며 고개를 저었다.
"후후. 난 지금 이 세상이 꽤 맘에 드는 건 사실이오. 하지만 아가씨. 같이는 갈 수 없소. 내가 선택한 것은 다른 녀석이니까. 하지만——."
뭔가 혼잣말을 하고는 작별인사를 하듯 손을 흔든다. 수려는 무슨 말이든 하고 싶었다. 아마도 류휘에 대해서. 하지만 머릿속이 하얘져서 아무 말도 나오지 않았다. 리앵에게 손을 이끌려 반대쪽 '통로'로 달렸다. 딱 한 번 노인을 돌아봤다. 그러나 이미 그 모습은 어둠에 가려 보이지 않았다.

좁은 사당에서 한 덩어리로 굴러 떨어진 네 사람에게서 심상치 않은 느낌을 받았는지, '통로를 완전히 봉쇄하겠습니다' 라고 주술사로 보이는 남자가 말했다. 쾅 하고 사당의 문이 닫히는 소리가 울려 퍼졌다.

연청이 수려를 안고서 뺨을 토닥거렸다.

"아가씨, 괜찮아? 이봐, 물. 아무튼 무사해서 다행이야. 십년 감수 했네…."

수려의 입술에 대나무 물통이 닿았다. 흘러들어오는 차가운 물을 수려는 반사적으로 꿀꺽꿀꺽 삼켰다.

노인, 가짜 여우가면, 대량의 철탄, 마을, '감옥의 유령' —— 전부가 뒤죽박죽으로 머릿속을 떠다녔다. 생각이 정리가 되지 않아 무슨 말부터 해야 할지 혼란스러웠다.

『너무 휘둘리다 보면 중요한 것을 놓치게 되지.』

냉수와 함께 노인의 말이 뜨거운 머리를 차츰 식혀줬다. 하아, 하고 숨을 내쉰다.

여우가면은 가짜였다. 보기 좋게 한 방 먹었다.

"…일부러 눈에 익은 여우가면을 썼다는 것은 얼굴을 들켰기 때문이 아니었어. '빈껍데기' 라고 믿게 만들기 위한 도구. 여우가면에 정신을 뺏겨 휘둘린 거야."

처음에 여우가면이 번뇌사 밖으로 도망친 것을 생각해보면, 여우가면은 혼자가 아니라 여러 명이서 교란작전을 편 것 같다. 수려는 필사적으로 생각했다. 무엇을 위해? 마을에 있을 때는 공격하지 않다가 절 주변으로 가면 일제히 공격해왔다. 두 번 모두. 그것은 본당이나 자물쇠가 걸려 있던 불당의 철탄을 조사하는 걸 막기 위해서라고 생각했었는데――.

'아니야. 그게 다가 아냐.'

"…묶어두기 위해서…? 가능한 한 오래, 우리가 저쪽에 있어 주길 바랐다…."

무엇 때문에?

그러나 그것이 무엇이건 수려를 도끼로 내리쳐 죽이려고 했던 여우가면의 살의는 진짜였다. **방해꾼은 없앤다**. 그렇다면. 수려는 빠른 어조로 추영에게 말했다.

"남 장군님, 여기는 괜찮습니다. 만일을 위해 귀양으로 돌아가 주세요. 기우일지도 모르지만――."

"수려 님, 괜찮으니 얘기해주세요. 귀양에서 뭘 하면 되는 겁니까?"

수려는 숨을 들이쉬고 용건을 말했다. 추영보다도 옆에서 듣고 있던 연청과 리앵이 숨을 삼켰다. 추영 자신은 그저 눈을 깜빡일 뿐, 고개를 끄덕였다.

"――알겠습니다. 가능성은 있습니다. 지금 바로 가죠."

추영은 정말 그 이상은 묻지 않고 일어서더니 한 번 수려를 보고 미소 지었다. 마치 십삼희에게 하듯이, 하지만 여동생이라기보다는 동지에 가까운 거리에서 수려의 머리를 쓱쓱 헝클어뜨렸다.

"다녀오겠습니다. 수려 님도 조심하십시오. 또 보자고."

추영의 모습은 금세 어둠 속으로 스며들어 말 울음소리와 발굽소리가 멀리서 들렸다.

"아가씨, 실은 이쪽에도 정보가 있어. 주술사를 빌리러 갔다가 들은 얘긴데… 홍풍이 한나절 더 빨리 불 가능성이 있대. 내일 밤이라던 예측이 정오가 될지도 모르겠어."
홍풍이 불면 끝장이다. 모든 풀무치가 자주로 흘러간다. 리앵은 주술사를 돌아봤다.
"정말인가?! 안개와 비는! 감염충의 방출은 어떻게 됐지?"
"강청사를 중심으로 발 빠르게 준비가 진행되고 있습니다. 이제 수좌의 예측을 믿을 수밖에 없습니다."
내일 정오. 그때 모든 것이 결정된다.
남전단. 비축식량. 기상예측. 새잡이. 역병. 비연 아가씨. 조금씩 조금씩 누군가가 쌓아올린 것을 모아서, 완전하지는 않지만 각자 전력을 다해서 여기까지 왔다.
그리고 자신도. 우선순위만은 틀려서는 안 된다. 수려는 눈을 감고 고개를 끄덕였다.
"가요. 박멸에 실패한다면── 이제 우리가, 나라가 나설 차례야. 주부로 가자."

창오 들판에는 아주 약하게 비가 내리고 있었다.
강청사의 노옹은 우산도 쓰지 않은 채 하늘을 올려다보고 있었다. 어젯밤부터 안개가 끼거나 때때로 비가 오기는 했지만, 죄다 오는지 마는지 모를 정도로 오다 결국 그쳐버린다.
상공에서는 새잡이의 '새'들이 활공하면서 풀무치들을 닥치는 대로 쪼아 먹고 있었다.
지금은 기온이 낮기 때문에, 해가 떠오르기 시작했지만 풀무치는 움직이지 못하고 불길한 정적과 함께 대지에 웅크리고 있었다. 그때를 기다리며.

가끔 창오 들판 곳곳에서 왕계의 자색 군장이 어른거렸다. 노옹도 잠시도 못 쉬고 때를 기다리고 있었는데, 그것은 왕계도 마찬가지였다. 노옹의 주름투성이 손이 주먹을 쥐었다.

등 뒤의 녹명산— 아니, 모든 사원에서 감염충 방출 준비는 끝났다. 그러나.

——**부족하다**.

'아직이다. 아직….'

표가 일족은 이제 가능성이 없다고 단정했고, 지금 즉시 감염충을 풀어야 한다는 의견이 다수를 차지하고 있었다. 감염충은 하루 이틀이면 죽는다. 필사적으로 잇따라 감염시킨다 해도 수는 늘어나지 않는다.

풀어놓는다면 그것으로 끝이다. 지금 방출하면 완전박멸은 불가능하더라도 3할이나 4할은 없앨 수 있을지도 모른다. 자주로 몰려가기 전에 적어도 그렇게 해야 한다는 의견을, 노옹은 막고 있었다.

찌릿찌릿 돋는 소름. 반드시 그때가 온다. 희미하고 미덥지 못한 감각.

노옹은 살짝 흐려 있는 하늘을 뚫어지게 보고 있었다.

수려의 뺨에 톡 하고 떨어진 빗방울은 하늘을 노려보고 있는 중에도 눈 깜짝할 사이에 그친다. 마치 빈 물통을 거꾸로 들고 필사적으로 흔들고 있는 것 같다. 그 너머로는 희미하게 태양의 그림자도 보인다.

연청이 주술사와 함께 빌려왔다는 말은 발이 느렸다. 그 때문에 창오 들판에 이른 아침에 도착하려던 예정이 크게 어긋났다. 그러나── 늦지는 않았다.

이제 몇 시간 후면 정오. 홍풍이 분다는 시간이 온다. 하늘의 상태는 기대를 벗어나고 있었다.

“젠장, 안 돼. 이 정도의 습기로는! 한참 부족해….”

창오 들판에 들어서니 말에 놀랐는지 시커멓고 누런 기분 나쁜 풀무치들이 붕붕 날아올랐다. 리앵은 그것을 보면서 분한 듯이 어금니를 물었다. 이제 풀무치가 움직일 수 있을 정도로 기온이 오르기 시작했다. 비도 안개도 없고. 구름이 갈라지고 해가 나온다.

“노옹… 웃, 이젠, 이젠 무리야. 지금 감염충을 풀지 않으면….”

몇 할밖에 박멸할 수 없더라도 때를 놓치는 것보다는 훨씬 나았다.

황해에 있어서는 노옹이 통괄하고 있는 대사원 계열이 가장 신뢰받고 있다. 전 사원이 노옹의 판단을 기다리고 있을 것이다. 시기를 놓치면 전국에서 막대한 피해와 아사자가 나올 것이다. 황해에 대한 노옹의 자신감은 알고 있다. 하지만 스스로를 과신해 고집부리지 않기를 바랐다. 류화처럼.

“부탁이야, 노옹…!!”

쿠르릉 하는 소리가 상공에서 들리기 시작했다. 구름이 속도를 높여서 빠르게 흐르고 있다.

그 바람의 흐름에 리앵은 창백해졌다. 그런, 말도 안 되는. 정오는 아직이다. ──너무 빠르다.

눈앞에서 평원이 부웅하고 **움직였다**.
연청은 말을 세웠다. 수려의 턱이 떨렸다. 바람이 서서히 강해진다. 시커먼 풀무치 떼가 바람을 타고 날갯짓하며 자주를 향해 날아오르려 하고 있었다.
창오 들판이 온통, 일제히 모습을 드러내기 시작한 검은 덩어리로 새카맣게 뒤덮여 간다. 날개를 비벼대는 탁한 소리가 일제히 커진다. 수려에게는 창오 들판뿐 아니라 홍주 각지에서 풀무치들이 넘쳐나는 모습이 보이는 듯했다. 표가의 '새' 들이 아무리 먹어치워도 그것을 초월하는 양으로 늘어났다. 막으려고 왕계와 고 무관, 오동의 사람들, 절 관계자들이 모두 나서는 것이 보인다. …부질없이. 마치 풀무치보다 인간이 더 하찮은 존재인 것처럼.
수려의 온몸이 떨렸다. 아아, 기다려. …기다려.
기다려줘.
수려는 그것이 뭐에 대한 공포인지 알 수 없었다. 풀무치인가, 헛된 노력인가, 앞날에 대한 두려움인가. 전부가 뒤섞인 듯한 혼란 속에서 수려의 귀에 누군가의 목소리가 들렸다.
『괜찮소이다, 수려 님, 리앵 님. 동생이 지금껏 쌓아온 것은── 자, 보시외다.』
옆에서 리앵이 숨을 삼키는 소리가 들렸다.

날아가려고 들판을 가득 메운 검은 폭풍을 보고 왕계는 이를 갈았다.
"──실패인가!"
"아니오, 나리!! 잠깐만요. 바람이, 습기를 머금고 있어요…

비 냄새가…."

신이 혼이 나간 듯 중얼거렸다. 그리고──.

수려의 콧등에 툭 하고 빗방울이 떨어졌다. 지금까지와는 다른 굵은 비.

바람이 휘몰아쳐 비구름이 흘러들고 있다.

툭, 툭. 비가 내리기 시작했다.

이윽고 그것은 안개비가 아니라 제대로 된 비가 되어 주룩주룩 내리기 시작했다. 비의 장막 속에서 모두들 발길을 멈춘 채 하늘을 올려다봤다. 수려도 역시.

멍하니 하늘을 바라보던 그 귀에 작은, 그리고 조금 지친 듯한 목소리가 들렸다.

『…훌륭하시오, 우장. 이 바람의 흐름이라면 나도 주술을 쓸 수 있겠어…!』

수려의 전신에 오싹 소름이 끼쳤다. 타고 있던 말이 크게 울며 앞발을 쳐들었다.

리앵은 온몸의 솜털이 일제히 곤두선 느낌이 들었다. 류화와 비슷한 감각. 설마.

"…설마… 그만둬… 우우, 그만둬! 네 목숨이──."

그 작은 목소리마저 날려버리듯 무시무시한 바람이 불어왔다.

그때, 하얀 관의 방에 앉아 있던 류화의 눈이 번쩍 뜨였다.

주취는 흠칫 얼굴을 들었다.

소 태사는 문득 홍주 쪽 하늘을 올려다보았다. 그리고는 한 마디 중얼거렸다.

"바람이."
——전국에 흩어져 있는 '이능'을 가진 주술사들의 온몸에 소름이 돋았다.
"바뀐다."
엄청난 힘의 흐름에.
류화는 의자에서 일어서려는 것을 필사적으로 억눌렀다. 눈을 꽉 감았다.
"…우우…."
문득 그 이름을 불렀다. 바보 같으니, 하고.

신이 멍하니 하늘을 올려봤다. 무시무시한 소리를 내며 회오리치듯이 구름이 드리우더니 먹물을 쏟은 것 같은 색깔로 변해 간다. 찌릿찌릿 소름이 돋는다. 피가 역류하는 것 같은 감각.
건조하던 공기가 금세 축축해진다. 내리기 시작한 비는 홍주의 것이었지만, 점차 변해갔다. 부슬부슬 내리는 비가 아니라 묘하게 끈적이는 비 냄새가 코를 찌른다. 신이 '응?' 하고 고개를 돌렸다. 갑자기 빗발이 거세지면서 홍주에서는 볼 수 없는 폭우로 변했다.
빗속에서는 풀무치가 날지 못한다. 난다 해도 멀리 못 간다. 일단은 날아오르지만 당황한 듯 뱅뱅 하늘에서 맴돌다가 마지못해 땅에 내려앉는 것이 보인다.
함성이 일었다. 그 소리는 해일처럼 번져 모두들 비를 보며 소리를 질렀다.
휴우, 하고 왕계가 한숨을 쉬며 눈에 흘러들어온 비를 주먹으로 닦았다. 그리고는 불쑥 고개를 돌렸다.
"신… 이 비… 아까 내리던 것보다 따뜻하지 않나?"
그것을 증명이라도 하듯 온도차로 인해 평원 전체에 안개가 발생하기 시작했다. 하얀 아지랑이가 가물가물 피어오르기 시작했다. 조금 전보다 분명히 습도가 높다. 신이 묘한 얼굴로 중얼거렸다.
"…망상인지도 모르겠습니다만, 남주의 비와 비슷한 것 같기도 하고… 특히 이 온도와 폭우…."
왕계가 생각에 잠긴 표정을 지었다.
"…분명, 남주 전역에서 오랫동안 계속된 비로 수해가 심각하다 했었지…."
"아!! 엣! 그럼 그쪽의 구름을 여기까지 불러들였다는? 아? 그럼 남주에 비구름이 없어졌다면 남주의 수해가 끝났다는 건가요? 에엣? 그… 그런 게 가능합니까?!"
"그것을 할 수 있는 자가 대무녀와 최고위 주술사의 호칭을 얻는 것이다. 게다가… 우우 님이라면, 남주의 수해와 홍주의 황해를 한꺼번에 해결할 방법을 생각하고 있었을 가능성이 높다. 그 분은… 자각이 없는 게 문제지만, 표가에서는 류화 다음으로 뛰어난 두뇌의 소유자다."
믿을 수 없다. 신은 하늘을 보며 신음했다. 상상도 할 수 없는 머리회전이다.
"음… 잠깐. 그럼 이 바람과 비──."
"……젠장, 노옹!! 그렇게 알리지 말라고 일렀거늘!!"
그러나 서로 얼싸안고 기뻐하는 사람들을 보며 왕계는 고개를 숙였다.

"…고맙다."
깊이, 정중하게 고개를 숙였다.

……그로부터 3일 낮밤, 홍주 전역에 쉼 없이 비가 내렸다.
마침내 맑게 갠 하늘을 보며 사람들은 처음에는 안도했고—그 다음에는 파랗게 질렸다.
하늘 일각에 흉조를 나타내는 붉은 요성이, 불길하게 떠올라 있었던 것이다.
이제 누구에게도 숨길 수 없었다.

| 제6장 | 붉은 광대의 웃음소리

3일 후──.

비 개인 창오 들판으로 나온 수려와 연청은 눈앞 가득 펼쳐진 그 풍경에 말을 잊었다. 강청사부터 행동을 함께 해온 노옹도 수염을 쓰다듬던 손을 멈추고 천천히 주위를 둘러보았다.

그리고 기도를 하는 것처럼 하늘을 올려다보았다. 호오, 하고 길고 긴 숨을 내뱉었다.

"…성공, 이군요."

말 그대로 빽빽하게 매달려 있다. 바짝 말라버린 검은 비황의 사체가 일대를 가득 메우고 있었다. 창오 들판에 자라는 키 작은 잡초 끝까지 기어올라가, 하늘을 향해 배를 보인 자세로 죽어 있었다. 잘 보니 버섯류에서 볼 수 있는 균사(菌絲)가 엉겨붙어 있는 것이 보였다.

수려는 리앵과 같이 찾았던 녹모도(鹿毛島)의 책자를 떠올렸다.

"…녹모도에 적혀 있었던 내용과 똑같은 풍경이야…."

"…굉장해… 완전 으스스한데… 정말이지 저주 같은걸…."

바람에 살랑살랑 벼이삭과 잡초가 흔들리자, 빽빽하게 매달려 있는 검은 비황 떼도 타그락 타그락, 소리를 내며 흔들리다가 떨어진다. 새까맣던 눈이 있던 자리는 휑한 구멍이 뚫려 있어서, 그 모습은 으스스하다는 한 마디밖에 달리 표현한 길이 없었다.

노옹은 비황이 빽빽하게 매달려 흔들리는 벼이삭을 보면서 후, 하고 한숨을 쉬었다.

"…평범한 녹색 풀무치는 비가 내리면 잡초 아래에 몸을 숨기고 비를 피합니다. 하지만 병에 걸린 검은 비황은 아마도 돌림병 때문에 체내의 무언가가 망가져버린 모양입니다. 일부러 기어올라가서 태양을 올려다보면서 죽어가다니. 사체에서 계속 병균이 퍼져나가 하룻밤 새에 거대한 비황 떼가 전멸… 쓰여 있던 대로입니다. 고온다습한 안개나 비는 인간에게도 돌림병이 단숨에 확산되는 조건이 되니 말입니다."

바람이 수려의 옷자락을 감아올리듯이 불어온다. 점점 강하게, 스쳐지나가듯 속도를 높이며.

노옹은 맑게 갠 새파란 하늘을 눈을 가늘게 뜨고 바라보았다. 바람이 윙윙거리는 소리가 들린다.

"…사흘 늦은 홍풍이 불어오는군요. 이제 가을이 끝나고, 겨울이 옵니다."

쏴아아아…하고 파도소리 같은 소리가 들리면서 단숨에 강풍이 평야를 가로질렀다.

바짝 마른 검은 비황의 몸이 가루처럼 부서지면서 바람에 흩날렸다.

수려는 흩날리는 머리카락을 손으로 누르며 노옹, 하고 작게 불렀다.
"…자주에는?"
"조금은 날려갔을지 모르지만 황해로 발전할 일은 없습니다. 무리를 이루지 못하면 비황은 자연히 본래의, 무리를 이루지 않는 풀무치로 돌아갑니다."
"…내년 이후에는?"
"…좋은 걸 알려드리지요. 비황의 알은 가뭄에는 끄떡없지만, 천재지변과 집중호우에는 약합니다. 남주에서 황해가 거의 발생하지 않은 것은 비가 자주 내리기 때문이기도 합니다. 이번에 비황 떼가 홍주에서 낳은 알은 지난 3일 간의 비로 대부분이 흘러내려가 사멸되었을 것으로 생각됩니다."
시야 끝에서 연청의 검은 머리카락이 흩날리는 것이 보였다.
"…그러면 앞서 황해가 일어났던 벽주 쪽의 알은?"
"그 대지진이 도움이 되었다고는 입이 찢어져도 할 말은 아니지만, 천재지변에는 지진도 들어갑니다. 그 지진으로 반 이상의 알이 파괴되었을 것으로 생각됩니다. 나머지는 봄에 백성들이 대대적으로 유충잡기를 하면 되겠지요. 표가의 '새잡이'를 일찍부터 내보내면, 무리를 이루기 전에 모두 먹어치워줄 겁니다."
수려는 숨을 들이켰다. 차가운 바람이 엄청난 속도로 평원을 가로질러 저 멀리로 사라져간다.
"그렇다면 황해는."
노옹은 천천히 미소를 지었다.
"――완전박멸입니다. 처음으로, 단 한 번 만에 끝났습니다."
노옹의 흰 수염이 떨렸다. 목소리도. 눈물이 노옹의 주름진 뺨을 방울방울 타고 떨어졌다.
"…저는… 이런 날을 꿈꿔왔습니다. '무능' 이기에 할 수 있는 일이 있다는 말을 형님에게 들은 후로 저는 쭉――… 형님… 류화 님…."
수려는 노옹에게 돌아서서 쓱, 하고 두 손을 모았다. 연청도 따라서 고개를 숙였다.
땅에 무릎을 꿇고 최고의 경의를 표하는 절을 했다.
"――왕의 관리로서, 조정을 대신하여 진심으로 감사를 드립니다. 전면적인 협력 및 황해문제에 대한 표가 일문 전 사원의 도움, 정말로 감사합니다."

노옹의 눈물도, 검은 비황의 사체도, 모두 홍풍이 하늘로 쓸어가버렸다.
파도소리와 닮은 바람의 목소리만이 그 자리에서 끝없이 울려 퍼지고 있었다.

노옹이 깊이 머리를 숙이고, 마중 온 사원 관계자와 함께 돌아간 뒤.
수려는 바람 부는 창오 들판을 둘러보며 연청과 단 둘이서 그 자리에 머물러 있었다. 그 눈은 오로지 주도(州都) 오동으로 향해 있었다. 황해가 종식되었다는 이야기에도 변함없는 날카로움을 지닌 채.
"…연청."
빽빽하게 매달린 비황을 흔들며 놀고 있던 연청이 얼굴을 들었다. 리앵은 그 후 핏기 없는 얼굴로 강청사의 '통로'를 써서 어딘가로 갔다는 얘기를 들었다. 우리는.

"이제 다음 일로 넘어가야지."

수려는 팔짱을 끼고, 먼 홍주부를 도발하듯 노려보았다.

홍주에서 아직도 해야 할 일이 몇 가지 남아 있다.

수려의 뇌리에 마을에서 일어났던 일들이 스쳐지나갔다. 대량의 철탄. 아직 끝나지 않았다. 눈앞의 먹이에 현혹되어 휘둘리기만 하다가 끝나버려서는 안 돼.

"…연청, 말했지. 사라진 홍주산 철탄을 '통로' 저편에서 확인했다고."

"응."

"이대로 돌아갈 수는 없어. 알려줘, 연청. 조사해줬지?"

벼이삭이 바람에 흔들리면서 바짝 마른 풀무치들이 떨어져 가루처럼 사라진다.

남주의 소금과 마찬가지로 엄격한 규제와 관리 하에 있는 홍주의 철탄.

그 관리망을 뚫고 사라졌다는 수수께끼. 대량 유출이 가능했던 이유. 수려는 홍주부를 노려보았다.

"――유출에 관여한 홍주부 고관의 이름을 알려줬으면 좋겠어."

• • ◇ ◇ • •

비황의 괴멸을 그 눈으로 확인한 지미는, 그날 간신히 주목실에서 한숨을 돌릴 수 있었다.

문을 열면 넓은 방 안에 대량의 풀무치 사체가 널브러져 있었다. 지미는 아무튼 창을 열고, 의자와 책상 위에 바짝 말라 죽어 있는 사체를 다 털어냈다. 문뜩 보니 살아남은 몇 안 되는 풀무치도 있었지만, 감염된 탓인지 모두 비실비실해서 날지도 못 하고 비틀거리고 있었다. 지미는 열린 문으로 도망치려는 그 풀무치들을 죽일 마음은 들지 않았다. 눈감아주려고 생각하고 있었는데, 비틀거리며 문에서 나가려는 그 빈사상태의 비황을 무작위로 누군가의 구두가 짓밟아 죽였다.

그 구두의 주인은 그대로 방에 들어와 문을 닫았다.

지미는 담뱃잎을 집어 꾹꾹 담뱃대에 채웠다. 담뱃부리를 물고는 익숙한 동작으로 불을 붙였다.

하늘하늘 담배연기가 피어오르기 시작했을 때, 그제야 지미는 눈을 들었다.

"——순욱."

후우, 하고 지미는 한숨과 함께 보라색 담배연기를 내뱉었다. 어딘지 지친 듯한 빛깔의 담배연기였다.

"…자네지? 경제봉쇄 때 뒤에서 손을 써서 철탄 대량 유출을 눈감아준 게."

순욱은 문에 기댄 채 대답하지 않았다. 그 무표정 아래에서 뭘 생각하고 있는 것인가.

"그리고 강청사에 예정보다 빨리 불화살을 쏜 것도 자네 짓이지?"

"……."

"…어째서 그런 짓을 했나? 홍 어사가 때 맞춰 오지 않았다면 모든 것이 다 허사가 되었을지도 모른다. 또 하나. 내게 올라오는 정보를 규제하고 선별하는 짓도 하고 있었나?"

몇 번이나 몇 번이나, 지미는 물었다.

『그 외에 내게 해야 할 말은 없나?』

『없습니다.』

――없습니다.

길고 긴 침묵이 주위를 감쌌다. 지미는 기다렸다. 지금이라면 그 시간은 무한에 가까울 정도로 있다. 잠시 후, 순욱은 우아하게 팔짱을 꼈다. 바람이 불어치는 창으로 파란 하늘이 보인다.

"…당신은 불화살을 쏜 것은 자신의 지시였다고 말하셨더군요."

이는 지미가 예상했던 것과는 완전히 다른 말이었다.

"저는 당신을 좋아하지 않았습니다."

"…아아, 알고 있다."

좋아할 턱이 없다. 동갑이면서 지미보다 훨씬 먼저 국시에 급제한 명문 출신에, 출세가도를 달리는 대신 지방에서 오랜 연구와 경험을 쌓는 길을 선택한 만큼 지방관들의 신뢰도 두텁다. 시기나 질투는 일절 드러낸 적이 없었지만 자신을 좋아하지 않는다는 건 지미도 알고 있었다. 아마도, 무표정하게 짓밟아 죽인 풀무치만큼이나.

"하지만 나를 끌어내리기 위해 이런 일을 저질렀다고는 생각지 않아. 그런 건 전혀 네놈답지 않으니. 왕계 님을 위해서였다고 한다면 이해할 수 있다. 그러나 이번에는 다르다. 적어도 몇 가지는 말이지. 특히 강청사에 기습 신호를 보내는 시각은 왕계 님의 결정이기도 했다. 그랬는데도―."

"―그 시각은 저는 전달받지 못했습니다. 그 이전에, 강청사

파병 건조차도."

칼로 자르듯 강하게 말을 가로막는다. 그것 역시 지미의 예상과는 다른 대답이었다.

"그렇습니다, 류 주목. 전 상대방을 깔보면서 모시는 일에는 도가 텄습니다. 거기에 하층민 출신에, 말투도 요상하고, 쉰도 넘은 이상한 영감이라는 형용사가 붙는다고 해도, 별 차이는 없었지요."

"…이봐."

"별 차이는 없다고 생각했습니다. 내 쪽이 위라고 우월감을 가질 수 있었다면, 전 지금까지 모셨던 상사에게 그랬던 것처럼 당신의 부관이었을 것입니다. 완벽하게."

그때 처음으로 순욱의 냉정한 눈이 지미를 정면으로 바라보았다.

"…점차로, 초조함이 생기기 시작했습니다. 당신의 말이나 태도 하나하나에 초조함을 느끼게 되었습니다. 당신은 제게 아무것도 알려주지 않고서 전부 자신의 책임으로 결정하려고 했습니다. 남은 식량을 우물에 숨긴 것도, 벽주에서 온 사자에게 거짓으로 답을 한 것도, 다짜고짜 표가계 사원에서 물자를 수탈한 건도, 전부 당신 혼자 책임으로 추진했습니다. 제게는 강청사 건조차 말해주지 않았습니다. 류 주목, 저도 당신에게 물었습니다. 몇 번이나. '제게 하셔야 할 말씀은 없으십니까' 라고. 당신은 대답하지 않았습니다."

"그건──."

지미는 예상치 못한 전개에 어안이 벙벙했다. 뭔가가 생각과는 빗나가고 있었다. 생각이 났다는 듯이 담뱃대를 입에 물었지만 맛을 알 수 없었다. 순욱의 이야기가 어디로 향할지 알 수 없는 것처럼.

"…그건 당연한 일 아니겠나. 그 죄가 어느 정도인지 몰라서 그러는가. 다른 주를 못 본 척하고 식량을 은닉한 일도, 벽주의 사자를 쫓아버린 일도, 치외법권에 침입한 것도. 전부 투옥감이다. 왕계 님과 표가가 오지 않았다면 내가 한 일은 홍주를 지키겠다고 나라의 반을 죽게 내버려둔 것과 다름없는 일이다."

황해가 발생하자마자 마른 우물과 구덩이에 식량을 묻은 것은 대곡창 지대인 홍주의 피해를 최소화하기 위해서였다. 이곳을 지켜낼 수 있다면 나라 전체의 식량창고를 지킨 게 된다. 아무런 대책 없이 그저 북쪽으로 식량을 실어 나르기만 했다면 비황떼가 한 톨도 남김없이 먹어치워 버렸을 것이다. 해결책이 있다면 식량을 풀겠지만, 그렇지 않다면 벽주와 북방 두 개 주는 죽게 내버려두겠다는 결단을 한 것도 알고 있었다.

아무리 홍주 주목에게 절대적인 권한이 있다고는 해도, 한계가 있다.

"두 사람이 한 번에 잘려버리는 건 바보 같은 짓이야. 내가 없더라도 자네가 있으면 당분간 홍주부는 돌아간다. 그렇다고 딱히 자네를 감싼 건 아니야. 주목 자리를 양보하려고 생각한 것도 아니다. 자네가 남을 수 있다면 그쪽이 좋다. 그것이 현 상황에서의 최선이니. 자네가 좋아하는, 합리성이지. 아닌가."

"네── 그렇지요. 알고 있습니다. 그렇게 얄팍한 생각쯤은 굳이 듣지 않아도 알고 있습니다."

드물게 순욱은 될 대로 되란 식의 말투였다. 그런 자신이 싫어진 것처럼도 보였다.

“하지만, 그렇다면 부관인 제가 있는 의미는 뭡니까? 몰래 뒷조사를 하는 건 상관없습니다. 피차일반이니까요. ―하지만 전 주목님이 없을 때 땜빵이나 하려고 홍주부에 있는 것이 아닙니다. 전 주윤입니다. 당신의 부관이자 보좌란 말입니다.”

지미도 머릿속이 혼란스러웠다. 어떻게 해야 좋을지 몰라 다 타버린 담뱃대를 받침대에 놓았다.

“…순욱….”

“하시고 싶은 말씀은 알고 있습니다. 저도 제가 왜 이런 소리를 입에 담았는지 잘 모르겠으니까요. 제가 손해를 볼 일은 하나도 없습니다. 당신에게 모든 책임과 죄를 전가시켜버리고 주목이 될 수 있습니다. 하지만 말이죠, 점점 열 받는 겁니다. 말도 안 되는 영감탱이 주목의 빤한 수에 잠자코 편승해서, 그럴싸한 말 한두 마디 해봤자 아무 재미도 없지 않습니까. ―주목과 주윤이란 건 일련탁생(一蓮托生), 운명 공동체란 말입니다. 한 번 그 자리에 앉으면 공동책임입니다. 그럴 각오로 수락했던 겁니다. 당신이 그걸 아직까지 전혀 깨닫지 못하고 있다는 게 제일 마음에 안 들었어!!”

순욱이 감정적이 된 것을 본 건 이번이 처음이었다. 출신도, 자라난 환경도, 성격도 완전히 다르다. 지미는 순욱에게 열등감을 느끼고 있었다. 선망의 감정도 있었다. 때때로 내가 없어도 순욱이 있으면 괜찮아, 라고 어딘가 씁쓸한 마음으로 생각한 적도 있었다. 순욱 자신도 그렇게 생각하고 있는 줄 알았는데.

불현듯 강청사 건을 논의하던 중 왕계에게 들은 한 마디가 떠올랐다.

『…말할 필요는 없을 듯하여.』

『멍청한 놈.』

그 의미.

확실히 지미도 순욱에게 전달되는 정보를 규제하고 있었다. 그건 순욱을 의심했기 때문이기도 했지만 마지막에 혼자서 책임을 지기 위해서이기도 했다.

왕계의 지시를 무시하고 순욱이 쏘아올린 불화살. 그때 불화살 신호가 빠르면 빠를수록 좋았던 것은 분명하다. 표가가 설득되기를 기다릴 정도의 여유는 더 이상 어디에도 없었다. 사태는 긴박했고, 지미가 기다렸던 것도 오로지 왕계에게 설득당했기 때문이었다.

순욱이 알았다면 바로 습격을 하라고 지시를 내렸을 것이다. 지미가 왕계에게 말했던 것처럼.

──제게도 책임을 지게 해주십시오, 라고.

"…잠깐만, 순욱. 그렇다는 것은… 그렇다는 건… **자네가 아닌 건가**?"

"……."

"경제봉쇄의 혼란을 틈타, 대량의 철탄과 기술자를 어딘가로 빼돌리는 서한에 도장을 찍은 사람이."

순욱은 청년처럼 팔짱을 끼고 문에 기댔다. 길고 긴 침묵이 흘렀다. 휘이잉, 하고 홍풍의 울음소리가 들려오자 비황이 타그락 타그락 굴렀다. 이윽고 순욱이 중얼거렸다.

"…접니다."

한숨을 쉬는 것처럼. 그 순간, 뭔가 소중한 것을 놓아버린 듯한 고통스러운 눈빛으로 먼 곳을 본다.

"…원래 계획대로였다면, 말이죠… 하지만 도중에 도장을 찍고 싶지 않아졌습니다. 전에 말하지 않았습니까. 갑자기 싫어진 겁니다. 그래서 다른 자가 찍었습니다."

"다른 자?!"

"꼭 제 도장이 아니더라도 이제는 누구나 가능합니다. 홍주의 군태수는 반 이상이 왕계 님을 지지하고 있습니다. 경로만 그르치지 않으면 미리 손을 써서 무사통과할 수 있습니다."

그 순간, 지미의 뇌리에 한 사람의 이름이 떠올랐다.

아무리 손을 써놓는다고 해도 반드시 통과해야만 하는 관문이 있다. ——주경(州境).

"동파군 태수, 자란인가…!"

홍주에서 손꼽히는 명태수. 주윤의 도장이 없더라도 그의 말을 의심할 자는 아무도 없다.

"봄에 중앙에서 위폐소동도 있지 않았습니까. 혼란을 틈타 사라진 대량의 남주산 소금과 막대한 금도 마찬가지입니다. 남주군 태수도 이제는 반 이상을 왕계 님 일문이 독점하고 있으니까요… 이제 슬슬 때가 됐는데."

"…때가 되다니?"

"새벽녘에 비황의 감염과 진압을 확인한 왕계 님이 그 후에 어디로 사라지셨는지 알고 계십니까? 그렇습니다. 벌써 진즉에 오동을 떠나 전속력으로 왕도를 향해 귀환 중이십니다. 지금쯤 랑연청도 따라잡지 못할 정도로 멀리까지 가셨을 겁니다. 홍수려가 왕계 님을 붙잡아 놓지 못하도록, 뒤를 쫓지 못하도록 해 놓고 신속하게 왕도로 귀환하시는 겁니다. 그 시간을 벌어드리는 것이 제가 할 수 있는 마지막 일이라서요."

지미는 혼란스러운 머리를 흔들었다.

"…왜지? 도중까지 자네는 그럴 마음이었어. 내 입으로 말하긴 뭣하지만, 왕계 님과 나를 저울질하다가 내 쪽으로 기울어졌을 리는 없다. 지금 이 순간조차도 자네는 왕계 님을 위해서 쓰고 있으니까."

순욱은 아무 말 없이 지미가 앉아 있는 책상에 다가갔다. 내팽개쳐놓은 담뱃대를 우아한 손놀림으로 집어들더니 새 담뱃잎을 눌러 담았다. 담뱃부리를 닦아내더니 가볍게 물고 불을 붙였다.

"전 지금도 왕계 님이 적임자라고 생각합니다. 다른 자들과 마찬가지로."

순욱이 피우자, 담배연기조차도 청아하고, 귀하게 자란 규수처럼 부드럽게 맴돈다.

"명문 출신이기 때문이 아닙니다. 이권이나 국시파에 대한 원망과 시기 때문에 협력하는 귀족도 있지만 소수파입니다. 신기하게도 젊을수록 왕계 님이기 때문에 따르고 있습니다. 곁에 있는 자일수록 그 분이야말로 적임자라고 생각합니다."

선왕과 같은 절대적인 신성은 없지만, 조용히 사람의 마음을 움켜쥔다.

"…저희 같은 몰락한 귀족들은 선왕인 전화의 '그늘' 입니다. 앞으로는 다른 시대가 온다며 모조리 가문을 멸족시키고, 재산을 압수했으면서 전화왕과 소 재상은 가장 거대한 팔색(八色) 대귀족만은 해체시키지 않았습니다. 다른 귀족들은 문하성에 처넣었고, 아들인 자류휘는 남의 의견을 들을 줄 모릅니다. 점점 더 채칠가만을 총애했지요. 특히 홍남양가를 말입니다. 전형적인 어리석은 왕입니다."

지미는 부정하지 않았다. 설령 이 이야기가 왕계를 위한 시간

벌기용이라 할지라도.

"…그런 모순이 있다는 사실에 모두가 눈치를 채고 있습니다. 저희를 잘라 내쳐버린 것에 의미가 있다면 괜찮습니다. 하지만 그렇지 않다면 저희에겐 화를 낼 자격이 있습니다… 잃어버린 것도, 놓아버린 것도 소중하지 않아서가 아닙니다. 왕계 님은 말입니다, 그 상징입니다. 그 정도의 사람을 왕은 이 3년 동안 한 번 돌아보지도 않았습니다. 채칠가의 이름에 눈이 멀어 총애를 한다면 과거의 귀족제와 다를 바 없지 않습니까. 지금이야말로 칠가 우선주의를 쓸어낼 수 있는 기회이건만, 왕 자신이 모든 것을 망가뜨리고 있습니다. 중앙, 지방 할 것 없이 3년 동안 인내해왔습니다. 이제는 한계입니다. 자류휘에게는 무엇 하나 기대할 수 없습니다. 하지만 아직 왕계 님이 계십니다—."

비온 뒤 죽순 같던 다른 귀족들을 모조리 쓸어낸 결과, 남은 채칠가에게 점점 더 많은 돈과 권력이 집중되었다. 왕계는 이를 처단하기 위해 몰락한 귀족들을 단련시켜 국시파와 채칠가의 인간과 경합을 벌여 물리치고, 차례차례로 요직을 쟁취하여 진지를 구축해갔다. 모두 **각자의 실력만으로**.

"그 분이 앞으로 만들어갈 세상을 보고 싶다. 전 지금도 그렇게 생각하고 있습니다."

"…그렇다면 어째서."

"어째서일까요. 갑자기 싫어졌습니다. 정해진 계획대로 일이 진행되는 걸 보니."

순욱은 천천히 책상을 돌아, 열린 창문을 통해 아래를 내려다보았다. 그 모습에 지미는 묘한 부자연스러움을 느꼈지만 그것이 무엇인지는 알 수 없었다.

"제가 주목으로 승진하면 이 홍주는 저희 손에 떨어집니다. 이번 황해는 절호의 기회였습니다. 그저 가만히 기다리기만 하면 되는 일… 그런데 그렇게 단순한 일을 하는 것이 갑자기 싫어진 겁니다."

황해 때문에 동분서주하며 모든 죄와 책임을 혼자서 짊어지고 대처하려는 지미를 보고 있자니, **고작 그런 이유로** 모른 척하고 있는 자신이 싫어졌다. 중앙의 정쟁 때문에 주윤 자리에 앉아 있는 것이 아니다. 문뜩 강하게 가슴에 분노와도 닮은 감정이 치솟았다.

이런 위급 시에 백성들을 최우선적으로 생각하고 움직이지 않는 주윤이라니 말이 되는가. 이곳에 있는 의미가 없지 않은가. 자신보다 바보이고, 교양도 없고, 그런데도 깔볼 수 없게 된 류지미가 당연하다는 듯이 아무 말 없이, 자신의 도움을 바라지 않는 것이 무엇보다도, 눈이 뒤집힐 정도로 화가 났다.

후우, 하고 순욱은 담배연기를 내뿜었다… 사실은 알고 있었다. 주절주절 늘어놓은 핑계를 치워버리면 남게 되는 단 한 가지 단순한 사실. 왕계를 배신한 것은 아니다. 그저——.

"…당신을, 내쫓지 않고서 홍주를 손에 넣을 수는 없습니다. 하지만… 조금만 더, 당신이 다스리는 홍주를 보고 싶었던 건지도 모르겠습니다. ——당신 밑에서."

미소를 짓는다. 그러면서 순욱은 천천히 창밖으로 얼굴을 돌렸다. 마치 무언가를 기다리는 것처럼.

지미는 온몸의 솜털이 곤두서는 것을 느꼈다. 순간, 방금 전의 부자연스러움의 이유가 생각났다.

"————!!"

의자를 박차고 순욱에게 손을 뻗었다. 누군가 뭔가를 외친 것 같기도 했지만 알 수 없었다.

홍풍 속을 뚫고 화살 한 촉이 창문을 통해 날아들었다. 분명 순욱을 노리고.

턱, 하고 둔탁한 소리와 동시에.

…주목실에, 시뻘건 선혈이 튀었다.

"——류 주목!! 홍수려입니다. 들어가겠습니다!!"

외치면서 수려는 말 그대로 문을 걷어차 열어젖히면서 연청과 함께 주목실로 뛰어들었다.

끔찍한 붉은색이 눈에 들어왔다. 상황을 파악하고는 재빨리 문을 잠가 차단했다.

"들어오지 마세요!! ——연청!!"

연청은 바닥을 차고 올라 주목 책상을 딛고, 단걸음에 류지미와 순욱 곁으로 몸을 날렸다. 두 번째 화살을 팔로 쳐내고서 창문의 덧창을 닫았다. 탁, 하고 세 번째 화살이 박히는 소리가 들렸다.

…침묵이 흘렀다. 이윽고 느릿느릿한 류지미의 목소리가 들려왔다.

"…하필이면 홍 어사가 들이닥치다니. 벌써 철수한 줄 알았다고…."

"——류 주목님!!"

지미의 팔에는 깊게 화살이 박혀 있었다. 피가 옷소매를 순식간에 시뻘겋게 물들이며, 팔을 타고 떨어졌다. 그 팔로 막은 순욱의 가슴 위로.
순욱은 멍하니, 자기 몸에 떨어지는 시뻘건 액체를 응시하고 있었다.
"의원을——."
"…잠깐만 기다려주겠나, 홍 어사. 잠깐 할 말이 있어서. 괜찮아, 팔이고 하나밖에 안 박혔으니. 목에 화살 박힌 오리도 느긋하게 호수 위에 떠있는 거, 자주 보지 않나."
"자주 볼 리가 있겠어요?! 그리고 그 오리도 장식으로 화살을 꽂고 있는 게 아니라고요!!"
기운찬 목소리에 지미는 살 것 같았다. 웃으면서 연청의 손을 빌려 지미는 간신히 순욱 위에서 몸을 일으켰다. 벽에 등을 기대고 앉자, 연청의 화난 듯한 눈이 보였다.
"…지미 님… 조심하시라고 했잖습니까… 응급처치만 해놓을게요."
"미안하다, 미안해. 팔로 끝났으니까 좀 봐줘라. 다행히 독화살도 아닌 것 같고."
연청은 자신의 옷소매에서 부드러운 부분을 찢어 재빨리 지혈을 했다. 그리고는 푹, 화살을 잡아 뺐다. 수려는 눈을 꼭 감았지만 지혈해놓은 덕분에 피가 뿜어져 나오지는 않았다.
시야 끝에서 순욱이 비틀거리면서 일어섰다. 관복의 가슴부분이 지미의 피로 빨갛게 물들어 있었다. 자기 자신의 장례식을 보는 것 같은 얼굴이라고, 지미는 생각했다. 살아남은 자의 얼굴이 아니라, 죽지 못한 자의 얼굴이다. 이제야 순욱을 제치고 앞에 설 수 있게 된 것 같았다.
"순욱, 무사하면 내 담뱃대를 돌려주게."

귀찮다는 듯이 손을 내밀자, 순욱은 그제야 생각이 난 것처럼 계속 손에 들고 있던 담뱃대를 보았다. 순욱은 중얼거렸다. 엉뚱하고, 혼란스럽고, 바보 같은 말을.

"…안의 담뱃잎, 다 쏟아져서 없는 것 같은데요…."

"괜찮다, 빈 담뱃대라도."

지미는 빈 담뱃대를 물었다. 남아 있는 담배 향을 맡으니 스윽, 마음이 차분해졌다. 찌르는 듯한 팔의 통증에 눈썹을 찡그렸다. 지미 역시 태연한 건 아닌 것이다.

연청이 응급으로 지혈을 해주긴 했지만, 옆에 선 소녀는 한시라도 빨리 의원에게 데리고 가고 싶은 걸 입술을 앙다물고 어떻게 참고 있는 것 같은 표정이었다. 후, 하고 지미는 숨을 뱉었다.

"…순욱… 나는 말이야, 상황에 따라서는 왕계 님이라도 괜찮다고 생각했었다."

움찔, 하고 수려가 노골적으로 반응을 한 것을 그 자리에 있던 전원이 느꼈다. 너무 알기 쉽다.

"그래서 자네가 주목이 되는 것도 괜찮다고 생각하고 있었어. 솔선해서 자리를 양보할 생각은 없었지만 이번에 머리 한 구석에서 슬쩍 자네와 같은 생각을 했던 건 사실이다… 하지만 역시 관두겠어."

지미의 얼굴에 웃음기는 없었다. 팔의 상처를 보았다. 오랜만에 느끼는 통증이다. 몇 십 년 만의 통증.

몇 십 년 만의, 분노.

"…난 말이지, 더 좋은 임금님이 되어준다면, 어느 쪽이라도 상관없네. 평민이고, 졸병 출신이고, 사고는 단순한 인간이니까. 위가 나쁘면 모든 것이 나빠진다. 그것만은 알고 있지. 그렇지만, 절대로 양보할 수 없는 선이 있다네… 솔직히 홍주산 철탄과 기술자가 사라졌을 때부터 생각했던 일이지만."

홍주를 다스리는 자라면 그 의미는 잘 알고 있다. 그렇기에 마지막 순간까지 순욱이 도장을 찍었다는 것을 인정하고 싶지 않았다. 그러나 지금 순욱의 굳은 표정을 보면 순욱이 **도장을 찍지 않은 이유**도, 지미와 같을 것이라는 생각이 들었다. 그것만이 유일한 위안이 되었다.

홍가와 특정 기술자에게만 계승되고, 절대로 외부로 유출되지 않았던, 철의 대량생산을 위한 제철 기술.

——전쟁 시 월등하게 많은 무기의 대량증산이 가능해진다. 그것이야말로 홍가가 역대 전쟁에서 강했던 이유 중 하나이기도 하다. 어마어마한 철탄이 필요하지만 매장량이 풍부한 홍주에서라면 가능하다.

최악보다는 나은 세상. 삐거덕거리며 위태로운 짐마차라도, 어떻게든 앞으로 나아갈 수 있었다. 지미는 그런 세상이 좋았다. 인간다움을 짐마차에 싣고서, 무겁더라도 버리지 않고 끌고 가는 세상. 그것에 어떤 가치가 있는지, 지미는 알고 있다. 전쟁에서 살아 돌아왔으면서 자살한 친구를 둔 지미이기에.

"—난 말이지, 순욱. 전쟁을 생각하는 왕만큼은 절대로 인정하지 않겠다고 결심했네. 아무리 뛰어난 사내라고 할지라도. 그것이 양보할 수 없는 선이야. 안이하다고 비난받더라도, 그게 나야. 그렇기에 난 왕계 님에게는 붙지 않는다. 주목도 그만두지 않아. 지금 정했다. 바로 지금."

"주——."

"나도 화가 날 때는 있어. 자네, 뭔가 아름답게 죽을 생각이었던 모양이지만, 웃기지 말라고. 감상적인 흉내나 내고 자빠져서는. 자네의 암살까지 내 소행으로 몰아붙여서, 바로 실각시킨다는 일석이조를 노렸을 테지만 말이지. 그런 수에 가담해서 어쩌자는 거야!!"

"……아."

순욱이 그제야 깨달았다는 듯이 멍청하게 입을 벌렸다. 수려와 연청의 입에서도 동시에 '아' 하는 소리가 흘러나왔다… 정말이다. 하지만 그것도 사전에 위사(衛士)에 호위까지 남김없이 물렸던 류 주목 탓이기도 한 게 아닐까 싶긴 했지만, 수려는 입 밖으로는 내지 않았다.

"아, 하고 있을 때냐, 멍청아. 이래서 귀하게 큰 도련님은 안 된다니까! 뭐, 그런 건 어쨌든 상관없다. 내 부관을 내 눈앞에서 암살하려는 수작이라니. 절대로 용서할 수 없어. 그냥 지켜볼 것 같으냐. 아── 담뱃잎이 안 들어 있잖아, 이 담뱃대!! 아가씨, 담뱃잎 좀 넣어줘! 연청, 불!!"

수려는 그만 얼떨결에 담뱃잎을 집어 담뱃대에 채워 넣었고, 연청도 하인처럼 굽실거리며 불을 붙여주고 말았다.

젊은 남녀에게 부지런히 담배 시중을 들게 하는 모습을 보던 순욱은 불쑥, 중얼거렸다.

"…뭐랄까, 위험한 취미를 가진 오십 줄 변태 영감으로 보입니다, 류 주목."

"시끄럽다. 하지만 기분이 좋은 건 확실한걸. 우훗, 나 이런 취미 어울리나봐."

지미는 이제야 진짜 담배를 즐길 수 있었다. 후, 하고 숨을 뱉자 하늘하늘, 연기가 살아있는 것처럼 주위를 맴돈다.

"…자네를 죽여서 입을 막으려고 했다. 사법 개입을 허용하지 않도록 말이지. 나는 그건 용납하지 않겠어. 절대로. 누구의 앞잡이이건 간에, 왕계 님이 전혀 눈치 채지 못했을 리는 없다. 지금, 알았네. 정 안 되면 그것도 어쩔 수 없다고 생각한 거지. 어쩔 수 없다? ──어쩔 수 없어서 일으키는 전쟁 따위 그냥 둘 수 없지."

그 단어에, 수려는 입술을 깨물었다. 줄곧 입에 담지 않았던 단어.

"그럼, 역시 그 막대한 철탄과 기술자를 빼돌린 이유는──."

수려의 그 말에 지미의 눈이 휘둥그레졌다. **그 철탄**, 이라고 그녀는 말했다.

"…설마, 자네──."

"발견했습니다. 기술자는 아직이지만. 사라진 철탄은 이 눈으로 확인했습니다."

"어떻게!! 이쪽도 혈안이 돼서 찾고 있었단 말이다. 그랬는데도."

수려는 조금 웃었다.

지미는 이 시점에서 조금 혼란스러워졌다. 정말로 눈앞에 있는 것이 18세 소녀란 말인가.

"잠깐. 어떻게 순욱이 아니라는 걸 알았지? 나조차도 순욱이라고 짐작하고 있었는데."

"글쎄요. 순욱 님을 의심할 만한 조건은 갖춰져 있었고, 사실 완전히 관계가 없는 건 아니라고 생각합니다. 그렇지 않다면 **협의도 뒤집어씌울 수 없지요**. 3할 정도는 아직 의심하고 있었어요. 확인을 하려고 이곳에 왔던 거죠. 하지만 만약 범인이 아니라면 순욱 님의 목숨이 위험하다고——."

누군가를 대신해서 살해되려고 했던 순욱.

"그렇군… 순욱을 죽이면 거기에서 실이 끊어진다. 살려두었다가 어사에게 끌려가면 완전히 관계가 없는 건 아니니 누군가의 이름을 불 수도 있지. 죽여서 자란의 죄를 뒤집어씌우는 편이 낫다 이건가."

자신이 할 수 있는 마지막 일이라고 말했던 순욱. 지미는 아연실색한 채 중얼거렸다.

"자네는 순욱을 지키러 온 건가."

"네. 만약 이미 돌아가셨다면, 그 다음 창끝은 류 주목님에게 향하게 될 테니까요."

"그렇겠지. 부하들이 한 일이라 난 아무것도 몰랐다고는 할 수 없으니까. 봐라, 순욱. 자네가 죽었으면 나까지 취조당할 뻔했잖아. 이 이상 괴상한 형용사를 멋대로 덧붙이진 말아달라고. 개성이 지나치면 써주는 데가 없으니까 **적당선**까지만 해왔단 말이다."

그게 적당선이었구나… 하고 나머지 세 사람은 생각했다. 하지만 그 '적당'이라는 판단에 상당히 문제가 있는 것 같았다.

지미는 빤히 수려를 올려다보고 웃었다. 졌다, 정말로.

"…와줘서 살았네. 고맙다. 그래서? 순욱을 취조할 건가?"

대답을 대충 짐작하면서도 물어보았다. 그러자 예상대로의 대답이 바로 돌아왔다.

"아닙니다. 먼저 왕계 장군님을 쫓을 겁니다. 신경 쓰이는 점이 있어서."

"거두절미하고 초대형 거물과 정면으로 대적하는 건가? 최말

단인 어사면서. 그리고 안타깝게도 이미 늦었다. 벌써 오동을 떠났어. 순욱 자살사건은 그걸 위한 시간 벌기 작전이기도 했으니까."

"쫓지 않을 이유가 되는지요? 그 중 어느 하나라도?"

딱 잘라 말하며 차분한 눈으로 바라본다. 지미는 미소를 지었다. 어린 풀 같은 그 청렬(清冽)함에.

"——아니구나."

푸른 하늘을 나는 커다란 흰 새를 올려다보았던 지난 날. 더 좋은 세상이 앞으로 펼쳐지리라 생각했었다.

검은 연기와 시체밖에 없던 그 세상이, 돌을 쌓아올리듯 하나 하나 시간을 거듭하여 이런 어사가 태어나는 나라가 되었다면, 자신들이 살아온 길도 나쁘진 않다. 전혀.

"순욱 님은 당분간 류 주목님의 재량에 맡기겠습니다. **홍주 주목 암살미수 사건의 목격자**이기도 하니, 중요 증인입니다. 소중하게 다루어 주시기만 한다면, 지금까지처럼 일을 시키셔도 괜찮습니다."

지미와 순욱은 어안이 벙벙했다. 잠시 후, 지미는 담배연기를 내뿜으며 웃었다.

"…그렇군. 사정을 모르면 그렇게 보일 수도 있겠어. 팔도 이 꼴이고 하니, 순욱은 말 그대로 내 한쪽 팔이 되어 당분간 죽을 만큼 일을 해줘야겠는걸. 최정예 호위를 붙여서."

"나중에 돌아와서 확실하게 조사하겠습니다! 그때까지만입니다. 아마도… 잊지 않는다면…."

지미는 웃으면서 순욱에게 턱짓을 했다. 여러 가지 의미를 담아 감사를 표했다.

"감사의 뜻으로 준마(駿馬)와 선인(仙人)의 고문서를 준비하도록 하지. 순욱, 지금 당장 한 줄 써서 내 주목 도장과 주윤 도장 두 개를 찍어서 건네주도록. 그걸 보이면 어떤 부서, 어떤 관문이라도 대부분의 요구는 두말없이 들어줄 마법의 서한. 홍주 한정. 출세란 건 정말 멋지다니까. 나, 근사한 선녀 같은 누님 주목이잖아. 근데 이제 내 팔도 한계야. 으으, 의원――! 왠지 또 강이 보인다――."

강?! 수려는 순욱에게서 누님 선인의 고문서(하지만 공문서)를 받아들면서 비명을 질렀다.

"삼도천(三途川) 얘기예요?! 건너면 안 돼요!! 화살 박힌 오리 상태로 무리하니까 그렇죠!"

"하지만 의원은 싫은걸… 옛날에 나를 살짝 맛이 간 이상한 놈 취급했다고…."

그건 의원 탓만 할 일은 아닌 것 같다고, 수려와 연청은 생각했다. 하지만 그 말의 이면에는 표층적인 의미보다 더 깊은 뜻이 숨겨져 있는 것 같기도 했다.

연청이 부축하려고 했지만 지미는 가볍게 고개를 옆으로 저으며 거절했다.

"괜찮다. 자네들은 먼저 가게. 의원에게는 순욱에게 데려다 달라고 할 테니까. 홍 어사."

돌아본 수려에게 지미는 미소를 지었다. 이제는 더 이상 여심의 조카로 보고 있지 않았다. 전혀.

"자네에게는 정말로 큰 도움을 받았네. 몇 번이고 감사드리네."

"아닙니다. 그게 제 일인걸요."

생긋 웃으면서 그렇게 말한다. 정말로 별 일 아니라는 듯이.

"나는 왕의 아군이 되겠다고는 말할 수 없지만, 왕계 님에게는 붙지 않는다. 그것만은 약속하지. 하지만 만약 일이 터지면 나는 언제라도 내게 맡겨진 백성을 지키기 위해 백기를 흔들면서 왕계 님에게 항복할 걸세. 내 목 하나로 끝난다면 그렇게 할 거야. 내게도 목숨을 바쳐 지켜야 할 것이 있으니."

"…그건 아니라고 생각합니다."

"뭐?"

"목숨을 바칠 거라면, 저라면 다른 걸 하겠어요. ──그걸 위해서 다녀오겠습니다."

깊게 고개를 숙이더니 홍수려는 꽃처럼 웃으며 발길을 돌려 주목실에서 나갔다.

지미는 어안이 벙벙한 채로 연청을 보자, 연청도 씩 웃으며 손을 흔들고는 자리를 떠났다.

연청과 엇갈리듯이 주관들이 방 안을 들여다보다가 지미와 순욱과, 두 사람의 피로 물든 관복을 보고는 하나 둘씩 비명을 지르기 시작했다. 우왕좌왕, 의미 없이 뛰어다니는 주관들 사이로 수려와 연청이 사라져가는 것이 보였다. 지미가 순욱을 올려다보자, 완전히 똑같은 얼굴을 하고 있었다. 아연실색.

"순욱, 임금님에게 전혀 좋은 점이 없다고 했지만 사실은 몇 가지 있네. 거기에 저 아가씨를 관리로 발탁한 걸 하나 더 추가해야겠군."

주워서 단련시켜 키운 건 규황의들이지만, 처음에 그녀를 발탁한 건 그 왕이었다.

지미가 다치지 않은 쪽 팔을 내밀자, 순욱은 싫어하는 표정을 지으면서도 잠자코 부축했다.
간신히 일어났을 때, 문뜩 순욱이 창 쪽을 돌아보았다. 화살이 날아왔던 그 창을.
순간적으로 그때처럼 뭔가를 기다리는 듯한, 먼 곳을 보는 듯한 눈빛이 스쳤다. 지미는 담뱃대를 물었다.
"——순욱, 더 이상 화살을 날아오지 않아. 포기하고 살아가게."
"……."
"자네는 벌써 선택을 했어, 이쪽을. 저쪽으로는 갈 수가 없었지. 그런 인간인 거야. 자네를 이쪽에 붙잡아 놓은 건 내가 아니야. 자네의 마음이지. 여러 가지 핑계를 내세웠지만, 사실은 전쟁준비에 가담하는 계획에 자기 도장을 찍을 수 없었던 거다. 허가를 내릴 수가 없었던 거지… 아닌가?"
지미와 순욱은 동갑이고, 같은 시절을 살아왔다. 전쟁이 끝난 시절을. 그러나 전쟁을 알건 모르건 전쟁을 일으킬 자는 전쟁을 벌이는 법. 순욱은 **저쪽 인간**은 될 수 없었다. 단지 그뿐이다. 하지만 지미에게는 그것이 무엇보다도 가치 있는 판단. 진심을 담아, 지미는 중얼거렸다.
"난 기쁘게 생각하네. 왕계 님을 계속 존경한다 해도 상관없어. 그 마음 그대로 이쪽에서 살아가게."
순욱의 눈이 창문에서 지미 쪽으로 천천히 옮겨왔다. 마치 살아갈 세상을 선택한 것처럼.
욱신거리는 팔을 무시하며, 힘없이 지미는 웃었다.
"난 자네가 없는 세상보다, 있는 세상이 더 좋네. 그러니까 부디 **이쪽**에 있어달라고. 소중한 사람을 배신하고 이곳에 남는 건 아니라는 걸 내가 알아주겠네. 그걸로는 안 되겠나."
"…한쪽 팔 대신할 사람도 찾기 힘들고?"
"아아, 맞다맞다맞다, 그거 중요하지. 그리고… 친구의 자살을 보는 건 한 번으로 족하니까."
순욱은 눈을 내리깔고 조용히 숨을 뱉었다. 패잔병의 얼굴이었다. 순욱이 죽지 못했을 때 그는 진 것이다. 마지막 순간에 지미가 이겼다. 그걸 이제 받아들이고, 싸우길 포기한 패잔병의 얼굴이었다. 그렇게 삶을 선택한 얼굴.
"기상천외 기기묘묘한 누님 주목에게 친구라고 불리다니, 저도 이제 볼 장 다 본 판이군요…."
그리고 두 번 다시 순욱은 그 창문을 돌아보지 않았다.
문뜩, 지미의 눈앞에 검은 그림자가 스쳤다. ——우아하고 아름다운 검은색 나비였다. 수려를 쫓아가려는 듯 팔랑거리며 문 저편으로 사라졌다. 환영? 지미는 눈을 깜빡였다. 왜 그런지 그 철나비로 보였다.
목숨을 걸고 이어가며 필사적으로 대륙을 건너는 아름다운 흑나비. 아직 보지 못한 그 앞의 세상을 향해.
잠깐, 그 나비와 결연하게 사라져 간 홍수려의 뒷모습이 겹쳐 보였다.
"…목숨을 걸 거면 다른 일에 걸겠다, 라."
"그렇게 말했죠."
"보고 싶군… 그 소녀가 살아가며 만들 앞날의 세상이 보고 싶어."
지미를 우선 긴 의자에 눕힌 순욱은 싫은 표정을 지었다.
"…불길한 소리 하지 마십시오. 꼭 홍 어사가 죽기라도 할——."
그때 의원과 함께 홍주 주부 선동관이 달려 들어왔다.
"—주목님! 하늘을 보십시오. 주목님이 괴한에게 습격을 당한 것도, 저 계시 때문이었는지도."
아무래도 조심스럽게 순욱이 창문의 덧창을 올렸다. 하늘을 올려보고는 표정이 굳어진다.
"…붉은 혜성입니다. 이동할 별자리는 천기에서 직녀. 저렇게 큰 건… 좀처럼 없었는데."
"별로 듣고 싶지는 않지만… 의미는?"
"흉조입니다. 그리고."
옥좌의 교체, 라고 순욱은 불쑥 중얼거렸다.

저 아래에서 소녀를 태운 말 한 마리가 도개교를 뛰어넘었다. 귀양을 향해, 요성의 방향으로 달려간다. 순욱에게는 그것이 붉은 재앙의 별에 홀로 덤벼드는 외로운 그림자처럼 보였다.

"…연청, 늦지 않게 갈 수 있을까?"
"응—— 일단 누님 주목의 고문서 덕분에 마구간에서 제일 좋은 말을 거리낌 없이 강탈해 오긴 했지만."
타고 있는 건 마구간지기가 '그 말만은 데려가지 말아주세요오!' 하며 울고불고 하는 걸 걷어차고서 뺏어온 말이었다. 실제로 어마어마하게 빨라서, 말 그대로 나는 것처럼 달리는 준마였다.

"적토마네, 어쩌네 하면서 울던데… 적토마가 뭐야?"
"글쎄――? 말에는 흥미가 없어서. 홍주는 말까지 빨간 털이라는 건 알았지만."
풍경이 순식간에 뒤로 흘러간다. 그래도 수려에게는 답답할 정도로 느리게 느껴졌다.
오동을 나와 곧바로 자주 방면으로 속도를 올리며 달려온 연청은, 마침 정면에 보이는 하늘에 덩그마니 떠오른 붉은 혜성을 보고 신음했다. 갈 때는 혜성을 등지고 있었기 때문에 전혀 알지 못했다.
"…우와――… 불길한 별이 떴잖아. 풀무치에, 별까지. 정말 엎친 데 덮친 격―― 우리 임금님."
"시끄러워, 연청. 흉조인 요성이 떴던 말건, 원래 위태위태한 상황이란 거에 아무런 영향도 없어. 점점 더 나빠진다고 해도 별 때문이 아니라고. 하늘의 장식일 뿐이야, 장식."
"그런 점에선 아가씨는 현실적이지… 역시 귀양 출신은 달라. 하지만 저 위치… 귀양에서면 더 전부터 보였을지도 모르겠는데."
수려의 표정이 험악해졌다.
"…그거, 언제부터였는지 대충 계산할 수 있어?"
"우――웅, 하지만 아가씨가 사라진 다음일걸? 그것도 요성의 저주 때문이라고 그랬을라나? 아핫?"
"잠깐마안. 저주받을 정도로 나쁜 짓은 안 했어. 최소한 신선에게 홀렸던 거라고 말해줘!"
그래도 연청이 무슨 말을 하려는지는 이해할 수 있었다. 지금 막 빠져나온 오동이 그랬다. 요사스러운 붉은 빛으로 빛나는 요성이 나타난 걸 알아차린 사람들은 저마다 하늘을 가리키며 불안한 얼굴로 수군거리고 있었다. 황해도 흉조의 전조였던 것이 아니냐는 속삭임도 헤아릴 수 없을 정도로 들려왔다.

"잠깐만, 그럼 계속 보름에서 한 달 정도 하늘에 떠 있었다는 거야?"

"아마 겨울 내내 떠 있을 거야. 스승님에게 전에 배운 게 맞다면."

"혜성이란 건 떨어지는 거 아니었어?! 그렇게 오랫동안 하늘에 머물러 있는 것도 있어?!"

"뭐라더라, 종류가 다르다던가. 나도 잘은 몰라. 하지만 별의 종말이라고 했었어."

"…별의 종말…."

잘 알 수는 없었지만 그 말은 특별한 울림이 있는 것 같았다.

"촛불처럼 다 타버리기 전에 한층 더 밝게 빛나면서 새빨갛게 불타는 거지. 그러다가 산산조각 나서, 몇 천 개의 유성우가 밤하늘에 쏟아진다…고 했던가."

"시인 같잖아."

수려는 정면 하늘에 작게 떠오른 붉은 별을 노려보았다. 흉조.

"홍주에서 왕계 님을 따라잡는 건 어려울 거야, 아가씨."

"…알고 있어. 여우가면이 그 산에서 발을 묶어놓았던 것도, 순욱 님의 일도, 아마도 그 시간을 벌기 위한 일들. 그래도 주경(州境)인 동파군까지 최대한 서둘러줘. 태수인 자란도 잡아야 하니까."

그 산은 자주의 어딘가에 있다고 리앵이 그랬다. 원래 번뇌사의 '통로'를 사용할 수 있을지 어떨지는 표가에 달려 있었고, 대량의 철탄을 전부 그 좁은 사원의 '통로' 로 운반하기에는 엄청난 일손이 필요해서 전혀 현실적이지 못하다. 처음부터 '통로'를 사용하지 못하더라도 확실하게 대량수송이 가능한 수단을 확보해놓았으리라고 생각했어야 했다. ――그렇다면 주경(州境), 동파군 태수의 통행허가가 있으면 된다.

"'빈껍데기' 에게는 완전히 속았지만, 이번에는 살아있는 인간. 악행의 증인도 될 수 있어. 절대로 **잡아넣겠어**. 그리고 이 추리가 맞는다면 왕계 장군님도――."

"뭐?"

"왕계 장군님도 깜짝 놀랄 테니까 생색내면서 선심을 쓸 수 있을지도."

생긋, 수려는 웃었다. 지금 이런 상황에서 이런 식으로 웃을 수 있을 정도의 여유를 보였다. 연청은 기묘한 느낌이 들었다. 점점 앞으로 나아간다. 연청의 상상을 훨씬 뛰어넘어서.

'…더, 보고 싶지만.'

어디까지 수려가 수려인 채로 이렇게 앞으로 나아갈 수 있을까.

그녀가 나아가는 길을 연청은 진심으로 보고 싶었다. 시간이 있다면.

"연청, 지금밖에 없어. 내게 뭔가 묻고 싶은 거 없어?"

"어어――? 응――… 아까 '빈껍데기' 가 가짜면, 진짜는 어디서 뭐하고 있는 걸까?"

"……어?"

진짜 '빈껍데기' 는 지금 어디에서 뭘 하고 있지――?

가짜 여우가면. '감옥 속의 유령' . 여우가면과 황해와 철탄에 휘둘렀던 오늘 하루.

용의주도한 상대. 언제나 치밀하게, 거미줄처럼 책략을 짜내어 진짜 의도를 숨겨왔다.

그리고 언제나 일들은 동시진행으로, 돌 하나로 새 두 마리가 아니라 세 마리도 떨어뜨리려는 책략이기도 했다.

숨겨진 진짜 의도는 달리 있었다. 그건――.

"…나… 나, 여우가면이 공격해오는 바람에, 원래 목적을, 잊고 있었어…."

여우가면의 목적은 수려라는 방해꾼을 이리저리 휘저어 놓고서 처단하는 것이라고 믿고 있었다.

그러나 아니다. 처음에 '빈껍데기'를 쫓겠다고 주취에게 말하면서, 그 이유를 뭐라고 말했었지?

『그렇다는 건, 역시 표가 문제에 있어서는 거의 그 남자의 소행이라고 보면 된다고 생각해.』

그 '빈껍데기'를 잡으면, 표가에 대한 공격은 크게 줄어드니까――라고.

각지에서 엄중한 경계태세를 펴기 때문에 표가의 최정예 주술사들이 출타 중이라던 리앵의 말.

지금 표가는 텅 비어 있다. 최정예 주술사도, 무녀도, 싸울 수 있는 인간도 **모두 다른 주의 신역에 나가 있다**.

어사인 수려도 지금 홍주에 있다. 그리고 꼬리를 물고 일이 터지는 바람에 다른 걸 생각할 수 없게 만들었다.

――낚였다.

등줄기의 솜털이 곤두섰다. 텅 빈 표가. 하얀 관의 방. 신력을 잃은 대무녀.

그래도 지금까지 표가 전 사원을 결속시키는 힘과 놀랍도록 명석한 두뇌를 가지고 있다. 그리고 무엇보다도.

'그 사람' 과 직접 만나 이야기를 나누고, 거래를 하고, 그 얼굴을 보고, 그 이름을 알고 있는 몇 안 되는 생존자.

한 번 실패했던 암살. 하지만 그대로 둘 리가 없다.

온몸의 피가 얼어붙은 것처럼 소리를 내면서 역류했다. 온몸이 떨렸다.

아름다운 소녀 당주의 하얀 얼굴이 떠올랐다. 붉은 재앙의 별이 불길하게 떠올랐다. 흉조. 별의 종말.

늦었다. 이제는 어디에도 갈 수 없어. 도와주러 갈 수 없어. 부탁이야, 그만둬.

"——류화 아가씨!!"

소리쳤다.

류화는 부드러운 흙은 밟으며 걸어오는 청아한 소리에, 번쩍 눈을 떴다.

하얀 관의 장례행렬을 빠져나오는 것처럼, 그 소녀가 걸어오는 것을 턱을 괸 채 잠자코 바라보고 있었다.

류화보다도 창백하고 넋 빠진 얼굴로 다가온다. 마치 태엽인형처럼 어설픈 동작으로. 몇 걸음 안 남은 거리까지 좁혀졌을 때 류화는 소녀의 이름을 불렀다. 여전히 턱을 괸 채로.

"입향."

발이 멈췄다. 그래도 몸은 앞으로 나아가고 싶은 듯이 가늘게 떨고 있다.
텅 빈 것 같은 새까만 눈동자를 예전처럼 바라보자, 입향의 창백한 턱이 떨리면서 그 눈에 눈물이 차오르더니 주르륵 흘러내렸다.
속눈썹이 깜빡깜빡 깜빡일 때마다, 눈물이 방울방울 떨어진다. 하지만 그 외에는 눈썹 하나도 미동조차 하지 않고, 표정도 감정도 없다. 마치 잘 만든 인형이 눈물을 흘리는 것 같았다. 그런 가운데 입술만이 저항하듯이, 괴로워하는 것처럼 살짝 열렸다.
"…화…니, 님……죄…소, 송합…니…다."
바람의 속삭임에도 묻혀버릴 것만 같은, 들릴 듯 말 듯한 덧없는 목소리였다. 죄송합니다, 죄송합니다.
몇 번이고 몇 번이고, 그것만 되풀이한다. 그 말밖에 하지 못하는 고장난 인형처럼.
류화는 역시 턱을 괸 채로 딱 한 마디 내뱉었다.
"괜찮으니라."
입향의 핏기 없는 창백한 빰을 눈물이 몇 줄기나 흘러내린다.
"…저… 전… 이곳밖에, 류화 님의 곁밖에는 돌아가고 싶은 곳이, 없어서…."
"괜찮다고 하지 않았더냐."
"돌아가면, 어떻…게 될지, 저, 알고 있어서… 절대로… 안 된다고, 돌아가면 안 된다고… 그래서 도망쳐서… 하지만, 붙잡혀서… 저… 아무런… 도움도… 못… 아무것도. 전혀. 죄송…합니다… 류화 님의, 얼굴이, 아무리 해도… 떠올라서… 여기로, 돌아와버렸….”

"입향."

똑바로 입향의 눈을 들여다보면서 류화는 조용하게 고했다.

"이곳이 그대가 돌아올 장소다. 뭘 사과하고 있는 게야."

방울방울 눈물이 흘러넘쳐서. 그대로 실이 끊어진 인형처럼 입향의 몸은 바닥에 풀썩 무너져내렸다.

그 뒤에서 그림자처럼 한 명의 남자가 나타났다. 그 남자를 보고 류화는 차갑게 비웃었다.

"…몇 번이고 몇 번이고, 끈질기구나."

피어오르는 아지랑이처럼 몇 가지 과거의 잔재와 감정이 떠올랐다가 사라질 뿐이었던 남자의 표정이 돌연 바뀌었다. 손에 든 검의 평평한 부분을 툭, 하고 손바닥으로 치면서 고양이처럼 미소 지었다.

"우후후. 끈질긴 것이 내 장점이라서— 도중에 포기하거나 하진 않는다고. 특히, 괜히 쓸데없이 마음을 고쳐먹고는 내 악행을 낱낱이 들추어내줄 것 같은 표가의 아줌마는. 정말이지… **여길** 찾아내는 데 이렇게나 고생할 줄이야."

"평범한 인간이면서 여길 찾아낸 것도 모자라, 반칙기술이나 다를 바 없는 방법으로 들어오는 수단까지 고안해낸 것은 네놈이 처음이구나. 쓸모없는 일에만 머리와 열의를 쏟아부어서. ——능, 안수."

"당신에게는 그런 말 듣고 싶지 않은걸— 당신도 쓸모없잖아. 아마 나보다도."

능안수가 아닌 얼굴이 능안수의 목소리로 웃는다. 통, 하고 검이 노래하듯이 경쾌한 소리를 냈다.

"증거는 사람째 없애버리는 게 기본. 충분히 살았잖아? 표가에서 지식, 정보, 사람까지 받을 만큼 받았으니 이젠 볼일 없지. 표가는 밖의 정사에서는 완전히 물러나 안쪽으로 사라져 주셔야겠어. 그래, 백 년 정도는. 더 이상 왕계 님의 방해는 못 할 거다. 시대착오적인 여제님. 벌써 한참 전에 그 다음 시대가 시작되었다고. 당신이 있을 곳은 이곳에는 없어── 자, 이제 퇴장 시간이군."

남자의 눈에서 닦아낸 것처럼 '능안수'가 사라진다. 그 능란함에 류화는 혀를 내둘렀다.

평범한 인간에 불과한 능안수가 이 시체를 자유자재로 '사용할 수 있는' 것은 특별한 이유 때문이었다. 그리고 그 이유 때문에, 반대로 능안수가 '사용할 수 있는' 것도 이 세상에 이 몸 단 하나뿐이었다.

그러나 표가의 인간이라도 이 정도로 '조종'할 수 있는 자는 그리 많지 않다.

"재능만은 쓸데없이 넘치도록 받았어."

다시 아지랑이처럼 흔들리는 '빈껍데기'로 돌아간 그 남자는 자신의 손에 든 검을 보고 뭘 해야 하는지 생각난 듯이 쓰윽, 류화를 보았다. 백목 의자에 앉은 류화를.

휘익, 하고 칼날이 바람을 가르는 소리가 났다. 전광석화와 같은 칼놀림에 거리는 단번에 줄어들었다.

그러나 이때를 기다리고 있던 것은 류화도 마찬가지였다. 각지에 일족을 파견하여 표가를 텅 비우고서 **기다리고 있던 것은** 류화 역시 마찬가지였다. 여기에서 그 남자의 목을 친다.

──이번에야말로.

"─죽여라. 나의 마지막 명령이다. 그 목을 치거라."

백목 의자를 둘러싸듯 최정예 '암살인형' 부대가 바람처럼 나타나 일제히 덤벼들었다.

그 모습을 보는 것은 오랜만이었다. 선대 '흑랑'과 벌였던 후기 전투 때는 어린 '암살인형' 밖에 남아있지 않았다. 정성스럽게 키웠다. 그들이 **류화의 마지막 '암살인형'**.

불꽃이 튀고 검이 부딪치는 소리가 울려퍼진다. 검술 솜씨는 '암살인형' 쪽이 훨씬 위. 하지만 상대는 시체이기에 자아가 없다. 아무리 칼을 맞아도 마치 가렵지도 않다는 얼굴로 쓱 피한다. 하지만 이도 시간의 문제였다—— 목을 자를 수 있다.

그렇게 판단한 때였다. '빈껍데기'의 움직임에 변화가 생겼다. 마치 어딘가에서 누군가의 목소리가 들려오는 것처럼. 천천히 감정 없는 고양이 눈이 널브러져 있는 입향의 몸으로 시선을 돌렸다.

'암살인형'을 제치고 입향 쪽으로 몸을 날렸다.

"————!!"

그 순간, 류화는 밤의 숲과 같은 검은 눈동자를 부릅떴다.

손가락 하나 꼼짝할 수 없었지만 입향은 눈만은 뜨고 있었다. 텅 빈 검은색 허무만이 가득한 그 안쪽에서, 그 눈만이 입향의 의지와는 상관없이 모든 광경을 담담하게 담고 있었다.

푹, 하고 얇은 고기를 찌르는 듯한 둔중하고 불쾌한 소리가 작게 울렸다.

암흑과도 같은 검은 머리카락이 입향의 얼굴에 폭포처럼 쏟아졌다. 그리운 향기가 코끝을 스쳤다. 곁에서 모시던 시절, 언제나 피어오르듯 감돌던 류화의 훈향. 눈 같은 살결, 피 같은 입술, 나른한 듯한 속눈썹에 잘 닦아놓은 흑탄 같은 눈동자. 그 눈동자 안쪽에서 때때로 숯불 같은 강한 의지가 빛나고 있었다.
어떤 모습을 하고 있더라도 알 수 있었다. 곁에서 모시고 싶어 안달했던 그 고고한 여당주의 얼굴이 지금까지보다도 더 가까이에 있었다. 그 두 눈동자가 입향의 코끝에서, 뭔가를 포기한 것처럼 한 번 감겼다. 스멀스멀 올라오는, 숨 막힐 듯한 피와 살코기와 철의 냄새.
그 배를 하얀 칼끝이 푹 관통해 있었다.
입향은 비명조차 지를 수 없었다. 이럴 때조차도 손가락 하나 움직일 수 없다니.
그저 인형처럼 한 번 눈을 깜빡였다.
텅 빈 눈에서 굵은 눈물이 흘러넘쳤다.
"…화… 님……어…째서……저… 전… 이미."
"입향."
"……전, 이미……죽었…는…데…."
하… 하고 류화는 다시 한 번 눈을 감았다. 평소의 얼굴로 평소의 차가운 목소리를 내기 위해.
"…아까 알았다. 이 하얀 관의 방에는 산 자라고는 고위무녀 몇 명, 최고 주술사, 나를 지키는 '암살인형' 밖에는 들어오지 못한다. 내 '본체' 가 있는 이 장소에 오려면."
류화는 손을 뻗었다. 그 손은 더 이상 소녀 당주의 매끈함은 없고, 늙고 메마른, 뼈와 관절이 튀어나온, 주름진 작디작은 손이었다. 풍성한 검은 머리카락도 순식간에 젖은 까마귀의 깃털 같은 찰진 검은색에서 메마른 백발로 변해간다. 쭉 백목 의자에 앉아 있었던 류화의 본래의 몸.
그래도 입향은 그 늙은 얼굴을 지금까지와 변함없는 흥분을 안고 뚫어져라 바라보았다. 뚝뚝 눈물을 흘리면서. 그래, 어떤 모습이라도 알 수 있다. 상관없다. 류화가 류화라면.

"…이곳에 올 수 있는 것은… 그리고 죽은 자뿐이다… 입향…."

입향의 창백한 뺨은 오싹할 정도로 차가웠다. 얼음보다도 차가운, 더 이상 산 자가 아닌 자의 차가움. 인형처럼 움직이지 않는 몸. 창백한 목덜미에는 비단 끈으로 목이 졸린 흔적.

──입향의, 시체.

"그 '빈껍데기' 가 여기에 있는 나를 찾아내기 위해서… 너를 죽인 게로구나…."

죽은 직후의 영혼은 애를 태우거나 미련이 남아 있는, 사랑하는 사람에게 날아가곤 한다. 입향을 죽이면 혼백이 류화에게 날아갈 것이다. 곧바로. 어떤 장애물이나 결계도 아랑곳 않고.

진짜 류화가 있는 '본체' 의 장소로, 멋대로 안내해준다. 하지만 '빈껍데기' 는 영혼을 쫓을 수는 없다. 그래서 입향의 시체에, 날아오르려는 혼백을 억지로 묶어두었다. 아마도 신기를 부술 때와 마찬가지로, 표가에서 빼낸 젊은 주술사들을 이용해서.

날지 못하는 영혼은 어쩔 수 없이 몸을 이끌고서 느릿느릿 돌아온다. **시체가 통과할 수 있는 장소를 지나**.

죄송합니다, 죄송합니다, 하고 계속 사과했던 입향.

입향도 깨닫고 있었던 것이다. 그렇기에 필사적으로 참았다. 돌아가면 안 돼. 만나러 가면 안 돼. 참고 참으며, 인형처럼 깜빡이지 않으며 류화를 지키려 했다. 목 졸려 죽어서까지.

하지만 꼭 한 번만. 만나고 싶어서. 만나러 가고 싶어서. 마음에 이끌리듯이 그만 여기까지 오고 말았다. 언제나 입향은 아무런 도움이 되지 못했다. 마지막 순간까지도.

입향은 류화의 배를 관통한 칼과 뚝뚝 떨어지는 묽은 피를 보았다. 아아.

"…소…송, 합니…다."

"괜찮다고 했지 않느냐. 나를… 만나고 싶었던 게지. 나무라지 않는다."

입향의 선망을 이용해서. 입향을 죽이고, 이곳을 찾아내서 류화를 죽이기 위해서만 사용되었다.

짧은 순간, 젊은 시절과 같은 노여움의 불길이 그 흑탄 같은 눈에 활활 타올랐다.

"…나는 약한 자의 수호자, 천공의 궁을 다스리는 여 당주. 나를 찾아온 자는 누구나 표가와 나의 비호를 받는다. 요괴라도, 인간이라도, 여우라도, 시체라도, 모두 똑같이 공평하게. 이 생명을 바쳐서. 그것이… 내가 선택한 인생이다."

쑤욱, 류화의 늙은 몸에서 검이 빠진다.

류화는 뒤에 선 남자 따위는 돌아보지도 않았다. 입향을 위해 마지막 시간을 써주었다.

"…이제 잠들거라, 입향. 잘 돌아왔다. 자아, 자장가를 불러주겠다. 울지 말거라."

입향의 눈물에 젖은 눈이 천천히 감겨간다.

어디에서인지 쏴아아, 하는 파도소리에 섞여 자장가가 들려왔다. 그것은 입향이 표가에 온 첫날 밤, 울음을 그치지 못하는 자신에게 류화가 불러줬던 처음이자 마지막이었던 자장가.

그때부터 입향이 있을 곳은 류화 곁 이외에는 어디에도 없었다. 아름다운 소녀 당주도, 이 쪼글쪼글한 조그만 류화도 좋아.

어느 쪽이나 좋았다. 돌아가고 싶은 곳은 이곳뿐.

"… '어머, 님'."

마지막 숨결에 속삭였다. 입향은 눈을 감았다. 그리고 두 번 다시 그 눈을 뜨는 일은 없었다.

주르륵, 칼끝을 끝까지 빼낸다. 드디어 류화가 돌아서자, '빈껍데기'는 단칼에 베려는 자세를 취하고 있었다. ――단칼에 목을 치는 자세.

그래―― 류화도 이 '빈껍데기'와 그리 다르지 않은 것이다. 일족의 무녀에게 '빙의'할 수 있는 류화를 진정한 의미로 죽이는 방법은 단 한 가지. '본체'의 목을 치는 것.

'암살인형'이 류화를 지키려는 것처럼, 하나 둘, '빈껍데기'의 주위를 둘러싼다. 류화는 배를 손으로 눌렀다. 끈적한, 기분 나쁜 감촉이다. 오랜만에 느끼는 몸의 무게와 통증이었다. 고목나무 같은 '본체'로는 이제 흐를 피도 그리 남지 않았는지 너무나도 천천히, 묽은 피가 흘러나온다.

류화는 묘하게 웃음이 나왔다. 정말로 자신이 아직 살아있다는 실감이 들었다. 많은 무녀의 몸을 빼앗아 쓰면서, 언제부터인가 자신이 살아있는지, 죽어있는지도 잘 알 수 없었는데. 몸안의 피가, 통증과 열기가 아직 살아있다고 비명을 지르고 있는 것 같았다.

'빈껍데기'가 한 발 다가오자 '암살인형'들이 반응했다. 류화는 그걸 손으로 제지했다.

"…괜찮다, 마지막 명령을 변경하겠다. 지금부터 '암살인형'

의 임무를 해제한다… 살아라."
하지만 '암살인형' 들은 여전히 버티고 서 있었다. 류화의 말에 저항하듯이, 모두가.
"큰 아가씨!! …큰 아가씨! 그만두세요. 그만두세요. 그만두세요. ──제발!!"
류화는 놀랐다. 비명과도 같은 강한 의지. 거부. 자신의 주술을 깨면서까지. 몸과 마음 모두 허약하게 태어난 일족의 마지막 '하얀 아이들' . 류화가 지켜주고 있다고 생각했다. 그러나.
언제부터? 언제부터였을까. 류화는 또 잘못 생각하고 있었던 것이다. 그들은 이제 어디에서나 살아갈 수 있다. 류화가 지켜주지 않아도.
류화는 다시 한 번 말했다. 무정하게, 냉혹하게, 냉엄하게. 그들을 지키기 위해서.
"살아라. 이제 나를 지킬 필요는 없다. 여기에서 나를 죽이지 못한다면 능안수는 몇 번이고 온갖 수를 써서라도 또 이렇게 흉수를 보낼 게다. 나를 죽일 때까지… 이제 희생은 이걸로 족하다… 그 마음만, 가지고 가겠느니라."
'암살인형' 들의 '이름' 을 하나하나 부르자, 맥없이 쓰러져 정신을 잃었다.
그걸 확인한 후 류화는 눈앞이 캄캄해질 것 같은 둔중한 통증을 참으며 무거운 육신을 끌고 백목 의자에 앉았다. '본체' 가 아득할 정도로 길고 긴 시간 동안 앉아 있었던 백목 의자.
문뜩 의자의 팔걸이를 보자, 고목나무 같은 늙은 노파의 손이 놓여 있었다. 젊은 시절의 소녀 당주의 모습은 이제 어디에도 없었다. 흘러내리는 것은 자랑거리였던 탐스러운 흑발이 아니라, 윤기 없는 푸석푸석한 백발. 류화가 직시하지 않으려던 벌거벗은 자신. 그간의 세월이 남김없이 그곳에 있었다. 그런데 신기하게도 지금은 비참하다는 생각은 들지 않았다.

'돌아왔다'. 드디어. 이것이 자기 자신. 마음도, 몸도, 모두 류화의 것. 나의 나라.

그렇게 생각할 수 있게 된 것은 이제 대무녀의 임무를 끝냈기 때문일까. 아니면 표가에서 무엇 하나 꺼내가지 않고, 그 자신 그대로 표가를 찾아왔다가, 그대로 나가는 길을 선택한 홍수려를 만났기 때문일까.

하, 하고 숨을 내뱉자 파도소리와 닮은, 홰나무 잎사귀가 사락거리는 소리가 멀리서 들려온다.

장례행렬처럼 늘어선 몇 십 개나 되는 하얀 관. 쭉 여기에서 잠든 소녀들을 보아왔다. 하나하나 관이 비어가고, 류화의 몸이 되었다가 다시 흙으로 돌아갔다. 이번에는 류화의 차례일 뿐이다.

'빈껍데기'는 엎드려 쓰러져 있는 '암살인형'에게는 눈길도 주지 않고, 의자에 앉아 있는 류화 앞까지 다가왔다.

두 걸음 정도 거리를 남겨두고 마주 보았다. '빈껍데기'는 이제 아무 말도 하지 않았다.

——아니.

순간적으로 씩 웃는 '능안수'가 되었다. 착각처럼 느껴지는 백일몽 같은 한 순간.

"자, 이제 끝."

멀리서 파도소리가 들린다. 한 번도 보지 못한 진짜 바닷바람.
표가를 지키고, 힘없는 자들을 지키기 위해서 살아왔다. 생명이 다하는 마지막 순간까지. 그것이 류화의 긍지.
선택한 인생.
『저보다 먼저 돌아가시지 말아주십시오.』
마지막으로 누군가가 이름을 부르는 소리가 들린 것 같았다.
홍수려 같기도, 주취 같기도, 전화와 붉은 우산을 쓴 무녀의 목소리 같기도… 우우 같기도 했다.
휘익, 칼날이 번뜩였다. 류화는 눈 한 번 깜빡이지도 않았다. 마지막까지 우아하게 턱을 괸 채.
한 박자 후, 류화의 주름진 작은 목이 툭, 하고 뒹굴었다.

장례행렬과도 같은 하얀 관의 방에.

"——신, 정말인 건가? 표류화가 조만간 죽는다는 게."

"아마도… 능안수는 그럴 생각일 겁니다. 제가 한 번 말렸지만, 아가씨의 모습을 보아하니 아직도 표가와 신역을 휘저어 놓고 있습니다. 아마도 류화 암살을 위한 포석이 아닐까 싶습니다."

말을 전속력으로 달리면서 왕계는 눈썹을 확 찡그렸다.

왕도(王都)를 떠나기 전, 안수가 류화에 대해 '볼 일은 끝났다' 고 했던 것을 떠올렸다.

"표가에는 이제 류화를 지킬 수 있는 인력도 여유도 없습니다… 지금이라면 확실하게 죽일 수 있습니다."

그것이 더 이상 막을 수도 없는 사실임을 왕계는 깨달았다.

동시에 자신이 과연 그걸 막고 싶었던 걸까 하는 생각도 들었다. 류화가 어떻게 나올지에 따라서는 신에게 처단하라고 할 생각이기는 했지만, 안수는 어떻게 나오든 상관없이 류화를 더 이상 살려둘 생각은 조금도 없었다. 그걸 눈치 챘으면서도 어떤 말도 남기지 않고 왕계는 홍주로 떠났다.

'…표류화.'

류화와 관련해서는 왕계는 가능한 한 생각하지 않으려고 해왔다. 선대 '흑랑'이었던 누이도, 딸 비연도, 류화에게 살해된 것이나 마찬가지였다. 딸 비연의 경우에는 재 한 줌, 유골 한 조각조차 돌아오지 않았다. 그저 아들을 낳고서 죽었다고만, 일방적으로 부고를 보내왔을 뿐.

이를 예기치 못했던 것은 아니다. 하지만 부고를 들었을 때 느꼈던 그 타들어가는 듯한 분노와 살의는 지금도 왕계의 가슴속 깊이 새겨져 있다.

류화를 죽일 생각이 없었다고 하면 거짓말이다. 동맹을 맺은 후에도 언제나 머리 한켠에서 생각하고 있었다. 무슨 수를 써도 표가를 바꿀 수 없다면, 류화를 죽일 수밖에 없다. 모든 원흉. 류화가 그 미친 가문에 군림하는 이상, 무엇 하나 달라지지 않는다. 그러나 그걸 구실로 류화를 죽일 확실한 이유가 필요했던 것이 아니냐고 한다면, 그럴지도 모른다고 대답할 만큼의 자각은 있었다.

그러나 지금, 류화의 죽음을 앞두고 왕계의 마음은 묘하게 잔잔했다. 슬프다는 생각은 들지 않았지만 기쁘지도 않았다. 명석하고 아름답고 절대적인 신성과 힘을 가졌으면서, 그 때문에 조금씩 미쳐갔던 여인. 극악무도한 죄악도 산처럼 많이 저질렀다. 공적도 있었지만, 적어도 왕계는 손가락으로 꼽을 정도로 죽어야 마땅할 이유를 들 수 있었다. 일찍이 죽어야 할 때에, 죽어야 할 장소에서 죽지 못했던 여인이라고 생각한다. 비틀려버린 많은 운명과 불행도 거기에서 생겨났다. 류화나 표가, 이 나라에 있어서도.

그때가 늦게나마 왔는데 왕계에게는 공백처럼 멀리 느껴졌다. 어딘가, 알지 못하는 먼 장소에서 뭔가가 허망하게 끝나버렸음을 알게 된, '남의 일' 같은 느낌. 이제는 별 상관없는 여자가 전혀 모르는 장소에서 몰래 죽임을 당했다. 그저 그뿐이다. 이제 와서 누가 소란을 떨 일은 아니다. 너무 늦었다. 류화의 죽음도, 죽은 시기도. 딱 하나 확실한 것이 있다. 이 씁쓸한 뒷맛. 안수의 의도를 눈치 채지 못하는 척하여, 류화의 귀적(鬼籍)에 왕계도 몰래 서명을 한 것이다.

여러 가지 생각들을 삼켜버리고, 왕계는 오로지 앞만 바라보았다. 류화의 죽음이 너무 늦었다 하더라도, 아무 의미도 없는 것은 아니었다. 결코. 나타난 붉은 요성을 올려다보며 중얼거렸다.

"…한시라도 빨리, 왕도로 돌아가야만 한다."

"그렇지요. 하지만 말입니다―― 나리…."

"뭐냐. 벌써 동파군의 끝자락에 들어왔다. 이제 며칠만 더 달리면 주경(州境)이다."

"그런 건 있을 수 없는 일이라는 생각 안 드세요? 이제 그만 좀 쉬죠. 배 안 고프세요? 네?"

그러자마자 생각났다는 듯이 왕계는 갑자기 시장기를 느꼈다. 그러고 보니 꽤 오랫동안 밥도 못 먹은 것 같다. 왕계는 앞쪽의 폐찰을 발견하고 고삐를 당겼다. 아침부터 계속 달리느라 온몸이 땀범벅이었다. 말이 멈춘 순간, 집중이 풀리면서 현기증이 돌았다.

"…너무 속도를 내었군. 여기에서 몇 각 동안 점심식사를 하고 잠시 눈을 붙이겠다. 따라온 자들은 몇 명 정도인가?"

멋지게 뒤를 돌아본 왕계는 어라, 하고 생각했다… 아무도 없다. 신은 한숨을 쉬었다.

"…저와 고한승뿐입니다… 그보다도, 정말이지 용케 잘 따라왔군요. 고한승…."

사명감만으로 따라온 것 같은 고한승은 말의 목을 끌어안듯이 쭈욱 뻗어버렸다.

"이렇게 될 게 뻔해서 오동을 떠날 때, 제가 말해두었습니다. 낙오되어도 괜찮으니 쉬엄쉬엄 따라오라고. 번뇌사 88번에서 일단 기다리겠다고 말입니다."

"번뇌사 88번? 뭐냐, 그 웃기지도 않은 이름은. 어디 있는 멍청한 절이냐, 그게!"

"지금 나리께서 쉬려고 하시는 눈앞의 폐찰입니다. 아마 이쯤에서 배가 고파 제정신이 드실 거란 생각에."

잘 보니, 정말로 기울어진 현판에 희미하게 '번뇌사'라고 쓰여 있다. 왕계는 그 순간, 쉬고 싶은 생각이 싹 달아났다. 하지만 사마신은 외눈으로 씨익 웃음을 지었다. 설마 웃기지도 않은 이름이라 휴식도 취소라고 하진 않으시겠죠? 그런 무언의 압력이 물씬물씬 전해져오고 있었다.

"……신. 너, 능왕과 비슷해졌군…."

"기쁠 따름입니다. 뭐, 틈만 나면 타이르셨거든요. 나리의 겉모습에 속지 말라고."

능왕보다 훨씬 두뇌가 명석한 만큼, 더 질이 안 좋다. 이게 웬 철벽의 감시역이냐.

이 이상 싫다고 버텼다가는 때려 눕혀서 다짜고짜 번뇌사에 집어던질 것 같았기 때문에—신은 그쪽 방면에 대해서도 손능왕을 보고 배운지라—왕계는 마지못해 말에서 내렸다. 그리고 이름 하나를 중얼거렸다.

"…자정란은 결국 돌아오지 않았나."

반쯤 자고 있는 고한승을 안아 내리던 사마신은 어깨를 움츠리며 웃어보였다.

"신경이 쓰이시면 부근을 한 바퀴 수색해 보겠습니다만?"

"내버려둬라. 그렇게까지 계속 바보라면 쓸 약도 없으니. 상대를 하는 것조차 체력 낭비다. 가볍게 뭔가 먹고, 저녁 무렵까지 저 멍청이 절에서 쉬고, 저녁식사를 끝낸 후 출발한다."

외투 소매를 날리며 왕계는 말을 끌고 번뇌사로 들어갔다.

하나뿐인 눈만 움직여서 주위를 훑어본 뒤, 신도 따라서 번뇌사로 들어갔다.

업어가도 모를 정도로 깊이 잠들어 있던 고한승은 불현듯 오싹함을 느끼고 벌떡 일어났다. 등줄기에서 스멀거리는 오한에 저도 모르게 활과 화살을 부둥켜안고 있었다. 이와 동시에 제정신을 차리자 머릿속이 혼란스러웠다. 얼레?

"일어났나. 과연. 자네 확실히 좋은 무관인데. 추영이 뽑을 만해."

어렴풋한 어둠 저편에서 신의 웃음기 어린 목소리가 들려왔다. 주위는 완전히 어둑어둑하게 땅거미가 깔려 있었다. 방 한가운데에는 낡은 촛대에 촛불이 달랑 하나 밝혀져 있었다.

그 불빛에, 자색 군장을 차려입고 팔짱을 끼고 앉아 있는 왕계의 옆얼굴이 희뿌옇게 비쳐 보였다.

"……?"
분명 저녁 무렵에 밥을 먹고 출발한다고 했었다. 그런데 어째서인지 완전히 해가 저물어버렸는데도 저녁준비는커녕, 움직일 기색이 없다. …불길한 예감이 들었다.
무슨 일이냐고 물으려다가 돌연 이변의 원인을 알아차렸다. 꽈악, 활을 움켜쥐었다.
"──설마."
방의 어두운 벽에 기대어 있던 신이 어깨를 움츠리며 쓴웃음을 지었다.
"…그래. 포위되었어. 폐찰을 빙 둘러싼 정체불명의 무장집단. 나가지 말라고. 벌집이 될 테니까. 이쪽엔 너하고 나, 그리고 나리, 이렇게 달랑 세 명뿐. 곤란한걸. 너무 서두른 게 화를 불렀어. 뭐, 여차하면 제가 방패가 되어서 나리만이라도 피신시키겠습니다. 그때는 돌아보지 말고 확실하게 도망쳐주십시오."
"…그렇게 하지. 하지만 아직이다."
왕계의 침착한 목소리에 널뛰듯 하던 고한승의 심장이 조금 진정되었지만, 그래도 이해가 되질 않았다.
"이럴 수가. 대체 누가. 상대가 왕 장군님이라는 걸 알고 있는 겁니까?! 산적인가요?"
땅거미를 뚫고 화살이 날아드는 소리가 들렸다. 신과 고한승이 재빨리 왕계를 감싸려는 듯 움직였다. 바람을 가르는 그 소리를 들은 고한승은 깨달았다. 산적 떼가── 아니다. 정규 훈련을 받은 자들이다.
'어디 군대지?'
화살은 곡선을 그리며 복도까지 날아들었다. 꼼짝도 하지 않던 왕계가 눈만 움직여 그 화살을 보았다.
"…편지가 묶여 있군. 자, 어디 사는 바보냐."
보니 정말로 화살 끝부분 깃털 아래에 종이가 묶여 있었다. 신이 풀어 훑어보았다.
"…곤란한걸, 이건."
"누군가?"
"…동파군 태수 자란이네."
"허?!"
하고 소리를 지른 건 물론 왕계가 아니라 고한승이었다. 자란이라고 하면 바로 눈앞에 있는 주경(州境)을 다스리는 태수로, 이곳에 오는 도중에 언덕에서 정란과 왕계와 함께 만났던 사내다. 어째서 이런 일이.
"일몰 후에 찾아뵙겠습니다, 라는데. 어떻게 하시겠어요, 나리? 굳이 일몰이라고 한 게 뭔가 좀. 아직은 시야가 확보되니까 셋이서 도망치려면 지금입니다. 이 지역을 잘 아는 것도 저쪽이고요."
"아니, 괜찮다. 기다리자. 고한승, 일몰 때까지 아무튼 뭐라도 배를 채울 것을 먹어두도록. 전부 끝나면 갑자기 배가 고파서 쓰러진다. 물은 너무 많이 마시면 여차할 때 마려울 수 있으니 적당히 마시고."
마렵다니. 그 정도로 간이 크지 않다고 생각하면서, 왕계가 별일 아니라는 듯 '전부 끝나면'이라고 한 것에, 마음 한 구석에서 조금 놀랐다.
파지직…하고 촛불의 심이 타는 소리만 울려퍼지는 가운데, 곤두박질치는 두레박처럼 순식간에 해가 저물었다.

이윽고 폐찰 밖에서 구둣발 소리가 들려왔다. 한 명이 아니었다. 신이 귀를 기울이며 중얼거렸다.

"하나는 문관의 구두소리. 자란 님이군. 여덟은 평범한 무관. 나머지 둘은 그럭저럭 쓸 만한 무관. 총합 11명."

"에엑! 호위가 10명입니까. 3대 1이라니. 으, 정말이다. 이제 확실히 들리는데…."

말린 밥의 마지막 부스러기를 대나무통에 든 물로 삼켜 넘기던 고한승이 떨떠름한 표정을 지었다. 이 마지막 순간까지 밥을 먹고 있다니, 간도 크다고 나머지 두 사람이 생각하고 있는 줄은 눈곱만큼도 모르는 한승이다.

"이 절까지 오는 길에 남긴 말발굽 자국을 보면, 이쪽이 셋이라는 건 진즉에 파악했을 것이다. 하지만 세 사람만으로 상대할 패기는 없으니 줄줄이 데리고 온 거지. 문관답다면 답다고 할까."

"네――… 비겁…하지만, 어쩔 수 없을지도. 목숨 안 아까운 사람은 없으니까요."

고한승이 중얼중얼 이런 소리를 할 수 있는 것도 신을 믿는 구석이 있어서였다. 감옥에서도 피부로 느꼈지만, 이 사마신이라는 사내가 시어사라고는 믿을 수 없을 만큼 엄청난 무술 실력의 소유자라는 것은 눈치 채고 있었다. 감이지만, 예전의 상관이었던 남추영보다도… 조금 위일지도 모른다. 즉, 상대가 10명이라도 어떻게 처치할 가능성은 조금 남아 있는 것이다.

'… '그럭저럭 쓸 만한 무관' 이라는 게 어느 정도인지가 승패의 관건이 되는 건가.'

부탁이니 예상보다 서투른 놈들이면 좋겠다고 기도하면서 마지막 채비를 했다. 점점 갑옷과 검이 부딪치는 소리가 커지더니, 이윽고 촛불의 불빛을 눈치 챘는지 경계하며 다가오는 발소리로 바뀌었다.

뻥 뚫린 공간 저편에 스윽, 문관의 구두가 보였다.

"…거칠게 모시게 되어 죄송합니다, 왕계 님."

동파군의 휘장을 단 무관들에게 둘러싸여 나타난 것은 정말로 그 자란이었다.

그럼 '그럭저럭 쓸 만한 무관' 은 누구지——하고 시선을 돌린 고한승의 입이 쩍 벌어졌다.

'허?!'

왕계와 사마신은 딱히 놀란 얼굴은 아니었다. 그저 왕계가 소리 없이 입으로만 불쑥 중얼거렸고, 사마신이 머리를 긁으며 외눈으로 하늘을 올려다봤다. 망할 멍청이가 두 놈, 이라고 중얼거린 모양이다.

어두운 눈으로 자란 뒤에 서 있는 것은—— 정란이었다.

"뭐, 뭐—— 자 무관!! 당신—— 당신, 거기서 뭘 하고 있는 겁니까!"

스스로도 바보 같은 질문이라고 생각했지만, 그래도 묻지 않을 수 없었다.

대답한 것은 정란이 아니라 자란이었다. 씨익 웃으며 턱으로 정란을 가리켰다.

"혼자서 얼쩡거리고 있어서 협력을 부탁했더니 승낙해줬을 뿐입니다. 그와 왕계 장군님 사이에는 '뭔가' 가 있는 눈치여서 포섭할 수 있겠다는 생각에 눈여겨보고 있었던 차라. 물어보니 왕계 장군님은 두 사람만 거느리고 이 폐찰에 들어갔다고 하기에 조속히 포위망을 폈던 겁니다."
알린 것은 정란이었던 거다.
왕계는 정란에게 눈길도 주지 않았다. 더 이상 시선을 줄 가치조차 없다는 듯이.
"…그래서? 뭘 하는 건지 알려주겠나? 빨리 귀양에 돌아가야 해서 말이네."
"그 귀양으로의 귀환을 조금 늦추셔야겠습니다. 부디 홍주 동파군에서 체류를."
"이유는."
"알고 계실 텐데요? 당신이 조정에 돌아가는 날이 늦으면 늦을수록 조정의 불만과 울분은 쌓여갑니다. 지금까지 불만을 흡수해왔던 당신이 없어지자마자 모든 것이 왕에게 향하고 있습니다. 때마침 요성도 나타났지요. 지금 돌아가기에는 너무 이릅니다. 이제 곧 자체 폭발합니다. 그때까지 기다려주셔야겠습니다."
"그렇지. 허나, 그렇게 되면 불필요한 전쟁이 일어난다. 폭발 전에 수습을 하는 것. 그것이 내 의지다. 그렇기에 한시라도 빨리 돌아가야 한다. 비켜라. 규황의는 물론, 능안수도 그런 명령을 내렸다고는 생각할 수 없다."
움찔, 하고 자란이 예민하게 반응했다. 어느 쪽 이름에 반응한 것인지는 알 수 없었다.
"왕계 님, 잊으신 모양이지만 저는 그 두 사람보다도 연상입니다. 경험도 훨씬 많지요."
"규황의와 능안수가 먼저 출세한 것이 언짢은가."
"언짢습니다. 그래도 상관없다고 생각해왔습니다. 모든 것이 끝나면 당신은 제게 응당한 지위를 주실 것이라는 건 의심하지 않았고, 당신을 추대하고, 협력하는 것이 가장 지름길이라는 것도 알고 있습니다. 그런데 말입니다. 더 참을 수가 없었습니다. 특히 순욱이 주윤으로 임명되고, 언젠가는 주목이 될 수순이라는 걸 눈치 챈 후로는. 여러 가지로 참을 수가 없더군요. 솔직히 그 놈은 아니지 않습니까?"

순욱을 지명한 것은 왕계가 아니라 류지미였지만, 아무래도 자란은 그 인사에 왕계가 어떤 식으로든 관여하여 손을 썼다고 생각하는 모양이었다. 왕계는 한숨을 쉬었다.

"자네 결점이 바로 그걸세. 언제나 막판에 참질 못하지. 뛰어난 능력을 가졌으면서도 자기 자신을 마지막까지 숨기고 해내질 못해. 결국 자신이 튀어나와 버리지. 그래서 안 되는 거야."

"하지만 이런 저라도 능안수보다는 낫다고 생각하는데요. 적어도 인간적으로는."

왕계는 팔짱을 낀 채 미소를 지었다. 불쑥, 중얼거린다.

"…글쎄, 과연 그럴까."

"그 남자는 마성(魔性)의 사내입니다. 마물과도 같은 두뇌를 가지고 있지요. 인간이 아닙니다. 왜 계속 곁에 두시는지 이해가 되질 않습니다. 하지만 당신처럼 잘 부릴 수 있다면 더할 나위 없는 무기가 되는 것은 확실하지만요."

자란은 자신의 검을 천천히 뺐다. 왕계는 손을 들어 고한승과 신의 움직임을 저지했다.

"그 말을 들어보니, 지금 돌아가는 것은 상책이 아니라는 둥 한 것은 그저 구실인 것 같은데, 자란."

자란은 칼끝을 왕계의 턱에 살짝 대더니 턱을 들어올렸다.

"반은 사실, 반은 구실입니다. 아직 당신을 죽일 수는 없습니다. 온 나라에 퍼져 있는 귀족파들은 당신밖에 통솔할 수 없습니다. 가능성이 있는 규황의도 30대의 애송이. 아쉽게도 아직 그럭저럭 쓸 만한 정도의 그릇밖에는 아니지요. 제가 할 수 있다고 착각하고 있는 건 아닙니다. 당신은 지금까지와 다름없이 움직이셔도 상관없습니다. 그저 조금만 제 말을 들어주시면 좋을 텐데, 하고 생각한 거죠. 그 절호의 기회는 제가 다스리는 동파군을 통과할 때까지. 지금 이때밖에 없습니다. 그렇게 생각을 하니 역시 참을 수가 없었습니다."

왕계의 배후에서 실권을 잡을 수 있다면 그걸로 충분하다. 자란은 씨익 웃었다.

"아직 귀양으로 보내드릴 순 없습니다. 조정이 충분이 들끓다가 불을 뿜을 때까지 기다려서 같이 갑시다. 홍주의 군(郡) 중 귀족파 태수가 다스리는 절반의 군병은 바로 움직일 수 있습니다. 왕도로 돌아간다면 이렇게 바로가 아니라, 조정이 붕괴되어 왕을 내쳐버릴 때까지 충분한 시간을 두고 가야만 합니다. 그때까지는 이 동파군에서 황해처리라도 하시면서 편히 지내시지요. 뭣하면 봄까지 동파군에 계셔도 괜찮습니다. 전부 끝나고, 저를 재상에 앉혀주신다면 무척 기쁘겠습니다."

"그것이 자네가 그린 줄거리인가. 진부하기 짝이 없는 엉터리 소설만큼이나 뻔한 이야기로군."

"진부할수록 성공률이 높습니다. 바보 같은 기발한 책략보다도 안전한 길을 선택한 거지요."

"그러니 '그럭저럭' 인 거다. 알았다. 이야기는 잘 들었다. 더 물을 건 없군."

왕계는 목덜미의 칼날을 손가락으로 잡고 치웠다. 자란의 얼굴색이 변했다. 아무리 힘을 주고 칼날을 들이밀어도, 손가락 세 개만으로 치워버린다.

왕계는 그대로 일어서면서 마지막으로, 잠자코 서 있는 정란에게 처음으로 눈길을 돌렸다.

"——그래서? 자네는 마지막까지 계속 멍청이로 있을 건가? 두 번은 없다고 했을 텐데."

그 말이 신호가 되었다. 신과 고한승이 전광석화처럼 움직였다.

왕계가 휙, 자란의 검에서 손을 떼었다. 자란은 중심을 잃고 휘청거리다가 손에 든 검을 보고, 왕계를 보고는 그대로 덤벼들었다. 이성이고 뭐고, 두려움에서 오는 반사적인 행동이었다.

동물처럼 포효하면서 비스듬하게 검을 내리친다. 그래도 왕계는 허리의 검에는 손도 대지 않았다. 칼날이 닿기 전에 다른 검이 옆에서 막아내며 밀어냈다. 왕계에게서 떼어내려는 듯, 누군가의 발이 자란의 배를 차서 그대로 절의 앞뜰까지 날려버렸다.

왕계는 바로 옆에 있는 아름다운 옆얼굴을 보았다. 왕계를 지키기 위해 움직인 정란을.

"흥, 나를 죽이는 건 관둔 건가, 자정란."

"…솔직하게 고맙다고 하면 어떻겠습니까, 왕계 장군님."

처음으로 정란이 '장군님' 이라고 부른 것을 깨닫고 왕계는 한쪽 눈썹을 치켜올렸다.

"이 멍청한 놈이. 절대로 안 한다. 그게 네놈이 할 일 아니냐."

"…옛날에는 좀 더 늠름하고 세고, 멋진 어른인 줄 알았는데."

"어디가 아니라는 거냐. ——다시 한 번 묻겠다. 이걸로 좋은

가? 이제 기회는 없다. 이제 곧 신의 손이 빈다. 나를 죽이려면 지금밖에 없다."

신도 한승도 남은 무관을 제압하면서 정란의 동향을 빈틈없이 엿보고 있었다. 고한승도 이번에는 주먹이 아니라 검으로 막을 것이다.

정란은 얼굴을 들고 정면으로 왕계를 응시했다. 그 연보랏빛 군장을 포함해서, 처음으로 정면으로.

탁한, 어둡게 가라앉았던 눈빛이 안개가 걷히듯이 맑게 개어 간다. 오만가지 감정이 뒤죽박죽 뒤섞여 있던 것들이 지금 이 순간 녹아서 하나가 되는 것을 본 듯했다.

"…당신을 지키고, 무사히 왕도로 귀환시키는 것이 류휘를 지키는 길입니다. 지금 여기에서 당신을 죽여봤자 아무것도 달라지지 않습니다. 류휘에게도 도움이 되지 않습니다… 이 나라의 미래를 위해서도."

왕계는 코웃음을 쳤다. 그러나 그것은 비웃음이 아니라, 조롱하는 웃음이었다.

처음부터 자란을 속일 계획이었던 것이 아니라, 바로 방금 전까지 갈피를 못 잡고 있던 것을 왕계는 간파하고 있었다. 자란을 이용해서 왕계와 귀족파를 분열시키는 것도 괜찮을지 모른다는, 말도 안 되는 계획도 반쯤은 진지하게 생각하면서 유령 같은 얼굴로 따라왔던 것이다.

왕계를 단칼에 죽이지 못했던 그때, 반 정도는 스스로 답을 찾아냈다는 것조차 깨닫지 못한 채. 나머지 반을 찾아낼 수 있는 기회는 이번이 마지막이었다. 오만한 어린애에서 벗어날 수 있을지 아닐지.

"고한승이 진즉에 깨달은 걸 이제야 안 것이냐. 늦었지만 너무 늦지 않은 것만큼은 다행이군. 예전의 독선적이었던 역겨운 꼬마에서 벗어났으니, 괜찮다고 해야 할까."

왕계를 죽이면 모든 것이 최악의 상황으로 접어들 뿐. 이 나라도, 류휘가 처한 상황도. 자란의 주장만 봐도 알 수 있다. 정란은 류휘를 지킬 생각에 모든 것을 엉망진창으로 망가뜨릴 뻔한 것이다. 그것은 류휘를 위한 일도, 다른 어느 누구를 위한 일도 아니었고, 그저 자신을 위한 일일 뿐이었다. 조급한 마음을 채우기 위해서, 가장 간단하게 일을 끝낼 수 있는 방법을 택하려 한 것이다. 재능이 있으면서, 아니, 오히려 그 재능 때문에 마지막에는 어느 누구의 말도 듣지 않고, 자신이 옳다는 것을 의심치 않고, 자신의 생각을 우선시하는 자란과 비슷한 성질이 이제야 비로소 씻겨나간 것이었다.

"왕도로 귀환할 때까지만입니다. 그 후에는 무슨 일이 있어도 전 류휘를 지키기 위해 움직일 겁니다."

"좋다. 해보도록 하라."

왕계는 손을 내밀었다. 정란은 놀라 어색하게 몸을 뒤로 뺐지만 피하지는 않았다. 차가와진 뺨에 의외로 울퉁불퉁한 왕계의 손바닥이 닿았다. 열을 띤, 결코 크지 않은 손.

류휘와는 같이 공놀이를 해준 적도 있으면서, 청원은 만지기는커녕 가까이 오지도 않았던 무뚝뚝한 대관.

"그럼 제대로 감사 인사를 하지. 자정란── 잘해주었다."

뺨에서 머리로, 마구 머리카락을 헝클면서 쓰다듬어주고는 멀어져 간다. ──28년이 지나, 처음으로.

아버지와는 정반대의 사내, 하지만 마주보는 거울처럼 어딘가

닮아 있었다. 거의 등청하는 일은 없었지만, 성에 들어가면 왜 그랬는지 꼭 발길이 향하곤 했다. 주변을 맴돌아도, 촉망받는 왕자였던 청원에게 눈길도 주지 않는 것에 화를 내면서, 그런데도 완전히 무시는 할 수 없었다. 그때도 지금도.

"자네에게 흥미는 없지만, 자네의 선택에는 흥미가 있다고 했다. 실망은 시키지 않은 것 같군."

규황의나 능안수 같은 젊은 귀족들도 이런 식으로 주워서 이야기를 해주며 키워낸 것일까. 그런 사내를 상대로 정면승부를 하는 것이다. 정란은 얼굴을 찡그리며 웃었다. 뭔가 말하려고 했지만 말이 나오지 않았다. 옛날부터 왕계 앞에서는 모든 게 서툴러진다. 멋진 모습을 보여주려다가 아무 말도 못 하는 어린아이처럼. 아버지와 비슷한 느낌이다.

왕계는 자색 군장을 휘날리며, 적들이 쓰러져 있는 방 안을 둘러보았다. 자란의 모습은 없었다.

"…자란은 어찌 했나. 도망쳤나?"

"그렇습니다. 죄송합니다, 나리. 자란보다 온몸에 바늘이 돋은 것 같은 자정란에 대한 경계가 우선이었기에 쫓지 않았습니다. 도망간 방향은 확인해 놓았습니다만."

"저도 그랬습니다."

하아── 그러셔, 하고 고한승은 정란을 보았다. 정란은 흥, 하고 고개를 옆으로 돌렸지만, 그 몸짓은 여느 때의 정란이었다. 고한승은 화내지 않고 웃었다. 끝이 좋으면 다 좋다는 것이 그의 신조였기에.

"뭐, 괜찮겠지. 내버려두면 자란은 또 돌아올지도 모르고. 자, 나가볼까."

수염을 쓰다듬으며 마치 놀러 나가자는 것처럼 태평한 왕계의 말에 정란은 귀를 의심했다. 아직 밖에는 정란이 예상하기로는 백 명 가까이 되는 군병이 포위하고 있었다. 아니, 그보다도.

"뭡니까, 돌아온다니!!"

"자란이 이런 멍청한 짓을 하는 게… **벌써 여러 번**이라서 말이지."

"다 세지도 못 하지 않습니까! 설마 또 받아주실 생각은 아니시겠죠?"

뒤에서 신이 '더 세게 밀어붙여' 라고 말하고 싶은 듯한 얼굴로 정란을 응원하고 있었다.

"자란은 말이지, 참 희한한 놈들 중 한 명인데, 나를 배신한 뒤에도 적이나 다른 관리에게 붙는 게 아니라, 왜 그런지 다시 어슬렁어슬렁 내게 돌아오거든."

"그냥 우습게 보니까 그런 것뿐이잖아요!! 게다가 그 말은, 그런 놈들이 더 있다는 거 같은데요. 다 두들겨 패서 내쫓아버리지 않으니까 이런 일이 벌어지는 겁니다!! 그리고 밖으로 나가자니, 어떻게 나가실 건데요?! 도망친 자란이 밖에서 기다리고 있다가 돌격 신호를 내릴 게 뻔하지 않습니까. 대체 내가 이 안에 들어오지 않았으며 지금쯤 당신들은 말이죠──."

우와─자기가 한 짓은 어쩌고 생색을 내기 시작하네─하고 나머지 세 명은 아연실색했다. 이런 게 왕년의 왕자 특유의 타고난 거만함인지도 모르겠지만, 그냥 잘난 척하는 아줌마 같기도 하다.

"흥, 앞뒤 분간 못 하는 무관 따위에게 의지할 정도로 타락하지도, 대책이 없지도 않다. 신."

"음—— 이제 슬슬 괜찮을 것 같은데요. 완전히 해가 졌으니까요."

고한승은 깜짝 놀라 신을 보았다.

"…아?! 혹시 쉬엄쉬엄 따라오라고 했던 다른 무관들이 도착해서?!"

"그래. 우릴 놓치더라도 이 번뇌사 88번에서 해질 때까지 기다리겠다고 전해 놓았으니까. 그리고 다른 군(郡)도 병사들을 나눠줬잖아. 오동을 떠나기 전, 만약 인력이 충분하면 번뇌사를 경유해서 순차적으로 귀환하라고, 주부(州府)에 부탁해서 각 군에 전령을 보내놓았어. 나리가 귀양으로 돌아가신다고. 설마 이 내가 나리를 고작 호위병사 몇 명만 붙여서 귀양으로 가시게 할 리가 없잖아."

정란은 노려보듯이 외눈박이 사내를 보았다. ——사마신. 왕자 시절부터 이 남문 사마가의 장남에 대한 높은 평판은 들어왔지만, 그저 어리광쟁이 바보 도련님이었던 남추영과는 차원이 다른 너무 잘난 사내다. 십수 년 전, 남추영이 아니라 이 사내와 만났더라면 틀림없이 밑에 두었을 텐데. 하필이면 왕계의 수하.

'젠장… 지금이라도 남추영과 교환할 수 있으면 좋으련만… 탕탕을 끼워주는 것도 괜찮고.'

사마신은 불온한 기색을 느끼고 부르르 목덜미를 만졌다… 뭔가 엄청난 한기가 느껴졌다.

"…하지만… 그나저나… 늦는군… 설마 다른 번뇌사로 간 건 아니겠지…."

사마신이 벅벅 턱을 긁었다. 간신히 목숨을 부지한 자란이 돌아와서 지시를 한 것인지, 단번에 횃불의 불길이 절을 둘러싸듯이 차례로 번져간다. 횃불의 숫자와 동시에 살기도 파도처럼 퍼져가는 것이 피부로 느껴졌다. 퍼져가는 횃불. 바람을 타고 날아오는 기름과 화약연기 냄새.

"…불화살 일제사격이 시작되겠군. 도주로를 막고 사방에서 공격할 것이다. 한데 뭉쳐서 돌파한다."

"…그렇죠── 나리… 그게 제일 간단한 방법이죠…."

완전히 포위당한 상황이라면 통구이가 제일 피해가 없고 간단하다. 자란이 충격으로 정신이 혼미해져서 그냥 숫자로 밀어붙이겠다고 돌격해오면 좋았겠지만, 그렇게까지 바보는 아니었다.

"자란이 누구냐. 화염공격을 빠져나간 지점에서 반드시 포위할 것이다. 이를 뚫고 나가면서 각자 말을 빼앗도록."

정란과 한승은 한 박자 후, 간신히 끄덕였다. 그렇다, 말. 말이 필요하다는 걸 잊고 있었다.

한승은 입이 바짝 말라 있는 것을 느꼈다. 저도 모르게 바보 같은 걸 묻고 있었다.

"그 다음에는──?"

"그 다음? 당연히 그대로 동파군 관문을 돌파한다. 귀양으로 한시라도 빨리 돌아가야 하니 말이다. 그럴 생각이 있으면 따라오라."

빙긋, 왕계는 웃었다. 그대로 자란의 아성인 동파 관문으로 진격한다는 것이다.

한승은 뭐랄까, 한심해져서 웃고 말았다. 이 위기에서 벗어나기만 해도 구사일생이라고 할 판에, 자란의 군대가 주둔하고 있는 동파 관군을 돌파한다니. 이를 생각하면 정말로 불화살의 폭풍이라도, 백 명도 넘는 적군이라도, 어떻게 될 것 같은 생각이 들기 시작했다.

한승은 눈을 감고 귀를 기울였다. 그가 우림군에서도 다섯 손가락 안에 드는 활의 명수라는 것은 그 자리에 있던 모두가 알고 있는 사실이었다. 두 박자 후, 한승의 귀가 움찔, 하고 움직였다.

"…궁현(弓弦)이 차례차례 당겨지는 소리. 일제사격이 시작됩니다. ――두 박자 후에, 피할 준비 하십시오."

그 말에 따라 왕계, 신, 정란은 경계를 풀지 않고 몸을 낮췄다.

그때 한승의 귀에 또 다른 소리가 잡혔다. 헉, 하고 놀란 듯 눈을 크게 뜨고 담장 너머를 보았다.

"아니, 더 후방에서 수백 기의 군마 소리가!! 파도모양으로 자란군을―― 일제히 포위해 옵니다!"

이어서 나머지 세 명도 그 소리를 들었다. 신의 귀가 움찔, 하고 움직였다.

"엄청난데. 군침 흘릴 만한 명마가 이쪽으로 달려오고 있어. 담장을 뛰어넘었습니다, 나리."

창과 방패가 부딪치는 격렬한 금속음과 함께 왕계의 이름을 부르는 목소리가 사이사이 몇 번이나 들려왔다. 그 중 하나는 고한승도 귀에 익은 목소리다. 정란은 어안이 벙벙했다. 저, 목소리, 는.

"――연청, 가!!"

멋진 적토마가 어둠 속에서 담장을 일도 아니라는 듯 아름다운 동작으로 뛰어넘었다.

왕계는 눈을 부릅뜨고 말 위의 소녀를 보았다. 옷자락이 우아하게 나부끼는 것도 보였다.
수려도 왕계를 보았다. 잘했죠, 라고 말하는 것처럼 활짝 웃으며.
"——도와드리러 왔습니다, 왕계 장군님."
탁, 하고 절의 경내에 착지했다.

"아가씨?! 연청!!"
"정란?! …어머? 왜 여기 있는 거야? 류—— 왕 곁에 있어드려야 하는 거 아니야?"
수상쩍다는 듯한 수려의 말에 정란은 말문이 막혔다. 왕계와 신, 고한승의 시선이 따갑다.
"아니, 저, 그러니까 말입니다."
"정란도 황해가 걱정돼서 온 거야? 왕계 장군님을 지켜드렸다면 다행이지만…."
정란 주위의 온도가 순식간에 영하까지 급강하했다. 연청도 수려의 뒤에서 눈을 가늘게 뜨고 뚫어질 듯 노려보며 신과 왕계를 번갈아 보고 있는 모양을 보니, 이미 다 듣고 온 듯했다.
모르는 건 아가씨 한 사람뿐. 정란은 필사적으로 마지막 요새를 지키려고 웃음으로 얼버무렸다.
"…네, 그렇습니다. 주인어른과 아가씨의 고향이기도 한데, 내버려둘 수 없어서요."
"그건 기쁘지만… 그래도 서한에 써놓았잖아. '잘 먹고, 푹 자고, 건강에 신경 쓰면서 류휘 곁을 떠나지 말아줘' 라고."
"네?!"

구깃구깃해진 채로 뜯어보지 않은 서한이 품안에서 바스락, 소리를 냈다.

"아니! 폐, 폐하 곁에는 아직 백 대장군도 계시고, 강유 님과 주인어른도 계시니까요."

거짓말쟁이, 라고 수려를 제외한 전원이 마음속으로 신랄하게 외쳤다.

투항하는 소리와 무기를 버리는 소리가 점차 커진다. 불화살에서 옮겨붙은 불과 횃불을 끄는 고함소리와 물보라 소리. 왕계는 이를 들으면서 연청의 도움을 받으며 말에서 내리는 수려를 보았다.

"…어떻게 알았나?"

"실은 어사대에서 매우 중대한 안건을 쫓고 있었습니다. 그 하수인으로 동파군 태수인 자란이 용의자 선상에 올랐기에 급히 쫓아온 것입니다."

"호오."

왕계의 표정은 변하지 않았다. 철탄 유출 문제 따윈 들은 적도 없다는 듯이.

하지만 그럴 턱이 없었다. 연청이 뒤에서 횃불을 밝혀 둘의 얼굴을 비췄다.

"…왕계 장군님께서 귀양으로 돌아가시는 도중이라고 들었습니다만, 자란이 예상 이상의 악당이었을 경우, 이런 일도 있을 수 있을 거란 생각에 찾고 있었습니다."

"저 군대는?"

"네. 오는 도중에 왕계 장군님을 쫓아 번뇌사로 가는 중이라는 무관들이 여기저기 흩어져 있기에, 어사의 군권(軍權)을 행사해서 가는 길에 만난 병사들을 모아 쫓아온 것입니다."

신은 떨떠름한 표정이었다. 자신의 수훈이 될 일을 그냥 가로채버렸다. 생글생글 웃고 있는 수려를 보면, 반은 신이나 왕계의 지시었다는 걸 눈치 채고 있으면서 표표하게 말하고 있는 것 같기도 했다.

육청아와의 치열한 공적 챙기기 경쟁의 산물인지, 제대로 어사다웠다.

왕계는 팔짱을 끼면서 홍수려를 바라보았다. 독안에 든 쥐처럼 궁지에 몰려있던 것을 이 소녀가 구해준 것은 확실했다. 그녀가 군을 통합해서 서둘러 오지 않았다면 사망자 수만 쓸데없이 늘어났을 것이다.

문뜩 왕계는 수려의 얼굴색이 창백하게 질려 있는 것 같다는 생각을 했다. 연청이 든 횃불 그림자 때문인가 싶기도 했지만 그건 아닌 것 같았다. 마치 뭔가를 잘라내버리고 왕계를 선택한 것 같았다.

점심 때 신에게 들었던 정보가 뇌리를 스쳤다. 그것은 거의 직감에 가까웠다. ――그런 것인가.

'류화를 구하는 대신, 나를 선택한 것인가.'

안수가 누구인가. 류화를 구할 새도 없도록 주도면밀하게 손을 써놓았을 테지만, 그래도 이 소녀에게는 전율할 수밖에 없는 양자택일이었을 것이 틀림없다. 류화냐, 왕계냐.

과거인가, 미래인가.

선택을 해서 이곳에 있다. 무력함도 분함도 분노도 비참함도, 혀끝의 씁쓸함도. 전부 감추고서.

그렇게 왕계에게 달려왔다면, 지금 홍수려가 여기에 있다는 의미에는 신의 지시와는 전혀 별개의 가치가 있었다. 여기에서 왕계가 죽게 될 때의 의미, 한시라도 빠른 왕도로의 귀환. 이를 위해서 그녀는 류화가 아닌 길을 선택한 것이다. 그래, **그 수훈**은 그녀의 것이었다. 무엇 하나 빠짐없이.

그녀가 정말로 선택한 것은 왕계가 아닌, 그 이상의 것. 왕계는 인정했다.

"——여기까지 잘 와줬다, 홍 어사. 칭찬해주겠네."

여러 가지 의미를 담아서. 홍수려만은 왕계의 진의를 알아차렸는지 어색하게 웃었다.

"…왕계 장군님, 조속히 왕도로 귀환해주시기를 부탁드리겠습니다."

"알고 있다. 자네는 어찌 할 생각인가."

"바로 자란을 쫓겠습니다. ——정란, 고 무관. 왕계 장군님을 부탁드리겠습니다."

말을 향해 발걸음을 돌린 소녀를 왕계는 그만 불러 세웠다. 그 자신이.

"홍수려."

횃불이 흔들리는 가운데, 홍수려가 천천히 뒤를 돌아봤다.

거리는 다섯 걸음. 밤이라도 서로의 얼굴이 보일 정도로 가깝다. 왕계의 연보랏빛 군장이 바람에 흩날렸다.

정면으로 마주보면서 왕계는 그 말을 조용히 고했다.

"——어떤가, 나를 선택하지 않겠나."

헉, 숨을 들이켠 것은 신이었을까, 정란이었을까, 아니면 고한승이었을까. 오직 한 가지 확실한 것은 홍수려의 표정만은 흔들리지도 않았다는 것.

왕계의 옷깃을 흔드는 그 바람에 수려의 머리카락도 흩날리고 있었다. 똑바로 왕계의 눈을 들여다본다.

류휘보다도 많은 것을 알고, 생각하고, 경험하고, 강인하면서 유연한 의지와 이성을 겸비한 대관.

마음을 떠올렸다. 그런 식으로 목표를 바라보며 하나하나 돌을 쌓아올려 왔다. 그들 나름대로의 방식으로 계단을 오르며 이제 곧 소망을, 바람을 이루어내려 하고 있다. 지금의 류휘라면 어느 것 하나 왕계에게 미치지 못한다. 왕계가 꿈꾸는 세상은 수려의 바람에서 그리 멀지 않을 것이다. 분명. ――그렇지만.

"선택하지 않겠습니다."

수려는 스스로도 신기할 정도로 동요하지 않는 마음으로 그렇게 대답했다.

처음으로 왕계의 표정이 움찔 반응했다. 대답 그 자체 때문이 아니라, 그 동요 없는 모습에.

"장군님이 부적격이라는 건 아닙니다. 하지만 전 류휘 폐하를 선택했습니다."

"…자네가 지키고자 하는 건 자류휘가 아니라, 더 나은 미래라고 생각했건만."

수려는 웃었다. 활짝.

"그렇습니다. ――제게 **그 두 가지**는 같은 것입니다."

신은 눈을 부릅떴다. 왕계보다도 왕 쪽이 더 나은 미래를 만들 수 있다고 단언한 것이나 마찬가지였다.

"왕계 장군님, 류휘 폐하는 많은 실패를 했는지도 모릅니다. 모든 걸 잘 해내지는 못 했을지도 모릅니다. 하지만 딱 한 가지, 전 알고 있습니다."

수려는 도전하듯이 왕계를 보았다. 그래, 딱 한 가지. 수려는 알고 있다.

"당신이 왕이라면 분명 여인을 등용하는 일은 하지 않았겠지요. 어떤 일이 있더라도. 그 선은 넘지 않았을 것입니다. 낡은 인습을, 의문조차 품지 않고."

왕계의 눈에 분노가 스치는 것처럼 보였다. 횃불이 흔들렸기 때문인지도 모르지만 수려는 확실하게 왕계의 급소를 찌른 거라고 생각했다.

만두를 빚어 사람 대신 제물로 바치게 한 것을 비롯하여, 왕계가 낡은 미신을 타파해온 것을 수려는 알고 있다. 그렇기에 더욱 역린을 건드린 것이리라. 그러나 왕계가 여인 과거응시제에 계속 반대해왔던 것은 사실이고, 왕계 자신도 지금 처음으로 수려의 지적을 받고서야 그 사실에 생각이 미친 듯했다.

관리가 된 수려를 쓰는 것은 간단한 일이다. 하지만 그 이전에 수려에게 기회를 준 것은 왕계가 아니다. 천 년도 넘게 이어져 온 그 인습을 싱거울 정도로 간단하게 깨버린 것은.

"왕계 장군님, 저는 여자가 관리가 되어서는 안 되는 이유를 여전히 모르겠습니다. 관리가 된 후에도."

"……."

"제게 오라고 하신 것은 류휘 폐하의 일부를 스스로 인정하셨다는 얘기입니다. 제가 관리가 될 수 있었던 것은 폐하의 소산입니다. 어느 누구도 의문조차 가지지 않았던 '남자 한정'의 벽을 깨뜨린."

그저 수려의 꿈을 이루어주고 싶다는 얄팍한 이유 때문만은 아니라고, 수려는 마음 한구석에서 느끼고 있었다. 류휘는 깨닫지 못하고 있더라도.

귀비 시절의 수려를 정당하게 평가했고, 여인 과거응시제를 독단으로 결정한 것이 아니라 조의에 회부하여 통과시켰다. 여러 가지 조건이 붙긴 했지만 과거를 볼 수 있게 했고, 일을 주었다. 모자란 부분이 있더라도 정당하고 공평하게 수려를 대해주었다. 그렇기에 수려도 류휘를 위해서 여기까지 왔다.

백지와 같은 왕을 처음 만났을 때 수려는 생각했다. 어떤 것에도 물들지 않았다고. 그렇기에 류휘는 모든 것에 솔직하고 공평한 저울을 가지고, 남자에게만 자격이 주어지는 제도 따윈 실은 무의미하지 않느냐면서 넘어버렸다.

왕계가 무의식적으로 결코 넘으려 하지 않았던 그 선을. 그래── 홍수려야말로 그 증거.

"미숙할지도 모르고, 앞으로 어떻게 될지는 폐하에게 달렸습니다. 그래도 저는 저라는 증거를 가지고 자류휘 폐하를 선택하겠습니다. ──장군님보다, 더 멀리까지 나아갈 가능성이 있다고 믿고 있습니다."

왕계와 수려의 시선이 정면으로 얽혔다.

불꽃이 튈 것 같은 눈빛을 교환한 후, 수려는 인사를 하고 적토마에 올라타 사라졌다.

왕계는 그 등을 한참 동안 바라본 후, '가자' 하고 아무 일도 없었다는 듯이 말하고 다른 방향으로 발을 내딛었다. 그 짧은 만남의 결과와 마찬가지로, 수려와는 다른 길을.

정란은 자신이 숨을 멈추고 있었다는 것을 깨달았다. 수려가 아니라 왕계 쪽으로 이끌리듯 한두 걸음 좇아가다가, 그런 자신에게 흠칫했다. 왕계의 허리에는 아름다운 검이 조용히 꽂혀 있다.

수려의 말을 이해하지 못하는 것은 아니었다. 그러나 이런 궁지에서도 끝까지 왕계는 한 번도 검을 뽑지 않았다. 그러면서 모든 것을 끝냈다. 그런 힘이 왕계에게는 있었다. 수려가 도와주러 올 정도의 가치와 실력이. 뽑히지 않고 모든 것을 깨끗이 정리한 칼집 속의 검.

…그것이 마치 지금의 류휘와 왕계의 차이를, 두 사람의 미래를 예견하고 있는 것처럼 느껴졌다.

자란은 밤의 어둠 속을 필사적으로 달리고 있었다. 수많은 묘비 같은 나무들과 덤불을 뚫고서.

심장이 쿵쾅거리기는 했지만 별일 아니라고 생각했다. 지금까지 왕계를 위해 움직였던 많은 일들을 생각하면 별일 아니다. 그래, 철탄과 기술자 확보 및 수송도, 자금 유용도, 군 태수의 진지 확보도 전부 내 수훈이다. 배신자는 오히려 순욱 쪽이지. 마지막 순간에 도장을 찍질 못했고, 급기야는 죽지도 못했으니. 도무지 도움이 되질 않는다. 내가 한 일 정도는 배신 축에도 들어가지 않아.

'난리법석이 좀 가라앉으면 또 뭔가 수훈거리를 가지고 돌아가면 될 거야.'

방향을 확인하려고 밤하늘을 올려보았다가 흠칫 놀랐다. 불길한 붉은 눈이 내려다보고 있는 것 같은 착각이 들었다. 바로 요성이란 걸 알았다. 피와 녹슨 철을 섞은 듯한 어두운 피의 색. 자란이 가는 길을 끝까지 쫓아오고 있는 것 같다. 무엇보다도 저 요성은 묘하게 **그 남자**를 떠올리게 하는――.

"――어딜 가시나, 자란."

붉은 눈의 혜성이 정말로 말을 한 줄 알았다.

앞을 보니 희뿌연 그림자가 서 있었다. 인간이었다. 자란은 처음 보는 얼굴이었다. 나이는 서른 전후, 곱슬기가 있는 긴 머리카락에 고양이 같은 눈. 하지만――하지만 어째서인지 자란은 그것이 '누구'인지 알았다. 그 눈과 웃는 모습, 몸짓 하나하나까지 본 기억이 있었기 때문인지도 모른다.

"…능안수…인가?"

안수는 눈을 가늘게 떴다. 언제나 띠고 있는 수수께끼 같은 웃음도 지금은 찾아볼 수 없었다.

"한 건 하셨군, 자란. 네놈의 거동이 수상쩍다고 첩자가 보고해서, 나온 김에 보러 왔더니 이 꼴이라니. 설마 했는데 말이지. 난 한 번만 더 배신하면 용서하지 않겠다고 결심했어. 왕계 님이 용서하신다 해도… 내 별칭은 알고 있겠지?"

――처형자. 그것이 안수의 숨겨진 이름. 단죄도 없이 그저 처형을 결정하고 집행한다. 자란은 후우, 하고 숨을 내뱉었다. 안수와 만나자 묘하게 신경이 누그러졌다. 안수를 두려워하는 자는 많지만 자란은 달랐다. 어떤 의미에서 그와 안수는 같은 부류였다. 왕계에게 한 말은 거짓은 아니다. 자신이 더 낫다고 한 것도. 안수와 알고 지낸 시간은 그리 길지도 않지만 짧지도 않았다.

"네놈이 그런 말을 할 자격이 있을까, 능안수. 왕계 님을 죽이려고 한 게 벌써 몇 번이지? 그때마다 뛰쳐나갔다가 다시 돌아왔지. 마물 같은 놈. 네놈의 기분은 조금은 이해한다. 왕계 님을 돕는 건 전혀 힘들지 않지만 때때로 참을 수 없이 조바심이 나서 거역하고 싶어지지. 쟁반 위에 놓인 것까지 모조리 다 뒤집어엎고서 지배하고 싶어지는 마음. 그래도 난 죽이려는 생각은 한 번도 한 적 없어."

안수가 왕계를 좋아하는지 미워하는지는 자란으로서는 알 수 없었다. 자기 자신의 감정조차도 때때로 알 수 없으니까. 그가 알고 있는 것은, 안수에게는 **어느 쪽이든 그리 차이가 없다**는 사실.

"네놈은 언젠가 왕계 님을 죽일 거다. 절대로 곁에 둬서는 안 된다고, 몇 번이나 말했지. 하지만 왕계 님이 그 말을 받아들이시는 일은 없었다. 나를 바보처럼 몇 번이나 다시 받아주신 것처럼."

"…그래서 왕계 님을 여기에 잡아두고서 내게서 지키려고 했다는 거냐?"

자란은 떫은 감을 씹은 듯한 얼굴로 대답하지 않았다. 그 정도로 선하지 않다는 것은 자각하고 있다. 그러나 모든 것이 안수의 계획대로 진행되는 것에 일말의 의구심을 품고 있었던 것은 사실이다. 안수가 왕계를 위해 움직이고 있다는 것은 의심할 여지가 없었지만, 그렇게 모든 것이 끝난 뒤에 안수가 어떤 무대를 마련해 놓았을지. 그 점을 생각하면 오싹할 정도로 불길한 느낌을 받았던 것이다.

결과는 마찬가지라도 적어도 톱니바퀴 하나 정도는 어그러뜨리고 싶었던 건 사실이다. 안수가 있는 조정과는, 시간적으로도 거리적으로도 조금 떼어놓고 싶었다. 일이 잘 풀리면 재상 자리나 권력을 손에 넣고 싶다는 바람이 있던 것도 사실이지만, 이는 왕계가 왕이 아니라면 의미 없는 일이었다.

"그렇다 해도 그건 왕계 님을 배신하는 이유는 될 수 없지."

흰 그림자는 단죄하려는 듯 씨익 웃었다. 붉은 요성이 등 뒤에 아련히 빛난다.

"지금 널 놓아주면, 넌 또 몇 번이고 똑같은 짓을 할 거다. 슬슬 퇴장해 주셔야겠어. 홍주에서 잘해줬지만 그걸로 네 죄를 탕감해줄 정도로 난 관대하질 않아서 말이지. 넌 왕계 님을 갉아먹어 왔다. 이 이상 더 나아지지도 못하지. 왜냐하면 지금 이 방식이 네 성심성의를 다한 최선이니까."

자란은 헉, 하고 눈을 부릅떴다. 온몸에서 식은땀이 흘러나왔다. 그게 사실이란 걸 자각했기에. 눈치 채서는 안 되는 자신의 모습이라는 게 있다. 안수는 이를 너무나도 쉽게 까발려 버렸다.

자란이 이 이상 더는 변할 수 없다는 것을.

"하지만 이 이상 갉아먹다간 왕계 님이 없어져버린다고. 안 그래도 해가 갈수록 작아지고 있는데 말이지… 난 그건 용서하지 않아. 그러니까, 괜찮지?"

자란은 침을 꿀꺽 삼켰다. 밤하늘을 올려다보니 붉은 요성이 내려다보고 있었다. 도망치진 않았다.

조금만 더 있으면 규황의나 순욱처럼 될 수 있을지도 모른다고 생각했다. 제어할 수 없는 성질을 제어할 수 있는, 지금보다 더 나은 인간이 될 수 있다고. 하지만 이 이상은 변할 수 없다면. 그것은 절망이었다.

이제 왕계를 위해 할 수 있는 것은 죽는 것밖에 없다고 고하는 그 사실을 자란을 받아들였다.

그러나 한 가지, 묻고 싶은 것이 있었다.

"…나와 너, 차이가 뭐지?"

"넌 왕계 님에게 몇 번이고 다시 돌아올 수 있다는 걸 확인하고 싶어했지. 하지만 나는 벗어나고 싶어. 자유로워지고 싶다. 돌아가고 싶지 않아. ──그렇기에 나는 네가 말한 대로 언젠가 왕계 님을 배신할 거다."

자란은 그 순간, 깨달았다. 자신은 안수를 오해하고 있었다. 줄곧. 그는 아마도──.

안수가 검을 뽑았다. 앞서 누군가를 죽이고 왔는지, 이미 검붉은 혈흔이 엉겨붙어 있었다.

"처형, 집행."

단말마의 비명소리와 함께 피가 흩뿌려졌다.

비명을 듣고서 수려와 연청은 더 빨리 말을 달렸다. 피 냄새가 한층 더 짙은 장소에서 연청은 말을 멈췄다. 수려의 눈에도 덤불 너머에 누군가가 쓰러져 있는 것이 보였다. 이미 숨이 끊어져 있는 것도.

연청이 먼저 내려서 시체를 살폈다. 시체는 아직 따뜻해서 방금 전까지 살아있었다는 것을 알 수 있었다. 수려는 분하다는 듯이 얼굴을 찡그렸다. 연청에게 묻지 않더라도 그 시체가 누구인지는 짐작할 수 있었다.

방해꾼도 증거도, 신속하게 지워버린다. 이번에도 또 늦고 말았다.

"…아가씨, 아마 이게 자란일 거야. 동파 태수의 증표가 없어서 확신할 수는 없지만."

"…증표가 없어?"

수려는 문뜩 수상쩍은 생각이 들었지만 자란을 이대로 놓아둘 수는 없었다.

"…연청, 한 번 홍주부에 연락을 해볼게. 그러면——."

그때였다. 지면이 호흡을 하는 것처럼 파도치는 느낌이 들었다.

일제히 새들이 날갯짓을 하는 이상한 소리가 들렸다. 까악까악 하고 울면서 미친 듯이 밤하늘을 맴돈다.

이어 말이 크게 울더니 앞발을 높이 치켜올렸다. 수려는 비명을 지르며 휘청거렸다.

한 박자 후, 느릿한 진동이 해일처럼 발밑에 밀려들었다.

——세 박자 후, 흔들흔들, 커다랗게 지면이 흔들렸다.

귀양에 '돌아온' 능안수는 현기증이 나서 얕은 신음소리를 냈다. 딴 짓을 하느라 시간을 너무 허비했다. 이게 한계였다. '빈 껍데기'는 알아서 돌아오라고. 류화를 죽였으니, 이젠 어디서 목이 잘려도 별 상관없다.

잠시 후, 현기증 때문이 아니라 실제로 몸이 흔들흔들 흔들리고 있다는 것을 깨달았다. 집안에서도 물건이 떨어져서 깨지는 소리가 비명처럼 들려온다. 안수는 고개를 갸웃했다.

"…어라, 혹시 낮에 류화의 목을 쳐서 그런가——?"

흔들리는 바닥 위에서 잘 균형을 잡으며 방에 남아 있던 마지막 포도를 집어들었다. 그리고.

"뭐, 괜찮겠지."

뼈처럼 줄기만 남은 포도의 잔해를 뒤로 휙 던졌다.

대지가 덜덜 떨렸다. 마치 통곡하는 것처럼.

"뭐, 뭐, 뭐야?!"

연청의 목소리가 멀리서 들려왔다. 지진이 일어나긴 했지만 바로 가라앉았다—그렇게 보였다. 하지만 연청도 느끼고 있었던 모양이다. 이제는 몸에는 느껴지지 않았지만, 지면 깊은 곳에서 계속 진동이 이어지고 있다. 이 작은 지진은 다시 서서히 커진다. 수려는 신기하게도 그 진원지를 알 수 있었다.

'——귀양.'

두근두근, 자신의 심장의 고동이 들려온다. 아니, 이 고동은 연청의 것일까, 아니면 적토마일지도 모른다. 무슨 이유인지 오감이 비정상적일 정도로 예민해지고 있었다.

적토마는 울더니 앞다리를 박찼다. 보일 리 없는 저 멀리 풀숲 속에서 토끼와 뱀이 달아나는 것이 '보였다'. 퍼덕퍼덕 새 떼들이 방향감각을 잃은 것처럼 저 먼 상공에서 이리저리 날아다니는 것을 알 수 있었다. 그러면서 전혀 다른 방향에 있는 표가에서 통곡소리가 들려왔다.

주취의 목소리. 그리고 모든 장소에서 이를 감지한 무녀와 주술사들의, 표가 전체의 통곡.

류화의 죽음.

이는 수려가 느끼고 있는 것은 아니었다.

온다.

연청의 살갗이 오싹, 하고 솜털이 곤두섰다. 뭔가가 **온다**.

지금 수려의 '눈'에는 그 아름다운 궤적이 보였다. 마치 혜성처럼 곡선을 그리며 하늘 위 몇 천리나 되는 거리를 순식간에 날아오는 혼백. 그것은 만병초처럼 아름다운 진홍색으로 빛나고 있었다.

그것은 수려 앞까지 날아오더니, 사람의 모습으로 변했다. 수려가 예상한 대로의 모습으로.

"……홍수려."

무지갯빛 옷자락. 아름다운 소녀 당주가 눈앞에 서 있었다.

아무 말 없이 류화는 수려를 바라보고 있었다.

한밤의 검은 눈동자. 인형처럼 아름다운 얼굴. 결코 의미 없이 움직이지 않는 뛰어난 두뇌.

수려가 선택하지 않았던 소녀 당주.

류화가 마지막 작별인사를 하러 온 것이 아니라는 건 알고 있었다. 그런 건 이 사람에게는 어울리지 않아. 전혀 어울리지 않아. 특히 이렇게 전쟁에 임하는 듯한 엄한 눈을 하고 있는 때에는.

"제 몸이, 필요하신 거군요."

연청이 숨을 삼키는 소리가 들렸다.

류화는 천천히 숨을 내뱉으며 그러하다, 하고 말했다.

"한나절 막고 있었다만… 부족했다. 이대로 가면 귀양은 지난 벽주의 전철을 밟게 될 것이야."
지진. 혈통 때문인지, 한 번 빙의되었기 때문인지 수려는 류화와 쉽게 공명하게 되었다. 떨어져 있어도 가는 한 줄기 실로 연결되어 있는 것처럼 류화가 느끼고 있는 것들이 흘러들어온다.
류화는 정직하게 고했다.
"…허나, 몸을 빌리면 그대의 수명은 거의 다할 것이다."
주취도 아니고, 다른 무녀나 주술사도 아니고, 이미 얼마 남지 않은 수려에게.
"…제가 아니면 안 되는 거죠?"
류화는 한 박자 후, 그러하다고 중얼거렸다.
류화가 빙의해온 '소녀들' 중 가장 류화와 닮았고, 강대한 힘을 부릴 수 있는 '무녀'.
그 안에 깃들어 있는 것은 '장미공주'. 강대한 팔선 중 홍선. 수려에게는 무리더라도 류화라면 그 신력을 끌어내어 부릴 수 있다. 그럴 만한 힘을 쓸 수 있는 몸은 이제 달리 없었다.
그리고 지금, 그럴 만한 힘이 필요한 것이다.
수려에게 행인지 불행인지, 류화와 실로 연결되어 있는 상태인 지금, 그 가는 실을 통해 류화가 느끼고 있는 것들이 어렴풋하게나마 수려에게 전해져 왔다. 자신이 아니면 안 된다는 것.
거절해도 된다고 류화는 말하지 않았다.
거절하면 어떻게 되느냐고 수려는 묻지 않았다.
그것이 류화의 최대한의 성의였고, 수려의 성의였다. 말하는 것도, 묻는 것도 비겁한 말이었다. 서로에게가 아닌, 그 자신에게.
비슷하기 때문에 상대방이 선택할 길 또한 이미 알고 있었으니까.
아가씨, 하고 연청이 중얼거리는 소리가 들렸다. 수려는 이를 못 들은 척했다.
조금, 웃었다. 어색하게, 딱딱하게, 전혀 잘 웃지 못했지만, 그래도 있는 힘껏.
"…류화 아가씨, 제가 당신께 **날아갔던** 때, 헤어지면서 한 말은 잊지 않고 있습니다."
"……."
"정말로 제 몸이 필요해지면 쓰셔도 괜찮습니다, 라고 말했지요."
류화의 무릎에서 잠에 빠지던 순간, 수려는 확실히 그녀에게 그렇게 말했었다.
쭉 수려의 몸을 원했다던 류화. 수려는 그 점이 계속 마음에 걸렸었다. 일족의 소녀들이 아니라 수려여야만 하는 이유가 있는 게 아닐까. 류화의 언동에는 언제나 이유가 있었다. 표면적인 이유가 아닌, 큰 이유가. 만약 그 이유가 아직 남아 있는 것이라면.
류화가 수려에게 날아온 것은 그 말을 남겼기 때문일 수도 있다는 생각이 들었다. 하지만 류화는 방패로 삼지 않았다. 그런 말 따윈 한 번도 들은 적 없다는 듯한 얼굴을 하고 있다. 지금도.
그래서 철회할 수도 있었다.
하지만 그 선택이 가져올 미래는, 수려의 취향은 아니었다. 전혀.
"…확실히, 어떻게든 할 수 있나요?"
어떻게 안 되더라도, 홍수려라면 끄덕이리라는 걸 류화는 알고 있었다. 하지만 류화는 어떻게든 되지 않는 일에 타인의 목숨을 걸게 하는 여인은 아니었다.

"그래. 약속하겠노라. 내 이름과 긍지를 걸고."

목숨이라고는, 하지 않았다. 류화는 정말로 이제 죽었다는 걸 깨달았다. 류화와 만났을 때, 마지막 작별 같은 느낌은 들었다. 하지만 류화가 아니라 자신의 마지막이라고 생각했었다.

흉수에게 살해당했고, 이젠 대무녀도 아니고, 귀양을 지킬 필요도 없다. 길고 긴 시간 동안 표가와 약자를 계속 지켜주다가 천천히 잠이 들면 되는 거였다. 그런데 아직도 이렇게 머물러 있다.

지키고 싶은 것이 귀양에 있다. 류화에게도, 수려에게도.

걸 수 있는 목숨은 이제 없다. 그렇기에 달리 걸 수 있는 목숨을 류화에게 맡길 수밖에 없다. 그것은 자명한 일.

그리고 지금 그 일을 할 수 있는 것은 수려 한 사람.

"—연청, 잠깐 갔다 올게. 뒷일을 부탁해."

연청은 말을 하려다가 흠칫했다. 가위에 눌린 것처럼 혀도, 몸도 움직일 수가 없었다.

수려는 류화에게 다가갔다. 정말로 괜찮은가, 하고 류화는 묻지 않았다.

그저 한순간, 긴 속눈썹을 내리깔고 뭔가 말한 것 같았다. 고맙다는 인사였던 것 같기도 했다.

류화의 투명한 팔이, 수려에게 뻗어왔다.

—몸이 도끼로 반 조각나는 것 같은 느낌이었다.

온몸이 얼음처럼 차가워졌다. 우우는 **그 순간**을 알 수 있었다.

목이 떨어지는 소리까지, 들린 것 같았다.

그때, 뭔가 중얼거렸는지도 모르겠다. 하지만 그것은 그 자신도 의미를 알 수 없는 작은 신음일 뿐이었다. 홍주에서 힘을 다 써버리고, 이제는 손가락 하나도 움직일 수 없었던 우우에게는 소리를 지를 힘조차도 남아 있지 않았다. 인형처럼 멍하니 누운 채 그저 마음만 차갑게 가라앉고 있었다.

모든 것의 상실. 손 안에 남아 있던, 한 줌의 모래마저 손가락 사이로 흘러내린 것처럼.

얼마나 지났을까, 오열이 들려왔다. 우우는 고개를 기울…였다고 생각했다. 이미 시력을 잃고 암흑 속에서, 우우는 그저 귀만으로 그 목소리의 주인을 향해 약한 목소리로 물었다.

"…리앵 님…이시오?"

"우우!"

전혀 다른 방향을 보고 말았는지, 시력을 잃은 걸 리앵이 알아차린 듯했다.

귀에 들려오는 목소리는 오열로 일그러져 있었다. 리앵의 눈물 젖은 목소리를, 우우는 처음 듣는 것 같았다.

"그렇게 엄청난 주술을 쓰니까 그렇지! 지금 당장 최고위 '치유사'를 불러 모으겠어. 곧 올 테니까."

'치유사'도 어쩌지 못 한다는 것을 알고 있었다. 누구나. 리앵조차도. 그래도 우우는 감사인사를 했다. 끌어안긴 느낌이 따스해서, 우우는 기척만으로 미소 지었다.

리앵의 오열이, 떨림이, 보이지 않는 속에서 우우의 마음에 직접 전해져 왔다. 얼굴을 보고 싶다고 우우는 생각했다. 선동성에 온 뒤로 달라져 갔던 리앵의 얼굴을, 마지막으로 단 한 번만.

"한 가지 더… 할 일이 남아 있소이다…."

마지막 힘을 긁어모아 인형 같은 몸에 불어넣었다. 꿈틀, 하고 몸이 움직였다.

작아져버린 몸을 질질 끌며 앞으로 나아갔다. 보이지 않는 눈으로, 감에만 의지하여 기어간다. 흔들흔들, 대지가 크게 요동치고 있었다.

왕가와 표가가 동전의 양면 같은 존재인 것처럼, 표가와 귀양도 그랬다.

80년 이상이나 절대적인 신력을 가지고, 표가의 가장 깊은 신역에 앉아 있던 류화의 '본체'는 이제는 표가를 지키는 하나의 결계가 되어 있었다. 고대의 주술과 거의 동화되어 신기나 다름없었다.

그 류화의 목이, 떨어졌다. 각지에서 신기가 몇 개나 부서진 지금, 그 충격을 흡수할 수 있는 상황은 아니었다. 표가의 '바깥' 장소인 이 귀양에 그 여파가 모조리 밀어닥치고 있었다. 무시무시한 여파가.

작은 인형 같은 몸 깊은 곳에서 뭔가가 타닥타닥 불타오르고 있었다.

류화의 최고 주술사로 임명받은 날부터 조용히 밝혀놓았던 불꽃.

여덟 개 주의 신기와 표가의 신기 '창(蒼)'. 그 '창'의 신기는 당대의 대무녀가 **그 몸으로 계승한다**.

그러나 아주 드물게는 당대의 최고 주술사에게 '창'의 반쪽을 나누어줄 때가 있다. 우우가 그랬다.

류화의 목이 떨어지더라도 우우가 남아 있으면 어느 정도의 유예가 생긴다. 우우가 홍주에서 대주술을 사용하고도 아직 살아있는 것은 '창'이 살려두고 있는 것이라고 할 수 있었다.

——류화가 죽은 지금, 그 '폭발'을 막을 수 있는 것은 우우밖에 없었다.

더듬더듬, 필요한 선구(仙具)를 손에 쥐었다. 정화(淨化)의 단도의 칼집을 간신히 벗겨냈다.

"…우우? 우우… 무, 무슨…."

보이지 않는 눈에 떠오른 것은 류화가 아니라 리앵이었다. 류휘와 젊은 선동관들의 얼굴이었다. 계속 살고 싶다고 생각하고 있었다. 조금이라도 오래. 그것은 자신을 위해서였다. 하지만 지금은 달랐다. 이어주고 싶은 것이, 남기고 싶은 것이 있다. 그들의 손에 넘겨주고 싶은 것이 있다. 철나비처럼.

…조금이라도 더 나은, 앞으로의 미래를.

꾸욱, 자신의 경동맥에 칼날을 대었을 때, 리앵의 비명과, 그리고.

"우우."

암흑을 찢고 목소리가 들려왔다. 우우의 눈이 번쩍 뜨였다. 그 강렬한 차가운 목소리.

뺨을 얻어맞은 것 같은 충격이 느껴졌다. 보이지 않던 눈이, 안개가 걷힌 듯 순식간에 환해졌다.

눈앞에 아름다운 무지갯빛 옷자락이 우아하게 펄럭이고 있었다. 밤의 숲과 같은 검은 눈동자. 우유 같은 피부, 칠흑 같은 머리카락, 피와 같은 입술. 웃지 않는 아름다운 소녀 당주.

――류화가 우우의 눈앞에 서 있었다.

몇 십 년 만에.

류화의 모습이 보인 것은 순간적이었다. 바로 홍수려의 몸이라는 것을 알았다. 우우는 흠칫했다.

"――큰 아가씨!! 당신은, 당신은, 대체 왜 그런 일을!! 뭔가를 지키기 위해서라면 뭔가를 희생해도 된다고 생각하신 겁니까?!"

류화는 눈썹하나도 감명을 받지 않았다.

"흥, 입을 열자마자 한다는 소리가 설교라니, 출세했구나. 몇 십 년 동안 못 본 사이에 작은 동물이 되어버렸어. 거기, 저 밑에 굴러다니는 북실북실한 영감은 누구냐, 우우. 어딜 봐도 털투성이인 것을. 그대가 젊었을 때는 좀 더 봐줄 만했다. 눈도 코도, 키도 있지 않았더냐."

"에, 아, 아?!"

우우는 그때 비로소 자신이 이혼(離魂) 중이라는 것을 깨달았다. 그래서 시력도 돌아온 것인가. 밑을 내려다보니, 자신이 단도를 쥔 채 풀썩 쓰러져 있는 것이 보인다. 우우는 노인이 된 지금의 모습만은 보이고 싶지 않다고, 얼빠진 생각을 했다.

달려온 리앵과 선동관들은 직업이 직업이니만큼 이 두 사람의 모습이 보였다. 특히 리앵은 수려의 모습과 겹쳐 보이는 류화의 모습에 눈을 비볐다.
"고, 고모님?! 도, 돌아가셨을 텐——."
류화는 울어서 부은 리앵의 얼굴을 힐끗 봤지만 아무 말도 하지 않았다.
"지금부터 마지막 술식에 들어가겠다. 이로서 단번에 파괴된 모든 신역을 완전수복 하겠느니라. 보좌를 하라."
선동관들이 술렁거렸다.
"그 말씀은… 당대의 대무녀를 제물로 삼으시겠다는 것이옵니까?"
"바보 같은 놈. 주취는 아직 필요하다. 제물로 삼을 리가 있겠느냐. 시간도 없다. 됐으니 빨리 정화(淨化)와 신력증폭 술식을 준비하도록 모슨 주술사에게 통보하여라. 현재 모든 신역에는 고위 주술사와 무녀가 균등하게 배치되어 있을 것이야. 그대로 움직이지 말고, 각자가 보좌의 술식을 펼치도록 하라고 전해라. 지금 이 상태로 진행할 수 있느니라."
선동관은 물론 리앵과 우우도 아, 하고 입을 벌렸다. 정말, 그 말대로였다.
지금 배치대로라면 모든 주의 주술사를 연계하여 커다란 하나의 술식으로 사용할 수가 있다. 설마 거기까지 내다보고서 사전에 각 신역에 중고위 이상의 주술사와 무녀를 파견했던 것일까.
"—멍하니 죽 늘어서서 입만 벌리고 있지 말고 빨리 움직이지 못할까, 이 멍청한 놈들이!!"
답답하다는 듯이 류화의 분노에 찬 고함소리가 날아왔다. 수려의 얼굴이기는 하지만 변함없이 무시무시한 박력이었다.
엉덩이를 냅다 걷어차인 것 마냥, 선동관들이 황급히 준비를

위해 달려간다.
"리앵, 아직 우우의 몸은 살아있다. 직전에 냅다 차서 혼백을 쫓아냈느니라."
"…냅다 차서…?"
우우는 뺨을 얻어맞은 듯한 충격을 떠올렸다. 어쩌면 류화의 발차기가 뺨에 내리꽂힌 것인지도 모르겠다. 우우는 저도 모르게 뺨을 어루만졌다. 만지다가, 문뜩 깨달았다. 그건——.
"알겠느냐, 그대는 그대로 우우를 보고 있거라. 살려놓아야 한다. 숨만 붙어있더라도 상관없다. 몸이 살아있지 못하면 우우의 힘을 쓰지 못하니라. ——우우, 알겠느냐, 거부는 용납할 수 없다."
"알겠나이다."
리앵은 말을 꺼내려 했지만, 아무 말도 할 수 없었다. 무엇 하나. 그 의미를 알고 있으면서도.
주술사가 힘을 쓸 때는 반드시 그 목숨이 줄어든다.
하지 말라고, 말하지 못했다. 빈사상태의 우우를 끌어안고 있으면서도.
지면이 흔들렸다. 성과 거리 사람들의 비명과 울음소리, 기도, 무너지는 소리가 계속 이어지고 있었다.
말할 수 없었다. 리앵은 얼굴을 찡그렸다. 우우는 미소를 지으며 그 뺨을 살짝 어루만졌다.
"그래야 표가의 남자이시오. 우우는 자랑스럽소이다, 리앵님."
"표가의, 남자…?"
우우는 웃으며 그대로 류화와 함께 사라졌다.

류화와 우우는 선동성의 최하층으로 날아갔다.
최하층에는 팔각형 모양의 기하학적 문양이 그려진 '문'의 방진(方陣)이 있다. 두 사람의 발이 방진에 닿자마자, 희미한 빛을 뿜으며 그 밑으로 두 사람을 삼켰다. 이는 역대 대무녀와 최고 주술사에게 반응하는 특별한 '문'——열리지 않는 선동궁으로 통하는 '통로'였다.
"…흐음, 여기에 오는 건 오랜만이로구나."
'시간의 감옥'과 같은 끈적끈적한 어둠이 류화를 맞이했다. 선동궁 내부에 내려선 순간, 썰물이 빠지듯 어둠이 물러간다. 이 첫 번째 문이 있는 층은 표가의 영역이었다.
여덟 개 주의 중심에 위치하고, 절대 신역인 열리지 않는 선동궁이 자리잡고 있기에 귀양은 요괴 한 마리 존재할 수 없는 '꿈의 도시'가 되었다.
푸르스름한 빛이 뻗어간다. 팔각형 방진이 바닥 가득 그려져 간다. 그 광대한 방진의 궤적만으로 낮처럼 환해졌다. 눈 아래로는 여덟 색의 주가 펼쳐져 있었다.
우우는 이혼(離魂)을 해서 이 경치를 보고 있는 것인지, 아니면 이 선동궁과 방진이 경치를 보여주고 있는 것인지 판단이 되질 않았다. 마치 자신의 몸이 정말로 상공에 떠 있는 듯한 착각에 빠지게 된다.
팔각형 방진의 몇몇 부분에서 다른 곳보다 궤적의 빛이 둔하게 뻗어나갔다.

우우는 눈썹을 찌푸렸다. 해당하는 장소는 남주, 벽주, 다주, 그리고 표가.

세 개까지라면 어떻게든 수복할 수 있다. 그러나 류화의 죽음으로 예기치 못한 네 번째 신기가 파괴된 것이나 다름없는 상태가 되어버렸다. 이 이상은 원래대로라면 주취가 제물이 되는 수밖에 없었다.

"…그래. '간장'과 '막야' 덕분에 봉인의 힘이 보강되어 있구나. 그러나 주취의 소모가 심하다. '창'의 신기는 내가 가지고 있는 반쪽밖에 넣질 못했기에."

"…네? 지금, 뭐라고?"

"시간의 감옥에서 삼천각(三千刻) 동안 제정신으로 버텨냈기에 내 '창'을 넘겨주었느니라."

'시간의 감옥'에서 입으로 옮겨 넘겨준 '창'의 신기. 그릇의 크기가 충분치 못하면 몸도 영혼도 안에서 녹아내려 '주취'는 완전히 '창'의 일부가 되어 사라져버렸을 것이다. 실제로 그만 하질 못했던 많은 우수한 무녀들이 '창'의 일부가 되어 동화되어, 그 힘을 유지했던 적도 있다.

"뭐라고요? 정식으로 지명의식도 하지 않고서 갑자기?! 넘겨줬단 말입니까?!"

"어쩔 수 없었느니라. 그때는 '창'을 깃들인 채로 내 목이 떨어질 가능성이 높았으니. 그렇게 되면 최악이 아니더냐. 가능한 한 빨리 누군가에게 떠안겨야만 했다. 근처에 있었던 것이 주취밖에 없었느니라… '창'을 넘겨주면 내 목이 떨어져도 괜찮을 것이라 생각했건만, 말도 안 되는 오산이었다. 오랫동안 앉아 있었다고 창고형 변칙신기 취급을 받게 될 줄이야."

"다, 당신이란 분은!! 그럼 주취 님이 반쪽짜리 신기로 혼자서 표가를 지탱하고── 그럼 제가 요즘 엄청나게 소모가 심한 건 그 때문인 겁니까? 어째서 말씀해주지 않으셨습니까."

"밖으로 새어나가면 주취가 표적이 될 것이 아니냐. 우선, 말을 하면 그대는 당장 나머지 반쪽짜리 '창'을 돌려주기 위한 조치를 취했겠지. 아직 그럴 시기는 아니었으니."

두 사람이 하나의 신기. 그러나 원래는 표가의 대무녀가 이어받아야 하는 것.

류화의 목이 떨어지면 그 여파는 모조리 우우에게도 밀려든다. 원래 우우가 가진 '창'의 부분은 '시간의 감옥'에서 류화가 나머지 반쪽을 잠자코 주취에게 넘겨줬을 때부터 온전한 하나가 되기 위해서 상당히 날뛰었을 터였다. 우우는 신역의 이변 때문이라고 믿고 있기는 했지만, 지금 이 순간까지 폭발시키지 않고 잘 다스려왔다. 그게 가능하기에 나눈 것이긴 하지만, 실제로 할 수 있다는 보장은 없다.

마지막 남은 힘을 쥐어짜, 스스로 목숨을 끊으려고 보이지 않는 눈으로 정화의 단도를 손에 쥐었던 우우.

"…그대가 반쪽 '창'을 가진 채 제물이 된다면, 잘린 내 목 대신이 될 수 있는 건 확실하다. 이 지진도 멎을 테고."

그것이 우우가 '창'의 나머지 반쪽을 **돌려주기** 위해 취할 조치. 전쟁 등으로 만에 하나 대무녀가 죽더라도 '창'을 가진 주술사가 자신의 목숨을 내던져 피해를 봉인할 수 있는 이중방벽 조치. 그렇기에 류화가 죽으면 우우도 죽는다. 반대의 경우는 없지만 그것만은 확실하다. 운명을 두 사람이 나눈다고 일컬어지는 이유이기도 하다. 그걸 알면서 우우가 받아들인 과거를, 이젠 닳아버린 기억을, 류화는 머리 한 구석에서 어렴풋이 떠올렸다.

"그러나 그뿐이다. 나머지 신역에서 벌어진 채 남아 있는 구멍도, 주춰의 부담도 무엇 하나 달라지지 않으니."

"네…."

"돌려주려면 더 효율적으로 돌려주어야 하느니. 그대는 그대로 나머지 반쪽 '창'의 힘을 제어하여라. 내가 보좌하겠다. 모든 주의 신역에 배치되어 있는 주술사들이 술식 준비를 끝내는 대로 구멍이 벌어진 남주, 벽주, 다주, 귀양을 한 번에 완전수복시키겠느니라. 그것으로 이 안쪽 문의 '틈새'도 완전히 닫히게 될 것이야."

"기다려주십시오. 그것만으로는 절대적으로 힘이 부족하지 않겠습니까?"

'창'을 가지고 있었지만 우우에게는 벽주 신역의 **임시수복**조차도 버거웠다. 전성기의 류화였다면 가능했을지 몰라도, 대무녀에서 물러나 '창'도 넘겨준 지금, 류화보다 우우 쪽이 신력이 크다고 할 수 있을 정도였다. 아무리 모든 주를 써서 대대적인 술식을 펼친다 하더라도 원래는 대무녀가 제물이 되어야 할 정도의 붕괴다. 류화와 우우 두 사람만으로 완전수복은 어림없었다.

"생각해둔 것은 있다. 그럼—— 준비는 모두 끝났느냐."

여덟 개 주를 모두 보여주는 팔각형 방진이 균등한 빛을 뿜고 있다.

두근, 하고 우우의 '창'이 호응하듯이 크게 고동쳤다. 두근, 두근.

류화의 고동과 동조하여 심장 안쪽이 뜨겁게 밝아졌다. 길고 긴 시간 동안 류화와 나누어 가지고 있던 '창'. 비록 넘겨줬다 하더라도 말 그대로 류화의 혼까지도 '창'에 물들어 있을지도 모른다.

두근.

"——시작하겠노라."

수려는 멍하니 **눈을 떴다**. 그 순간 목덜미까지 소름이 쫙 끼치면서 한기가 느껴졌다.

류화가 자신의 몸에 스윽 들어온 것은 알았다. 그 순간 수려는 졸음이 쏟아져서 어딘가 깊은 곳으로 떨어지는 듯한 느낌이 들었다. 그런 수려를 류화의 가는 팔이 안아, 구석에 살짝 앉혀두었다. 얕은 잠 속에서 우우와 리앵, 류화의 목소리가 멀리서 들려왔다.

이윽고 졸음에 익숙해져서 멍하니 눈을 뜬 순간, 오한이 들고 어지러웠다. 숨이 잘 안 쉬어지고 두근두근 심장이 빨리 뛰는 듯한, 정체모를 공포에 쫓기는 듯한 기분 나쁜 느낌.

'어머, 이거 언제 어딘가에서… 그래, 2년 전 봄, 선동궁에 잡혔을 때….'

익숙해져서 집중하여 응시하자, 류화의 눈에 비친 풍경이 보인다는 걸 알아차렸다.

처음 보는 아름다운 팔각형 방진이 복잡하면서도 세밀한 빛의 문양을 그리며 눈 아래에 펼쳐져 있었다. 그 중 몇 곳인가 묘한 부분이 있었다. '구멍'. 그런 단어가 왜인지 뇌리에 떠올랐다.

장소는 벽주, 남주, 다주, 귀양—— 아니면 표가의 위치. 그런 말도 떠올랐다.
건너편에 눈을 감고 있는 젊은 남자가 보인다. 20대 정도, 조금 몸집이 작고, 아무렇게나 걸친 옷에 헝클어진 머리카락이기는 했지만, 살짝 보이는 얼굴은 놀랄 만큼 엄청난 미모였다.
그러다가 두 사람이 하나의 실을 짜듯이 '구멍'을 수복하고 있다는 것을 깨달았다. 류화의 감각을 통해 '아는 것'이다. 거미줄에 난 구멍을 정성스럽게 꿰매는 것처럼, 실수 없이 신중하게 기워간다. 격류처럼 사방에서 밀려들어오는 힘을 제어하며, 또 같은 만큼의 힘을 방출한다. 삐끗하면 모든 것이 끝난다. **모든 것이**. 문이 열린다. 그런 말이 뇌리에 떠올랐다.
일생 동안의 시간이 흐르는 것 같은 가운데, 두 사람은 함께 몇 천 개나 되는 그물모양의 거미줄을 정확하게 꿰매가고 있었다. 수려는 압박감에 숨이 막힐 것 같았다. 삼 일 밤낮을 계속 달리고 있는 것 같은, 몸과 마음의 마모. 단 한 순간만으로도 수려는 신경이 닳아, 어질어질 멀미를 하는 것처럼 어지러웠다.
아아, 하며 고개를 숙이고 팔각형 방진 아래쪽을 바라보았을 때 등줄기가 얼어붙었다.
한 순간이었다. 하지만 펼쳐진 거미줄이 비쳐 보이면서 그 아래에 뭔가가 **있었다**.
번뜩이는 눈과 눈이 마주친 것 같았다. 그때였다.
"————?!"
팔각형 방진 밑에서 마치 거미줄을 찢어버리려는 듯한 무시무시한 저항이 느껴졌다.
류화와 우우가 눈썹을 찡그리며 수복은 뒤로 미루고 막으려고 했다. 그러나——.

'모자라.'

그것이 우우의 말이었는지, 류화의 느낌이었는지는 잘 알 수 없었다. 그저 모자란다는 말만이 머릿속에서 빙글빙글 소용돌이친다. 그 무언가를 억누르기 위한 신력이 이대로는 모자란다.

"…이래서는, 조금 곤란하구나."

불쑥, 류화가 중얼거린 때였다.

남주의 위치가 한층 더 아름답고 선명하게 빛나는 것이 보였다. 그곳에서 새로운 힘이 방진을 격류처럼 돌면서, 증폭된 힘으로 밑에서 치받는 듯한 저항을 단번에 눌러 원위치로 돌려놓았다.

우우가 흠칫 놀란 것처럼 눈을 부릅떴다.

"저건—— 구채강의 보경이, 복원되었나?! 말도 안 돼. 부, 분명 가리 님은——."

구채강에 만일의 사태에 대비해서 가리의 호위를 위해 일족을 보냈을 때에는, 치사량을 훨씬 넘는 대량의 피 웅덩이만을 남기고 홀연히 모습을 감추었다는 보고만이 올라왔었는데.

"가리로구나. 멋진 빛이다. 천재라는 칭호에 아무런 부족함 없이 보이는구나. 수많은 벽가의 인간을 보경으로 현혹하여 허다하게 자살로 몰아갔던 벽선(碧仙)의 마음을 움직였어. 후후… 선선대의, 백 년은 버티는 보경의 수수께끼를 풀어낸 것이야. —우우, 구채강의 그 보경 말이다, 이번에는 영겁은 버틸 게야."

"예?! 허?!"

"그럼 가리 덕분에, 수복할 신기는 이제 세 개… 후, 원군도 온 모양이군."

수려의 눈에는 아름다운 노란빛 혼백이 날아와 대무녀밖에는 통과할 수 없을 선동성의 지하방진을 통해 내려오더니 둥실, 하고 그 자리에 사람의 모습으로 변하여 내려앉는 것까지 보였다. 착지와 동시에 마치 위에서 얻어맞은 것처럼, 거미줄 아래에 있던 무언가가 더 멀리 물러난 것이 느껴졌다.

류화와 우우와 삼각형을 만드는 것처럼, 또 한 사람이 서 있었다.

고위 무녀의 옷차림을 한, 어딘지 득의양양해 보이는 미모의 소녀.

수려는 그 소녀의 얼굴은 알지 못했지만── 희미하게 누군가를 닮았다는 생각이 들었다.

그 소녀의 출현과 동시에 그 자리에 정결한 공기가 불어왔다. 단번에 신력의 양이 늘어난다.

류화는 힐끗 옆에 선 그 소녀를 보며 이름을 불렀다.

"──영희. 늦었구나. 이제야 온 것이더냐."

수려는 숨을 삼켰다. 다주의 표영희. 그 초로의 귀부인. 확실히 비슷한 구석이 남아 있었다.

지금은 십대 소녀의 모습이었다. 생긋, 하고 득의양양한 미소를 지으며.

수려는 마치 산소가 너무 많은 공기를 들이마신 것처럼 현기증이 났다. 압박감에 숨이 막혀 눈을 감았다. 수려가 본 것은 거기까지였다.

한때 대무녀 후보였다. 류화의 후계자라 불릴 정도의 신력을 자랑했던 왕년의 모습 그대로.
"진짜 실력자는 제일 마지막에 등장하잖아요, 큰 아가씨."
"이 바보 같은 놈이. 넌 뭘 하던 너무 늦어서 문제구나. 태어나는 것도, 돌아오는 것도."
"…네, 죄송합니다. 이젠 정말 알겠네요."
쓴웃음을 짓는 영희를, 우우는 어안이 벙벙해서 머리에서 발끝까지 훑어보았다.
"어, 영희 님?! 꽤 오래 전에 도, 돌아가시지 않았나요?! 이렇게 오랫동안 혼백이 남아 있을 수 있을 리가."
"아직 안 죽었습니다. 가사(假死)상태죠. 지금 다주에는 영월 님을 비롯하여 우수한 의원 분들이 많이 오신지라 협력을 부탁드렸지요. 별자리점을 보니 표가 본가가 난리난리라고 나왔기에."
"영희, 말투가 그게 무어냐. 네 얼간이 둘째 손자도 근처에서 어슬렁거리고 있을지도 모르는데."
"…그 놈은 정말이지 완전 바보입니다. 죽어도 바보는 고쳐지지 않는다는 걸 삭순이 증명하고 말았지요. 드릴 말씀이 없습니다. 하지만 삭순 덕분에 가사상태를 세공할 유예가 생긴지라."
"'빈껍데기' 가 아니라 '내용물' 인 영혼이 먼저 네게 날아가지 않았더냐."
"…여전히 탁월한 '눈' 을 가지고 계시군요."
영희는 혀를 내둘렀다. 차단하고 있다고는 했지만 '보고' 있었던 모양이다.
'암살인형' 을 거느리고 찾아온 삭순. 그것은 삭순이었다. **진짜** 삭순. 전보다는 나은 눈을 한.

"네, 삭순의 '혼' 이었습니다. 몸에서 쫓겨나 여기저기를 어슬렁거리기나 하다니 원, 한심해서. 뭐, 생전에도 그렇긴 했지만요. 하지만 삭순은 평범한 인간이라 대부분의 시간을 어디선가 흔들흔들 떠돌고 있을 뿐입니다. 자신의 의지로는 혼백을 제어하지도 못 하고, 이동 장소나 시간도 정하지 못하면서도… 잘도 그때 제게 경고를 하러 날아와 주었습니다…."

류화는 돌림병 때 영월과 수려 앞에 나타났던 삭순을 감지하고 있었다. 그것 역시 삭순의 혼백.

"…평범한 인간이 혼백인 채로 그런 짓을 하는 걸 보니, 삭순의 혼도 길지는 않겠구나."

"네… 이제 얼마 안 가 혼백은 하늘로 날아오르지도 못 하고 그저 '소멸' 하겠지요…."

어두운 표정의 영희를 곁눈질했다.

"넌 계속 행방을 쫓았던 모양이다만, 쓸데없는 짓이었구나. 그대의 신력이 쇠퇴한 탓이 아니다. 다삭순의 명운은 '빈껍데기' 를 사용하고 있는 그 남자만이 결정할 수 있으니."

"…그건 알고, 있습니다만."

당신의 목숨을 주십시오——.

쫓겨난 자신의 육신에 한 순간 빙의하여 소리 없는 목소리로, 삭순은 그렇게 말했다.

영희는 바로 그 의도를 파악하고, '암살인형' 과 표가의 주술사들에게 들키지 않도록 삭순의 '빈껍데기' 에게 죽임을 당한 것처럼 꾸미고—— 이혼(離魂)을 했다.

그 후로 삭순의 '혼백' 이 어디로 날아갔는지는 지금까지 알지 못한다.

"가사상태…라는 것은."

우우는 흠칫, 다주에 해당하는 부분을 다시 바라보았다.

아까까지는 '예의 신궁(神弓)' 이 부서진 벽주 정도는 아니더라도 그와 비슷한 구멍이 벌어져 있었고, 빛은 끊어질 듯 말 듯한 상태였다. 그런데 지금은 빛의 광채가 반 정도 원상복귀되고 있었다.

"네, 신기는 부서지지는 않았습니다. 제 남편인 다원순의 인신공양은 어지간해서는 부서지지 않습니다."

다중장과 다삭순에 의해 피로 더럽혀진 그 다가의 사당이야말로, 다주의 신역인 '표박(漂泊)의 지저호(地底湖)' 의 바로 위에 위치하여 누름돌 역할을 하고 있었다. 삭순들의 소행으로 결계가 깨지면서 다가일족에게 쏟아지려던 암흑을, 소 태사가 원순의 혼백을 제물로 삼아 봉인했다.

그 '열쇠' 를 아내인 영희에게 맡기고서. 그 소중한 목숨을 선선히 영희가 내어줄 리가 없었다.

"…'열쇠' 는 춘희에게 건네주고 왔습니다. 제 반생은 남편과 다가를 위해 살았습니다. 하지만 마지막에는 표가에 남기고 온 빛을 위해 산다고 해도, 남편도 불평은 안 할 겁니다."

아름다운 소녀의 그 눈빛만이 조용히 늙어 있어서, 류화와 우우의 가슴을 쳤다.

류화와 우우보다 영희는 20년이나 젊다. 젊은 시절, 신력은 강하나 자유분방하여 류화에게 대들고, '밖' 의 세상으로 도망치는 것만 꿈꾸던 소녀였다. 남편이 생기고, 아이를 낳고, 격동의 시대를 다원순과 함께 달렸다. 그리고 그 사랑하는 남편을 저세상으로 보냈다. 영희는 언제부터인가 류화도, 우우도 모르는 인생을 살아온 어른이 되어 있었던 것이다. 충분히 살았다고 생각할 정도로.

"큰 아가씨. 표가의 닫힌 문을 다시 '밖' 으로 여셨지요. 저도 느끼고 있었습니다."

"…시끄러운 조카 녀석과 계집아이가 꺅꺅거리며 쳐들어와서 말이다."

영희는 류화의 '몸' 인 홍수려의 모습을 보았지만 아무 말도 하지 않았다. 그 소녀라면 이런 길을 선택할지도 모른다고 생각하고 있었다. 영희보다도 훨씬 더 류화와 가까운 마음과 신념을 가지고 있던 그 소녀라면.

"그러면 큰 아가씨. 저희들, 앞을 가는 자들이 해야 할 일은 이제 하나 남은 것 같습니다."

미래를 남기는 것.

"…**괜찮겠느냐**, 영희."

또다시 서서히, 거미줄 밑에서 문이 열리듯이 저항이 솟아오르기 시작했다.

영희는 활짝 웃었다. 지금까지 살아온 인생 중 어느 때보다도 아름답고 의연하게.

"——네."

팔각형 방진이 더욱 밝게 빛나며 지금까지의 2배 속도로 거미줄이 펼쳐져 간다. 무언가가 움직이려고 해도 옴짝달싹 못할 정도로 무시무시한 속도와 힘과 정확성으로. 순식간에 수복되어 간다.

마지막 실을 다 꿰매었을 때, 표가의 주술사들이 감탄하며 찬사를 보내는 소리가 들려오는 듯했다.

류화는 저도 모르게 후우, 하고 깊은 한숨을 쉬었다.
"우우, '창' 은 완전히 흘려보냈느냐?"
"…네… 간, 신히."
우우는 무릎이 부들부들 떨리는 것을 필사적으로 참았다. 이혼(離魂)을 한 모습인데도 왜 그런지 진땀이 흐르는 것 같았다.
"좋다. 이제 주취에게 실을 타고 조금씩 순환하며 돌아가, '창' 은 언젠가 또 하나가 될 것이다."
"…그러면, 큰 아가씨, 이제는?"
우우가 중얼거렸다. 그 얼굴은 조금도 웃고 있지 않았다.
"…다른 주술사들과 무녀들은 눈치 채지 못했겠지만 이것은 '임시수복' 입니다. 제가 벽주에서 했던 것과 마찬가지, 그걸 조금 강화했을 뿐입니다. 완전수복은 아닙니다."
"……"
"큰 아가씨—— 혹시 생각이 있으시다고 한 건."
"우우."
류화는 정면에서 다가오는 우우를 올려다보았다. 이혼을 하여, 그야말로 한창 때 청년 모습 그대로인 그를.
류화보다 큰 키, 손으로 대충 빗어 땋은 긴 머리, 어딘지 어리바리해 보이는 상냥한 얼굴에는 소년다움이 남아 있어서, 달콤함과 늠름함을 더하고 있었다. 오래 전 류화 곁을 떠나던 그때의 모습.
무언가를 물으려 했던 것인지도 모른다. 왜 배신했냐고도, 왜 돌아오지 않았냐고도, 약속은 어떻게 된 거냐고도. 남추영의 얼굴도 떠올랐다. 하지만 결국 류화의 입은 무엇 하나 내뱉지 않았다. 지금 와서는 그 모든 것이 별로 중요하지 않은 것처럼 생각되었기 때문이다. 묻지 않아도 되는 일들이다.

주어진 천명(天命)을 비틀어서까지 살았다. 후회는 없다. 하나만 빼고.

"…먼저 죽지 말아달라고 내게 말했었지. 벌써 한참 오래 전의 일이구나."

움찔, 우우의 엄청나게 잘생긴 얼굴이 진지해졌다. 먼저 목이 떨어진 것은 류화 쪽이었다.

"나는 약속은 하지 않았다… 허나… 마음에 남아 있는 이상, 깨뜨린 것이 되겠지. 사과하겠노라… 그대는 아직 조정에 필요하다. 리앵과 다른 젊은 일족들에게도. 힘을 빌려주길 바라느니. 살 수 있는 만큼 살도록 하라. ——그대가 옳다고 생각하는 일을 해야 할 것이야."

이는 지난 날, 여행을 떠나는 우우에게 주었던 류화의 말들. 그러나 이번 여행길은 누구의 것일까.

보내는 말이 아니라, 남기는 말.

류화가 손을 뻗었다. 우우는 사색이 되어서 피하려고 했다.

그러나 류화가 불쑥 내뱉은 말이 그의 발을 붙들었다. 너무나도 잔혹하게.

"…무엇보다도 나는, 그대가 죽는 모습을 보고 싶지 않다… 돌아가거라."

류화의 손가락이 툭, 하고 우우의 가슴을 찔렀다.

하늘을 날듯이 우우의 혼백이 날아올랐다. 원래의 육신을 향해, 돌아가기 위해. 살아있는 자들의 세상.

류화와은 다른 세상.

우우는 절규했다. 뭐라고 소리쳤는지는 잘 알 수 없었다. 깊고 깊은 어둠의 우물에 류화와 영희를 내버려둔 채. 그저 류화의 빛나는 검은 눈동자만이 뇌리에 들러붙어 있었다.

"여전히 너무하신 분. 침소를 함께 한 정인(情人)은 별처럼 많고, 그런데도 남편은 두지 않고 평생 독신. 어딘가의 선왕폐하 같다니까. 여든 넘은 노인네도 발로 날려버리는 피도 눈물도 없는 철의 여제님."

희번득, 류화는 영희를 노려보았지만 잠시 후 모든 짐을 내려놓은 것처럼 그 얼음 같은 옆얼굴이 녹아내렸다. 부드럽게 미소 짓는다. 그 매혹적인 미소에 영희는 눈을 뗄 수가 없었다.

"…이걸로 되었느니라."

영희는 그런가요, 라고 묻듯이 득의양양한 눈동자를 재미있다는 듯이 빙글 돌렸다.

"…그래서 저도 돌려보내실 건가요? 큰 아가씨?"

"아니, 너는 여기 남아야 할 것이야."

영희는 싫다는 듯 뺨을 부풀렸지만 그냥 한번 그래본 것 같다.

"…저, 우우 님보다 20년이나 연하인데요."

"수명이 다했다. 알고 있을 터이다. 돌아가도 그대의 몸은 가사상태가 아니라— 죽어있을 게다."

별을 읽는 영희는 우훗, 하고 웃었다. 자신이 걸어온 바람의 길이 끝난다는 것을 아는 어른의 미소였다.

"네, 알고 있습니다. 제 별이 떨어질 날이 다가오고 있다는 걸… 몸도 약해져 있었고요."

애당초 정결한 신역에서 태어나 자란 정통 표가의 여인은 '밖'에 대한 저항력이 낮다. 남자들은 건강하나, 오랫동안 지내면 여자들의 수명은 보통 사람보다 짧아진다… '때'가 온 것이다.

수명이 끝날 때가.

"다삭순 건으로 수명이 꽤나 줄어들었건만… 그런데도 끝까지 다삭순을 마음에 들어하는구나."

"부부가 똑같이 바보라고 생각하세요? 아들 부부까지 잃어놓고서, 라고."

류화는 조금 생각하고는 아니다, 라고 중얼거렸다. 이유는 알 수 없었다. 생전이었다면 그런 설명할 수 없는 대답은 하지 않았겠지만, 죽은 후이니 괜찮겠지. 영희는 그 대답에 어딘지 한시름 놓았다는 표정을 지었다.

"다행이네요. 전 반쯤은 바보라는 생각도 들지만, 반쯤은 어쩔 수 없다 싶기도 해서. 왜 그런지 저도, 원순도 알 수가 없어서요. 하지만 초순과 삭순에게 뭔가를 전해주고 싶었어요. 하지만 잘 되질 않았죠. 삭순이 자살했을 때에는… 정말 혼란스러웠어요. 아아, 우리들은 한 번도 '가족'이 되질 못했구나, 하고. 30년 가까운 세월 동안 아무것도 전해주지 못했구나, 그런 생각을 했지만… 그렇지 않았을…지도 모르겠네요… 날아와, 주기도 했고."

소녀 같은 말투로 먼 곳을 본다. 그렇게 믿고 싶을 뿐이라 하여도, 그 정도는 괜찮겠지.

"삭순을 위해서 줄어든 수명이라면, 제게는 충분한 가치가 있어요. 후회는 하지 않습니다."

지난 날 자신을 위해서 살고 싶다며 표가를 뛰쳐나갔던 소녀. 그러나 지금의 영희는 달랐다.

류화는 눈을 가늘게 뜨고 예전보다도 더 아름다운 영희를 보았다. 표가 여인의 얼굴을 하고 있었다.

"황천길을 가다가, 삭순을 찾아내서 같이 데리고 가면 안 되겠죠?"

"아직 그럴 때는 아니다. '빈껍데기'의 목이 떨어지기 전까지는. 허나 이제 그리 길지는 않을 것이야. 보호자가 필요한 나이도 아니니, 올 때까지 황혼의 문 옆에서 기다려주면 될 것이다."

영희가 눈이 동그래졌다. 잠시 후, 고개를 숙이는 것처럼 끄덕였다. 그래, 기다릴 시간이라면 있지.

"저희들을 제물로 삼으시는 거군요?"

부서진 벽주의 신궁이 봉납될 때까지 기다리고 있을 여유는 없다. 무엇보다도 류화 자신이 하나의 신기로 작용하게 된 이상, 그 수복은 불가능하다. **다른 것으로** 대체해서 다시 봉인해야만 한다.

지난 날, 원순이 다주의 사당에 수장(水葬)되었듯이, 이번에는 영희들의 차례였다.

혼자서 모든 신역을 완전수복 시킬 수 있는 당대 대무녀의 인신공양에는 미치지 못하지만, 역대 무녀 중에서도 손꼽히는 신력을 가졌다고 칭송받던 표류화와, 그 후계자였던 표영희가 함께 제물이 된다. 부족함은 없었다.

"…그런데 큰 아가씨, 다주는 아직 완전히 1년 전 사건의 정화(淨化)가 끝나지는 않았어요. 벽주, 다주, 큰 아가씨 자신까지 하면, 한 사람 모자란 거 아니에요? 우우 님은 돌려보내셨고."

"생각해둔 사람이 있다. ──입향, 숨어있지 말고 나오너라. 이런 곳까지 따라오다니."

영희가 엑, 하고 놀랐다. 류화의 소매 끝에서 자그마한 살구색 혼백이 스르르 나왔다.

류화가 이름을 부르자, 입향의 모습으로 바뀌었다. 하늘거리는 옅은 그림자처럼.

혼이 난 강아지처럼 기죽어 있는 입향을 보며, 류화는 쓴웃음 같은 미소를 지었다.

"어쩔 수 없는 계집이로다. 어디까지 따라올 생각이었더냐. 좋다, 나와 같이 가겠느냐?"

핫, 하고 놀란 것처럼 입향은 얼굴을 들었다. 이윽고 순식간에 그 눈에 눈물이 차올랐다.

"…네. 함께 갈 수 있도록 해주십시오… 마지막까지, 류화 님 곁에, 있고 싶사옵니다…."

보고 있던 영희는 어이가 없었다. 이 입향이라는 소녀, 고위무녀에게만 허락되는 순사(殉死)의 영예를, 끝까지 졸졸 따라와서는 결국 억지로 받아냈다. 귀여운 얼굴을 하고서, 무섭네.

이것으로 무녀 세 명이 모였다. 류화는 영희와 입향을 번갈아 바라보더니 떨떠름한 표정을 지었다.

"…보통은 혼백으로 인신공양을 하는 것도 이례적이거늘, 모여도 모여도 어떻게 이렇게 혼백만 모인 거냐…."

"저는 찬성이네요. 적어도 몸이라도 남편 무덤에 같이 묻히고 싶어서요. 생전에 저 혼자 놔두고, 일한다고 여기저기 돌아다니는 바람에 제대로 같이 있어보지도 못했거든요."

"흥. 남자에게 주도권을 다 줘놓고 기다리는 여자인 게냐. 이런 한심한 표가의 여인이 있었다니."

"남자에게 한 번도 주도권을 주지 않고, 반한 남자도 붙잡지 못한 독신보다는 나은 것 같네요!"

빠직빠직, 류화와 영희 사이에 오랜만에 불꽃이 튀었다. 오만

불손한 여제와 건방진 반항기 십대 소녀. 그랬다, 이러니까 항상 류화와 영희는 얼굴만 봤다 하면 싸움을 해댔던 것이다. 육신이 있었던 때에는 양쪽 다 최고위 신력으로 응전하다가, 궁 하나가 통째로 날아간 적도 있었다.

"…저세상에서 제대로 설교 좀 해줘야겠구나, 이 건방진 말괄량이 계집애."

"네. 기꺼이 받아드리지요. ――먼저 가서 기다리고 있겠습니다, 큰 아가씨."

각자의 인생을 있는 힘껏 살았고, 지금은 이제 어떤 일도 대수롭지 않다.

영희는 득의양양한 미소를 띠었다. 그 몸이 둥실 풀어지면서 사혼칠백(四魂七魄)의 넋이 되어.

류화의 왼손에 내려앉는다. 오른손에는 입향의 살구색 혼백이 담겨 있다.

팔각형 방진이 다시 어렴풋이 빛나기 시작했다.

인신공양의 의식을 시작하기 전에, 영희가 망설이듯이 속삭였다.

"…큰 아가씨, 그 홍수려의 몸은 어쩌실 생각이세요? 이젠―."

"알고 있느니라. 너무 과한 부담을 주었다. 그래도 느껴지는구나. '밖' 으로 돌아가고 싶어하는 것이. 그러니."

류화는 가슴 깊은 곳에서 잠들어 있는 작은 수려가 뒤척이는 것 같은 표정을 지었다.

"…돌려보내야만 할 것이야. '밖' 으로. 그것이 무엇을 의미하느냐 해도. 이 세상에 태어난 것이 기적이었느니라. 더 이상 기적은 일어나지 않는 법. 나도 일으킬 수 없다― 채팔선 또한 마찬가지."
류화의 몸이—수려의 몸이—방진과 같은 색으로 빛나기 시작했다.
"…그러나 인간으로 살다가 죽는다면, 또 언젠가 만날 수 있을 게다. 시간의 원을 돌다가 언젠가 또 다시 눈을 뜰 때까지. 입향, 영희… 언젠가, 어디에선가 다시 만나길 기원하고 있느니라."
영희가 미소를 지은 것 같았다. 입향은 또 울먹거리고 있는 듯했다.
문뜩 생각이 나서 류화는 노래를 불렀다. 옛날부터 내려오는 자장가. 그럴 필요는 없었지만 지금 이때야말로 어울리는 것 같았다. 길고 긴 잠에 들기 전에. 영희와 입향에게 불러주는 것 같기도 하고, 수려에게 불러주는 것 같기도 했다. 노래를 부르며 류화는 최후의 의식을 집행했다.
인신공양의 의식을.

우우는 번쩍, 눈을 떴다.
리앵이 우우를 끌어안고서 뭐라고 외치고 있었다. 속눈썹 사이로 시계(視界)가 열리고 있었다. 떨리는 손을 들어올려보니, 주름진 두 손이 보였다. 전보다도 훨씬 가벼운 몸.
——몸 안에 자리잡고 있던 커다란 누름돌을 토해내고 몸이 텅 빈 것 같았다.
우우는 불현듯 깨달았다. '창'을 모두 토해낸 우우는 더 이상 주술사가 아닌, 이능도 없는 한 명의 노인이 되어 있었다는 것을. 평범한 인간으로 천수를 누리라고.

우우는 리앵을 보았다. 옆에서 울상이 되어 있는 선동관들도 둘러보았다.

이제 땅울림은 완전히 멎어 있었다. 마치 아무 일도 없었다는 듯이.

우우는 달랑 몸을 일으켰다. 그리고 길고 긴 한숨을 쉬고는 조용히 술식을 끝냈다는 것을 알리고, 몇 가지 지시를 내렸다. 선동관들이 허둥지둥 달려나가고 나자, 리앵만이 남았다.

"…리앵 님, 저는 이제 최고 주술사가 아닌, 평범한 인간이 되었소이다."

"그렇다면, 이제 주술을 쓰지 못한다는 건가?"

우우는 천천히 미소를 지으며 주름진 작은 손으로 리앵의 뺨을 만졌다.

지난 날, 가면 같던 소년의 얼굴에 지금은 확실하게 리앵의 의지가 새겨져 있었다. 앞으로도 길을 걸어가며 많은 감정과 마음을 하나 하나 새기며 걸어가겠지.

우우는 주름투성이 손으로 리앵의 손을 잡았다.

리앵은 마음까지 잡힌 것처럼 가슴이 아파왔다. 이제는 이런 마음을 느낄 일도 없을 텐데, 지금까지 중 가장 가슴이 먹먹했다.

"좋은 얼굴을 하고 계시오. 리앵 님께서는 분명, 초대(初代) 최고 주술사와 비견될 남자가 되실 것이외다."

"초대… 최고 주술사?"

"창주왕이 가장 아꼈던 재상입니다. 전쟁을 하지 않는 그를 곁에서 끝까지 보좌했던, 표가의 자랑스러운 명재상이지요. 완력으로 굴복시킨 것이 아니라, 큰 아가씨를 설득하여 문을 열게 하신 리앵 님이라면 분명 새로운 문을 여실 수 있을 것이외다."

"…우우?"

"조금… 피곤하여 그렇소이다. 백비탕을… 부탁드려도 되시겠소이까?"

"아, 아아… 알았다. 바로 돌아올 테니까."

리앵이 나가고, 우우는 천천히 일어나 앉았다. 부스럭, 하고 품안에서 소리가 났다.

세상은 또 밤이 되어 있었다. 밤하늘만은 아무 일도 없었다는 얼굴을 하고, 대수롭지 않게 별이 반짝인다.

우우는 별 하나를 찾아보았다. 귀양에 대응하는 좌표의 별자리는 표가의 손꼽히는 주술사들조차도 자주 틀릴 정도로 복잡하다. 그러나 우우는 지금까지 단 한 번도 잘못 읽어낸 적은 없었다.

찾아낸 그 별은 반짝이면서 지금이라도 떨어질 것처럼 흔들리고 있다. 흔들, 흔들 하며 깜빡인다.

우우는 눈을 감았다. 리앵과 류휘의 얼굴이 떠올랐다.

이제 우우는 두 사람을 지켜주고, 감싸주고, 도와줄 수는 없다.

이제는 영원히.

올려보던 별이 흔들린다. 누군가가 방 안에 들어왔지만 우우는 돌아보지 않았다.

때를 기다렸다. 그리고──.

…푸욱, 하고 생각했던 것보다도 가벼운 충격이 느껴졌다.

우우는 자신의 가슴팍을 움켜쥐었다. 그곳에는 단도 끝이 빨갛게 물든 채 드러나 있었다. 우우가 스스로 목숨을 끊으려고 했던 그 단도.

우우는 돌아보았다. 누군가가 달아난다. 우우를 비난했던 그 젊은 선동관 같았다. 둔중한 통증과 동시에, 작은 가슴이 붉은 요성과 같은 색깔의 피로 물들어 간다.

별이 한층 더 흔들린다. 그것은 우우 자신의 별. 그래, 한 번도 잘못 읽은 적은 없었다. 원래는 한참 전부터 이렇게 될 운명이란 것을 알고 있었다….

…알고 있으면서 피하려 하지 않았다.

인형 같은 작은 등을 벽에 기대고 주르륵 미끄러지듯 주저앉았다. 운명.

우우는 줄곧 운명이라는 단어가 싫었다. 그런 건 바꿀 수 있다고 생각했었다.

생각났다. 자신이 왜 닫혀버린 표가를 나와 길고 긴 여행을 떠났는지.

…류화의 별자리는 끔찍한 흉상(凶相)이었다. 태어나면서 아비를 살해해야 할 숙명까지 그 몸에 짊어지고 있었다. 피와 광기와 죽음. 그저 잃어가기만 할 뿐인 숙명. 류화 자신도 일부러 그 가면을 쓰고서, 피의 여제가 되었다. 우우는 그런 운명 따윈 바꿀 수 있다고 생각했다. 시간은 걸릴지도 모른다. 하지만 결정된 운명 따윈 없다. 류화에게 그걸 증명해보이고 싶었다. 그랬을 때, 자전화가 태어났다.

──류화와 완전히 똑같은 별자리, 부모를 살해한다는 숙명을 지닌, 끔찍한 운명의 불길한 아이.

우우에게 전화는 또 한 명의 류화였다. 그렇기에 도와주고 싶었다. 전화의 운명을 바꿀 수 있다면 류화의 운명도 바꿀 수 있다는 증거가 되리라고 생각했다. 그래서 여행을 떠났다.

그 천공의 궁에서 나올 수 없는 류화를 대신하여 자신이.

누구에게도 사랑받지 못하는 사람은 절대로 없다고, 류화에게 전해주고 싶었다.

『황혼을, 재회의 때로 하겠습니다.』

옳은 일이었는지, 아니었는지… 이제 와서는 알 수 없다.

콜록, 하고 기침을 하니 피가 하얀 수염을 새빨갛게 물들인다.

운명을 거부해왔으면서, 마지막에는 별이 보여주는 운명을 받아들였다. 류화가 바꾸려 했던 운명의 저울을 우우 스스로 원래대로 돌려놓았다. 전과는 반대로.

우우는 눈을 감았다. 하아, 하고 한숨을 쉬자 피로 얼룩진 수염이 흔들렸다.

리앵의 구둣발소리가 들려온다.

멍하니 그렇게 생각하면서 눈을 감았다. 뚝, 하고 뭔가가 끊어지는 소리가 들렸다.

그리고 우우가 눈을 뜨는 일은 두 번 다시 없었다. 결코.

…류화는 덩그마니 팔각형 방진으로 돌아갔다. 홀로 영원한 어둠과 고독 속에서.

이는 류화의 인생과 같았다. 영원한 암흑과 고독. 피의 여제.

자신의 술식을 시작하기 전에, 문뜩 생각이 나서 괜히 주변을 걸어보기도 했다. 어디에선가 세 발 달린 까마귀의 날갯짓소리가 들리는 것 같았다. 붉은 우산도 본 것 같았다. 동생을 업고 깊은 산속을 올라가는 어린 발걸음 소리도 들려온다.

『황혼을, 재회의 때로 하겠습니다.』

황혼은 한시(漢詩)에서는 만년이라는 의미가 있다. 사람들의 인생의 종착지.

다시 만났으니 약속을 지켰다고 해야 할까. 남추영도 그걸로 만족하라고 해야겠다.

다만, 한 번도 그 호칭을 듣지 못한 것은 조금 아쉬웠다. 류화를 부르는——.

“나의 아가씨.”

가을의 저녁노을처럼 은은하게 퍼져가는 황혼빛 목소리.

한 명의 청년이 서 있었다. 류화보다 조금 큰 키, 아무렇게나 걸친 옷차림, 느슨하게 땋은 머리에, 단정한 미모인데도 어딘가 어벙한 분위기.

어둠 속에서 도라지꽃 같은 아름다운 연보랏빛으로 어렴풋이 빛나면서.

순식간에 기억이 거슬러 올라간다. ‘시간의 감옥’에 떨어진 류화를 맨손으로 찾아온 우우. 같이 ‘시간의 감옥’에서 나간 뒤, 류화와 마찬가지로 우우의 신력 역시 경이로울 정도로 강해졌지만, 원래 그의 신력은 크지는 않았다. 그런데도 온갖 잡귀가 우글거리는 ‘시간의 감옥’에 다섯 살 남짓한 나이로 뛰어든 것이다. 이 바보가, 하고 외치며 류화가 달려가 부축해 일으켰다. 그런 주제에 뭐가 잘났다고——.

『돌아가요, 아가씨. 저와 함께.』
우우에게는 왜 그런지 때때로 핑계가 통하질 않는다.
류화는 아무 말 없이 우우에게 다가갔다. 우우는 입술을 굳게 다물고 어딘지 굳은 표정이었다.
"우우, 변명을 허락하겠노라. 변명할 것이 있다면 해보거라."
"제물은 한 명이 더 필요하지 않습니까? 당신이 모르실 리가 없을 텐데."
희미하게, 류화의 표정이 굳어졌다. 이런 재주는, 우우 한 명밖에 못 부린다. 늘 그랬다.
"큰 아가씨께서 신기의 역할을 하셨다면 제 목숨도 필요한 게 당연한 일. 아니면 부족합니다. 당신의 반쪽은 제가, 제 반쪽은 당신이 가지고 있습니다. '창' 을 나누었을 때에. 양(陽)인 '간장' 과 음(陰)인 '막야' 처럼. 양극이 모두 갖춰져야 봉인이 완전해지는 것… 당신이 논리적이 아니라니 드문 일이군요."
"……."
"…그리고 제 별자리를 읽지, 않으셨지요?"
류화는 또 한 번 말문이 막혔다. 우우의 별은 읽지 않았다. 벌써 꽤 오래 전부터 그래왔다. 이 정도 나이가 되면, 해가 갈수록 우우가 죽는 날이 보이게 된다… 그런 건 별로 알고 싶지도 않았다.
류화는 전혀 이유가 되지 않는 이유를, 궁한 나머지 중얼거렸다.
"…조정에는 아직 그대가 필요하다."
"…네, 그게 옳은 길이겠지요. 당신이 아니라 조정을 선택하고, 리앵 님과 현왕폐하를 목숨이 다할 때까지 보필하는 것이.

언제나 당신은 옳습니다. 당신이라면 아마 그렇게 하겠지요. 하지만."

우우는 어깨를 으쓱 했다. 우우는 류화가 아니었고, 류화는 될 수 없었다.

"그런 건 지나치게 옳고, 지나치게 이상적일 뿐입니다. 전 인간입니다. 완벽해질 수는 없습니다."

류화는 화내지 않았다. 화낼 수 없었다. 류화 자신, 혼자서는 완전한 봉인이 불가능하다는 것을 알고 있으면서도 아무 말 없이 우우를 돌려보냈던 것이다. 처음으로 옳지도, 완벽하지도 않은 선택을 했다. 그리고 류화는 그 선택에 만족하고 있었다. 핑계도 이유도 없었다. 그저 자신만을 위한 바람이었다.

우우가 손을 뻗었다. 류화는 놀라 몸을 피하려고 했지만 손을 잡혔다.

류화의 의사는 물으려고도 하지 않았다. 자신의 의지라는 것처럼 꾸욱, 하고 강한 힘으로 잡는다.

"당신 곁에 있게 해주십시오."

눈물이 나올 것 같은 부드러운 황혼빛 목소리로.

몇 십 년 만에 류화의 모습을 보았을 때, 주체할 수 없는 감정이 밀려들었다.

돌아가고 싶다.

돌아가고 싶다. 이 사람 곁으로. 그곳이야말로 자신이 있어야 할 장소. 선택한 인생.

"리앵 님과 폐하께서 한 번쯤은 이 늙은이의 억지를 들어주시겠지요."

류화는 잡힌 손을 보았다. 잠시 후, 쌀쌀맞고 거칠게 잡아뺐다. 등을 돌린다.
류화는 숨을 들이켰다. 우우, 하고 평소의 말투로 말하려고 애를 썼다.
"…황천길에서 나를 수행하라. 허락하겠느니라. 나와 함께 저승으로 가도록 하라."
한 박자 후, 우우가 놀라 미소를 짓는 기색이 느껴졌다.
"네… 분부대로. 어디든 모시고 가겠습니다… 나의 아가씨."
우우가 무릎을 꿇고 무지갯빛 옷자락에 입을 맞췄다. 표가를 떠날 때 그랬던 것처럼.
"훨씬 심하게 화내시고, 다시 쫓아내려고 하실 줄 알았습니다."
우우를 힐끗 돌아보더니 흥, 하고 고개를 돌려버린다. 조금은 주도권을 남자에게 넘겨주라고 했던 영희의 말이 머리를 스쳤다고는 입이 찢어져도 말 못 한다.
우우는 망설이다가, 중얼거렸다.
"솔직히, 벽주 신역의 유문석굴의 신기가 부서졌을 때에는 당신의 하수인 짓일지도 모른다고 의심했습니다."
우우가 그렇게 생각하는 건 당연했다. 표가의 사람이 아니고서는 곧장 신기를 찾아내기란 어렵고, 부수기는 더욱 어렵다. 시체가 휘젓고 다닌다고는 우우도 생각지 못했을 것이다.
"…만약에 정말로 그랬다면 어쩔 셈이었느냐?"
"당신을 죽여서라도 저지할 생각이었습니다."
"호오. 그때는 누구를 보낼 생각이었느냐?"
"제가 직접."
그 대답에 류화는 잠시 동안 입을 닫았다. 그리고, '그런가' 하고 중얼거렸다.

'장미공주' 때 찾아온 것은 우우가 아닌 '흑랑' 이었다. 똑같은 배신이라 하더라도, 우우 자신이 왔다면 뭔가가 달라져 있었을지도 모른다. 때때로 그런 생각을 한 적도 있다.

"의심했던 점, 사과드리겠습니다."

"…괜찮다."

우우는 류화의 모습을 다시 바라보았다. 꽃의 제왕이라 불리는 만병초처럼 화사한 진홍색 빛을 내뿜고 있다. 꽃말은 '위엄, 장엄' . 높은 절벽에 피는, 불꽃처럼 아름답고 누구의 손에도 닿지 않는 꽃.

알고 있었다. 홍수려의 몸은 어디에도 없었다. 류화는 온전히 혼백 이외의 어떤 것도 아니었다.

"…홍수려 님의 몸을 '밖' 으로 돌려보내셨군요."

"그러하니라. 그것과 몇 가지 일을 하다보니 말이지. 조금 황천길로 내려가는 것이 늦어졌구나…."

일부러 조금 시간을 죽이고 있었기도 했지만. 이제 미련은 없다.

"그럼, 가볼까."

"아, 아. 저, 그 전에. 그러니까."

우우는 부스럭거리며 품안을 뒤졌다. 구깃구깃한 종잇조각과 붓, 심지어는 먹다 남은 월병까지 굴러나왔다가 사라졌다. 류화는 화가 나는 걸 간신히 억눌렀다. 예전과 달라진 게 없다.

"있다, 있어. 여기요, 아가씨. 약속한 것입니다."

작은 기름종이 꾸러미를 우우는 내밀었다. 뭔가 들어 있는지 볼록했다.

"…약속?"
류화가 미심쩍은 얼굴로 기름종이를 열었다. 굴러나온 것은 소라 껍데기였다.
아름다운 소용돌이 모양의 옅은 연지색 소라. 우우는 부끄러운 듯이 웃었다.
"귀에 대면 파도소리가 들립니다."
새파란 달빛. 몇 십 개나 늘어선 텅 빈 하얀 관의 장례행렬.
쏴아아, 나뭇잎 소리 같은, 파도 같은 소리를 들으면서.
쭉 혼자서 백목 의자에 앉아 있었다.
『저는 주술로가 아니라, 빙의나 이혼(離魂)도 하지 않고, 아가씨에게 '세상' 을 보여드리고 싶습니다.』
당신에게 바다 소리를 보내드리지요, 하고 오래 전 우우는 류화에게 말했었다.
류화는 아무 말 없이 소라 껍데기를 귀에 대보았다.
…쏴아아, 쏴아아. 파도소리가 들린다. 그것은 천공의 궁에서 끝끝내 나오지 못했던 류화가 처음으로 자기 귀로 듣는, 진짜 파도소리였다. '세상' .
듣고 있노라면 가슴이 북받쳐서 눈물이 고일 것 같은 소리.
류화의 미소에 우우의 가슴이 고동쳤다. 이제 '창' 은 없는데도. 우우는 류화를 바라보았다.
"원래는 당신을 데리고 이 나라를 돌아보고 싶었지만, 다음 기회로 넘기겠습니다."
"다음?"
"언젠가 다시, 오랜 잠에서 눈을 뜬 후에. 어디 있더라도 찾아내서 모시러 가겠습니다."

약속은 못 한다, 라고 말하려다가 그만두었다. 훗, 하고 류화는 미소 지었다.

"…그것도, 괜찮을지 모르겠구나… 우우."

"네?"

나는 이 업과 숙명을 조금이라도 좋은 쪽으로 바꾼 것 같으냐, 라고 물으려다가 그만두었다. 이는 누가 정해주는 것이 아니라, 류화 자신이 답해야 하는 물음이기에.

사랑하더라도, 어느 누구도 사랑해주지 않는 인생이라는 말을 들었다. 별자리도 모두 흉상이었다. 광기의 운명. 하지만 그렇게 나쁘지도 않았다고 생각한다. 적어도 인생의 마지막에 자신을 쫓아와준 여인들이 있었다. 그리고 마지막 여행길은 외톨이가 아니다.

찰나, 동생인 *리앵*의 얼굴이 뇌리를 스쳤다. 동생은 끝끝내 류화를 사랑하지 않았다. 흑선의 예언대로. 하지만 류화를 위해서 두 가지 일만은 해주었다.

하나는 류화의 바람대로, 아무 말 없이 당주 자리를 이어받은 것. 모든 사람들이 류화를 떠나갔지만 단 한 사람, 계속 류화와 함께 그 닫혀버린 천공의 궁에 있어주었다. 이는 '장미공주'가 떠난 후 홀로 남겨졌던 *리앵*의, 같은 처지인 누이에 대한 최대한의 양보였는지도 모른다.

그리고 나머지 하나는 류화 대신 아버지를 죽여준 일.

아비를 살해해야 할 숙명을 짊어지고 태어난 것은 류화였지만, 실제로 그 손으로 아버지를 죽인 것은 *리앵*이었다.

어떤 이유이건 간에, 그것은 류화에게 있어 운명이 바뀌는 순간이었다. 아마도 리앵은 누이의 일 따위는 눈곱만큼도 생각하지 않았겠지만.
태어난 후 첫 울음소리조차도 내지 않았던 *리앵*. 울지도 웃지도 않았다. 유일하게 사랑했던 것은 사람이 아닌 선녀.
불현듯 어디에선가 이호 음색이 들려왔다. 류화와 우우는 놀라 눈을 동그랗게 떴다.
"…이 음색은…."
"…*리앵*의… 음색이구나… 몇 십 년 만에 듣는 소리다."
곡은 장송곡인 '창요희(蒼遼姬)'. '장미공주' 이외에는 절대로 들려주는 법이 없었던 이호.
그렇기에 이 연주는 진실로, 세상을 떠나가는 누이와 우우만을 위한.
마지막 연주.
"…좋은, 음색이로다. 정말로 좋구나…."
류화 대신 아들인 리앵이 있다. 그런 식으로 세상은 돌아가는 것이라는 생각이 들었다.
후우――하고 깊고 깊게 한숨을 쉬었다.
정말 오랫동안, 살고 또 살았다. 그 시간만큼 기진맥진할 정도로 일을 했다. 휴식의 시간이었다. 류화는 거만하게 손을 내밀었다. 우우는 공손하게 머리를 조아리고, 그 작은 손을 삼가 받들었다.
어딘가에서, 세 발 달린 큰 까마귀가 마치 마중을 온 것처럼 날갯짓하는 소리가 들렸다.
틈새가 벌어져 있던 선동궁의 '문'이 천천히, 이번에야말로 완전히 닫히는 소리가 났다.

그리고 두 사람은 팔각형 방진 아래, 황천길을 향해 내려가기 시작했다.

| 종장 |

가리는 보경을 안치하고, 헉헉 숨을 거칠게 몰아쉬며 주저앉았다.
"대단해. 아름다운 광채로군. 시간 내에 끝낼 수 있으리라고는 생각지 못했는데. 훌륭해. 역시 내 아내인걸."
가리는 바보 취급하는 듯한 목소리 쪽을 날카롭게 올려다보았다. 목소리와 마찬가지로 옅은 웃음을 머금고 있는 구양순을.
"이, 망할 벽선!! 냉큼 순 님에게서 나오지 못할까. 얼굴도 보고 싶지 않다."
"기껏 소중한 낭군님의 목숨을 구해줬는데, 그 말투는 아니지."
"입 닫으라고요!! 순 님에게서 '노래'를, 그 사람의 노래를 영원히—— 빼앗아버리고선!!"
"널 위해서였지. 유폐되어 있던 널 구하기 위해서 구양순은 자신의 '노래'를 내게 영원히 바쳤다. 널 수호해주는 대가로. 목숨보다도 소중한 것을. 네가 놓아버리지 못했던 것을 망설임 없이."

가리는 이를 악물었다.
"그래요, 전 평범한 인간이에요. 순 님을 위해서라도 전 그림은 버릴 수 없어요. 누군가를 위해서 내 가장 소중한 것을 버릴 수 없는 여자예요."
"그렇기에 넌 한 번 나올까 말까 한 천재인 거다. 인간의 재능이, 신기하게도 그런 것이 보경의 비밀을 푼다. 딱히 내가 보경 제작자들을 죽여왔던 것은 아니란 거지."
"그렇죠, 20년에 한 번 보경을 만든 인간은 반드시 죽는다. 이런 건 완전 거짓말. 그냥 미신."
가리는 분노에 찬 눈으로 벽선을 노려보았다. 벽선은 히죽히죽 웃고 있다.
보경을 만든 뒤 죽지 않으면 신기 제작자로서 실격이라고 간주된다.
벽가 일족에게, 그리고 어느 정도 예술에 재능이 있다고 자부하는 자들에게 '재능이 없다' 는 사실은 죽음보다도 괴로운 절망이다. 말 그대로 그런 걸 스스로 인정하느니 '죽는 게 낫다' .
그게 무서워서 꼬리에 꼬리를 물고 자살을 했다. 조사해보니 죽지 않았던 사람도 있었고, 20년 간격이 50년이나 100년이 되었던 시기도 있었다. 이를 눈치 챈 사람이 가리 외에도 있었던 것이다.
그 중 한 명이 아무런 재능도 없다고 손가락질 받아왔던 선선대. 그는 적당히 거울을 만들어놓고, 100년을 버틸 것이라는 말을 남겼다. 그동안에 이 무참하고 어리석은 진실을, 벽가의 누군가가 눈치 채주기를 바라면서.
"너희들은 언제나 스스로의 어리석음 때문에 알아서 자멸해

가지. 인간을 가장 많이 죽이는 것은 인간. 그러나 이를 막는 인간 또한 나타난다. 선선대가 그러했다."

예술적인 재능은 어이가 없을 정도로 없었지만, 인간으로서의 재능은 있었다. 수명이 얼마 남지 않았다는 것을 알고서 보경 제작을 자원했다. 도중에 이 속임수를 눈치 챈 것은, 집착할 만한 재능이 없었기 때문인지도 모른다.

"내가 보경 제작을 도와준 것은 사실이다. 아니… 어찌나 곰손인지 보고 있을 수가 없어서 말이지. 하지만 끝끝내 내가 벽선이란 건 알아채지 못했다. 그렇게 둔하기도 쉽지 않지. …그래서 뭐, 조금 그놈이 마음에 들었다. 그 보경만큼은 확실히 몇 안 되는 벽선의 거울이다."

그리고 이번에는 영원히 버틸 것이다.

가리는 선선대와는 달리, 100년은커녕, 영원히 바꿀 필요 없다고 선언할 것이 틀림없다. 아들인 만리에게는 절대로 만들게 하지 없도록. 그리고 가리가 온 마음을 다 바쳐 만들어낸 이 보경은 역대의 보경 중에서도 최고 수준의 완성도를 자랑하고 있었다. 가리의 말을 일족이 믿을 만할 정도로.

죽음의 연쇄는 여기에서 끊는다. 내가 막는다. 이를 위해서 수락했던 것이니.

"용케 방해는 안 하셨군요… 당신에게는 '문'이 열리는 쪽이 더 낫지 않았나요."

"…네가 심혈을 다해 만들어낸 보경을, 보고 싶었다. 그건 정말이다."

벽선의 그 미소만은 진짜 같았다. 생각났다는 듯이 벽선은 하늘을 보았다.

"그리고, 팔선 따윈 꺼져 있으라던 류화들의 패기가, 마음에 들었기 때문이었을지도."

자박, 자박, 소리가 난다. 자박, 자박, 자박, 자박.

주취는 하얀 관의 방에서 풀썩 주저앉아 있었다. 눈앞에는 텅 빈 백목 의자 하나. 그 옆에는 주취가 맡아놓았던 '간장' 과 '막야' 가 교차하듯이 조용히 박혀 있었다.

주취의 무릎에는 마른 나무처럼 주름진 류화의 목이 있었다. 흐트러진, 푸석푸석한 백발. 믿을 수 없을 정도로 작은 덩어리가 되어버린 그 목을 안은 채, 주취는 계속 그렇게 앉아 있었다.

이젠 얼마나 오랫동안 그렇게 있었는지 알 수 없었다. 길고 긴 시간 동안 멍하니 흙 위에 너무 오래 앉아 있었더니 발가락 끝의 감각이 없어져버렸다. 뿌리가 돋은 것 같은 느낌이다.

모든 것이 끝난 후, 정신을 차려보니 주취는 넋이 나간 채 이 하얀 관의 방에 우두커니 서 있었다. 그리고 겹치듯 쓰러져 있는 류화와 입향의 유해 앞에 무릎을 꿇고, 류화의 늙고 주름 진 목을 주워 무릎 위에 놓고 끌어안았던 것이다.

류화의 머리를 쓰다듬으니 스르륵, 백발이 빠진다. 이와 함께 마음의 뭔가가 툭, 하고 끊어진 것 같아서, 뺨을 투명한 눈물이 소리도 없이 흘러내렸다… 주취는 알고 있었다.

네 명이나 제물이 된다는 것을 눈치 챘으면서도 잠자코 있었던 그 순간, 주취는 분명 죽을 수 없다고 생각했던 것이다. 죽을 수 없다. 지금 표가는 주취의 힘으로 지탱되고 있었다. 그들이 주취를 살려두는 이유와, 주취가 죽을 수 없다고 생각한 이유는 같았다. 이는 지금까지 류화가 해왔던 일들과 완전히 같은 것이었다.

눈앞에 늘어선 수많은 텅 빈 관. 류화에게 육신을 빌려주고 잠든 '하얀 아이들'.

구차한 인생이라고 생각한 적도 있었다. 류화가 이 소녀들의 육신을 사용하는 것에 죄책감도 느끼지 않는 것을 혐오하기도 했다. 류화 자신이 무감각해져 있던 적도 있었을 것이다. 그러나 처음에는 그랬을 리가 없다. 주취의 경우 희생양은 네 명이었지만, 류화는 그 몇 십 배가 되는 소녀들을 모두 짊어지고 살아왔다.

목숨과 바람을 앞날에 맡기고서. 길을 이어갈 대무녀가 나타날 그날까지.

…그리고 이번에는 류화와 우우와 영희가, 주취에게 맡긴 것이다.

쏴아아, 어디에선가 파도를 닮은, 홰나무 나뭇잎 스치는 소리가 들려온다.

자박, 자박, 하고 들려오던 소리가 어느 새인가 멈춘 것을 문득 깨달았다.

눈물을 닦으니, 주취의 눈앞에 '암살인형' 들이 조용히 무릎을 꿇고 있었다. 주취에게.

"…나로 괜찮겠어요?"

"…네에. 제발, 울지, 마십시오. 새로운, 큰 아가씨…."

한 명이, 살짝 걱정스러운 듯이 주취를 보았다. 그것은 주취가 알고 있는, 과거의 '암살인형' 에게는 주어지지 않았던 말과, 인간다운 몸짓이었다. 불현듯 주취는 기묘한 생각을 해냈다. 자신만이 예외라고 생각했었지만, 어쩌면 또 있었을지도 모른다. 주취처럼 세뇌가 풀린 '암살인형' 이. 류화에게서 도망쳤느냐, 곁에 머물렀느냐의 차이일 뿐.

서걱 서걱, 소리가 나는 쪽을 보니 벌써 유체를 묻은 흔적이 있었다. 입향의 유체. 그리고 나머지 하나는 아직 흙이 덮이지 않아서, 뚜껑이 열려 있는 하얀 관이 보이고 있었다.

"…저, 큰 아가씨, 께서… 전에, 죽으면, 여기에, 묻어달라, 고…."

"…그래요, 괜찮아요. 여기는── 여기가."

표가의 어느 곳보다도 정결하고 평온한, 봉인된 장소. 여기가 **어디**이고, 무엇을 위한 장소인지 주취의 눈에는 그 본래의 모습이 보이고 있었다. 사락거리는 홰나무. 저승과의 경계에 서 있는 나무.

"여기가 대무녀들이 잠들어온, 영묘(靈廟)인걸요…."

단 한 사람, 유체를 찾지 못한 초대 대무녀를 제외하고, 모든 대무녀가 잠들어 있는 곳. 그리고 류화가 사용해온 '하얀 아이들' 이 모두 이 흙 밑에서 조용히 잠들어 있다.

대무녀에게만 허락된 묘지를, 류화는 '하얀 아이들' 모두에게 내어준 것이다. 이는 류화가 그녀들에게는 결코 말하지 않았던, 말없는 경의와 사죄의 증거라는 생각이 들었다.

주취는 류화의 목을 청년에게 내밀었다. 유체 중 빠져 있던 마지막 부분에 살짝 올려놓았다.

뚜껑이 닫히고 서걱서걱, 흙에 덮여 하얀 관이 사라져 간다. 서걱, 서걱.

표가에게도, 주취에게도, 류화는 어둠의 부분이었다. 없어지면 뭔가 좋아질 것이라고 줄곧 생각해왔다. 잘라내버릴 수 있는 것이라면 그렇게 하고 싶었다. 지난날 류화가 표가를 숙청한 것처럼.

주취는 입술을 당기듯이 미소 지었다. 하지만 그때 죽이지 않아서 다행이었다.

아마도 어둠의 부분만을 완력으로 잘라내버릴 수는 없는 것이다. 하나를 잘라내면 또 다른 어둠이 나타낸다. 동전의 양면처럼, 그때마다 자신의 소중한 부분도 함께 잘려나가, 점점 자신이 텅 비어가게 간다. 끝없이. 류화조차도 마지막에는 그 무게에 짓눌려 쓰러지려 했었다.

감각 없는 손발을 움직여서 비틀거리며 일어서니, 간신히 걸을 수는 있었다. 죽인 목숨이 아니라 맡은 목숨이라면, 무거워도 아직은 걸을 수 있다. 죄책감까지도 함께 끌어안고서.

마지막 한 줌의 흙을 손으로 뿌린 뒤, 주취는 간소한 묘를 향해 한참 동안 고개를 숙였다.

그리고 덩그마니 놓여 있는 백목 의자를 돌아보고는, 옷자락을 가지런히 하고 앉았다.

마지막 한 조각이 찰칵, 하고 공백을 메우는 소리가 들린다.

그 순간, 표가 일족의 모든 '이능의 소유자' 들은 새로운 대무녀가 탄생했음을 알았다.

주취 앞에서 '암살인형' 들이 일제히 무릎을 꿇었다. 아니, '암살인형' 은 이제는 없다. 이제 필요가 없다. 본래 대무녀를 지키는 자들의 이름은.

"지금부터 그대들이 나와, 표가를 지키는 새로운 '홰나무의 수호자' 입니다."

누군가 살며시 웃는 소리가 들렸다. 류화의 목소리처럼 들리기도 했다.

괜찮다, 살아라. 그렇게 말하는 목소리.

주취는 이제 울지 않았다.

주취는 백목 의자에 앉아, 눈앞에 늘어선 몇 십 개나 되는 관을 보았다. 끝 쪽에 3개만큼의 공간이 비어 있다. 그래—— 3개. 입향과 류화의 관이 2개. 그러면 비어 있는 나머지 하나는?

"…나머지 하나는 수려 님의 자리인 거죠?"

"네… 큰 아가씨의 명으로, 홍주 강청사로, 운, 반, 했습니다."

주취는 눈을 감았다. 류화가 수려를 위해 남겨둘 수 있었던 마지막 시간.

"알겠습니다. 한 번, 강청사로 가야겠군요… 그리고, '간장' 과 '막야' ——." 그때 주취 옆에 박혀 있던 검이 어렴풋이 빛나기 시작했다. 주취의, 크게 뜬 바로 그 눈앞에서 한 쌍의 보검은 각각 빛을 내뿜으면서 녹아들듯이 사라졌다.

"…괜찮습니다. 그 검은 돌아갔어요. 있어야 할 시간과 장소로."

주취는 그 목소리에 시선을 들었다. 그곳에는 표가의 딸들이 입는 옷차림을 한 묘령의 소녀가 서 있었다. 주취는 놀랐다. 무녀 복장은 잘 알고 있었지만, 이 복장은 거의 보지 못했다. 주취보다 몇 살인가 연하. 그녀는 미소를 지었다. 주취는 그 소녀를 어디에선가 본 것 같은 생각이 들어서—— 핫, 하고 바라봤다.

마지막 딸.

"…취임, 축하드리옵니다. 새로운 대무녀님."

생긋 웃으며 가볍게 고개를 숙인다. 긴 머리카락이 찰랑거렸다.

"부디, 저를 홍수려 님이 계신 곳으로 데려가 주십시오."

…시간은 조금 거슬러 올라간다.

연청은 강청사에 돌아와 있었다. 수려에게 빙의된 류화가 떠나면서 연청에게 그렇게 하라고 말했던 것이다.

쉴 새 없이 적토마를 달려 강청사에 도착했을 때에는 벌써 밤이 되어 있었다. 연청은 들이닥치듯이 경내로 들어갔다가, 그곳에 안치되어 있는 것을 보고서 저도 모르게 수좌인 우장의 멱살을 잡아올리고 말았다.

"…잠깐, 이 빌어먹을 대머리 땡추가! 관 따윌 준비해놓고 지금 무슨 짓거리야! 수염을 다 뽑아버리겠어. 알았다, 네놈이 들어갈 관인 거지? 좋아, 지금 당장 내가 저승까지 날려보내 주겠어!"

"으아아── 잠깐 기다려주십시오, 연청 님! 이건, 이건 말입니다."

그때 공기가 찌릿찌릿 하며 떨렸다. 주술사들과 무녀들이 일제히 무릎을 꿇고 머리를 조아렸다.

희미한 광채와 함께 수려의 모습을 한 류화가 둥실, 모습을 드러냈다. 연청의 바로 앞에.

연청은 살의를 담은 눈빛으로 류화를 노려보았다. 그 눈에 류화는 눈을 가늘게 떴다.

——다선(茶仙)의 총아. 예전에는 이 랑연청도 다선이 빙의할 후보일지도 모른다고 의심한 적도 있었다.

"우장을 놓아주어라, 이놈."

연청은 손을 놓고 류화와 마주 섰다. 풀썩, 하고 우장이 떨어졌다.

류화는 연청에게 한두 걸음 우아하게 다가가더니 눈을 감았다. 몸이 두 겹으로 비쳐 보인다.

수려의 몸에서 류화의 혼백이 빠져나가는 것이 보였다. 그 순간, 수려가 휘청거렸다. 연청이 손을 내밀었을 때에는, 수려 자신의 발로 비틀거리면서 균형을 잡고는 멍하니 이마를 짚었다.

"…어머? 여기… 강청사…?"

"아가씨!!"

"으, 연청, 소리 지르지 마… 눈이 빙빙 돌 것 같아… 으으, 울렁거려…."

빈혈처럼 한꺼번에 핏기가 가시면서 어질어질, 현기증과 욕지기가 났다. 무릎이 떨려서 연청에게 기대어 서 있는 것이 고작이었다. 완전히 정기를 빼앗긴 느낌이었다.

이혼(離魂)을 한 류화가 수려의 이마를 만졌다. 연청은 그 손가락 끝에서 뭔가 거무스름한 작은 빛이 수려에게 흘러들어가는 것을 본 것 같았다. 헉, 하고 놀라 수려를 보니 백짓장 같던 창백한 얼굴에 핏기가 돌기 시작했다. 현기증이 썰물처럼 사라져가고 어지러움도 가라앉았다. 생기가 돌아온 것 같다.

"…류화 아가씨? 어, 나… 아직… 살아…있네…."

"그렇느니라, 아직 살아있다. ――홍수려, 그대라면 이 관을 본 적이 있겠지."

류화가 가리키는 관은 확실히 본 적이 있었다. 푸른 달의 방. 수없이 늘어선 장례행렬 같은 하얀 관. '하얀 아이들'이 새근새근 잠들어 있었던 그 관이 틀림없었다.

"우리 표가의 정수를 모은 백목의 관이다. 쉽게 말해, 육신의 시간을 멈추는 관이로다."

연청의 표정이 달라졌다. 이는 연청이 수려의 몸의 변화를, 굴러 떨어지듯이 죽음으로 치닫고 있는 운명의 소용돌이를, 그 날카로운 감각으로 감지하고 있었기 때문이다.

"표가의 많은 딸들이 이 관에서 잠들었노라. 효과는 이미 증명되었다. 이 관에서 잠들어 있는 동안은 목숨이 줄어드는 일이 없다. 잠들어 있을 뿐, 죽지는 않는다."

수려는 천천히 얼굴을 들어 류화를 올려다보았다. 류화가 이 관을 마련해놓은 의미.

"몇 가지 조치는 취해놓았다. 눈을 뜨는 때는 그대가 정할 수 있다. 물론 계속 잠들어 있을 수도 있지. 영원까지는 아니지만 말이다. 다만, 내가 남겨줄 수 있는 기회는 딱 한 번뿐이다."

수려는 조용히 되물었다.

"일어나면?"

류화는 성실했다. 마지막 순간까지. 잔혹할 정도로. 그것이 그녀 나름의 상냥함이기도 했다.

"두 번 다시 관은 쓸 수 없다. 그대에게 남은 시간은 하루 남짓. 그 이상은 살지 못하느니라."

수려는 얼굴 가득, 활짝 웃었다. 류화가 끌어모아 준 마지막 시간.

"――네."

연청은 얼른 수려의 손을 꽉 잡았다. 말리려는 듯이. 수려는 놀란 것처럼 눈을 동그랗게 떴지만 조금 웃고서 꽉, 한 번 연청의 손을 쥐고는 그대로 있었다. 류화를 향해 미소를 짓는다.

"잘 부탁드리겠습니다."

류화는 뭔가를 말하려고 했다. 하지만 아무것도 떠오르질 않았다. 아무것도.

이 소녀는 분명, 일어날 것이다. 그때가 되면. 망설임 없이.

류화는 수려의 미소를 바라보았다. 홍수려에 대한 감정은, 처음의 무관심에서 다양하게 바뀌었다.

류화의 얼어붙은 마음까지도 움직였다. 딸 같기도 하고, 동지와도 비슷했다.

류화는 손을 뻗어 아기를 쓰다듬듯이 수려의 머리를 쓰다듬고, 뺨을 어루만지고는 턱에서 손을 떼었다.

"그대 덕분에 나도, 표가도, 해야 할 일을 모두 해낼 수 있었구나. 진심으로 감사하고 있느니라. 이제 뒷일은 주취와… 마지막 딸에게, 맡기도록 할까."

류화의 손끝이 눈꺼풀에 닿았다. 나른한 졸음이 서서히 퍼지면서 속눈썹이 무겁게 내려앉았다.

연청의 팔 안에서 수려는 마지막으로 딱 한 번 눈을 깜빡이고는 실이 끊어진 인형처럼 쓰러졌다.

"…랑연청, 자세한 일은 나중에 주취에게 듣도록 하라. 나도… 이제 시간이 되었구나."

류화는 후우, 하고 크게 숨을 내뱉더니, 마지막으로 머리를 조아리고 있는 주술사와 무녀들을 둘러보며 오만하게 말했다.
"——모두, 고개를 들라."
웅성, 하고 술렁임이 퍼져간다. 우장이 주저하며 머리를 드는 것을 보고, 한 명, 또 한 명, 류화를 똑바로 바라본다. 거의 모두에게 처음 있는 일이었다.
"일전에 황해 및 신기 문제에 대한 표가 일문의 움직임, 수고가 많았다. 무능이건 이능이건 할 것 없이 그대들은 우리의 자랑이다. 칭찬해 주겠노라… 잘했다."
우장의 가슴이 뜨거워졌다. 설마 그 류화 아가씨의 입에서 이런 말이 나올 줄이야.
"인생의 마지막에 좋은 것을 보여주었구나. 마을로 내려가 사람들을 구하여라. 모든 도움을 거절해서는 안 될 것이야… 목숨이 끝나는 그 순간까지, 표가의 긍지를 잊지 말고 살아가거라."
류화의 미소에 우장의 눈에 눈물이 고였다. 누구나 류화의 죽음을 눈치 챘다. 머리를 조아리는 자도 있었지만, 우장은 계속 들고 있었다. 만병초와 같은 절벽 위의 꽃이었다. 마지막 순간까지.
뿌옇게 번지는 시계(視界) 속에서, 이혼(離魂)한 류화의 모습이 천천히 사라져 갔다.

류화가 사라진 직후, 절의 주술사가 거품을 물고 달려왔다.
"크, 큰일입니다!! 지금 귀양 선동성에서 연락이—— 우우 님께서——."
연청은 멍하니 우우의 부고를 어딘가 남의 일처럼 듣고 있었다.

표가에게는 비보였지만, 왕에게는 또 다른 의미를 가지는 소식이었다.

조정의 손꼽히는 대관이자 현왕의 옹호자로서, 기회가 있을 때마다 류휘를 감싸주었다. 왕의 즉위와 임명을 관장하는 우우가 왕의 후견인 비슷한 역할을 하고 있었던 것은 류휘에게는 커다란 방패가 되어주었다. 그 우우가 죽었다. 그것도 살해당했다.

팔에 안긴 수려를 내려다보았다.

——남은 시간은 하루 남짓. 그 이상은 살지 못하느니라.

류화의 대답이 메아리치듯이 천천히 머릿속을 맴돌았다.

그때, 품안의 수려가 번쩍 하고 눈을 떴다. 연청은 헉, 하고 놀랐다.

"연청… 괜찮아… 다시, 제대로 일어날 테니까… 관에… 눕혀 줘…."

연청은 수려를 안아올렸다. 아까 잡은 손은 그대로 잡은 채. 놓아버리면 그대로 어디론가 사라질 것만 같았다. 톡, 하고 작은 머리가 연청의 턱 아래에 자리잡았다.

계속 관에 내려놓지 않는 연청에게 화가 난 듯이, 수려는 수염을 잡아당겼다. 힘없이. 전혀 아프지 않았지만 그래도 연청은 등을 떠밀리듯이, 한두 걸음 관 쪽으로 내딛었다가 다시 멈춰 섰다.

"…연청… 내 바람을 들어준다고, 그랬잖아…."

연청은 말문이 막혔다… 그렇다, 수려의 관리로서 살아가는 것. 그것은 연청만이 할 수 있는 일. 어떤 때라도. 수려가 바라는 미래의 세상을 보고 싶다고 생각한 것은 연청 자신.
턱 밑에 놓인 수려의 머리를 보면서, 연청은 어쩔 수 없이, 희고 부드러운 천이 깔린 관 안에 수려를 조심스럽게 눕혔다. 수려의 얼굴이 안심한 것처럼 편안해졌다.
"…조금만, 잘게. 조금만. 그러고 나면 일어날 거야. 꼭. 아직, 해야 할 일이 남아 있는걸… 그렇잖아? ……를 위해서…."
그 이름을 입술만으로 희미하게 속삭이고는, 빨려 들어가듯이 스르르 그 눈을 감았다.
연청은 마지막까지 계속 잡고 있었던 손을 바라보았다.
『다시, 제대로 일어날 테니까….』
연청은 웃으려고 했지만 실패했다. 그래, 꼭 일어날 거다. 마지막 하루를 망설임 없이 사용해서.
아마도 평화로운 마지막 하루가 아닌, '하필이면' 이라고 할 법한 하루를 골라 전속력으로 달리겠지.

격류에 휩쓸려가듯이, 모든 운명이 뒤죽박죽으로 흘러가고 있었다.
모든 것의 종말을 향하여.

귀양――조정. 선동령윤인 우우가 살해되었다는 소식은 순식간에 조정을 휩쓸었다.
"들었나, 우우 님이―― 이제 선동성의 옹호도 사라졌는데――."

"…현재 병마권은 왕계 님에게 있지— 정 상서령이 아니라— 지금이라면——."

"…그렇지. 게다가 중위 이상 가문의 사병이 움직이고 있다던데——."

"——군도—— 움직—— 않네… …능성—— 높아—— 능왕님—— 장악…."

함께 걷고 있던 숙아가 소방의 소매를 잡아당겼다. 언제나 낙관적이던 그 얼굴이 굳어진 채로.

"소방…."

"그래, 곤란한데."

우우의 죽음으로, 간신히 버티고 있던 마지막 끈이 뚝, 끊어진 것 같았다. 그때까지 바닥에 가라앉아 있던 더러운 앙금과 어둠의 열기가 드디어 표면으로 떠오른 것처럼.

검은 기름처럼 방울방울 떨어져, 조정 전체에 그림자가 되어 퍼져가려 하고 있었다.

풀무치 대신 사람의 모양을 한, 불길한 검은 그림자가.

…자류휘가 왕도를 떠났다는 소식이 홍주에 도착한 것은, 그로부터 얼마 후의 일이었다.

별이 가득한 밤하늘을 유성이 꼬리를 물고 떨어져내리는 것을, 소 태사는 조용히 바라보고 있었다.

류화, 영희, 우우.

일찍이 대업연간의 마지막 시기에 관여했고, 격동의 시대를 살아낸 몇 안 되는 생존자.

"전화와 류화의 시대가, 끝난다…."

곁에 선 남선이 작은 술잔의 가장자리를 핥았다. 만족스럽게 미소 짓는다. 이 얼마나 아름다운 혜성인가.

선명한 궤적을 그리며 떨어진다. 각각의 인생의 색깔까지 보일 것 같은 빛을 발하며.

영희나 우우는 둘째 치고, 류화가 그리도 멋지게 스러져 가리라고는 생각지도 못했었다.

불길한 숙명에 온 마음을 다해 저항해왔다. 남선은 류화가 볼품없는 죽음을 맞을 것이라고 심술궂게 생각해왔다. 그러나 세 명의 혜성 중에서 가장 마음을 사로잡는 인생의 빛을 띠고 있었다.

아름다운 인생은 아니었다. 그러나 아름다운 여인이었다. 남선은 인정했다.

문뜩, 지난 날 류화 앞에 모습을 보였다던 흑선을 떠올렸다.

…흑선은 이것이 보고 싶었던 것일까.

류화가 주어진 인생의 빛을, 그 자신의 마음으로 필사적으로 바꾸어가는 모습을.

"후… 류화와 홍수려는 정반대이면서, 마치 마주보는 거울처럼 참으로 닮아 있군."

한 대(代)로 끝나는 벚꽃. 인간의 손으로 만들어진 꽃. 다음 세대를 남기지 못하고, 그저 화사하게 피었다가 진다.

아름다운 곡선을 그리며 하늘을 날아, 류화의 별은 이윽고 떨어졌다. 다음 차례는.

"홍선의 딸인가."
잠들어 있는 소녀. 눈을 떴을 때, 그 별은 한층 더 밝게 빛난다. 마지막 순간을 불사르는 혜성과도 닮았다.
남선은 아무 말 없는 소 태사의 얼굴을 힐끗 보고는 다시 밤하늘로 시선을 돌렸다.
지금 자소는 자신이 어떤 얼굴을 하고 있는지, 알고 있는 것일까.
남선은 알 수 없었다. 우우를 마음에 들어했지만, 이는 단풍을 사랑하는 것과 별 차이 없었다. 질 때는 아쉽지만 아름다움에 만족한다. 지금 자소는 마치 인간 같았다. 인간처럼.
홀로 남겨진 자의 얼굴을 하고 있다.
남선은 밤하늘을 올려다보며, 하늘을 읽었다. 숨을 내뱉으니 새하얗게 물든다. 이제 곧 겨울이 온다.

"전화의 시대가 끝난다. 그리고 새로운 시대가 온다."

동쪽 하늘에.
아름답게 빛나는 왕의 별이 떠오른다.
——이제 곧.

| 작가의 말 |

오래 기다리시게 해서 정말로 죄송합니다.

최종권인 '자암(紫暗)' 상하권 중 우선은 상권인 수려 편입니다. 너무 두껍잖아!! 죄송합니다. 하지만 하권은 더 두꺼워서, 상권의 1.5배는 됩니다… 으악.

20권을 쓰면서, 다음 권은 마지막 마침표까지 탈고한다고 정해놓았는데, 분량이 분량이다 보니 몇 권으로 나뉘게 될지 도무지 감이 오질 않아서… 갈팡질팡 하다가 이렇게까지 늘어지게 돼서 정말 죄송합니다. 그래도 이 두께! 최소한 세 권으로 나눠달라고! 하고 많은 분들이 말씀을 하셨는데요. 전부 제가 '『상』이면 다음은 하권이지! 『중』은 싫어!!' 라는 등, '아무리 두꺼워도 세 권보다는 두 권이 조금은 더 싸!!' 라는 등, '3개월 연속 간행은 불가능(제 정신건강상)하다고' 등등 우겨서, 두 권 모두 누름돌 맞먹는 두께가 되고 말았습니다… 한 권으로 정리하겠다는 둥, 허풍은 안 쳐서 다행입니다….

이번에도 류휘의 출연 장면은 적지만(…), 하권인 류휘 편에서는 500페이지 내내 류휘가 등장하니 안심하시길. 표지도 상하권 모두 여러 가지로 최종권 사양으로 디자인했습니다. 후후후, 기대해주세요!

그리고 하권은 페이지를 극한까지 쓰느라 후기도, 인물소개도 없습니다….

없더라도 파본은 아니니, 반품은 하지 말아주시길 부탁드립니다….

이리하여, 이것이 본편 마지막 후기입니다. 뭘 써야 하나 고민 중입니다만….

…길고 긴 이야기가 되었습니다. 정말로, 독자분들께는 너무 길 정도로. 데뷔할 때에는 한 권으로 끝날 걸로 생각했던 제게도. 많은 등장인물과 이야기들이 탄생했지만, 그동안 줄곧 생각했던 것은 뿌리에 수려가 있기 때문에 모든 등장인물과 이야기들이 생겨났다는 것.

그녀 없이는 어떤 캐릭터도 존재할 수 없었습니다. 그녀 없는 채운국은 있을 수 없습니다. 그렇기에 수려가 좋다고 말씀해주시는 목소리가 제게는 가장 기뻤어요.

신선의 이야기가 아니라 인간의 이야기가 된 것도, 수려가 있었기 때문이라고 생각합니다. 계속 연재해달라는 의견도 있었습니다만, 시작이 있고 끝이 있는 것이 이야기이지요. 예전에(지금도) 제가 많은 이야기들을 아까워하고, 끝나는 걸 슬퍼하고, 그러면서도 조금은 안도하면서, 다시 읽어보며 계속 사랑했던 것처럼… 누군가에게는 부디 그런 책이길 진심으로 바라고 있습니다.

다시 읽어보면 부족한 점이 많습니다. 매회 새하얀 원고지를 앞에 두고 망연자실, 힘에 부쳐 몇 번이나 울었는지 모릅니다.

그래도 이 이야기를 계속 써내려갔던 것은, 제게는 정말 소중한 시간이었다고, 인생의 마지막 순간에 뒤돌아볼 것 같다는 생각을 합니다.

너무나 긴──게다가 신인의──데뷔작을 마지막까지 함께 해주신 독자 여러분, 삽화를 맡아주셨던 유라 선생님께 진심으로 감사드립니다.

길고 긴 시간 동안, 감사했습니다. 여기에서 펜을 놓겠습니다. 감사를 담아.

유키노 사이

채운국 이야기 |21|

– 자암의 옥좌 상

2011년 12월 30일 제1판 제1쇄 인쇄
2017년 4월 30일 제1판 제2쇄 발행

글 | Sai Yukino
일러스트 | Kairi Yura
번역 | 이나경

발행인 | 이정식
편집인 | 최원영
편집팀장 | 김충영
편집담당 | 장혜경, 전송이
표지디자인 | 김주성
라이츠사업팀 | 이은선, 박선희, 아오키 마리나
출판영업팀 | 안영배, 한성봉
제작담당 | 박석주

발행처 | 서울문화사
출판등록 | 1988년 2월 16일
등록번호 | 2–484
주소 | 서울특별시 용산구 새창로 221–19
전화 | (02)799–9317(편집), (02)791–0757(영업)
팩스 | (02)799–9334(편집)
인쇄처 | 코리아 피앤피

WINK NOVEL